SIMBIOSIS

Una antología de ciencia ficción

Simbiosis: una antología de ciencia ficción
Primera Edición
Sobre esta edición: © La Pereza Ediciones
Sobre su correspondiente relato: © Marcelo Cohen, Elia Barceló, César Mallorquí, Rodrigo Fresán, Iban Zaldua, Juan Carlos Márquez, Edmundo Paz Soldán, Jorge Baradit, Alberto Chimal, Vicente Luis Mora, Giovanna Rivero, Jorge Carrión, Jacinto Muñoz Rengel, Marina Perezagua, Salvador Luis, Laura Fernández, Tamara Romero.
Selección y prólogo: © Carlos Gámez Pérez
Diseño de cubierta: © Eric Silva Blay

Impreso en Estados Unidos de América

ISBN–13: 978-0692809839 (La Pereza Ediciones)
ISBN–10: 069280983X

Para más información, escribir a:
La Pereza Ediciones, Corp
10909sw 134ct
Miami, Fl, 33186
United States of America
www.laperezaediciones.com

SIMBIOSIS

Una antología de ciencia ficción

Selección y prólogo

Carlos Gámez Pérez

Índice

Esto es una antología de ciencia ficción (cf)

Sí, estimad@ lector@, esto es una antología de cf titulada Simbiosis y este es su prólogo. Y eso no se debe a la casualidad, sino a la potencia que la cf tiene para analizar la sociedad contemporánea. No en vano, las historias de cf han conformado la vida de buena parte de los nacidos a partir de la segunda mitad del siglo XX.

En este sentido, el estudio de la ciencia ficción permite construir una imagen perfectamente mimética de las sociedades contemporáneas porque en la actualidad los límites entre la cf y la realidad social son una ilusión óptica, tal como afirma Donna Haraway en su conocido "Cyborg Manifesto". Desde la perspectiva tecno-científica posmoderna se pueden analizar los productos culturales como esas entidades mixtas que son los ciborgs. Este hecho, unido al descrédito que en el pensamiento contemporáneo ha adquirido el concepto de realidad,[1] como se observa en la obra de pensadores como Bruno Latour o Jean Baudrillard, convierte a la cf no en un ámbito de fantasía que mira hacia el futuro, sino en la mejor herramienta para escudriñar el presente. La experiencia existencial con el actual entorno ultratecnificado y socio-políticamente complejo, muchas veces parece extraída de esas historias de cf que hemos visto o leído, según se demuestra con la obra narrativa de J. G. Ballard. Como afirma Edmundo Paz Soldán: "Cuando nos ponemos a narrar el presente, nos topamos con la biotecnología y los piratas informáticos; el paisaje urbano está plagado por tecnologías tan nuevas algunas que ni siquiera han visitado las páginas de la ciencia ficción y ya son parte normal de la novela realista" (136).

Por otro lado, tal como afirma Lisa Yaszek, la cf se ha internacionalizado hasta tal punto que ha crecido notablemente en diferentes culturas durante las últimas décadas, incluyendo a la literatura en lengua española. De esta forma, aunque las tendencias dominantes del género solían encontrarse en los países tecnológicamente más desarrollados, la increíble implantación de las redes socioeconómicas globales y la expansión tecnológica en todo el mundo han llevado a algunos expertos como Yaszek a considerar que la cf ha dejado de ser una provincia

---

[1] Me refiero a la idea de realidad física externa, objetivable y describible científicamente de forma unívoca, que supuso la meta de la modernidad.

exclusiva de los occidentales anglosajones, y esa es la razón por la que l@s lector@s no se encuentran ante una antología común, sino ante:

Una antología de cf iberoamericana

Según parece, existe cierta mitología en torno al desinterés de los escritores latinoamericanos por la ciencia y la tecnología en el pasado (Ginway y Brown). La utilización de tópicos científicos en textos tan importantes para la tradición latinoamericana como Cien años de soledad, Rayuela o «La lotería de Babilonia» desmontaría parcialmente ese mito. De la misma forma, en la literatura española podemos encontrar una tradición para la que el pensamiento científico resulta fundamental (Gámez 2013a). Una tradición que arranca en el siglo XVII con José Cadalso y llega hasta la literatura experimental de posguerra con Luis Martín-Santos y Juan Benet. Sin embargo, si obviamos honrosas excepciones, como la de José María Merino, la cf no ha sido la protagonista de estas tendencias en España, y en Latinoamérica lo ha sido parcialmente a través de la utilización del género fantástico por parte de autores como Jorge Luis Borges o Julio Cortázar. Según Ginway y Brown, en el caso latinoamericano la cf dio la impresión de estar relegada por su supuesta inferioridad frente al realismo mágico, que parece haber ocupado el espacio central de la conexión entre la literatura fantástica y Latinoamérica.2 Como consecuencia, la cf latinoamericana se percibió como una narrativa poco auténtica y extranjera —concretamente, anglosajona—, aunque tal como apunta Rachel Haywood Ferreira en The Emergence of Latin American Science Fiction, en el caso anglosajón, la labor del editor Hugo Gernsback desde la revista Amazing Stories en la década de 1920 al etiquetar como propios del género a autores precedentes como H. G. Wells, Jules Verne o Edgar Allan Poe, no se realizó en la literatura latinoamericana hasta bien entrada la década de 1960, con el boom ya a pleno funcionamiento, y esa es una de las razones que llevaron a considerar la cf como algo ajeno a la literatura en español sin serlo. Así que cabría revisar en profundidad los conceptos autóctono e importado en la cf iberoamericana, tal como

---

2 También afirman que se debe a la ausencia de referentes políticos y sociales del género, pero no creo que George Orwell estuviera muy de acuerdo.

está realizando el grupo de estudio: "Science in Text and Culture in Latin America", porque se contradicen con el hecho de que muchos autores prestigiosos, como Roberto Bolaño o Ricardo Piglia, han coqueteado con el género sin que sea posible etiquetarlos como escritores cf. También se contradicen con la cf cubana, notablemente influenciada por las producciones soviéticas y sin embargo autóctona, y con la mención que los propios Ginway y Brown hacen a autores como Leopoldo Lugones, Jorge Luis Borges o Adolfo Bioy Casares, en cuya obra los límites entre el género fantástico y la cf son cualquier cosa menos claros.

Esta antología se crea con la idea de desmentir el mito y construir un nuevo mapeado de las redes por las que se mueve la cf en la literatura escrita en lengua castellana. En este sentido, los casos mencionados y la investigación que algunos estudiosos están realizando al respecto demuestran que la cf en Latinoamérica tiene una larga historia.[3] A fin de cuentas, como afirma Haywood Ferrerira, se trata de un género global y la literatura iberoamericana lo que ha hecho ha sido adaptarlo a sus circunstancias, y esas percepciones deberían revisarse.[4] En buena medida lo hacen Ginway y Brown citando recopilaciones bibliográficas y ensayos recientes sobre el género en distintos países de América Latina: El de Trujillo Muñoz: Los confines: crónica de la ciencia ficción mexicana (1999); el de Fernando Reati, Postales del porvenir (2006), y el ya mencionado Test Tube Envy de Brown para el caso argentino; y aquí

---

[3] La primera novela peruana de cf, *Lima de aquí a cien años* de Julián Manuel del Portillo, se publicó por entregas en el diario *El Comercio* entre 1843 y 1844, quince años antes que apareciera la primera novela de Julio Verne. En 1887 se editó en España la novela *El anacronópete*, obra de Enrique Gaspar y Rimbau que se adelanta a H. G. Wells en la temática de los viajes en el tiempo. Tema al que Francisco Campos Coello dedica *La receta* (1893), considerada la primera novela ecuatoriana del género. Estos ejemplos se repiten entre finales del siglo XIX y comienzos del XX en todas las literaturas hispánicas, hasta el punto que en Argentina aparecen publicaciones periódicas pioneras contemporáneas a las de Grensback, la primera de las cuales fue *La novela fantástica*, editada por Horacio Zappalorti a partir de 1937.

[4] Otra cosa es que, como afirma Brown en el libro *Test Tube Envy*, una parte de la cf que ha florecido en Latinoamérica y, más concretamente, en Argentina, haya ignorado los contenidos científicos (189-216).

añadiría la labor de recuperación del académico Fernando Ángel Moreno en España, además de la publicación de diversas antologías que recopilan la creación de cf elaborada durante años, como Prospectivas (2012), del mismo Moreno, y las realizadas por el conocido estudioso de la cf española, Julián Díez: Antología de la ciencia ficción española 1982-2002 (2003) y Antología 10: relatos de ciencia ficción española (2004). En una perspectiva transnacional podemos hablar de textos como los de Luis Cano: Intermitente recurrencia: La ciencia ficción y el canon literario en Hispanoamerica (2006), Brown: Cyborgs in Latin America (2010) o la mencionada Haywood Ferreira; incluso podemos localizar bibliografía del tema desde un punto de vista transatlántico: Yolanda Molina-Gavilán: Ciencia ficción en español: una mitología ante el cambio (2002).

Así las cosas, para observar las interconexiones del fenómeno a nivel hispano, y porque se trata del punto de vista menos trabajado en las distintas antologías, era imperativo hacerlo desde una perspectiva transatlántica e iberoamericana, especialmente en el momento actual, cuando el impacto de la tecno-ciencia en toda Iberoamérica, especialmente gracias al acceso a Internet y el ciberespacio, ha transformado por completo a la sociedad, incluyendo a sus escritores. El título de esta antología la etiqueta como hispana, aunque sería más correcto incluir la componente transatlántica y hablar de cf iberoamericana, pues no está claro que todos los autores se sientan cómodos con la significación de la palabra "hispana". Sin embargo, dado que el espacio principal de distribución de este texto son los EEUU, la etiqueta de cf hispana prepara mejor al lector sobre lo que se va a encontrar.

Por otra parte, como observan algunos de los estudiosos reunidos en torno al grupo "Science in Text and Culture in Latin America", y como lo hace el escritor Javier Calvo al analizar lo que él denomina la "nueva narrativa extraña española", en la literatura iberoamericana la cf se está convirtiendo, entre otras tendencias, en una literatura híbrida crítica con la modernidad, la globalización y el neoliberalismo, construyendo en cierto sentido un tipo de realismo desde la cf, y una forma de protesta y de narración alternativa, a partir de un diálogo entre los valores clásicos del género y una literatura proveniente de lo que hasta hoy se ha considerado alta cultura. Por esta razón, resultaba necesario componer:

Una antología que dialoga con el género

Este es un punto de vista que, aunque conflictivo, resulta necesario porque uno de los elementos que convierten a la cf en una potente herramienta para analizar el presente es el hecho de que crea un espacio para el diálogo entre la cultura popular y la ciencia (McNeil, 276-286). Pero es conflictivo porque tanto Moreno como Calvo afirman que en el caso español existe un problema de comunicación entre el fandom y la literatura que utiliza la cf como un referente pero desde una perspectiva más literaria, y esta situación se extiende al caso latinoamericano, por cuanto ha habido que reflexionar sobre el género y, en particular, sobre la cf, para componer la lista de autores que conforman esta antología.

Julián Díez afirma que el género de la cf se subdivide en aventuras espaciales, novela científica y literatura prospectiva (Moreno, 3-5). Sin embargo, más allá de esa brillante clasificación, que al parecer da lugar a muchas discusiones, sobre todo entre los miembros del fandom, mi perspectiva al empezar a trabajar en esta antología no fue tanto la de clasificar y/o describir la cf como la de considerarla un género que produce muchas y muy buenas historias, más allá de cualquier clasificación. A partir de estas historias, entre ellas las provenientes del fandom, se ha conformado nuestra producción cultural contemporánea, en donde el concepto de realidad está en crisis. Precisamente, el punto determinante en la selección de los autores de esta antología, el factor que l@s une, es que tod@s son aficionados a las historias de cf, ya sea en formato literario, de novela gráfica o en versión cinematográfica, como es propio de personas que han transitado por o han nacido en la segunda mitad del siglo XX, en donde, como comentaba al principio, la cf ha tenido un papel determinante en la producción cultural. Y es desde ese punto de vista como pretendo presentar a la cf: como una de las tradiciones fundamentales para comprender las literaturas contemporáneas, incluida la escrita en lengua castellana. Qué duda cabe

13

que, como afirma el escritor argentino Sergio Gaut vel Hartman, quienes crecimos leyendo ciencia ficción anglosajona estamos muy influidos por el fandom y hemos consumido un buen número de historias producidas desde ahí. Así que de uno forma u otra, el fandom también está presente en esta antología. De hecho, algunos de los escritores que conforman este libro han creado obras muy valoradas desde el fandom y hasta han ganado premios propios del colectivo, como César Mallorquí, Elia Barceló o Jorge Baradit, aunque no podamos ubicarlos estrictamente en esa categoría. Además de que si la intención fundamental de esta antología es poner en diálogo la cf con otras tradiciones del ámbito iberoamericano, será difícil encontrar entre los textos seleccionados uno considerado exclusivamente como fandom. Sin embargo, es un hecho que muchos de los fragmentos mantienen un diálogo con el concepto de género, en una simbiosis, dado que las fronteras entre género y no-género son cada día más difusas, pese a los intentos de algunos estudiosos de convertir el género en paraliteratura. Así las cosas, tal vez esta sea una antología híbrida, aunque espero que sea bien recibida entre aquellos medios que apuestan por establecer un diálogo entre el género y una literatura con mayores ambiciones estéticas.

En este sentido, tal como indicaba en un artículo publicado en la revista Suburbano (Gámez 2013b), lo más significativo en el panorama de la cf iberoamericana más reciente es que se trata de una literatura que produce relatos sumamente originales, además de prestigiar a un género menospreciado en los países de habla hispana a partir del acceso de una serie de nuevas generaciones a la escritura. Generaciones que son o han sido fervientes y respetuosas lectoras de cf, pero que, a diferencia de algunos de los escritores que pueblan el fandom, son lectoras de otros géneros y otras literaturas. Se trata, además, de autores que conviven con una perspectiva diferente de lo fantástico que la anglosajona, pues entre las computadoras y los productos farmacéuticos encuentran a diario a personas que creen en los milagros y en otros elementos que quiebran la lógica de las leyes naturales. Es decir, que lo fantástico deviene real en dichas sociedades, y ahora ya no se considera un síntoma de atraso como en el pasado porque estamos hablando de sociedades altamente tecnificadas. Este fenómeno, junto al hecho de que cada país iberoamericano tiene su propia tradición o tradiciones literarias, algunas de ellas compartidas pero no generalizables a todos los países de habla hispana, dan lugar a una serie de interesantes simbiosis, como la de la cf con el surrealismo, o con las narraciones mitológicas de sustrato indígena, o con el costumbrismo, o con los componentes fantásticos del boom latinoamericano. Toda una serie de combinaciones que pueden dinamitar la concepción que se tiene en la actualidad del género, más allá incluso de la recepción en el mundo anglosajón de este tipo de obras.

Una prueba de esta situación la encontramos en la literatura escrita en inglés que está visibilizando a una serie de autores de origen hispano que tratan de describir la realidad desde lo fantástico, y que beben tanto del realismo mágico latinoamericano como de la cultura pop anglosajona. A mi entender, este fenómeno lo ejemplifican dos novelas: La maravillosa vida breve de Óscar Wao (The Brief Wondrous Life of Oscar Wao [2007]), de Junot Díaz y La gente de papel (The People of Paper [2005]), de Salvador Plasencia; pero también la reciente compilación de relatos titulada Latino/a Rising: An Anthology of US Latino/a Speculative Fiction (2015), compilada y publicada por Matthew David Goodwin, y que comparte un nombre con esta antología, como es el de Edmundo Paz Soldán.

Aunque a partir de los textos citados se observa una comunicación entre las narrativas norteamericana e hispana a la hora de la creación de relatos de cf y, por tanto, entre el inglés y el español, en este libro encontramos únicamente textos escritos originalmente en castellano por escritores provenientes de España y de diferentes países de América, incluyendo los EEUU. Esto se debe a que desde esta antología creemos que en el ámbito de la cf se ha iniciado un diálogo diferente al unidireccional del pasado con respecto a la relación entre centro y periferias culturales y, en este nuevo diálogo, la literatura iberoamericana puede hacer su propia aportación al género de la cf, complementándolo y sin desmerecer, dado que en estas páginas encontraremos a:

Una serie de autores con propuestas personales (e innovadoras)

Haywood Ferreira afirma que el género de la cf tiene en Latinoamérica unas connotaciones mucho más políticas que en el caso anglosajón, y que lo político es uno de sus temas redundantes. Además de esta característica, Moreno afirma que la cf hispana contiene muchos elementos de carácter espiritual. Ambas tendencias se encuentran muy presentes en esta antología junto a la incorporación de formatos novedosos, debido al desarrollo de las nuevas tecnologías. En cierta forma, muestran lo que afirma Haywood Ferreira: que la cf es un género global y cada literatura lo ha adaptado a sus intereses particulares y a la tecnología del momento. Pero eso no es obstáculo para que nos encontremos una propuesta personal diferente en cada uno de los autores que aparecen en el libro (que se presentan de manera cronológica con la excepción de Elia Barceló y Cesar Mallorquí, para respetar la aparición de cada uno de ellos en el panorama literario).

Así se observa con el escritor que abre esta antología: Marcelo Cohen (Buenos Aires, 1951), quien no solo produce cf, también la traduce y hasta reflexiona sobre el papel de la cf en países periféricos y de habla hispana, como se puede encontrar en su libro: ¡Realmente fantástico! y otros ensayos (2003). En el caso de Cohen, la literatura popular y, más concretamente, la cf, muy presente en la Argentina de su infancia y juventud gracias a la labor de Paco Porrúa y la mítica editorial Minotauro, sustituyó a la alta literatura en la formación del escritor. El autor se maneja en una suerte de mundo salpicado de fantasía y espacios futuros pero sin alejarse demasiado del presente. Un estilo muy personal que autodefine como sociología fantástica. Un espacio enmarcado en un claro entorno futurista e imaginario, y a la vez mágico. Se construye siempre a partir del lenguaje, una mezcla ingeniosa entre el ya conocido lunfardo y un léxico de corte futurista, con objetos inventados ajenos a nuestra cotidianidad, que crea ambientes que podrían calificarse como ciberlunfardos, como en Balada (2011). Esta antología cuenta con el relato que inaugura ese espacio: "El fin de la palabrística". También en el primero de su libro de relatos: Los acuáticos, que apareció en 2001. Se trata así, del texto que edifica el origen de ese mundo que Cohen va a desarrollar en obras posteriores.

Pese a la falta de un mayor reconocimiento, Elia Barceló (Elda, 1957) está considerada como una de las mejores escritoras de la que se dio en llamar generación de los noventa o generación Hispacón, que publicó cf en España durante la década de 1990. Una generación que se conformó en torno a los fanzines y las publicaciones periódicas, como Kandama, en la que Barceló participó con profusión. Suya es la que está considerada por varios críticos como la mejor novela de la historia de la cf en España (Díez y Moreno, 91): El mundo de Yarek (1993), premio UPC de aquel año. Tras mucho tiempo dedicándose con pasión al género, Barceló abandonó la cf para cultivar otros géneros, en especial en la literatura fantástica, en donde cosechó sus mayores éxitos, como con la novela El vuelo del hipogrifo (2002). Esa pluridisciplinariedad es la que ha acabado por traerla hasta esta antología, pues es una muestra de ese diálogo entre el género y la alta cultura que resulta fundamental para comprender este libro. Un diálogo que se observa en toda su potencia en el relato "La estrella", además del extremo cuidado de la prosa de una filóloga como ella —trabaja de profesora de literatura en la Universidad de Innsbruck—. Hasta el punto de que su cuento es una suerte de experimentación literaria como la que ha desarrollado en sus obras ajenas al género, sustentada en un posible encuentro alienígena, una temática propia de la cf. El relato apareció por primera vez en el fanzine BEM en 1991. Fue publicado en libro en la antología compilada por Julián Díez en 2003, anteriormente citada.

Aunque mayor en edad, César Mallorquí (Barcelona, 1954) entró a formar parte de los círculos de cf española más tarde que Barceló. Su dedicación previa al periodismo y la publicidad, hicieron de él un autor tardío, pese a tratarse del hijo de una conocida figura del pulp español: José Mallorquí, creador de El Coyote, una de las sagas de bolsilibros o colecciones populares más conocidas durante el franquismo, además de dirigir la colección "Futuro", dedicada a la cf (Díez y Moreno, 80). Sin embargo, la publicación de su relato "El mensaje perdido", y la obtención del premio Hispacón en 1991 supuso, según Díez, un punto de inflexión en la cf española (Díez, 24). Durante sus primeros años como escritor, César Mallorquí se prodigó con algunas de las obras más importantes de la literatura española de cf. En especial, El coleccionista de sellos (1995), una ucronía sobre la guerra civil española que bien habría podido formar parte de esta antología por su temática y su calidad. Sin embargo, su extensión nos ha llevado a elegir otra de sus piezas. En concreto, el relato distópico "El rebaño" (1993) que, junto a "La pared de hielo" (1992), también del autor, es uno de los dos mejores cuentos apocalípticos españoles. Un texto publicado también en el fanzine BEM inicialmente, y después en la colección El círculo de Jericó (1995), en donde, con un tono muy lírico, el autor desarrolla un cuento en el que se pueden encontrar gran parte de las características que desgrana Moreno para la cf española. También como Barceló, Mallorquí ha abandonado el género durante años para dedicarse a la literatura juvenil, aunque en la novela La isla de Bowen (2012) fue capaz de aunar ambas tendencias con tanto éxito, que se le concedió el Premio Nacional de Literatura Infantil y Juvenil en 2013. Y este año completó una novela corta (o relato largo, según se mire): "Naturaleza humana", que le devuelve a la actualidad del género en España.

Tratar de presentar aquí toda la obra de Rodrigo Fresán (Buenos Aires, 1963), hablar de su importancia y de su relación con la cf en unas pocas líneas se me antoja pretencioso. Lo cierto es que desde la invención de aquel pueblo que aparecía ya en Historia Argentina, Canciones Tristes (o Sad Songs), y de los cameos del creador de la mítica The Twilight Zone, Rod Serling, los elementos fantásticos y la cf figuran en su propuesta literaria desde el principio. Esos elementos se han ido haciendo más importantes en las últimas obras del escritor argentino afincado en Barcelona. En especial, en sus dos últimas novelas: El fondo del cielo, donde la trama en torno a dos fanáticos seguidores de la primera cf norteamericana y una extraterrestre enmascaran una narración más autobiográfica; y La parte inventada, libro en el que el aparato científico, en este caso, el acelerador de partículas, resulta ser el elemento estratégico para generar historias. No en vano, se trata del autor en español capaz de dotar a la cf de una pátina de literatura culta a través de la influencia que en él tienen la literatura anglosajona y la cultura pop. Javier Aparicio lo calificó en su momento de Borges pop. Aunque no es de extrañar que la cf aparezca entre sus influencias primigenias, pues el ya mencionado Porrúa fue pareja de su madre. Así que al joven Fresán le caían de primera mano las obras de Dick o Ballard, y las últimas novedades del género que publicaba Minotauro sin ni hacer el esfuerzo de buscarlas. Para esta antología hemos decidido

18

contar con esta última etapa del escritor, y se publica un fragmento de El fondo del cielo que funciona como relato independiente y cuyo título ya resulta suficientemente sugerente: "Bienvenidos a los finales del mundo".

La dimensión política está presente en toda la obra literaria de Iban Zaldua (San Sebastián, 1966), narrador que escribe principalmente en euskera aunque lo alterna con obras escritas en castellano. Resulta evidente que a un escritor tan interesado por dicha dimensión debía atraerle un género tan político como la cf, aunque también realice incursiones en el fantástico. Así se demuestra en sus múltiples colecciones de relatos, formato que es el que ha cultivado más intensamente, como se observa en su primer trabajo: Veinte cuentos cortitos (1989), o en Etorkizuna (2005), con el que le concedieron el premio Euskadi de literatura en 2006, o en sus dos últimos trabajos: Biodiskografiak (2011) y Idazten ari dela idazten duen idazlea (2012). Pero también ha publicado novelas donde los elementos prospectivos y el humor construyen tramas políticamente corrosivas, como es el caso de Si Sabino viviera (2005) o Euskaldun guztion aberria (2008), traducida al castellano como La patria de todos los vascos. Resulta lógico que, con este bagaje, la contribución de Zaldua a esta antología esté cargada de ironía y crítica política. El relato "Petición de asilo", un cuento que se escribió inicialmente en castellano, concentra, pese a su brevedad, todas las contradicciones que se están viviendo en regiones como Europa con las vidas de personas que huyen de la guerra y el conflicto. Una vez más, la cf sirve para poner estos temas sobre la mesa, en el caso de Zaldua, con una sutil ironía y un estilo preciso.

Juan Carlos Márquez (Bilbao, 1967) es el autor de algunos de los mejores relatos escritos en España durante la última década, además de tener una agitada vida pública en las redes sociales. Desde su debut literario con Norteamérica profunda (2008), pasando por Oficios (2008) —ambas colecciones, finalistas del premio Setenil— y Llenad la tierra (2010), hasta Tangram (2011), libro por el que obtuvo el premio Sintagma, Márquez se ha significado por desarrollar un estilo muy contenido y depurado, por su ácido humor, por la influencia de la literatura norteamericana en su obra, por la multiplicidad de registros y recursos literarios desarrollados, y por unas muy honestas descripciones de la crudeza de la vida en sus historias. Curiosamente, su primera incursión en la cf, no ha sido un relato sino una novela: Los últimos (2014), una distopía de corte posthumano con irónicos referentes a la posmodernidad y al realismo sucio. Cabe decir que en la narración larga Márquez mantiene con maestría las señas de identidad de su estilo. Los lectores lo valorarán por sí mismos al poder disfrutar del fragmento que supone el arranque de su novela. Un conciso texto de ritmo endiablado que empuja a querer seguir la historia hasta el final, cortesía de Salto de Página, la editorial que publicó el libro y, muy especialmente, de su editor: Pablo Mazo.

Edmundo Paz Soldán es quizá el más ecléctico de los narradores que conforman esta antología, pues a lo largo de su extensa carrera ha practicado la mayoría de los géneros literarios, destacándose como un maestro del relato y como uno de los precursores de la nueva literatura latinoamericana, que se conoció como McOndo. En su larga trayectoria, que se inicia en 1990, La relación de este prolífico escritor boliviano (Cochabamba, 1967), radicado en Ithaca (EEUU), con la ciencia ficción es muy remarcable. Sin ir más lejos, entre sus muchas obras se encuentran dos novelas de cf (El delirio de Turing [2000] y Sueños digitales [2003]). Pero, especialmente, desde la publicación en Revista ñ del relato "Luk", inició una etapa en donde utilizaba la cf para narrar una serie de historias sobre guerrillas armadas, indígenas, cultos místicos y familias burócratas de provincias. Una serie de temas que podemos encontrar en toda la literatura latinoamericana pero en un entorno bélico y articulados a partir de un lenguaje que mezcla la tecnología, el Spanglish y un idioma autóctono inventado. La novela Iris (2014) supuso la culminación de ese universo que se completa con el libro de relatos Las visiones (2016), publicado en la prestigiosa editorial Páginas de Espuma, especializada en sacar al mercado los mejores libros de relatos en español y con la que el autor publicó en el pasado (Billie Ruth, por ejemplo). Libro del que se ha extraído el relato "Desde el cielo", en el que se observan las estrategia literarias de un autor consagrado como es Paz Soldán para crear un mundo futurista y a la vez antiguo.

La eclosión del chileno Jorge Baradit (Valparaíso, 1969) en el mundo de la literatura de cf fue explosiva. Su primera obra, la novela Ygdrasil (2005), se publicó con notable éxito en España dos años después gracias a la editorial Ediciones B, y una secuela de la misma, Trinidad, ganó el prestigioso premio UPC de novela de cf. Hasta el punto de que el editor de la colección en donde se publicó y miembro del jurado del premio, el crítico y escritor Miquel Barceló, llegó a definir la escritura de Baradit como "ciberchamanismo", aunque el autor prefiera definir su obra como una reactualización de la literatura latinoamericana a partir de las nuevas tecnologías (Rojas), por lo que es uno de los autores que mejor se adapta a la idea que preside esta antología. Ygdrasil es una obra en donde se mezclan elementos del género de cf con otros propios del chamanismo y el indigenismo. Baradit también ha incursionado en el ámbito de la ucronía a partir del blog Ucronía Chile, en donde colaboró con varios autores, algunos participantes en esta antología, y de la novela Synco (2008), en la cual Pinochet detiene el golpe de estado en Chile y funda junto a Allende un estado cibernético, obra de la que ha preparado una versión en formato de novela gráfica. En el mismo formato ha compuesto los títulos Policía del karma y Lluscuma junto al ilustrador Martín Cáceres. En este momento se encuentra inmerso en un proyecto que bebe de la historiografía de Chile (Historia secreta de Chile). Se trata de un autor que combina los nuevos formatos y, a la vez, mantiene un diálogo con su tradición. Ya solo por eso resulta de interés leer el relato que nos ha brindado: "Estrella de la mañana." Un cuento distópico en donde se mezclan los instintos más vitales de los seres humanos con la destrucción tecnológica.

Desde la exitosa publicación de la novela La torre y el jardín (2012), finalista del prestigioso Premio Rómulo Gallegos en 2013, la obra del mexicano Alberto Chimal (Toluca, 1970) se está extendiendo por Iberoamérica gracias a una sugerente propuesta que aúna tecnología, ciencia y género fantástico con elementos alegóricos que describen de forma metafórica la realidad que nos ha tocado vivir. Así se observa en la nouvelle Los esclavos (2009). Como otros participantes en esta antología, Chimal es un consumado cuentista que, además, comparte creaciones y consejos desde las redes sociales. Según se observa en la web Las historias (www.lashistorias.com.mx), donde cuelga tanto sus textos como ejercicios de creación para los lectores. Ha practicado la narrativa, con especial atención a los microrrelatos, el teatro y el ensayo, así como el género novelesco según se ha comentado. También ha practicado otros formatos, como la novela gráfica en la serie Kustos. Para esta antología presenta un relato inédito de corte apocalíptico que sigue la fórmula de la cápsula de tiempo encontrada: "La voz de la piedra", con un peso muy importante de cómo las tecnologías pueden afectar al texto. Es también un texto alegórico, pero en este caso, de la condición humana pese a estar narrado por un ciborg, y de cómo algunas de sus características, como la memoria personal, pueden ser modificadas por la tecnología. Pese al contexto que se utiliza, se trata de un relato que se podría extrapolar a cualquier lugar del mundo.

El blog de Vicente Luis Mora (Córdoba, 1970), Diario de lecturas (http://vicenteluismora.blogspot.com.es/) ha sido el medio de referencia en cuestiones literarias para muchas personas desde hace más de una década. En esos textos, que se podían leer a través de la pantalla, eclosionó lo que se dio en llamar el fenómeno que Mora denomina pangeico, y que no consistía en otra cosa sino en la inclusión de una forma afirmativa y decidida de la tecnología de última generación, tanto en los contenidos como en las estrategias textuales. Mora, que es un investigador por antonomasia, estudió el fenómeno y participó de él y de cómo el hecho obligaba a reinterpretar el mundo. Pero no lo hizo solo desde su bitácora, sino muy especialmente desde la poesía, con libros como Construcción (2005), Tiempo (2009) o Serie (2015); desde el ensayo con Pangea: Internet, blogs y comunicación en un mundo nuevo (2006), o La luz nueva. Singularidades en la narrativa española actual (2007) entre otros; desde la narrativa con Subterráneos (2006) y con la novela Alba Cromm (2010), y hasta desde las revistas literarias con el hoax que protagonizó con el número 322 de la revista Quimera. En este afán de búsqueda, la cf ha jugado un papel muy importante. Mora es un apasionado de los temas tecno-científicos, y, gran lector del género, la cf le sirve para llevar hasta el límite algunas de sus preguntas más abismales. El libro de relatos Subterráneos es un texto dedicado por completo a la cf. De él se extrae "Psiquia", una historia sobre los límites entre la tecnología y ese trance que nos determina como seres vivos: la muerte, sin perder tensión narrativa y siempre cuidando al detalle la distribución gráfica de la página. El relato contiene paralelismos con el de Chimal, pero se resuelve de forma diferente, lo que muestra la diversidad del género en lengua castellana.

La escritora Giovanna Rivero (Montero, 1972) es también una excelente cuentista, pese a que haya adquirido fama en los ámbitos literarios tras la publicación de su novela: 98 segundos sin sombra (2014) en la editorial española Caballo de Troya, que la ha llevado a ser considerada una de las escritoras bolivianas con más futuro. Prueba de ello es su triunfo en el prestigioso premio Cosecha Eñe 2015, convocado por la Revista Ñ. Una muestra de que la narración corta es uno de los puntos fuertes de la literatura boliviana reciente si recordamos las dotes del ya mencionado Paz Soldán. Como él, Rivero también se interesa por las literaturas prospectivas y/o fantásticas. De muestra, su novela Helena 2022: la vera crónica de un naufragio en el tiempo (2011). Y, en analogía con buena parte de las contribuciones de este libro, la preocupación política también se destila de las narraciones de una autora que dice amar la contaminación de géneros (Soruco). Tanto esa contaminación como dichas preocupaciones se leen a través de las líneas del relato "Pasó como un espíritu", un cuento sobre la identidad en donde la autora imagina a un caudillo milenario con tintes actuales, que ha sobrevivido al paso del tiempo y al que la narradora, médico de profesión, pretende entregarse. Todo sucede en un futuro en el que se entremezclan las innovaciones tecnológicas con la cultura de los Andes: filosofía zen con santería, fecundación artificial con rituales arcaicos, o drogas de diseño y nombre extranjero que conviven con el ancestral consumo de coca por parte de los indígenas. Toda una apuesta estética.

Juan Jacinto Muñoz Rengel (Málaga, 1974) inició su carrera apostando claramente por la literatura fantástica y, por extensión, la cf. De aquel inicio es fruto su primer libro de relatos: el muy victoriano 88 Mill Lane (2005). Extendió con posterioridad su interés por lo fantástico y la cf a todo el planeta y a distintas épocas de la historia con su siguiente antología: De mecánica y alquimia (2009), con la que ganó en 2010 el premio Ignotus. A partir de entonces, Muñoz Rengel inició una exitosa carrera como novelista. Primero con la novela negra El asesino hipocondríaco (2012), con la que cosechó éxito internacional. Después, de retorno a la literatura fantástica con la angustiosa El sueño del otro (2013) y con la novela de aventuras, El gran imaginador (2016). Sin embargo, su afortunado paso al género novelesco no oscurece su increíble reputación como cuentista. Prueba de ello es su inclusión en algunas de las antologías recientes más importantes en la materia, como Cuento español actual (2014) o Pequeñas resistencias: antología del nuevo cuento español (2002), o la obtención de más de cincuenta premios de relato. Es precisamente con un relato como el autor participa en esta antología: "El libro de los instrumentos incendiarios." Un texto extraído de la compilación De mecánica y alquimia por cortesía de nuevo de Salto de Página y el propio autor. La historia no podría congeniar mejor con el espíritu de este libro. En una Península Ibérica gobernada por los reinos de Taifas, un jefe de policía musulmán debe desentrañar el enigma de la desaparición del escriba del rey que se esconde tras unos extraños sucesos y un complejo artilugio. Solo un escritor con el talento de Muñoz Rengel y su herencia andaluza sería capaz de introducir en el terreno de lo fantástico tecnológico una serie de elementos propios de la cultura que dominó el Al-Andalus durante siglos. Ya por eso este relato merecía estar entre estas páginas. Pero además, se trata de un cuento impecable. Una maquinaria perfecta.

La trayectoria de Jorge Carrión (Tarragona, 1976) se ha cimentado desde la no ficción y la docencia en creación literaria. Su ensayo más conocido, Librerías (2013), fue finalista del Premio Anagrama de Ensayo en 2013 y ha sido traducido al inglés, el francés, el italiano, el chino y el polaco. Con anterioridad había escrito otros ensayos y libros de viajes, dada su condición de viajero impenitente, entre los que cabría destacar Teleshakespeare (2011), Australia. Un viaje (2008) o La piel de la Boca (2008). Da clases de creación literaria en el más afamado máster en la materia de la universidad española, el de la Universidad Pompeu Fabra, del que en la actualidad es el director. Ha experimentado otros formatos como la crónica desarrollada en formato de novela gráfica en Los vagabundos de la chatarra (2015). Pero también ha compuesto una importante obra de ficción narrativa, concretamente, una tretalogía denominada "Las huellas", toda ella dedicada a la cf. Una cf muy conceptual y en donde los lectores encuentra buena parte de las obsesiones del autor, como su pasión por las series televisivas, pero desde la que pretende responderse las preguntas que nos permitirían entender este mundo complejo que habitamos. Fruto de este pulso conceptual y narrativo son Los muertos (2010), Los huérfanos (2014), Los turistas (2015) y Los difuntos (2015), esta última publicada por la editorial Aristas Martínez en formato ilustrado con la colaboración de Celsius Pictor. Es precisamente de uno de esos volúmenes del que se extrae el fragmento con el que Carrión participa de esta antología. Se trata del texto titulado "Facing", que forma parte de la novela Los huérfanos (Galaxia Gutenberg) pero bien podría funcionar como relato. Una imaginativa descripción desde la narrativa de la inhumanidad de nuestro mundo contemporáneo y que resume a la perfección la doble faceta de cronista y creador de Carrión.

Marina Perezagua (Sevilla, 1978) es tan implacable en su literatura como es su pasión por las travesías a nado de largas distancias. Aunque ha sido una trotamundos, en la actualidad reside en Nueva York, donde da clases en NYU. Inició su carrera con dos aclamados libros de relatos: Criaturas abisales (2011) y Leche (2013). Ambos publicados en la editorial Los libros del lince, del conocido editor Enrique Murillo, su descubridor. En los últimos años se ha estrenado en el relato largo con la impactante novela Yoro (2015), que recibió críticas muy entusiastas en los medios más prestigiosos, y con una novela de corte humorístico: Don Quijote de Manhattan (2016). Su literatura deja sin aliento por lo impactante de sus imágenes, el medido uso de la metáfora, y la utilización de una serie de descripciones de la crueldad humana que le permiten repensar su autobiografía y enfrentar sus fantasmas. Es en ese punto donde la autora abre la puerta a lo fantástico y a elementos más propios de la cf que del realismo. No en vano, la autora afirma estar interesada por los lenguajes científicos, y por sus componentes especulativas e innovadoras (González). De hecho, su forma de borrar las fronteras entre lo humano y lo animal o lo masculino y lo femenino es sistemática, hasta el punto que a los lectores les quedan dudas de si existe también una frontera entre el bien y el mal. Hemos seleccionado para esta antología un relato que cumple a la perfección con estas características. Se trata de "Un solo hombre solo", que figura en la compilación Leche. Un relato que podría calificarse de cf al revés en donde la autora reconstruye el hilo de la memoria de un hombre que está a punto de recibir una inyección letal, desde sus ancestros en el Neolítico hasta el instante preciso de su muerte.

Las publicaciones periódicas dirigidas por Salvador Luis Raggio Miranda (Lima, 1978), conocido literariamente como Salvador Luis, son tan celebradas como este autor peruano. Los noveles primero, y Specimens después, han servido a muchos lectores iberoamericanos para descubrir las últimas tendencias de la narrativa en castellano, así como la obra de autores de gran calidad no tan conocidos como se debería, labor que ha completado con la publicación de numerosas antologías. Salvador Luis también ha desarrollado una carrera académica, dedicando varios ensayos a escritores y cineastas iberoamericanos. Es el creador de las nouvelles: Zeppelin (2009) y Prontuario de los pies y de los zapatos (2012), de la que Vicente Luis Mora afirmara en El Boomeran(g) que era un excelente ejercicio de estilo; y del libro de relatos Shogun inflamable (2015). A través de esta colección se observan sus referencias culturales, musicales y cinematográficas en su mayoría, así como el uso de recursos experimentales. Sus textos minimalistas también corroboran que es un verdadero maestro de la hibridación de géneros, y en esta apuesta la cf no podía faltar. Es precisamente con un relato corto como Salvador Luis participa de esta antología: "Lemmy Kilmister me lo dijo", un cuento muy borgeano que apareció únicamente en la edición norteamericana de Shogun inflamable, publicada por Suburbano en Miami.

Laura Fernández (Terrassa 1981) es periodista, escritora y crítica literaria y musical. Desde hace años trabaja en El Cultural, el suplemento cultural de El Mundo, en su edición para Cataluña, y su bagaje como crítica en otras publicaciones es extenso. Ha publicado las novelas Bienvenidos a Welcome (2008), Wendolin Kramer (2011), La chica zombie (2013) y El show de Grossman (2013). La autora define su primera novela como una sit-com galáctica (Fernández), y las referencias a superhéroes y elementos del cine fantástico y de ciencia ficción son continuas en el resto de sus novelas. Su trabajo en relato corto se articula en torno a lo que la autora define como las "Historias de Rethrick", una serie de cuentos que se desarrollan en otro planeta con sistema estelar distinto incluido, que también es el escenario de El show de Grossman. El universo literario de Fernández es sumamente original. En él abundan los personajes metaliterarios, en su mayoría escritores de cf, que se desenvuelven como pueden en complejas tramas policíacas. Dos de estas historias cortas salieron publicadas en la revista Quimera. Una tercera quedó finalista del premio Cosecha Eñe 2012: "Hombres por Correo Lohmann." Y una cuarta: "¡Maldita seas, Doris Dane!", lo hizo en la Black Pulp Box de Aristas Martínez. En la misma editorial, y a partir de la publicación periódica Presencia Humana, han aparecido otras "Historias de Rethrick." La que figura en el número 2, dedicado en exclusiva a mujeres escritoras: "El redactor estrella de Rocketbol Amazing Times"; y la que se publica en esta antología y que salió en el número fundacional: "¿Acaso soy una especie de monstruo señor Pallcker?"

Tamara Romero (Barcelona, 1982) también ha publicado en Aristas Martínez a través de Presencia Humana. Como se observa, esta editorial, ubicada en Badajoz, está tomando el relevo y apostando por la publicación de los autores españoles de cf más jóvenes. Una de sus iniciativas más exitosas ha sido recuperar el formato de revista para publicar relatos cortos. Del mismo número fundacional de Presencia Humana en el que participaba Fernández extraemos su contribución a este libro: "Ojos de Neón". También ha publicado la novela "bizarra": Pérfidas (2014), de nuevo en Aristas Martínez. Romero suele alternar la escritura en castellano con la escritura en inglés. De hecho, su primera novela: Her Fingers (2012), se publicó en ese idioma. También alterna los formatos, pues su segunda publicación larga fue una serie en formato e-book titulada Ciudad Escalera #1, que se acabó convirtiendo en una e-novela: Arcana. Ha publicado en otras muchas revistas y/o plataformas, algunas de ellas aquí mencionadas, como Specimens, y en 2014 ganó un premio Ignotus de cf con el relato "El aeropuerto del fin del mundo." Para una autora que cita como referencias principales, entre otros, a Jeff Noon, China Miéville, J. G Ballard o Ursula K. LeGuin, la cf es algo a tomar en serio. La suya es una apuesta contemporánea, con los elementos propios de un mundo globalizado como se lee del relato que nos participa.

Carlos Gámez Pérez

Bibliografía

Baudrillard, Jean. Simulacra and Simulation. Ann Arbor: University of Michigan Press, 1994.

Brown, J. Andrew. Test Tube Envy: Science and Power in Argentine Narrative. Lewisburg: Bucknell UP, 2005.

Calvo, Javier. «Nueva narrativa extraña Española: un mapa». Jot Down Magazine, [Web] marzo 2013. [consultado por última vez el 31 de diciembre de 2015].

Díez, Julián. Antología de la ciencia ficción española 1982-2002. Barcelona: Minotauro, 2003.

Díez, Julián y Fernando Ángel Moreno. Historia y antología de la ciencia ficción española. Madrid: Cátedra, 2014.

Fernández, Laura. Bienvenidos a Welcome, [Web] 10 de marzo de 2014. [consultado el 8 de Agosto de 2016].

Gámez, Carlos. «Ciencia, tecnología e ideología en la literatura española.» Revista de ALCESXXI: Journal of Contemporary Spanish Literature and Film 1. [Web] (2013): 600-629.

.--- «Ciencia ficción iberoamericana: Un mapa.» Suburbano, [Web] 15 de julio de 2013.

Ginway, M. Elisabeth y J. Andrew Brown. Latin American Science Fiction: Theory and Practice. NY: Palgrave MacMillan, 2012.

González, Isabel. "La palabra más honda es hombre". El Mundo, [Web] 10 de marzo de 2014. [consultado el 8 de Agosto de 2016].

Haraway, Donna. "A manifesto for cyborgs: science, technology, and socialist feminism in the 1980s." Socialist Review, 80 (1985): 65-107.

Haywood Ferreira, Rachel. The Emergence of Latin American Science Fiction. Middletown: Wesleyan UP, 2011.

Latour, Bruno. Nunca fuimos modernos. Ensayo de antropología simétrica. Madrid: Siglo XXI, 1991.

McNeil, Maureen. «Cultural Science Studies». En Clarke, Bruce y Manuela Rossini (editores). Routledge Companion to Literature and Science. London and New York: Routledge, 2011

Moreno, Fernando Ángel. Teoría de la Literatura de Ciencia Ficción. Vitoria: Portal, 2010.

Paz Soldán, Edmundo. "Más allá de la ciencia ficción". Segundas oportunidades. Santiago de Chile: Ediciones Universidad Diego Portales, 2016.

Rojas, Alberto. "Jorge Baradit, escritor: «Ya no es posible hacerle el quite a la ciencia ficción»". El Mercurio, [Web] 14 de noviembre de 2007. [consultado el 4 de Agosto de 2016].

Soruco, Jorge. "Giovanna Rivero ama «la contaminación de los géneros»". El Mercurio, [Web] 11 de agosto de 2012. [consultado el 4 de Agosto de 2016].

Yaszek, Lisa. «Science Fiction». En Clarke, Bruce y Manuela Rossini (editors). Routledge Companion to Literature and Science. London and New York: Routledge, 2011, pp. 385-395.

El fin de la palabrística
Marcelo Cohen

En una situación de grandes apreturas generales surgió un sujeto que miraba hacia arriba. Sí. Bueno, sí. Es un planteo inicial firme y acertado pero muy insuficiente. Hacen falta algunas consideraciones. Apreturas significa no que no hubiese dinero sino que costaba moverse un poquito suelto; que, aunque la comodidad de las casas permitiera soslayar por las noches cuánto se chocaba durante el día en la calle, estaba el límite cortante donde los últimos edificios daban la espalda al campo arruinado por encima de la Perimetral. También es cierto que en ciudad Ajania muchos miraban hacia arriba, la gran mayoría, porque a nivel de las caras la perspectiva era cortísima. Una incesante colisión múltiple de miradas que a cada segundo anunciaba un contacto de cuerpos, también múltiple, espasmódico pero sin cóleras. Un abarrotamiento apacible. Casi narcótico. Hay que tener en cuenta que todo esto sigue siendo igual, más o menos todo. Lo único diferente es que ahora está ese muerto interesante.

Nadie sabe en qué va a transformarse. Probablemente los procesos de la memoria saturada lo transformen en otra cosa que un muerto. Un objeto simbólico que pueda circular, digamos una imagen digital, una efigie, porque en Ajania no gustan los santuarios. No hay dónde ponerlos, y además para hacer un santuario habría que saber dónde fue la muerte. La muerte del hombre que miraba hacia arriba. Vale decir: que miraba hacia lo alto. Así queda mejor. Dentro de poco ni siquiera se va a saber si el tipo murió de veras. Siempre es así y con esto volvemos al comienzo. Que no se sepa siempre ha sido una condición del bienestar. Ajania había olvidado sus mitos fundacionales con tal fuerza de voluntad que ya parecía una especie de inocencia. Textos de historia veraces, para qué negarlo, periódicamente podados de las primeras épocas en beneficio de una gran dedicación al desarrollo moderno. En esto no detenerse mucho. No consentir la idea de complot de poder. Se había dado naturalmente. Una inercia comunitaria. Aceleración cohesiva, aunque sin gran interés por el porvenir. Ni por el pasado. Chistes legendarios simpáticos, a lo sumo, sobre la llegada del conductor Aján a la isla en un bajel cachuzo, guiando una banda de desharrapados famélicos. Brutos, seguramente, tecnoatorrantes expulsados por la escasez de alguna isla de monocultivo, o desposeídos de trabajo por una reconversión industrial. Descendientes de inmigrantes varios: parece que eran diferentes entre sí a más no poder, como monotipos tocados por la luz para rehacer Algo después de un diluvio. Boat people. Ralea posproletaria. Es difícil concebir que pudieran considerarse elegidos. Pero la mitad de las islas del Delta tienen un cuento sobre el Diluvio o la Inundación Universal y unos justos que se salvan junto con una muestra elegida de la correspondiente fauna local. Nosotros también. Indescriptible la megalomanía de ciertas culturas. No extraña que se hayan retaceado de los libros esas fábulas para subnormales. Eso de que llegado a un sitio de nuestra isla Aján dio dos pasos al Este, dos al Sur, etcétera y copuló con una virgen anciana pero derramó parte de la semilla en una hoja de paliboque y la amasó mezclada con excremento. Suyo. El caso es que estaban como a dos días de marcha de la ribera. Más o menos en el centro de la isla, donde se interrumpen las lomas, hay una meseta enana. Parece que Aján plantó la torta envuelta en la tierra y dijo Aquí el lugar fecundo; el lema todavía se lee en el escudo de la ciudad.

Algún arma teledirigida debían tener, porque aniquilaron a los hectos, contuvieron a los beniles, etcétera; vaya a saber si se llamaban de veras así esas gentes. Pueblos cazadores de nutrias, pueblos criadores de pollos. Arroceros. Una isla bastante grande. Había una fábrica de harina de pescado. Los de Aján los dominaron a todos, y habrían empezado a matarse entre ellos de no mediar la vieja solución del sacrificio. Cada equinoccio de otoño ahogaban a un mancebo en una gran pila con agua de río para sofrenar al espíritu de la creciente o el dios del granizo. El cielo se pobló de poderes. Divinidades histéricas, antojadizas, volubles, enemistadas entre sí. Ofrendarles algún cuerpo elástico de vez en cuando era una buena maniobra para sofocar las carnicerías. A medida que el cadáver amoratado de la víctima se iba pudriendo en la pila del sacrificio el deseo colectivo se aplacaba en una culpa cohesionante e inhibitoria. Pero como las carnicerías contra otros no paraban, el paso siguiente fue legalizarlas y minimizarlas con los protocolos de la guerra. Iban a una aldea y decían: Ciudad Ajania proyecta invadirlos, habrá lucha sin cuartel, perderemos vidas humanas y viviendas y cultivos y ustedes también; y para evitar cataratas de muertes se proponía un combate reducido entre campeones de cada pueblo. Esos cuentos plagados de llamitas prodigiosas estarían indicando que los ajanos usaban algún tipo de lanzafuegos. Perdieron muy pocas veces. Al fin impusieron un autarca a toda la isla. Después hubo paz, más o menos esporádica, y después desarrollo e intercambio con un montón de islas, televisión, pancorreo, la Lotería Panorámica, Panconciencia, invención de técnicas nuevas, absorción de saberes, producción de bienes, generación de riqueza, los beneficios de incorporarse al flujo simultáneo de todo el Delta. Hay un grueso así de páginas sobre las décadas de este proceso. Todo bastante rápido. No se explica demasiado adónde fue a parar la brutalidad, esa neurastenia arcaica ante los logros del vecino o la presencia física de un vecino, o ansia por agregar algún cachivache más al repertorio de posesiones.

No, no, así esto promete ser largo y engorroso. Para qué repasar trechos tan amplios cuando falta el don de resumir. Sin embargo repasando siempre se obtiene alguna pista. Tal vez no haya que adelantarse tanto. Por otra parte está mi plan, que requiere ir por partes. Entonces, ssSSSss, varias páginas del libro ideal vuelven mentalmente atrás. A ver, a ver.

Misioneros, claro; es un capítulo precedente. Aparecen ahí unos embajadores de traje plateado, parecería que de alguna tela sintética. Hombres de elocuencia vehemente, rebosantes de cortesía. Gente bien. Venían en prácticas naves voladoras. Ofrecían ese nuevo Dios único conversador, creador de toda la materia, filosófico, problemático, irritable, justo, paternal, que por encima de todo exigía no matar al vecino, ni local ni forastero. El nuevo Dios era como un viejo conocido o una versión remendada de un intento anterior. Ante cualquier escollo, conversaciones en el alma: Oh, Señor, ¿me equivoco o estás abandonándome? – Silencio – ¿Aún debo confiar en ti? – Silencio – Sí, Señor, entiendo que acatando tu verdad sólo se puede obrar rectamente. Y acto seguido, la primera de un puñadito de normas morales: el asesinato se pagaba caro. A cambio, amar la presencia física del vecino local o forastero se premiaba de maneras que ya se entenderían con el tiempo. La promesa de otra vida: un banquete con larguísima siesta anexa cuando en este mundo siempre se ha comido mendrugos. Tenían gran muñeca publicitaria los misioneros. Los ajanios entendieron o volvieron a entender algo que sus ancestros habían olvidado. Y era que no había tiempo de sobra, dicho en el plano íntimo de cada cual. Todos los hombres se morían, bien lo habían comprobado ellos aunque se resistieran a enterarse. O sea que basta de víctimas propiciatorias. El Dios único de los misioneros venía a decir que cada criatura era inapreciable y redimible, y la eternidad un premio. Así nació el individualismo. Casi a la vez nació el espíritu desbocado de empresa. Cada criatura que no creaba un negocio era inapreciable para mantener en marcha el negocio de otra o comprar lo que el negocio crease. Los misioneros ya habían instalado una repetidora de Panconciencia y calculo que entonces cerraron el pico propagandístico para exhibir muestrarios de insumos. Catálogos. Contratos. Los ajanios habrán puesto materias primas y la resistencia física de los pueblos que habían sometido, y los organizaron con una rapacería que el Dios nuevo empezaba a revestirles de diplomacia. Aparece por ahí una planta de robotinas hiladoras de yute. Bancos. Una fábrica de piezas para fuselaje de flaybuses y andamios de construcción. Ya entonces las proezas de los ancestros habían volado de la memoria. En la totalidad dual del Delta Panorámico los ajanos se enchufaron a la Panconciencia mientras el resto de la isla zozobraba para siempre en la desinformación. Al resto de los isleños la falta de datos sobre la realidad panorámica los dejó en la miseria, porque a la larga sólo la información daba diviendos reales, y la miseria los fue idiotizando.

Ah, mi sentido del humor me da acidez. Realista y fétido. Cuando Ajania adhirió al monoteísmo pantutelar del Delta, el Dios que jugaba a esconderse, pero todos se imaginaban más bien como un mago cascarrabias, ya se había retirado de los templos, de la vida en las nubes y de las bambalinas del cielo estrellado a una distancia tal que dejaba en ridículo la armonía inmensa de las esferas. Lo que a los ajanios les vino requetebién. Resumiendo: cuando empezó el asunto que a mí me importa hacía tiempo que Ajania cultivaba una fe casi laica pero repleta de supersticiones. Gente que contribuía a apagar un incendio regando compulsivamente las plantas de interior. Ahá. Este planteo sí que es bueno. No había muchos incendios. Los ajanios siempre tuvieron suerte y humedad de sobra. Entregaban el cerebro al ajetreo de la Panconciencia y la conciencia personal la mantenían en barbecho. No sé por qué escribo en pasado. En todo esto yo estoy hundido hasta el gañote. Razón por la cual el supuesto difunto ilustre me gustaba. Sin llegar a la identificación, cierto. Ciertos contactos tuve con él que ahora me permiten ser dueño de unas claves que no pienso compartir; cosa que la comisaria Benaspe ignora por completo.

También es cierto que los ajanios han tenido sus explosiones de creatividad. Una rapidez astuta para aprovecharlas. Un ejemplo. A comienzos de este siglo Neilen Rávidan patentó el Netexe, único veneno que bien fumigado desde cualquier flaybús puede eliminar realmente las plagas cíclicas de mosquitos sin destruir toda la flora; y buena parte de la fauna. Oficialmente el Netexe está prohibido. Pero en el Delta Panorámico hay cientos de islas torturadas por los mosquitos y el rascacielos del Emporio Rávidan en el centro de Ciudad Ajania no se alzó vendiendo chupetines. Ahora bien, hace treinta años los Rávidan cerraron sus cuatro fábricas de sanitarios para transladarlas a Isla Fel 8, en el remoto este, donde todavía no rige la normativa laboral del Delta. Hubo una revuelta de isleños desempleados, tan idiota que más que reprimirla les bastó con empujarla; como siempre, hasta el borde brusco de Ciudad Ajania. Cuando se trazó la Perimetral las fábricas clausuradas quedaron en las afueras nuevas. Ya está claro adónde había ido a parar la brutalidad de los ajanios. Crasa negación de los estómagos excedentes. Pero ojo con simplificar. Además la cuestión es otra.

Ciudad Ajania, prisma de cristal de cuarzo clavado en, en... Difícil terminar el símil. En fin: todo alrededor de la ciudad hay esa lejanía de fango resinoso donde se atrofian hasta los laureles, cruzada de acueductos y agujereados trechos de asfalto y pasarelas de aluminio que unen antiguas viviendas obreras. Derruídas las más. Algunas todavía habitadas, y entre los pilares bandas escuálidas de atracadores pesimistas. Una pulsación, esas afueras, de vida peligrosa, lánguida y arrítmica como de tejido con necrosis. Costillares de hierro oxidado. Guirnaldas de espuma mugrienta en charcos de agua servida. Esos lagartos barbudos de nuestra isla inmóviles entre bidones de petróleo. Gallinazos de carne fétida, malqueridos por los cazadores. Dragas varadas desde crecientes inmemoriales. Gente, gente desvaída; basta un misil de vez en cuando para intimidarla todavía más. Carbón desparramado entre frigoríficos de ventanas rotas. Mantas mojadas, lápidas, chasis, caños, gasolineras fantasmas, vagones empapelados de diarios. Maletas robadas del aeropuerto. Todo lo que la ciudad viene evacuando desde hace una enormidad de tiempo. Pasan por ahí vías de tren que acaban de golpe en las lomas peladas. Más lejos, cerca de las riberas, aldeas como de pan negro desmigajado. Ciertos pobladores rubios y ariscos que secan juncos. Pesca y cestería y unos cánticos de rana que parecen emitidos desde el centro del cráneo. Con la brea que flota en las rías esa gente hace enormes montículos que figuran en la guía turística de la isla pero en los diarios no aparecen nunca. Tortas de Aján, las llaman. Entre los sauces. Las he visto yendo en flaybús de vacaciones a Isla Guampol o a otra parte. Un álbum fotográfico de la angustia. A veces ahí sacrifican en la pira a algún chico que salió escupido de la ciudad. Es decir que son neopaganos. Así sugiere no sé quién. Yo no lo creo. Ese paisaje es importante en un sentido que ya irá descubriéndose. De momento hay una intuición y mis humildes datos. Ya corroboraré si es cierto. Será cierto.

A mí me toca investigar. La orden no es muy perentoria, como si prácticamente a nadie le importase lo que haga. Aunque también la indiferencia se finge. En una situación de grandes apreturas surgió un hombre que miraba hacia arriba, es decir hacia lo alto, y cuando el ideario ya entusiasmaba a medio mundo el sujeto se murió o lo mataron. No hay cadáver.

A los cuatro días de haberse propagado la noticia entra en mi cubículo la comisaria Benaspe y me dice: Doriac, usted se va a ocupar de ese asunto. No le pregunto cuál asunto porque ya sé; desde luego que lo sé; le pregunto qué quiere que haga. Como ha ascendido a fuerza de estar en contacto con la Panconciencia la comisaria no tiene ideas particulares. Bueno, algunas. Muchas menos que yo. Le ofrezco un cigarrillo y dice que está demasiado triste para fumar. Dejemos de lado si es sincera. No hay cadáver ni móviles apreciables, pero puede haber cadáver y móviles también. Le digo que en principio haré un informe. Doriac, a usted le encanta perder el tiempo; pero como hay tiempo de sobra haga como guste. ¿No cree, comisaria, que dentro de unos meses todo el mundo se habrá olvidado de mirar para arriba? Dice que no, pero no me presiona. Acomoda el cuerpo a mi oficina diminuta con una sinuosidad adiestrada en miles de fintas diarias. La cara lisa de adicta a la Panconciencia le brilla de porcelanosis, la enfermedad de los ajanios más endurecidos. Una belleza madura y hierática. No sabe si el caso tiene importancia o no. Para eso acá estoy yo elaborando el informe. Es lo primero, y es mi obra.

Vacaciones, claro. Todos iban y seguirán yendo de vacaciones lo más lejos posible. En Ciudad Ajania no hay lugar. El afán de acumular, y ordenar todo el rato lo acumulado para que no moleste, engordó en el pavor al contacto con cualquier cosa que no hubiera entrado en la selección. Un pavor casi tangible. La energía afilada que daba el pavor se aplicó a la decoración de un rutilante campo de exclusiones: Que aquí no entren ésos de alrededor. La ciudad se hizo estrecha de talle y alta de envergadura, como si el bienestar sólo pudiera representarse en una silueta esbelta. Cuanto más moribundas las afueras, más circunscrito el adentro. Nada de toxinas. Reluciente la ciudad y tersa la población. Carne suntuosa fajada por la ronda Perimetral. El precio de una tanatocracia próspera. Rascacielos, puentes aéreos y por supuesto parques obligatorios, todo superpoblado e hiperactivo. Una cantidad de edictos fomentando el uso de las piernas para evitar congestiones de tráfico. Plantas purificadoras. Andar raudo y deportivo; siluetas humanas que duplicaban la belleza quirúrgica de la ciudad. Si en las afueras que ahora nadie conocía ni recordaba el agotamiento del deseo volvía el paisaje melancólico, el deseo de Ciudad Ajania prosperaba en una pujanza ansiosa. Un módulo aislado de Seiscientos mil habitantes puede vivir bien varios siglos si está comunicado con los centros decisivos del Delta y enchufado a la Panconciencia. Basta con que planifique el crecimiento vertical. Expulsar población vernácula habría sido una barbarie, un retroceso a la crueldad del politeísmo. Eso no. Tampoco cabía una moral del roce sañudo con el conciudadano. Bastaba con reprimir un poco las fobias.

Se sabía que en las afueras había crímenes violentos; ése era el territorio de los sacrificios. Dentro de la ciudad el síndrome habitual se manifestaba en mareos, hipersensibilidad, aumento o reducción de la frecuencia cardíaca, sudoración, desequilibrio, impotencia motora repentina, parálisis del habla. Para mitigarlo había pastillas. O el masajeador de yemas. Para llegar al salón bar donde Mengano le ha dado cita, Fulano tiene que esquivar flaytaxis en vuelo bajo, recorrer dos aceras saturadas de gente en movimiento, cruzar un hall rebosante y subir treinta y dos pisos en un ascensor caldeado y hermético; de golpe no le responden las piernas; apenas respira; no está educado para abrirse camino a codazos; en el aire lamedor hay un excema ambiental, casi igual a la reacción alérgica que empieza a manifestar él mismo; así que saca el comprimido y se lo traga. Llega a la cita un poco sedado pero la lengua al menos le funciona. El salón bar le parece un dédalo de muebles de aristas poderosas. Por la ventana, a quince metros tras la ventana de enfrente, ve un salón bar decorado en otro estilo pero también repleto donde un hombre petrificado entre mesas intenta echarse al garguero una pastilla. Me pregunto si en el paisaje miserable de las afueras no se morían muchos de tristeza. En ciudad Ajania el esfuerzo colectivo por controlar el pánico había suprimido el suicidio. A mí ninguno de los dos extremos me afectaba porque me movía en las flaymotos de la brigada, o por los cables del teleférico oficial. Pero entonces veía.

Veía un clima de abulia bulliciosa con raptos de movilidad. No se incentivaba el matrimonio; no se elogiaba la pareja; y no por resistencia a la procreación, sino porque ninguna cautela sobraba para evitar que la apretura se recalentase. La realidad paralela de Ciudad Ajania era una red masiva de viciosos solitarios. Y ufana... Veamos qué más... Modas: sesiones de nostalgia de la naturaleza. Desayunos en las terrazas ajardinadas. Mucho humor procaz sobre la promiscuidad; adiestramiento constante para disiparla. Niño, ¿te molestaría eructar hacia el suelo? - Usted disculpará, caballero, si no puedo encajar la teta en otro lugar que su axila. El problema, señora, será donde apoyar mi bálano- Ja ja – Después cada cual de vuelta a un pudor enérgico y alegre. Del pudor real dependía el mantenimiento de un medido lujo. Pese al estrépito constante de motores nadie alzaba nunca el tono. Hasta los chistes se iban apagando.

Pero en esa situación de grandes apreturas surgió un hombre que miraba hacia lo alto. Viol Minago. El Que Nos Encumbró. El Que Alzó las Palabras. Títulos pálidos para una figura que hizo verdadero capote. Esto, tenerlo muy en cuenta. Las ideas de Viol Minago arrasaron. Es descorazonador lo mal que estoy exponiéndolo. No habría debido empezar desde tan atrás, pero a lo mejor es el precio de la meditación. Sentado en mi cubículo blanco frente a la pecera azulada yo fumo y medito y me cepillo el pelo esforzándome por sofocar al Locutor Interior hasta que se calla; trámite de lo más arduo porque el Locutor Interior es casi automático, y muy potente. Empieza a parlotear no bien el cuerpo se aquieta y ya no para; reprime los sueños. Pero yo lo silencio. Al principio esa quietud la ocupa un revoltijo huracanado de ideas, pero si registro todo lo que me pasa por la cabeza al final destella algún chispazo. Hasta podría hacerse la luz. No creo que se haga si no salgo a la calle como un buen detective cualquiera. Libreta, cápsulas de la verdad para interrogatorios caseros, la pereza bestial de tocar timbres, observar el estupor resentido que provoca en los civiles mi pelo largo y reluciente. Al final tendré que salir de todos modos. Y si no fuerzo un poco el pensamiento me asaltan tan pocas ideas particulares como a la comisaria Benaspe. Vamos entonces, que aflore todo. En mi exclusivo beneficio. Un detective libre en un cuerpo atenazado.

Si la comisaria Benaspe me preguntase qué corazonada tengo le contestaría: Comisaria, cherchez la femme. Le encantaría, a la tipa, pero no le voy a decir nada. Yo sé esto: subrepticiamente, la impotencia motriz empezó a infiltrarse en el alma encogida de un hombre de poco más de treinta años que trabajaba de tutor gimnástico en un módulo habitacional femenino. Viol desempeñándose ahí: vahos de gas desodorante entre cuerpos empotrados en aparatos. El ronquido del estirador de piernas arrullando los tendones como una sonatina. Viol eludiendo el descenso de una pesa para eludir enseguida la rodilla de una dama que pedalea, trastabillando junto al tropel de corredoras en la pista rodante. Aquí las fotos del sujeto sobre mi pupitre. Opaco, retraído, robusto, canas prematuras sobre la cara de papión. Simpático. Como tenía un talento para la musicaja, todas las noches iba a la discoteca del edificio a fundir éxitos musicales del Delta en hilos rítmicos que ataban los bailarines al movimiento. El propósito era agotarlos para que se desvivieran por irse a descansar. Un plan compasivo. Buen music-cajista, Viol. Sistemáticamente los bailarines terminaban embistiéndose, ebrios de inhibición, porque a las tres de la mañana sonaba la chicharra y los hombres tenían que retirarse. Estaban obligados.

Rumbo a la salida Viol debía vislumbrar los cuerpos tambaleantes abroquelándose en abrazos salivosos. Intentando robarle un polvo al reloj. Un ascensor se paraba unos minutos entre dos pisos. Pesarosas caminantas de madrugada bajo las luces de los albergues para enamorados. Edificios que se mecían al compás de cientos de manos, cada una acariciando los genitales de su mismo cuerpo. Viol no dormía. Iba a sentarse en algún banco del Parque Pontaj, entre la barahúnda de paseadores de perros que confraternizaban bajo los faroles y los insomnes tumbados en el césped de las poliexplanadas, amontonados en las rampas y las glorietas colgantes. Vistas desde ahí abajo, en el recinto perfumado por los jacintos, las cúspides de los edificios titilaban a la misma distancia que las estrellas y con la misma intensidad, más o menos. Le llamaba la atención la destreza de los ajanios para comer, beber, digerir, recrearse y relacionarse de las maneras necesarias sin abultar ni entrometerse ni perder el equilibrio, ni siquiera los vendedores ambulantes, con apenas un desplazamiento contenido y breve del centro de gravedad. Todos los balanceos sumados daban un meneo casi continuo de gracia apática, roto intermitentemente por las parálisis puntuales. Y cuando alguien quedaba inmóvil el peligro de turbulencia se diluía en ristras de quietudes intermedias, variedades del movimiento que disminuían en dirección al punto crítico y se intensificaban hacia todo lugar donde el vaivén continuase. A veces un alarido atrofiado. Nadie rechistaba, aunque les doliese, porque la Panconciencia inocula el embuste de que estando en un lugar uno está en todas partes, lo mismo Ciudad Ajania que Parisy.

Pero Viol Minago no podía no pensar. No es que pensar se cayese de maduro, sino que pensar era su fatalidad. Ah, tanta gente de reflejos sutilísimos bamboleándose en una placidez sin cometidos. La altura majestuosa de los edificios sustituyendo imperfectamente un anhelo de elevación. Anhelo vano. Postergado. Eso era lo que Viol percibía en la sumisa chacona de las masas corporales de la ciudad, en los coordinados frotamientos, los enervados sprints, los fulgurantes zigzags, las frenadas y torsiones no siempre eficaces y el rumor de los sensores encendidos tan continuamente que incendiaban las pupilas. Lírica ingenuota, subproducto del agarrotamiento. Pero en fin: en el aire volátil, explosiones de miradas. Abajo un tendal de cerebros chamuscados.

Arreciaba la esterilidad. Qué bárbaro, lo estoy exponiendo con una elegancia que empalaga. Si Benaspe oyera estos prodigios sintácticos diría que soy un faccioso. Le gusta incriminar. Y es que Benaspe no es ajana pura y lleva su apellido a disgusto, como una falda con el ruedo embarrado.

Por supuesto que nadie va a acusarme de nada. Pero no tengo por qué entregar mis razonamientos verdaderos ni razonar en la sintonía de los monguis. Ya veré qué le digo. He estado tendido en el sofá, durmiendo muchísimo para que Benaspe se tranquilizase cada vez que se asomaba. Cree que dejándome usar el pelo largo me satisface la cuota de narcisismo. No obstante alguna versión quiere que le proporcione, para el registro oficial. Cualquiera. Por eso me deja en paz. Al modo en que dejan en paz los funcionarios. Mañana va a reclamar. Yo le daré algo: un sospechoso; un arma homicida. El Locutor Interior, que siempre habla manchado de Panconciencia, insiste en introducirme palabras que a Benaspe le parecerían apropiadas. Complot. Demencia. Tal vez bastante más. Si le hiciera caso a esta altura me diría que, como a tantos visionarios, a Viol Minago lo mató un fanático en pro de alguna fe personal absurda, y que probablemente un día encontremos el cadáver despedazado; yo no pienso darle una explicación más oblicua y verosómil, si la que ella quiere alcanza para proteger la verdad. Que esperen: tampoco por esto van a temblar la sociedad ni las finanzas. Viol no era un caudillo ni un guía, ni un profeta ni nada por el estilo, y encima duró demasiado poco como para arraigar mucho. Bien. Hipótesis opípara. La sirvo caliente y se la comen. Porque yo sólo trabajo para mi causa. Leo la superficie del pensamiento rizada por vientos intuitivos. Además sé de primera mano. Sé por mí.
Viol era en esencia un tipo impulsivo. O en sustancia, o en fundamento. Viol estaba empezando a aburrirse. Padecía el aburrimiento de los demás. Una noche en un jardín del Parque Pontaj un arrebato casi neurasténico lo empujó a unir dos elementos disímiles. Miraba el parpadeo de los eslóganes publicitarios en azoteas práctica y teóricamente inalcanzables. Por otra parte miraba la muchedumbre apelotonada resignándose a bambolearse en tierra. Tenían sueño pero no estaban tan cansados. Quizá hubiera que llegar a algún punto para cansarse de veras. Un empujón más y Viol dio el salto imaginativo. Agarró a unos

jóvenes de por ahí y les dijo: Muchachos, ¿qué tal si hacemos un poco de lugar poniéndonos unos arriba de otros?

Me encanta la hipótesis de este momento de lucidez. Estadísticamente es imposible que un ajanio de edad fresca no vislumbre en seguida el proyecto que entraña esa pregunta. O sea que se sacudieron los abrojos que el pasto les había pegado a la ropa, y como eran todos musculosos y elásticos y andaban sobrados de energía uno se trepó a los hombros de Viol y otro a los hombros de alguno que Viol había tomado por los hombros, todo muy férreamente, y los dos encaramados se afirmaron esperando que un quinto muchacho coronase la torre, erguido arriba como una especie de pararrayos. Digo yo que incluso habrá extendido el brazo, el quinto personaje, y abierto los dedos apuntados al firmamento. La base de dos era inestable. El grupo entero se derrumbó en el césped. Imaginarlos despatarrados. Bien. Aunque la caída dolió, les estaba demostrando que superponiéndose unos a otros habían dejado un área desocupada donde caer. La certeza doble de que podían ascender por una técnica puramente humana y al mismo tiempo aliviar de sus volúmenes el espacio urbano circundante les dio ánimo para repetir la prueba; aunque ahora Viol y el compañero de base pidieron apoyo a cuatro o seis más a modo de contrafuertes. Es decir, un castillito de ocho chicos y chicas en el fundamento, dos en un primer piso y uno más arriba en función de aguja. Aunque el orgullo ajanio lo niegue mi memoria errática guarda imágenes de culturas antiguas que hacían torres humanas. Se divertían todos la mar. Pero Viol no. Esa misma noche u otra se las arregló para explicar que su búsqueda era más temeraria. Aunque una torre así prestaba un servicio al municipio, eso acababan de demostrarlo, como símbolo era demasiado universal y como entretenimiento un deporte ramplón. Había que decir algo. Decir cosas. Un desafío peliagudo. Los demás deben haber cavilado. Aparte de que todos tenían impedimentos graves para concebir una palabra significativa, no digamos ya una frase, estaban los obstáculos materiales.

A mí no me parece que en este trance haya despuntado el genio de Viol. La idea le había surgido completa de una vez, con el arrebato de exasperación por las apreturas. Indicó a dos que se colocaran frente a frente, a un metro de distancia, y bien plantados se dejaran ir hacia delante hasta encastrar hombros y cabezas; el palo transversal de la A sería una teenager aferrada con las pantorrillas a la cintura de uno y con los brazos a la del otro. En efecto, A. Con el mismo procedimiento hicieron al lado una H. Una solitaria chica derecha con la larga mano izquierda oblícua sobre la cabeza hizo de I con acento.

A H Í

Sé que fue la primera palabra porque me lo contó Viol. O me imagino que me lo contó. De todos modos no pondría las manos en el fuego por la memoria del tipo. Le hice la pregunta un día que lo vi muy distraído. La prensa mitómana siempre dio por sentado que la primera palabra fue AJAN –sin acento. Lo mismo da. No; no: si diera lo mismo toda la gesta perdería un poco de espesor. Tampoco sé cuánto epesor o sentido tuvo realmente. Ni siquiera sé si fue una gesta. Hagamos de cuenta que da lo mismo. Bueno, AHÍ es una palabra sencilla. Otra cuestión es que se leía de un solo lado. Por eso más tarde se inventaron los letreros dobles y las frases rotatorias. Mientras, la muchedumbre impedía que el cartel se apreciase desde lejos. Así que la urgencia por ganar visibilidad se sumó a la ambición de ganar altura. Veinte o treinta espontáneos de a pie se comprimieron en un zócalo bastante denso para que el segundo AHÍ se formara a eso de un metro setenta del suelo. Conviene figurarse la impresión de los noctámbulos que entonces divisaron ya la palabra desde cierta distancia. El hombre no era un genio pero tenía sus ramalazos. Supongo. Quiero suponer que todavía la misma noche u otra les quitó a los noctámbulos impresionados el asombro de la boca culminando el nacimiento de su criatura con un OH que no puede sino haberlos hecho reir. Aunque cualquier yogui es capaz de curvarse hacia atrás hasta apoyar las manos en el suelo, que me avisen quién se había atrevido a hacer el puente afirmándose en un tipo que, acostado sobre las lumbares, ofrece como pilar sus manos y sus pies. No es que el deseo pánico de los ajanios hubiese modelado musculaturas férreas y calibradas; es que la esperanza de formar una letra indispensable imbuía el sistema muscular de una audacia de locos. Una audacia venenosa y mortífera. La O hecha con dos cuerpos curvados. La C con uno solo en un estertor de equilibrio. Hubo quien llegó a infartar de tensión. Hubo muertos. Los lloraron, yo diría que con cierto desprecio. Aquella noche el voluntario que formaba el semicírculo de abajo se les habrá quejado bastante. De todos modos la palabra se dejaba leer:

OH

Pronto iban a inventarle signos de admiración: alguien con una pelota en la cabeza o alguien en equilibrio sobre una pelota. No mucho después, para las letras con curvas se impondría el apoyo en barras finísimas de cristaleina. Una barra imperceptible de lejos y cuatro especialistas templados daban una O de más de seis metros de circunferencia; más difícil pero factible, como se demostró, dos con una barra haciendo la C. Para acallar las críticas de los detallistas se introdujeron las mallas de glatsina fosforescente, y entonces el brillo de las letras eclipsó las barras por completo. Hubo de todo. Fuera como fuera, el caso es que: OH. Con la perplejidad de esa visión promisoria les llegó a los pioneros el amanecer. Vejetes y chiquilines desplazaron a los noctámbulos en el parque.

La mente total de los ajanios era aterciopelada como un campo de golf con los agujeros tapados. La Palabrística recalentó el subsuelo, reventó las ondulaciones suaves y del deseo hervido hizo un paroxismo de monumentos que duraban tan poco o tanto, según el ojo que los captase, como lo que se atisba en un diario que alguien va leyendo en un coche que pasa. Palabrística. Había que acostumbrarse a esta denominación sosa. Los periodistas dijeron que Viol había creado más que un deporte una práctica social que comportaba, dijeron comportaba, creación y conocimiento; porque era cierto que todos conocían las palabras y las frases, pero palabras y frases tienen mil sugerencias y verlas armarse en el aire sedoso ofrecía nuevas rutas al discurrir interior del peatón. Mentira mugrienta. Cuando la Palabrística se consolidó con cuadrillas, clubes, asociaciones de fomento, competencias barriales y municipales, incentivos, premios, categorías institucionales y grupos alternativos soi dissant vocacionales, cualquier aficionado que fuese a ver a su alfabeteam favorito sabía qué intrepidez iba a intentar. O lo sospechaba.

Yo también estoy mintiendo. Esto de avasallar al Locutor Interrio con chorros de pensamiento espontáneo lo deja a uno al borde de la hemorragia cerebral. Si voy a colarle a Benaspe un informe que sosiegue a la prensa tengo que moderar la fantasía. Por eso: no, la Palabrística nunca llegó a ser una pasión de masas. Antes bien fue un deporte estético aureolado de un heroísmo que despertaba arrobamientos, sí, pero también estupor. Un calor vernáculo. Magníficas canciones nacionales que se entonan de golpe y se olvidan hasta la próxima fiesta. Pero tampoco fue una mera moda. La prensa no habría podido inflarla más de la cuenta. Viol estaba demasiado metido en la empresa como para explayarse en entrevistas. Por otra parte no era muy elocuente. En realidad era medio disléxico. O disfémico. Esto cotejarlo bien. Decisivo no cometer errores. Todo lo que se le ocurría él deseaba plasmarlo en altura pero sabía que muy pocas ocurrencias merecían el esfuerzo de escribirlas. Los trazos verticales, oblicuos y transversales, los sobrecogedores escorzos y las enervadas rectas, las ristras, escalones, uniones, encastres, las voluntariosas conjunciones de fortaleza y estabilidad, la disciplina cruda, el renunciamiento exhibicionista y la ofrenda de cada cuerpo al logro efímero colectivo tenían que verse en las palabras. Tenían que ser la contracara gloriosa y leve de una apretura pujante. Cada construcción era una línea nueva de un pliego de aspiraciones tan magnífica como nuestros edificios de ochenta pisos, pero menos pesada y en definitiva espiritual. En una sociedad definida por el roce obligatorio y la reticencia estratégica la Palabrística elevó al cielo una, una... Espuma de lujuria moral. Sí, eso. Aquí ya no se habrían tolerado nuevos mandamientos religiosos. Hacía falta un orden inflexible de apariencia vaga. Palabras grandiosas; pero materialmente grandiosas. Palabras para leer alzando la cabeza y moviéndola de un lado a otro, no sólo los ojos. Como quien mira pasar una bandada de patos. Eso era espiritual. Teniendo incluso que girar el cuerpo. Y con tantos cuerpos comprometidos en la tarea, encima quedaba espacio para hacer el giro. Esto se parece cada vez más a un encomio necrológico. Voy a matar a Viol Minago con las palabras de un pensamiento en fuga. La verdad, pobre tipo, ya empiezo a demostrar que está muerto. Probablemente. Un sinfín de problemas técnicos, ese deporte. La razón anestesiada estallando en soluciones admirables. Niños de tres años entrenados para aferrarse a la cintura de su padre en carácter de palito de Q. Una forma entretenida de moldear el carácter: Niño, si aprendes a no moverte el año que viene serás palo vertical de la F. Alfabeteams cada vez más numerosos. Un grupo con casacas de espejuelos formando la frase EN UN SANTIAMÉN de manera que reflejase un cielo encapotado, el licuado follaje de los alerces de un parque. No se sabía si admirar más la generosidad de los mil doscientos voluntarios estratificados en un pedestal de treinta metros de altura o el flujo de los nubarrones en la trama de las letras. Y los aparejos. Me acuerdo de un AMA EL INS-TANTE que Los de Farande montaron con un sistema de cordajes náuticos. Palpitaba como una hoja en el agua. Entonces venían Los Cachorros o los Pan-cracios o cualquier otra agrupación y alzaban un TODO ES ILUSIÓN que regresaría una y otra vez en los sueños de los circunstantes. Los maestros pedían a los chicos redacciones comentadas. A esto ya se habían dividido las funciones y multiplicado las escuelas de gimnasia preparatoria. Congregaciones de expertos. Acróbatas, equilibristas, levantadores de pesas, estrategas. Escaladores. Funámbulos. Diseñadores. Vestuaristas. Maquilladores. Maestros de obra planificando la extensión humana de una cornisa para que Los Insobornables escribieran LA INSENSATEZ ES FANTASÍA contra la fachada de caramelo de nuestra Caja de Ahorro y Préstamo. Cuerpos envueltos en polietileno sobre la pizarra de una noche neblinosa. La dotación no era problema porque los volúmenes más complejos dejaban tanto más lugar en el suelo; eso engrandecía la conquista. La Palabrística no fue una moda. No lo es. El gobierno entendió a tiempo que no debía incentivarla si quería que adquiriese un aura de descaro. Habían encontrado el frenesí inocuo. Todo el mundo advirtió que esa abstención era una artimaña. Los consejales se morían por mirar los torneos desde los balcones. Con sus jarreteras de etiqueta. No obstante se propagó un clima de contravención insolente. Yo no aseguraría que fue una maniobra, pero venía muy bien un sistema de fiestas que se agotasen en su clímax. El fulgor de los mallots sobre músculos de porcelana. Destellos espermáticos en mediodías de júbilo inmóvil. Esos mensajes. HÓNRATE – SUPERÉMONOS BAJANDO – TU RES-PIRACIÓN VIVE -- AMO TUS DESLICES -- TODO MENOS EL DESIERTO – Torres de cuerpos fibrosos en edificios de aluminato.

Hologramas de una mente que empezaba a aplanarse. Conglomerados. Taraceas en el firmamento. Tres generaciones de familias agregándose en una emoción estática; incluídos los criados androides y más androides para los cimientos. Las familias ricas apoyaban a los teams; nuestras empresas los promocionaban. Subvenciones del municipio. Arcoíris de divisas institucionales cohesionando la vida. Una de las pocas actividades de la ciudad para ambos sexos.

NO SOMOS LEGIÓN
PORQUE SOMOS UNO

Fuerza, equilibrio, composición, claridad. Cada ciudadano un átomo de una gran molécula con sentido. Yo detestaba esos mórbidos meccanos. El universo unívoco de la Panconciencia. Contraluces pero no penumbras. Colores y formas bien recortadas y definiciones tajantes que dicen una inanidad. Pero bueno. Lo visible de la visión de Viol era esto: en vez de reflejarse límpidamente entre sí, los rascacielos aceptaban la pujanza de la palabra humana reclamándole lugar a la luz. Crecían las construcciones como por fotosíntesis. Una segunda naturaleza. Y el gobierno entendió. Esa especie de amateurismo rebelde benefició la difusión de la Palabrística. Era la primera empresa colectiva que los ajanios emprendían en una friolera de años. Envarados, torcidos, enroscados o trenzándose, la tirantez agónica de los cuerpos se les volvía exaltación del ánimo. Cada competencia, cada exhibición espontánea se prolongaba en más y más construcciones, hasta que los cuerpos perplejos se volvían a amontonar en la holgura que habían hecho por un rato en el suelo; pero exhaustos como estaban ya no podían unirse de modos más íntimos. El enrarecido deseo de los ajanios se sublimaba en un clímax de arquitectura fantástica. MI EMOCIÓN ES DE TODOS. Con disfrutar de esa nobleza habría bastado. Claro que los productos de la disciplina aumentan la disciplina. Aparte está el reto. Son fenómenos distintos. Sin embargo confluyen. Si Los Del Minarete conseguían alzar la voz DESCALABRO sobre un andamio de carne y hueso, Los Tripones se empeñaban en levantar la frase LEJOS DE LA CALAMIDAD. No como réplica. Sólo por asociación libre. Y a medida que se ampliaba el repertorio iba surgiendo una fe mucho más dúctil y emocionante que una historia nacional. Hoy en día cualquiera tiene una colección de fotos con las frases más monumentales, y se derrite pensando en lo efímeras que fueron. No se me ocurre orgullo local más persistente. Sirve para asombrar a los hijos. De vez en cuando papi cuenta algo que en realidad no vio. Ni siquiera lo vio en una foto del diario, pero qué realce da ahora recordarlo. NO POR CALLAR SE ESTÁ AUSENTE. O bien: NO BAJAREMOS LA LUNA. Figuras comentadísimas en su momento. Más tarde empezaron el barroquismo y los trucos. Anabolizantes en las fibras de flacas muchachitas especialistas en letras góticas. Miembros recamados de conchillas formando letras irisadas. O pintados de rojo sangre. Un doble de la ciudad hecho con los habiantes. A veces un lapsus: en lugar de CANAS aparecía CAMAS. Encajes de neuronas estancadas por atasco pulsional. Alguna vergonzosa falta de ortografía. Y entonces, como reparación, nuevos retos. SOMOS UN SALTO DE CALIDAD: los gimnastas-letra lacados de negro y los de los zócalos, pilares y arbotantes entalcados de cabo a rabo en un atardecer polícromo, y al caer la noche cada uno encendiendo el pequeño foco adherido a su frente. Lo encendían con un dispositivo bucal. Textos ardiendo en el ocaso. Más bajo era su canto que el clamor de la muchedumbre.

En ese apogeo Viol Minago se había confundido con las secuelas de su creación. Seguro que esta frase va a impresionar. Y es cierta. No era el promotor ni el alma de la Palabrística sino el aficionado más perseverante. Rehuía las entrevistas. Iba atareado de un team a otro prestándose a todas las iniciativas sin tomar partido. A veces reclutaba un grupo especial de expertos para los aforismos más difíciles. Había encontrado una razón para moverse hasta el agotamiento. No aprovechaba su glamour para coquetear. Claro que aquí ni los astros de rock tienen haremes, ni las divas de cine bandas de moscardones. Sólo yo sé que en sociedades más cómodas existe la expresión Tirarse una cana al aire. Aquí el uso mundano más profundo es la distancia. Está internalizado. Pero entonces, a ver... Me gustaría preguntarle a Benaspe si alguna vez pensó qué cosa chisporroteaba en la conciencia de Viol Minago después de haber entregado diez horas de un día de su vida al ensayo fructífero del LA DECISIÓN LO ES TODO que el sábado siguiente montaría con un alfabeteam cualquiera en el barrio Güint. Y tras la exhibición en el barrio, suprimido casi por el revoltijo a ras del suelo, encontrar sólo una proximidad de venas palpitantes pero exánimes. Cuellos bronceados por la intemperie. Yo conozco la algarabía de esos minutos de tensión despiadada, las manos doloridas que sólo sostiene el orgullo, cuando a treinta metros del pavimento uno es parte del eje de una T y el cuerpo al viento resiste y vibra como un muelle prodigioso. Uno está sujeto a la pértiga de fibridio o crstaleyna. La gorra de látex le aprieta el cuero cabelludo. Mira hacia abajo y ve caer las gotas de sudor en el espacio de desahogo urbano que el acto deja de regalo. Por todo el dorso le trepa con la delicadeza posible uno de los escaladores que formará el palo transversal de la T. Uno no oye el redoble del tambor ni el arabesco del flautín. Uno es pura contribución a la palabra. Siente en los hombros el peso de la compañera de arriba. La tiene asida por casi los muslos. Atisba las pantorrillas depiladísimas juzgándolas apenas con una añoranza nublada de ahínco. Si el compañero es hombre uno se fija algo menos. De reojo ve una ventana de poliuretano azul en una torre comercial. Desde un despacho lo observa de lado, aunque fijamente, alguien que no puede suspender su importante conversación telefónica con otra isla; pero se nota que el sujeto está describiendo el espectáculo con que el team lo obsequia. Siguiendo hacia arriba uno ve los glúteos tensos de otros dos compañeros. Más allá el cielo. La palabra donde uno está encajado es ENTREGA. Una sensación de aliento enorme, más vasto que la isla, más inabarcable que la idea del Delta. Un poder duro.

Y ahora me imagino a Viol Minago bizqueando para enfocar el torso micénico de Belna, la que le gustaba tanto. Belna, de culo fortalecido en el arranque veloz y el regate, torneado por los roces callejeros. Belna. En este caso la palabra es ASPIRACIÓN. Viol no está encadenado a la muchacha. Los separan dos coequipers. No: la muchacha está en la pata opuesta de la segunda A. Así la debe haber visto la primera vez, actuando para Los Meridianos. Porque en tierra no había reparado tanto en ella. De suyo va que a Benaspe no pienso formularle la pregunta que podría guiarla. Si es que quiere llegar a algún lado. Tampoco voy a adelantarme. Mi gusto es desinformar. De Belna en cambio le deslizaré una cosa o dos, para que me mande a buscarla. No así de esto:

que después de los premios simbólicos y los vítores, durante las comidas de fraternidad costeadas por firmas patrocinadoras, el adulado Viol porfiaba por ignorar que estaba volviendo a aburrirse. Y entonces, entonces. Belna Gonarín tenía una empresita de plantillas de silicona para calzado; trabajo útil y rendidor en Ciudad Ajania. Joven morena clara separada de un marido tiránico. Un metro setenta y siete. Risa breve, espasmódica. Ojos de un verde de agua florero; muy separados, como de mirar todo a la vez. En otros aspectos parecía dadivosa. Un buen partido según los baremos de nuestro municipio. Prometía algo más que el apreciadísimo desinterés por tener hijos. Tenía los dos brazos lábiles de la histérica fundamental; movedizos, no quietos de pánico. Belna y su neutra mirada de pastillómana. Decisivo no sobreestimar su papel; en todo caso inflarla ante Benaspe. Al poco tiempo la chica estrella de Los Meridianos giraba en la órbita de Viol y él, en vez de acometerla, digámoslo así, la respetaba. Ella no debía soportar que le devolvieran la imagen de lo que era en realidad; un modelo inimitable de envasado al vacío. Pero consentía. Prietas las carnes, miraba el cielo junto a la tropa de seguidores de Viol. Además, qué iba a hacer Viol si no se enamoraba. Se enamoró al mismo tiempo que el tedio empezaba a descarriarlo. Más que de las construcciones él disfrutaba del espacio sobrante que iba creando en la tierra, del aleteo de los pájaros alrededor del vacío. De lo que había que disfrutar. Cuando no estaba en el aire dominaba poco las reacciones. Frecuentes choques. La turba disputaba por dar topezatos contra él, aunque nadie se lo decía. Todo sumado, el hombre tomó contacto con su desasosiego. Algo catástrofico para un ajanio. Se compraba ropa para los banquetes. Estaba cada vez más buen mozo.

¿A quien iban dirigidos los mensajes de la Palabrística? ¿Eran pureza regalada porque sí, como el trino del ruiseñor? ¿Cómo el tilín del cencerro de una vaca, como los gemidos de los amantes? He aquí las preguntas que podría hacerse Benaspe si no fuera adicta a la Panconciencia. En el marco de la Panconciencia todos los mensajes se explican mediante mensajes casi idénticos. La Panconciencia tiene doble fondo, o triple, pero una vez que ha ocultado algo no vuelve a mostrarlo nunca. Olvida que se lo guardó. En cambio en la Palabrística había una tendencia centrífuga. Sólo era perceptible al leer las palabras que uno mismo estaba construyendo. Somáticamente. Un desdoblamiento en ese leerse a sí mismo. No era Viol el único que estaba inquieto. La turba no sólo se desvivía por chocar con él. Después de deshacer ordenadamente las inmensas torres verbales o de haberse desmoronado en un intento trunco, después de abrigarse el cuerpo trajinado y tragar las bebidas frescas y masticar los dulces, la domesticada cortesía de otros tiempos se extraviaba en una inquietud inflamable. Los palabristas se habían edificado hasta la solidez pero supuraban un ansia. Así venían las borracheras. Coros de victoria progresivamente groseros. Reacciones. Toqueteo y empujones. Trifulcas. Trasnoches agrias de hogueras y madrugadas pálidas de garrotazos. Pequeños tornados de vidrio molido. Batallas alimentadas por jugos lubricantes. Un olor como a mostaza rancia y acaroína. Trastornos que no se diluían en el deber de guardar fuerzas para la construcción siguiente. No del todo, pero se diluían. Dada la densidad, cada enfrentamiento convertía parte de la masa poblacional en un pastoso brebaje en ebullición; con pedazos orgánicos flotando, cartílago y grasa. También esto le parecía tolerable al municipio.

Sin embargo por entonces, lo mismo que hace un rato, Benaspe entró una tarde en mi cubículo y con esa autoridad que no disimula cierto temor me dijo: Doriac, el municipio manda que observemos qué esá pasando. No le pedí que se explicara mejor porque ni ellos sabían. La orden era practicar una vigilancia discreta. Seguimiento celoso. Nada de intervenir. En la brigada se precian de haber abandonado hace décadas los métodos de infiltración. Menos aún reprimir. Sueñan con la amistad entre los ajanios y su policía. Solamente yo entendí: querían enterarse de los hechos sin deducir las consecuencias. Imposible tarea. Da la impresión de que la Panconciencia puede hacerlo. Yo no. No sé si los jefes lo han intuído. Usted es un gimnasta eximio, Doriac, cómo no va a poder, dijo Benaspe. Ah. Mi presencia creciente en este informe lo está volviendo impresentable. Debí haberlo previsto.

Me uní al team Los Belugos. La disciplina era menos insufrible que la obsesión. Y sin embargo se sentía la belleza de las construcciones. Quizá porque yo ponía las ideas. Ganamos el torneo de la Fiesta del Sauce con un CUANDO LA LLUVIA SE INCLINA circular, alzado sobre una base giratoria de trescientos físicoculturistas. Gente de paso manso y parejo, cierto que asistidos por un pelotón de androides. Nos desplazábamos como la imagen de un dios en una procesión atada a una noria. El mensaje rotaba en el cielo ofreciendo su poesía a todo espectador un poco paciente. Nuestra parcialidad deliraba. A Benaspe no le diré que mi pelo largo, lacio y reluciente dejó a Viol Minago de una pieza cuando me quité la gorra de látex para saludarlo durante el reparto de premios. Fundamental otorgar que la simpatía aturdida de ese hombre me despertó una simpatía inmediata. Más que nada porque capté que estaba atrapado, él, pobre. Fue vernos y congeniar. No, no es la palabra. Cómo íbamos a entendernos. Era algo distinto del entendimiento. Yo estaba obligado a fingir. Además quería fingir. Por motivos personales de alcance más largo. Apúntese la oscuridad tenebrosa de este giro verbal. Qué linda demostración, amigo..., me dijo Viol con franca envidia y generosidad más franca. Sargento Doriac, completé yo. ¿Sargento?, se sorprendió él. ¿Y eso cómo? Nunca le oí una oración medianamente larga; nunca una subordinada ni un giro complejo. Tenía una facilidad de palabra únicamente constructiva. Le dije que me gustaba aportar a nuestro deporte el adiestramiento de la brigada. Viol me palmeó el hombro. Entonces yo le dije que lo admiraba mucho. No fue fácil ceder esa verdad. Él la recibió con un parpadeo de niño que ve por primera vez el mar. Esa noche deambulamos mucho rato juntos por el amasijo de la fiesta. Tuve que repartir unos porrazos para abortar una refriega. Realmente lo hice con ganas, sobre todo porque igual después volvieron a trenzarse. Cáfila de impotentes. Vandalitos. Yo quería que siguieran; la porción irrefrenable de mí ya debía estar reuniendo material para el plan que ahora voy a cuajar; con sus alternativas completas. Belna andaba por ahí. Constante y escurridiza. También con Belna simpatizamos pronto. Se me amarga algo adentro cuando la nombro. Algo también se me aviva. Hacia la madrugada fui con varios más a una disco donde Viol nos agasajó con mezclas y remezclas de musiquinas que según decía le habían sugerido las palabras. La inquietud cinética del pobre se proyectaba hacia el objeto más próximo. Mi nariz. Mi perfil. Mi pelo. Era angustioso verlo: una crisálida que se resquebraja para dejar libre una criatura exactamente igual a la anterior. Me quedé en la barra con un batido de cocomint en la mano observándolo saltar espasmódicamente en la consola de sonidos. Después bailé en un corro donde descollaban las curvas impalpables de Belna. Acribillados por descargas de luz estroboscópica nos elogiamos las respectivas cabelleras. Quede bien grabado que fue ella la que empezó. Bebía whisky con agua a sorbitos milimétricos. Ojos de celuloide sensible quemado ya de origen. Yo no tengo el don ajanio del piropo diplomático. Cuando me burbujean las glándulas incluso tartamudeo. No sé cuántos aquí conocen ese efecto. Seguro que Viol no. Al amanecer en la calle semirrepleta, achispada como estaba, ella había perdido la rectitud física. Un vaso de plástico con cerveza en la mano. Caminaba con el pubis salido y las rodillas un poco dobladas como alguien que pide que lo ayuden a rendirse. No menos angustioso que lo de Viol, es de apuntar. A veces se apoyaba en mí como en un pariente y decía Ay, perdón. Respecto a Viol guardaba una distancia por lo menos sugestiva. Sin embargo cuando yo decidí despedirme y Viol se ofreció a acompañarla hasta la casa ella le preguntó para qué, si había tanta gente ya en todas partes y estaba amaneciendo. Él le susurró que para estar juntos un rato más. Nada menos que Viol Minago, el creador de la Palabrística. Pero ella le tiró la cerveza a la cara, y el vaso. Recuperó la sobriedad, pidió unas disculpas auténticas y se fue bien erguida entre la marejada somnolienta.

Viol quedó maltrecho. Pero no era la fama lo que lo había malcriado. Estaba mal dispuesto para los desplantes por su condición de hijo único. Belna en cambio era un caso interesantísimo. Hija menor de una familia numerosa de ésas tan despreciadas que viven en casas de planta cercanas a la Perimetral; con varias habitaciones diminutas. De verlos vivir en una casa la comunidad los odia todavía más. Los hijos se educan en el rencor hacia el rencor, afilándose en la obligación primordial de no estrellarse nunca con nadie para no subrayar su presencia. O su apariencia, esto convendría pensarlo. Los hijos se saben producto privilegiado de la irresponsabilidad. El menor suele ser la punta casi invisible de un lápiz grupal que vive rebajándose el grosor. En ese caso la belleza de mujer o de hombre debe ser ligerísima para no destruirse en la contradicción.

No puedo parar. No puedo. He tenido este síntoma otras veces pero ahora es más violento. La conciencia vacía se llenó de sus propios residuos. He olvidado que hablo conmigo mismo a partir de la materia de un cuerpo. Hace un rato Benaspe me saludó a través del vidrio y apagó la luz del corredor y después pasó el celador nocturno y ahora apenas se oye el cotorreo lejano de los de la guardia. Mi cubículo es una isla en una ciudad de clausura de una de las muchísimas islas del Delta Panorámico y no sé adónde voy. Divierte, en parte. No, qué va a divertir. Pero algo sé.

Sé de los años de formación de Belna. Un pudor enérgico y alegre. Nervios lisos de alarma. Consumo juicioso: una blusita, un pintalabios, pocas recompensas más. Glúteos torneados en el zigzag, el arranque, la frenada y el giro callajero instantáneos. Olvido. Ignorancia del cansancio que ha acumulado un millón de fintas. Me estoy repitiendo. Fumar estimula la iteración. En las vacías oficinas de la brigada mi pecera azul brilla con luz consecuente como un ojo desvelado en una idea inamovible. Toda la actividad de mi cuerpo tiende a aglutinarse en un escozor puntual, una suerte de pubalgia que de más está decirlo me niego a apaciguar mediante el onanismo. Hay que forzar la imaginación y después el tedio se redobla. Tampoco me gusta despilfarrar la semilla. Sigamos entonces. Mañana tendré que presentar mi informe con retazos de este cachivache, pero cualquiera que lea, aun a vuelo de pájaro, a estas alturas estará suplicando que termine. Doriac, no me castigue más; abrevie. Me pregunto por qué habré hecho lo que hice. Vil es una palabra gravosa pero, en fin, confesemos: desembarazarme tan a menudo de la Panconciencia me ha hecho malo. Malo. Y no es tanto que la Panconciencia le imponga a la mente un marco moral. La Panconciencia es un embuste; pero tal vez sea más falsa la pretensión de que puede acallarse el Locutor Interior. El Locutor Interior no se calla nunca; se reproduce, renace, se replica; dura lo que dura el cuerpo de su huésped. Para quitarle la palabra hay que renegar de uno mismo. He aquí la prueba de su vitalidad. Si hablo él habla conmigo. Tiene tantos avatares. O sea que es el fracaso del silencio lo que me ha vuelto malo. No obstante me ha dado un especial discernimiento. Veo las grietas de esta comunidad; por ahí penetro y rasgo. Infecto. Aparte de eso, ¿quién en la brigada desdeñaría una ocasión de descollar? Exhibir mis cualidades para lograr un ascenso. Un alivio para mi futura familia. Cuando haya ascendido tendré muchos hijos, que es lo que quise siempre, y como también quise siempre conseguiré hacerme bastante abominable.

Bien se ve entonces, Doriac, que. De dónde esta voz que me increpa ahora. Bah. Bien se ve, Doriac, que en esta ciudad no hay otra salida que ascender. Es decir: no hay salida. Por eso hice lo que hice. Aquí está, he cerrado el argumento. No perdamos más tiempo. Adelante rápido, un esquema para mí. Luego el residuo para ellos.

Consolidado en herramienta de la brigada contra las pobres grescas nocturnas, acentué mi colaboración con Los Belugos. Mujeres y hombres de buena voluntad, amigos que hice, insensiblemente proclives a dejarse comer el coco mientras creían progresar en plasticidad. Y progresaban, por qué no. Nunca fui enemigo de las cosas bien hechas. Para la Festividad del Mosto hubo esa gala estelar en el jardín de Cherebur, donde los mejores alfabeteams presentaban sus creaciones más picantes. RÁSCAME – EL BAÑO PUEDE ESPERAR – Ese estilo. Presentamos una consigna zumbona encaminada adrede al discreto repudio y la discreta adhesión. Por partes aproximadamente iguales. Un destacamento del barrio del Belug, vestido de beige, nos prestó los lomos para alzar un soporte de treinta metros donde los especialistas escribimos algo nunca visto hasta entonces. Una frase en tres pisos con la palabra más corta en el medio. De apoyo usamos láminas de policarbonato.

QUEREMOS
MÁS
ORGÍAS

Se acercaba el verano. Llevábamos bañadores escuetos y el cuerpo pintado de rojo ketchup. Elegimos tan puntillosamente la orientación y el instante que el sol se desangró entre las letras. Yo era el travesaño de la A central. Insosteniblemente dividido entre la presión de los de arriba y la concentración aferrada del equilibrio, pude leernos pese a todo y la frase me laceró. Mi vida se estaba grabando en el aire. No creo que ese dolor haya contribuido poco a impulsarme en los días que vinieron. Nos aplaudieron porque era embarazoso no aplaudirnos, pero no nos premiaron.

A la tarde siguiente se verificó el consabido encuentro de evaluación entre delegados y voluntarios. Las felicitaciones copiosas que derramó

Viol sobre mí nacían de la inquietud y se precipitaban a esconderla; como un río que crece para disimular las piedras que le entorpecen el curso. Queremos más orgías. Queremos más orgías: así el rumor. Pero entonces el río puede desbordarse. Es curioso como a veces el pensamiento avanza por metáforas. Puede desbordarse, en efecto, el río. En eso reparé sin querer. Viol no cabía en sí. En cambio la delegada Belna opinó que nuestra construcción había sido una vulgaridad. Belna irascible. Indignada y mustia también. Se quitó un mechón del pelo que le recortaba el rostro. Una construcción burda y grosera. Miró a Viol. Entonces me di cuenta de que se estaba defendiendo, de mí, claro, pero también de algo más. Y dejemos constancia de que yo no me lo había propuesto. Yo no supe qué me había propuesto hasta que vi a Belna defendiéndose mediante la indignación; y hasta que entendí en qué medida Viol no sólo era el impulsor de la Palabrística sino la piedra miliar. Viol sonrió porque estaba forzado a comprender. Belna le devolvió una sonrisa de íntima de connivencia. Viol se derritió. Un gesto agrio, sin embargo, como una sarna del aire. Estaban ateridos en la conservación de esa cercanía sistemática y difusa. No había salida.

Reaccioné, como se dice, visceralmente. Esta palabra le encantaría a Benaspe; sólo que no la oirá nunca. Reaccioné arguyendo que sin cierta naturalidad no íbamos a ganar más altura. Viol asentía. Con la cabeza. Belna me miraba el pelo, que sé arremolinar tan lindo cuando me cuadra. Dije que si no aflojábamos la tensión íbamos a terminar escribiendo apretura en vez de apertura y que la comunidad pagaría caros esos lapsus. Belna se reía de soslayo con un temblor parco de los hombros, como si sollozase. Pero era sarcasmo; es decir, más defensa. Decía que toda la naturalidad de las construcciones residía en la ambición. Entonces propuse que zanjáramos esa controversia boba con un esfuerzo redoblado. Propuse un desafío entre Los Belugos y Los Meridianos. Aunque pocos se animaran a manifestarlo, todos los grupos se relamían soñando con duelos de dos teams. Daban mucho más realce. Así que Belna aceptó en seguida. Una medida inconsulta que ratificó mi ascendiente sobre ella. Viol estaba tan indeciso que hubo que azuzarlo para que se integrara a Los Meridianos. Claro que a mí me venía de perillas. Una de las reglas consistiría en que las dos construcciones fueran giratorias. También esto fue ocurrencia mía; como si antes de desplegarse, el asunto entero hubiese sido ya un ovillo en mi cráneo. En los días ajetreados y bulliciosos de preparación calculé cuánto más de lo prudente los estaría juntando la tarea, y por equis medios logré inducir a Viol a que pasara al acto. Le propuso matrimonio a Belna. Lo sé porque me lo contó él. No tenía a nadie en quien confiarse, y lo espoleaba una inquietud no exclusivamente libidinosa. No, no es verdad: le propuso matrimonio y yo me enteré por uno de los espías que suelen circular entre los grupos antes de las competencias. De todos modos es lo que se suele hacer aquí: ¿Quieres casarte conmigo, hermosa? Se dice antes del beso, incluso, o inmediatamente después. No siempre la solicitada quiere. En realidad es casi riesgoso. De modo que sin duda no fue culpa de mi influencia. Obra mía en cambio fue la rabia progresiva que despertó el rumor. A buena parte de los nuevos vándalos la enfurecía que Viol Minago pensara casarse. Yo me encargué de fustigarlos. No paré hasta verlos persuadidos de que su líder los iba a traicionar. Hay un aire cenobial y obtuso en los alfabeteams más dedicados. Un militarismo monástico. A punto fijo no lo sé, pero supongamos que esos dos llegaron a besarse, Viol y Belna. Un beso de lengua no se le niega a nadie. Bien. Yo insistí mucho en esa imagen disolvente. Como era de esperar, tras el beso Belna le rogó a Viol que postergaran la decisión para después del torneo. Sería injusto decir que él se mordía las uñas de incertidumbre. También era un producto tradicional ajano, al fin y al cabo. Tanto como de la conquista gozaba de la dilación y la expectativa. Más. Durante los ensayos de madrugada admirar a Belna inconmensurable, alargadísima, untuosa de rocío. Verla exclusivamente concentrada en la labor. Y así. Pero el tipo quería casarse. Como yo, por lo demás.

Benaspe me ha dicho varias veces, y hay que darlo por cierto, que la frase que ese mediodía Los Meridianos ensamblaron en palabras esmeralda entre las torres de la rotonda Garip,

VERDE ES EL ÁRBOL
DE LA VIDA,

era mucho más fascinante que la de Los Belugos:

ORDENAR LA VIDA ES DIFÍCIL COMO FORJAR HIERRO FRÍO.

Sobre todo porque ésta, la nuestra, demandaba un esfuerzo de inter-pretración demoledor. Y no hay que demandar esfuerzos demoledores cuando el público está consustanciando con la agonía de los gimnastas. Nada importó además que nuestra frase escéptica fuese original y la otra un plagio. Ni yo ni nadie estaba en condiciones de probar a quién habían plagiado Los Meridianos. Era una sensación, nada más. O sea que como siempre el contenido no hizo diferencia. Si nos dieron el trofeo a nosotros fue porque 1) el mecanismo de torres rotatorias puede ser más sólido y más elevado cuando sostiene carteles de una sola línea; 2) el cartel de ellos giraba en plano, ofreciéndose entero a cada grupo sucesivo de espectadores, de modo que entre lectura y lec-tura cada cual vivía un paréntesis; pero el nuestro era una cinta sinfín, con el final de la frase unido al comienzo, y así halagaba la supuesta continuidad de la Panconciencia; 3) la curvatura de nuestro cartel le daba un garbo desusado; 4) nuestra construcción cimbreaba menos; 5) el sistema de luces intermitentes que adosamos a los maillots dio a nuestras palabras un plus de alarma o de urgencia que, por no enten-derse, acentuó la impresión de arte consumado. Ganar era importantí-simo, porque Belna no se hubiera entregado a un perdedor. Pero yo aún no lo sabía. En cambio sí supe, no bien ya en el suelo divisé la dulce idiotez en la cara de Viol, que le había sucedido lo que mi imagi-nación ruin se proponía, y lo supe porque también me había sucedido a mí.
Aun en el ensimismamiento de una torre palabrística enorme, en medio de la compenetración con dos o tres mil compañeros acerados, el ritmo lerdo de la frase rotativa abre un resquicio a la distracción. Y aun entre los imponentes edificios de Ciudad Ajania, el que ha ido acumulando aburrimiento encuentra un resquicio para dedicarse a mirar. Mirar. Cuando se mira mucho al fin se ve. Y ese día, hecho palo superior de una E a cincuenta metros de altura, el inquieto Viol se dio la pausa suficiente para ver.
Vio más allá de la Perimetral.

O mejor: en el poste de su E vio los inmarcesibles pezones de Belna afilados por la brisa a una distancia breve pero insalvable, digamos cuatro metros de aire soleado, y en el mismo borbotón de tiempo vio una distancia ilimitada pero accesible. La isla.

Con el ojo amplificado del distraído vio una vieja minúscula agachándose en un huerto a recoger una papa. En una charca, sobre una hoja podrida, vio un lagarto barbudo enganchado a un anzuelo. Vio el talón descalzo y calloso del chico que tiraba del cordel. El penacho de humo alzándose de un sábalo asado en una porosa playa de río. Un hombre gordo chupándose los dedos a la sombra de una acacia. Vio una extensión de fango resinoso donde se atrofian hasta los laureles, cruzada de acueductos y agujereados trechos de asfalto y pasarelas de aluminio que unen antiguas viviendas obreras, rotas las más, algunas todavía habitadas, y entre los pilares bandas escuálidas de atracadores pesimistas. Es asombroso cómo la memoria repite los derrames del pensamiento. ¿No he pensado ya todo esto? Vio allá fuera una pulsación de vida peligrosa, lánguida y arrítmica, como de tejido con necrosis. Gallinazos de carne fétida, malqueridos por los cazadores. Dragas varadas desde crecientes inmemoriales. Gente, gente desvaída. Carbón desparramado entre frigoríficos de ventanas rotas. Mantas mojadas, lápidas, chasis, caños, gasolineras fantasmas, vagones empapelados de diarios. Maletas robadas del aeropuerto. Vías de tren que acaban de golpe en las lomas peladas. Vio, cerca de las riberas, aldeas como de pan negro desmigajado. Unos pobladores rubios y ariscos que secaban juncos; con el alquitrán de las rías habían hecho unos enormes montículos que la guía turística de la isla llamaba Tortas de Aján. No las había visto nunca. Lo vio todo panorámicamente porque giraba con la estructura sobre los lomos pétreos de cuatrocientos androides. Vio ruinas; sopor, abandono y soledad; un espacio eximido de definirse. Vio latitud, lasitud y pereza; cuerpos magros o rechonchos reinando sobre sus lugares. Vio una mente vencida pero en blanco. Yo he atisbado esa mente en blanco, en mis tardes. Da miedo, no se sabe a qué. En todo caso no a caer en ese estado, sino a la sorprendente proximidad de la lejanía. No hay palabras en la Panconciencia ni en la Palabrística para describir el efecto. El amor. El amor tiene el mismo rango. También el amor me ha hecho malo. Y Viol: la relación entre el titánico recato de Belna, inalcanzable en el fondo como un estandarte, y la inmediatez de un pescado asándose en una playa desierta, dejó a Viol blanduzco y encandilado.

Yo no podía demorarme. Seduje a Belna. El hecho de que ella no me quisiera facilitó el procedimiento, sumado a mi deseable condición de policía. Es que se han contado opíparas mentiras sobre la dureza de los varones de la brigada. Por otra parte yo la deseaba tanto como para que ella viese reflejadas en mí las ganas que no se decidía a volcar en otra parte. Belna es una mujer muy linda y muy amorosa cuando uno la está abrazando. A cinco centímetros de distancia vuelve a ser una cariátide. Me quería tan poco que no paraba de contarme cosas íntimas. Aunque quizás hablara sólo para no mirarme. Un dedo suyo me acariciaba el cuello y todo el resto de ella se evadía. No habría cedido al impulso si Los Belugos no hubiéramos ganado el desafío. Y no fue calentura por el vencedor, sino rabia hacia Viol Minago; y compasión por él. Tampoco habría cedido si mi pelo no hubiera sido un milagro de suavidad entre las cabelleras ajanias resecas de porcelanosis. Tampoco si no hubiera querido sentirse lo bastante mala para no merecer a Viol. Son todas explicaciones aritméticas del deseo que implanta la Panconciencia. También a mi se me han ocurrido, aunque me cuido de descartarlas. No estoy seguro de haberme librado de la Panconciencia. Esa medianoche en este mismo sillón de mi oficina, aferrado al cuerpo ausente de Belna bajo la luz azul de la pecera, decidí cortar de raíz el dolor que se avecinaba. Le dije que yo con ella quería tener hijos. Era tan prístinamente cierto que ella sólo atinó a entregarse de nuevo. La acción silencia. Pero en ese lance ya no me besó en la boca, claro, ni después de vestirnos volvimos a hablar mucho. Quizá ahora conversar con ella un momento me aliviase. No es que sea una herida lo que llevo. Simplemente a veces me siento descompensado, como si hubiera perdido una mano. Lo bueno de esta falta es que contribuye a alimentarme la maldad. De todos modos volveré a conversar con Belna cuando me firmen la orden de arresto. Bueno. Algo después de esa noche Belna le comunicó a Viol que antes de construir un refugio afectuoso a ras del suelo, o en todo caso sobre la segura base de un piso vigésimo tercero, prefería seguir edificando palabras deseosas en el cielo. Más que despecho Viol debe haber sentido temor. ¿Él había contribuído a inculcar

60

ideas como ésas? Cuando justo esos días le sugerí maliciosamente que sus discípulos podían traicionarlo me miró con pena. Pena por mí. Quizá me lo estoy figurando. Alucinaciones olfativas. Hojas de lavanda maceradas en jugos lubricantes. Esto lo pongo yo. El olor perseverante del recato. Todos creyeron que Viol andaba embotado de dolor. Equivocados. Viol había visto la distancia y no había más salidas.

Me he quedado dormido como un tronco sobre el pupitre y de los meandros de mi cuerpo el cerebro hizo sueños volcánicos. De ninguno me acuerdo una sola escena. En cuanto abrí los ojos la Panconciencia me trajo la lista de tareas del día, la invitación a mirarme en el espejo, la nostalgia de Belna, el proyecto de hacer café y la anticipación del sabroso calor azucarado, y el Locutor Interior empezó a recordar que me he metido en un dislate agotador. Los apagué a los dos de un capirotazo. Me imbuyo de presente. Eso creo. Dentro de poco va a amanecer y desde las cortinas de los cubículos exteriores una claridad mugrienta vendrá a mancillar el azul de mi pecera. Benaspe va a presentarse con una sonrisa cooperativa y perentoria. No hay problema. Tendrá su informe impreso. No descarto que la adicción de Benaspe a la Panconciencia sea una elección bien meditada. Puede que la tipa haya pasado por la aventurita de la conciencia desnuda, sola; que después de un intento vano de limpiarla de ingredientes propios haya optado por el ruido igualmente impuro pero colectivo de la Pan. Un ruido social. No descarto que Benaspe sea tan sagaz como yo. Pero se equivoca si cree que la experiencia enseña sólo en esa dirección. Si ella escarmentó de su desquicio individual, yo de la Panconciencia he aprendido a simular lucidez. El municipio se tragará mi esquema. Espero.

En una situación de grandes apreturas generales surgió un hombre que miraba hacia arriba. Su imaginación nostálgica concibió el deporte de alzar andamios humanos para escribir en el cielo las palabras de la ambición. El impulso grupal agigantó las construcciones. Les dio belleza artística. Ciudad Ajania supo que podía hacer concretos espacios nuevos llevando el verbo cada vez más alto. Creció una pasión sublime. Pero un día el conductor de la grey cometió la vulgaridad de embobarse con lo cercano. Lo vieron mirando un cuerpo que caminaba. Prendido a una falda. Antes de que se derrumbase resolvieron convertirlo en mito. Una puñalada. Caput. Pensaremos también en las últimas batallas nocturnas. Los Meridianos pueden no haberle perdonado a Viol la derrota. Un vestigio arcaico de sacrificio. Está superbién esta hipótesis. Les va a gustar; la Panconciencia está impregnada de melodrama policíaco. Y mis años en la calle me han hecho mañoso en esparcir pruebas falsas. Me tendrán unas semanas olisqueando las peleas entre los miembros más integristas de los teams. Encontraré sospechosos. Traeré a Belna para interrogarla. Después de actuar fastidio unas horas ella confesará, porque en el fondo será un gusto, que efectivamente Viol Minago le había propuesto matrimonio. Su verde mirada de permafrost despertará algún recelo y mucha admiración en Benaspe y el fiscal del municipio. Los tremendos glúteos en la silla de los interrogados. Ese pecho. El polen oculto de su pujanza. Yo no voy a decir nada. Todos creeremos que es la única sucesora de Viol convencida de la misión de la Palabrística. Me callaré el comentario de que Viol no tenía ninguna misión, ni creía tenerla. Allá irá Belna de vuelta al aire. Caerán otros sospechosos. Gente maciza en los primeros peldaños del alcoholismo. Aturdidos por el desborde de las preguntas; no las nuestras sino las suyas propias. Impedidos de expresar la intuición insoportable de que Viol se fue a otra parte, simplemente, y por decisión propia. Parecerá que ocultan datos. Recibirán coscorrones. Volará algún diente. Nada que afee irreparablemente una cara. Más silencio, y al fin el interrogador que me dice: Doriac, estos tipos no saben nada. Estoy de acuerdo, diré yo. Se archivará el caso. En la estela de un dolor menguante se instituirá una jornada para que los teams presenten leyendas de homenaje al fundador. Dada la inconveniencia de un monumento, circulará una medalla con la efigie de Viol. Tampoco es irreparable. Ya hoy la Palabrística tiene en los manuales de historia ocho veces más páginas que el viaje inicial de Aján. Dejemos esto.

Sé que hay varias islas del Delta que reniegan de enchufar sus comunidades a la Panconciencia. Interesa preguntarse qué tipo de contacto mantendrán con el resto. O entre ellas. Quizá la falta de una mentalidad general incline a la gente a contarse chismes, tanto para tener información como para intercambiar pareceres. Probablemente existan puntos de vista. Es rara la conciencia que funciona sola. Me lo imagino. El curso discontinuo del tiempo provoca vaídos. Desborda la perplejidad.

Nace un apego a las acciones inmediatas, o un desapego bienintencionado. Mucho olor glandular. Cambios de actitud. Prestar atención al canto del tacotí. Desplazarse despacio, con negligencia, con torpeza. Lijar una madera. Hacerse un nicho en un camión abandonado. Así deben ser las afueras de nuestra ciudad, la isla entera, aparte de las emboscadas y el hambre. Mientras me dedico a completar el aparato de vigilancia, rastreo y provocación entre los teams, Viol bien puede darse una amplia vuelta por ahí. Que aprenda a hacer fuego con madera húmeda. A robar melones. A adormilarse al mediodía mirando juncos. Que confraternice con un díler de analgésicos y se aparee con una mujer que acumula cartones. Que pase el tiempo lamiendo morosamente el corpachón grueso de la muchacha, sus redundancias y asimetrías, hurgándole los orificios no del todo limpios, probando humores copiosos y deliciosos. Besar y pasear. Desperezarse. Perderse. Tener frío, tiña y sarna. Sufrir quizá el odio sanguinario de un aldeano. Tener que cuidarse la espalda. Deshollar un gato para comerlo con los vecinos; bien aderezado. Desmalezar terreno para sembrar tomates. Paciencia para reparar el motor de una bicicleta eléctrica. Considerando el temperamento, seguro que Viol se hará una choza complicada en una loma con vista. Mezclará ruidos en la cabeza. ¿Bailará? Quizá pierda un dedo en una pelea, pero salve a gatas la vida. Entonces sentirá el llamado. Cuando regrese aquí, la Palabrística estará agonizando, sostenida por una Belna de brillo crepuscular.

Me figuro ese presente. Con un poco de suerte, donde supo estar Viol hay sobre todo tumulto y jadeos. Viol viene a verme a mí, hirsuto, un poco maloliente, recio, mucho más interesante con su dedo de menos. Quizá me pregunta qué se ha hecho de Belna. No en seguida, claro. Esto es secundario. Yo lo recibo, y es como si me hubiera realizado; porque Viol cuenta lo que mi pensamiento concibió para él. Mejor todavía, me da motivos para seguir pensando. A él lo roe otra vez ese impulso inquieto. Ha reflexionado muchas veces en que fue el padre de un mamarracho. Entonces celebra el desbarajuste y la rabia de las calles. Muchos de los viejos palabristas son hoy gente que da codazos, palpa, desbarata, gañe y grita, escupe al reírse o al comer, insulta, se ofusca, derriba. Cursilería lúbrica en los umbrales. Una módica destrucción. Yo soy de ésos. Van a tener que enfrentarnos, y entonces pediremos auxilio a los de afuera. Nos volveremos como ellos. Todo el mundo hablará bastante. Descubrirán que entenderse es difícil. Es probable que inventemos algo nuevo. Es probable que hagamos algo nuevo. Viol tendrá su monumento. Tieso en mi sillón bajo la luz de la pecera yo empiezo a levantarlo ahora. La última proeza de la Palabrística será un bastión empinadísimo coronado por una figura de cuatro caras. Cada cara dirá lo mismo sobre el terso cielo desabrido:

EL FIN,

y el cerebro de ese mensaje seré yo, primer policía del espacio roto. Sin embargo. Sin embargo algo me duele por dentro. Bueno. Bueno, sé qué cosa es. Porque tampoco debemos desechar la posibilidad de que Viol haya muerto. Lo mató Belna, por ejemplo, con sus propias manos o valiéndose de otras, despechada porque Viol no le impidió entregarse a mí. O por una razón que desconozco. También desconozco qué pensaba de Viol el municipio. No quiero ni pensar cómo sería encontrarme con el cadáver de Viol. Si lo que he inventado es cierto me va a costar caro. Mi hipótesis sería un retazo de un tejido que me excede. Tendré que justificar por qué no participo en la construcción de carteles más altos y elocuentes. Tendré que seguir participando. Agarrotado. Anquilosado. Siempre habrá entre Belna y yo una corriente de electricidad luctuosa. Pero ella será acróbata y pitonisa de los mensajes de la Palabrística. Estoy empezando a cansarme y es tan temprano. Una voz me habla siempre y no en todos los casos sé si es mía. He dado un rodeo tan largo que vuelvo a estar aquí, tibio de pensar y haber hecho, tumbado como un gato, mientras en el pasillo ya repican los tacos de las sandalias de Benaspe. A través del vidrio le veo el cuerpo listo a adaptarse a los ángulos amenazantes de los muchos elementos de mi despacho. Sabe que es un lugar angosto. Abre la puerta y se desliza. Abre la boca. Otra voz empieza a relevarme. Otra voz. Ya empieza.

La estrella
Elia Barceló

Estábamos todos allí. Lana, como una muñeca rubia colgada de sus cuerdas, con una incongruente faldita roja y el hilo de saliva brillando en su cara pálida; Lon, sus ojos inmensos y oscuros en un rostro casi inexistente; Sadie, moviendo vertiginosamente sus alas, lo que le hacía oscilar a unos centímetros del suelo, mientras masticaba en un gesto de robótica eficiencia esa sustancia verde que tanto le gusta; Tras, encogiendo hasta casi la desaparición su frágil cuerpecillo, su deseo clavado en el cielo, y yo, número cinco, el cierre de la estrella, temblando como un carámbano de luz, focalizando el anhelo. Todos allí, esperando.

Habíamos esperado mucho tiempo. No había ninguna razón para estar ahora más nerviosos que otras veces, pero la tensión se había hecho diferente y sentíamos que lo que ahora esperábamos se estaba acercando. Podríamos haber desaparecido, por supuesto, sobre todo yo, pero éramos la estrella de contacto y no queríamos perdernos en la espera como habían hecho otros antes que nosotros.

Aún no estábamos seguros de qué íbamos a ofrecerles; hacía tanto tiempo que habíamos perdido el contacto que no sabíamos ya de su deseo ni de su espera. "Somos sabios y hermosos", había dicho Sadie, pero yo entre todos ellos conocía el concepto de la realidad única y sabía que podía ser doloroso para ellos.

—Lento —murmuró Lana, la más verbal después de mí.

—Sí —contesté—. Sabía que le gustaba expresar en palabras lo que todos sabíamos en cualquier caso.

Sentí el deseo de Lon y comencé a focalizar una imagen para sus ojos y los nuestros: la negrura infinita de lo que está fuera y un artefacto de realidad única, objetivamente blanco, deslizándose suavemente hacia nuestra espera. Lento. Lleno de realidades múltiples sin focalización.

—Lento —volví a decir para ayudar a Lana.

Nos disolvimos. El paisaje comenzó a volverse azul y anaranjado, melancólico en cierta forma, como es Tras. Suave. Antiguo. Nos deslizamos en su percepción y empezaron a surgir las torres plateadas y una música de cristal y campanillas. Sadie bailaba y yo flotaba por encima de todos ellos neutralizando la espera. Nos dirigimos a una torre blanca que se alzaba a varios metros del suelo subjetivo general y penetramos en ella, yo a través del tejado, los otros por las puertas y ventanas, por las paredes.

Lana dijo:

—Calor —y todos nos reímos, aliviando la espera. La sala nos dio calor y Lon hizo caer una ligera lluvia burbujeante que se quedaba colgada de los cuerpos y se iba transformando según los deseos de la estrella. Surgían flores, clavos, luces, sustancias pegajosas y saladas sobre el cuerpo de Lana que Tras recogía delicadamente con una inmensa lengua azul, globos traslúcidos que contenían imágenes de realidades muertas y que Lon me enviaba flotando sobre las alas de Sadie, mientras giraba enloquecidamente cambiando de forma y de color.

—Estrella pregunta —cantó Lana—. Canaliza, Vai.

—Estrella no verbal, Lana. Canaliza, Tras.

Tras recogió la lengua y la convirtió a medio camino en una estela de colores. Creó una pirámide de perfumes y los mandó transformados en minúsculas bolitas de colores a través de una ventana:

"Espera. Lentitud. Necesidad del tiempo. No hemos olvidado. Esperamos. Esperamos."

Nos envolvió un torrente de especulación procedente de otra estrella y nos dejamos llevar por el discurso.

Quieren. Qué. No tenemos. No podemos. Para ellos. No es aceptable. No somos aceptables. Para ellos. Risas. Risas y cambios y cambios y transformaciones. La falda de Lana hinchándose hasta llenar nuestro espacio de hilos de suavidad entretejida. Construir una realidad única. Cuando lleguen. Más risas. Cuál. No podemos. Sí podemos. Tedio. Tedio. Tedio. Realidad única. Absurdo y monstruosidad. Hasta cuándo. Curiosidad. Por qué no. Intentar. Esfuerzo común. Risas. Risas. Un juego. Para qué. Para ellos. Demasiado esfuerzo. Tedioso. No comprenden.

Dejamos ir. La especulación se perdió rodando entre otras estrellas. Una pregunta hacia Lon, de todos. Lon sabe más que ninguno de nosotros sobre los otros tiempos. No. Tras sabe más pero no le gusta exhibirlo. Un torrente de imágenes cayendo sobre nosotros y yo luchando por focalizar tantas cosas que no comprendo:

Un mundo de seres sólidos, grandes, fuertes, siempre iguales, compartiendo una realidad única, aceptada en parte por convención y en parte por imposibilidad de salirse de los esquemas. Un mundo de seres asustados a quienes sólo tranquiliza la comprensión intelectual de lo que entienden por realidad. Seres que no pueden o no quieren compartir sus sueños, sus cambios, sus caprichos; que no pueden salirse de la convención que se han ido creando a lo largo de su existencia; que no conocen la dulzura de la canalización, de la focalización, de la estrella.

—Todos así —pregunta Lana, oscilando entre el verde y el malva, su voz como un ruido de metal rascado contra piedra.

—Algunos no —contesta Lon—, pero sufren. No están unidos.

—Y si se unen —Sadie. Extraña muestra de empatía en Sadie.

—Sufren más. No los comprenden. No los aceptan.

—Antes todos éramos así. —Tras es sólo un jirón de brillante niebla en la sala que ahora es oscura.

—Antes —Lana arquea su cuerpo que chisporrotea en el vacío.

—Antes de nosotros. Antes de la estrella. Cuando este era para ellos el mundo real.

El flujo de Tras hacia Lon es tan intenso que casi duele. Nos replegamos un poco, ellos lo sienten y aflojan.

—No nos comprenderán —dice Lon—. Sufriremos. Desapareceremos, quizá. Son fuertes.

Siento el dolor de la estrella y canalizo desesperadamente hacia el exterior, hacia la realidad objetiva. Las montañas de fuera tiemblan y se desmoronan lentamente con un estruendo que borro de nuestra percepción. El polvo se deposita mota a mota sobre nuestra torre que se encoge y se transforma en una cueva de blandas paredes con un murmullo de música electrónica. Tras crea para nosotros unos cuerpos de músculos firmes y piel suave y nos hace galopar a través de la noche sobre unos seres grandes, peludos, sedosos, que se mueven velozmente bajo nuestras piernas abiertas. La sensación de poder es vertiginosa, pero se agota con mucha rapidez. Sadie y yo flotamos sobre ellos y observamos cómo acaban su carrera ante un mar enorme de espumas plateadas. Creamos un bosque y contemplamos el brillo de la luna a través de las ramas, acunados por el rumor del mar.

—Era así antes —Lana suena dulce, una voz recordada. Su nuevo cuerpo es blanco, grande, femenino (la palabra viene de Lon, no sé lo que significa pero es hermosa); tiene el pelo largo y los ojos muy abiertos.

—Hace mucho, mucho —contesta Tras, sin palabras.

—Es difícil expresar el tiempo. Hubo cambios. Así.

Sé que le duele la imagen y me acerco a sus sentimientos, me mezclo con Tras y lo sostengo mientras llega Sadie y los otros y Tras transforma en un éxtasis.

El mar se ha vuelto grasiento, huele a olvido y destrucción, ya no hay bosque, ni plantas. La tierra es gris y negra, calcinada. Se siente el miedo y la desesperación como una luminosidad amarillo verdosa. Nos abrazamos sin atrevernos a creerlo, sin querer creer que se pueda aceptar una convención así para existir.

—No era una convención —susurra Lon—. Ellos lo hicieron y no pudieron cambiarlo. Por eso se fueron.

—Nosotros podemos —Sadie se separa de la estrella y convierte el paisaje en una trama de haces de colores que salpican cascadas de chispas en las intersecciones. Todo se llena de música y armonía. De felicidad.

—Nosotros no somos ellos —digo yo con una sonrisa táctil que acaricia su esencia con un contacto fresco y ligero, como una brisa húmeda.

—Sí somos —dicen a la vez Lon y Tras—. Y ellos lo saben. Por eso no comprenderán.

—Todo cambia —canta Lana.

—Ellos no —Tras y Lon, abrazados, asustados.

—Somos bellos y sabios. Somos felices. Somos la estrella. –Sadie nos lleva arriba y más arriba, volando, girando, flotando, mientras Lana canta.

—Ellos no, ellos no.

Focalizo, focalizo la alegría, la belleza, mientras subimos, subimos, ahogamos el miedo, nos perdemos en la estrella, cantamos, volamos, olvidamos, existimos, transformamos, esperamos.

—Ya está a la vista, capitán.

—Sí, ya.

—No pareces alegrarte mucho, Ken, la verdad.

El capitán se pasa una mano húmeda por el pelo revuelto y sonríe a su segundo.

—¿Se me nota?

Alda le devuelve la sonrisa y se sienta frente a Ken en silencio, esperando la explicación que sabe que tiene que llegar. En cualquier caso no hay prisa, aún falta bastante para que puedan empezar la maniobra de acercamiento. Ken suspira, se levanta, sirve café en dos vasos transparentes y vuelve a su sitio. Alda sabe por su forma de respirar que está a punto de hablar, por eso se queda quieta y empieza a beberse el café sin azúcar en lugar de levantarse a buscarla.

—Yo es que... —se interrumpe, toma un sorbo de café—, no acabo de entender la ilusión que os hace a todos el llegar a ese planeta. ¿Qué rayos esperais encontrar ahí? La prueba viva, o mejor, la prueba muerta del peor error de nuestra historia, de la mayor monstruosidad que ha cometido nuestra especie. ¿Qué espera todo el mundo encontrar en ese planeta después de tantos siglos? No puede haber nada. No puede quedar nada de lo que existió y es aún muy pronto para que haya surgido algo nuevo. Es una expedición carísima de autocompasión gratuita.

—Y, ¿por qué aceptaste el mando?

La respuesta es rápida. La respuesta a una pregunta planteada muchas veces.

—Porque si no lo hubiera aceptado yo se lo habrían dado al capitán Morales.

Alda asiente, sin hablar. Todo el mundo sabe que el capitán Morales es un fanático restauracionista.

—Si puedo convencerlos de que ahí no hay nada, de que no vale la pena, tal vez empecemos de una vez a mirar hacia el futuro y no sigamos empeñándonos en soñar con el regreso al viejo hogar. ¿Qué regreso? ¿Qué hogar? ¿Qué vamos a hacer ahora después de casi mil años en un planeta destruido por nuestra propia locura ? —cortó rápidamente el gesto de Alda— ¿Está bien, por la de nuestros antepasados, en el que ya no puede quedar nada que tenga relación con nosotros?

—Tú sabes tan bien como yo que hay montones de proyectos, y algunos no están mal.

—Como por ejemplo.

—Como por ejemplo, el de acondicionar el planeta para la vida, dejar que se instalen los restauracionistas y darnos una oportunidad a todos de visitar el origen de nuestra civilización al menos una vez.

—Pero, ¿qué origen ni qué historias? Polvo, polvo radiactivo, cenizas de lo que una vez estuvo vivo y fue hermoso, una inmensa llanura erosionada por el tiempo y la destrucción artificial, oceános degradados donde no queda ni rastro de existencia, un aire que no podemos respirar... ¿Crees de verdad que vamos a encontrar supervivientes, hermanos nuestros que han sobrevivido ochocientos años de infierno radiactivo, que vamos a encontrar ni siquiera ruinas, los originales de todas las fotos y películas que se conservan en nuestros museos, que vamos a poder trazar las fronteras de los antiguos continentes...? Si hubiera sabido que pensabas así, no habría dado la aprobación a tu nombramiento.

Alda se mordió los labios. Era amiga de Ken casi más tiempo del que podía recordar y le dolía que le hablara de esa manera cuando sabía perfectamente que su lealtad era absoluta. Sin embargo, su actitud le daba ocasión de preguntar algo que había querido saber desde el comienzo del viaje.

—Y, ¿por qué has elegido a Boris?

Ken levantó la vista del vaso y empezó a reír lentamente, una risa seca y amarga.

—Yo sólo puedo elegir a mi segundo, Alda. Boris es el tercer oficial y te aseguro que hubiera dado diez años de mi vida por no traerlo, pero los restauracionistas son fuertes, más de lo que parece, y necesitaban tener a alguien a bordo. Y en una posición de responsabilidad. Tuve que tragármelo. Así que, ya sabes, más vale que te cuides y me cuides porque en caso de que nos pase algo a nosotras, Boris quedará al mando de la expedición.

—Y, ¿qué crees tú que pasaría en ese caso?

Ken hizo un gesto vago con las manos.

—Yo que sé. Cualquier cosa. Es capaz de ordenar un desembarco, quemar la nave y fundar una colonia. Hay suficientes mujeres a bordo y muchísimos embriones congelados.

La risa que se había iniciado ante el tono ligero de Ken fue dando paso a un progresivo estupor.

—¿Le crees capaz?

—¿No has leído el manifiesto restauracionista?

Alda negó con la cabeza.

—Pues te aseguro que vale la pena. Las mejores cualidades heróicas de nuestra especie de luchadores condensadas en veinticinco páginas.

—Entonces, ¿es verdad eso que se dice de que si el planeta hubiera sido entre tanto colonizado por una de las otras especies galácticas habría que luchar para recuperarlo?

Ken asintió con una sonrisa torcida.

—Guerra total —añadió—. Hasta el fin. Es... —se interrumpió—, ¿cómo lo llaman? Cuestión de honor, ¿comprendes?

Sus miradas se cruzaron unos segundos.

—Pero, ¿tú no pensarás que el planeta esté habitado?

Ken bajó la vista y no contestó.

—Sólo hay una especie aparte de la nuestra que sea capaz de acondicionar un planeta —continuó Alda—, y tenemos con ellos un tratado de no agresión que nunca ha sido violado.

—Exactamente. —Ken volvió a buscar la mirada de su amiga y sus manos se estrecharon por encima de la mesa.

Estábamos allí. La estrella. Esperando. Ellos estaban muy cerca. Podíamos oirlos respirar y temer. Ellos no nos sentían. "No somos parte de su realidad", había dicho Lon y debía ser cierto. ¿Cuál era su realidad? ¿Qué deseaban ver en nuestro mundo? ¿Cosas como las que Lon creaba, o Tras? ¿O como las imágenes de como había sido antes? ¿Cuándo antes? Mi mente especulativa giraba desgajada de la estrella hasta que me llamaron para canalizar, para conducir lo que llegaba de fuera.

Se acercan. Pronto estarán aquí.

Nos mezclamos a las otras estrellas, abrazando, consultando, sintiendo la unión. Y el miedo. El miedo casi desconocido en nuestra existencia.

Sólo una estrella. La estrella de contacto. Lo otro no es real para ellos. Disolver. Diluir. Desaparecer. Borrarse.

—Bueno, Boris, pues aquí estamos. —La voz de Ken sonó claramente en los auriculares del tercer oficial, pero el comentario era tan trivial que no se creyó en la necesidad de dar una respuesta. Su mirada se perdía en la inmensidad de un desierto calcinado y negruzco, cerrado hacia el horizonte por una cadena de colinas que podían haber sido inmensas montañas erosionadas por el viento. Según las mejores aproximaciones basadas en antiguos mapas, estaban en Europa, lo que había sido la cuna de la civilización moderna. En todo ese territorio habían existido grandes ciudades rodeadas de bosques, a orillas de ríos caudalosos. Una de las zonas templadas del planeta, una de las más pobladas y con mejor nivel de vida, una de las más variadas en paisajes, lenguas y costumbres. Miró desesperadamente al suelo intentando encontrar algún vestigio de ese pasado, alguna piedra tallada, alguna moneda, lo que fuera, cualquier cosa que pudiera borrar su amargura, aunque fuera durante unos instantes.

Ni él mismo sabía lo que esperaba encontrar allí, pero lo que estaba claro era que ni en sus peores momentos había supuesto que era de verdad eso lo que se iba a encontrar: polvo, desolación, vacío.

Subió a su móvil y lo arrancó violentamente. No se iba a dar por vencido con tanta facilidad. La nave estaba efectuando mediciones y sondeos en todo el planeta bajando incluso a profundidades de kilómetros en las zonas antiguamente pobladas, en los océanos más transitados, en todas partes donde pudiera quedar un vestigio... ¿de qué? Ni siquiera él podía estar buscando vida. Eso era absurdo. Pero entonces ¿qué buscaba? ¿La prueba de que otra especie se había instalado en Terra después de que hubiera tenido que ser abandonada por los escasos supervivientes? ¿Algún indicio de que quizá un puñado de humanos había sobrevivido, aunque fuera durante unos cuantos años, a la destrucción total?

Recordó sus sueños infantiles sobre la vieja Tierra, como la llamaba aún su abuelo, el amor que había ido pasando de generación en generación por las antiguas costumbres, las visitas domingo tras domingo a todos los museos en que se conservaban restos de aquel otro mundo que él en su imaginación había pintado con los más hermosos colores, sabiendo que era imposible y convenciéndose a la vez de que todo podía ser, si uno lo deseaba de verdad.

Comparaba el paisaje que se deslizaba bajo su móvil con las películas de historia antigua y sentía que su garganta se estrechaba. Aquí habían existido enormes bosques verde oscuro que se azulaban al atardecer, ríos perezosos en otoño, desbordantes en la primavera cuando se llenaban de nieve fundida, altas montañas de cimas blancas contra el cielo azul, miles y miles de animales diferentes que no podía nombrar llenando el aire con sus gritos, flores que se abrían al calor del sol y perfumaban el aire húmedo que podía respirarse sin máscara...

Recordaba también los argumentos de los otros, de los progresistas, de la gente como el capitán: "Nuestro mundo es este" "¿Qué tenemos que ver nosotros con Vieja Terra?" "No era todo naturaleza limpia y gloriosa; mucho antes de la destrucción final, Terra era ya un planeta enfermo y degenerado, donde cada día se extinguía para siempre una especie animal, sus océanos cubiertos de una capa de petróleo que impedía la evaporación, sus bosques muriendo poco a poco, su aire cada vez más irrespirable, lleno de veneno, su clima alterándose de año en año en un imparable efecto de invernadero que lo hubiera convertido en letal incluso sin la hecatombe nuclear". "Terra era ya un cadáver antes de que los humanos la abandonaran".

Y nunca lo había querido creer. Para él Tierra seguía viva en alguna parte del inmenso universo, como un jardín abandonado esperando que alguien lo reclamara como propio y lo hiciera florecer.

Y él ahora estaba en ese jardín.

Y era un desierto.

Ken volaba en silencio detrás de Boris mirando apenas el paisaje que se deslizaba bajo sus ojos. No era la primera vez que bajaba a un planeta agostado, pero esta vez era distinto porque aquí había existido vida, la suya, la de su especie. Aquí hombres y mujeres como ella, más pequeños quizá, menos desarrollados, pero también humanos, habían vivido, crecido, amado, antes de tener que buscar otro hogar entre los miles de estrellas del espacio exterior. Ahora lamentaba haber dedicado tan poco tiempo a estudiar historia antigua; no podía imaginarse la vida cotidiana de esas gentes, ni siquiera quedaba una huella en aquella desolación. Sin embargo ese mismo hecho le alegraba. Ella tenía razón. El futuro de su especie no estaba en Terra sino en su nuevo hogar, en su futuro, en los otros planetas que se habían acondicionado para acoger el excedente de población en el espacio periférico de Nueva Terra. Había sido un viaje interesante y triste, pero satisfactorio. En unas cuantas horas, en cuanto Boris se cansara de volar sobre el desierto, regresarían a la nave y en unos días más, con todos los resultados, a casa.

El motor de su móvil emitió un penoso rugido al remontar una cordillera más alta que las anteriores y por un momento tuvo que luchar contra las turbulencias del aire caliente pegado a la montaña antes de poder buscar a Boris con la vista. Cuando consiguió equilibrar el móvil y pasar al otro lado, lo que vio la dejó estupefacta.

En lo que debía de haber sido un valle en otro tiempo y que ahora era sólo una herida arrugada entre los montes, se alzaba una torre de plata. Una torre de unos veinte metros de altura pero que parecía mucho más alta porque flotaba a varios metros del suelo, tan sólida y estable como la roca misma en la que hubiera debido apoyarse. Era delgada y grácil, sin adornos exteriores, pero pulida y fina como un juguete de lujo. El sol de la tarde le prestaba un resplandor rosado y resultaba absolutamente incongruente en el paisaje desértico que la rodeaba porque no era una ruina de tiempos pasados sino una esplendorosa realidad, como si acabara de ser construída. El móvil de Boris se hallaba caído a sus pies y la figura del tercer oficial se recortaba, diminuta, frente a la base de la construcción. Ken hizo aterrizar su vehículo y avanzó lentamente hasta su teniente.

—¿Lo oye, capitán? —dijo él entonces en un susurro.

A punto ya de contestar "¿Si oigo qué?", calló de improviso porque ella también lo oía. Una llamada, una llamada imprecisa como un coro de voces medio existentes, medio inventadas, como susurros de niños que se esconden en la oscuridad para que los encuentre un adulto y no pueden reprimir la risa. Asintió con la cabeza.

—Comunique a la nave lo que hemos encontrado, teniente. Informe de que vamos a entrar a explorar y que nos pondremos en contacto con ellos dentro de dos horas. Que hagan análisis y fotografías sin abandonar su posición y que no se inmiscuyan sin una orden explícita. Dejó a Boris cumplir sus instrucciones y empezó a examinar la torre buscando una manera de entrar en ella. Estaba claro que sólo se podría intentar por una de las ventanas, ya que las dos puertas quedaban demasiado altas y estaban cerradas, pero sólo se podría hacer desde el móvil y en este caso uno de los dos debería quedarse en tierra. Acababa de decidir que sería ella la que entrara, a pesar de la oposición esperable por parte de Boris, cuando éste dijo:

—Capitán. Me comunican de la nave que no localizan la torre. Nos ven a nosotros pero, según nuestros instrumentos, la torre no existe.

Antes de que Ken pudiera reaccionar, del fondo de la torre se escurrió un objeto luminoso, una especie de lágrima traslúcida que descendió hasta tocar el suelo.

—¿Qué es eso? —articuló Boris con voz ronca.

—Tal vez un ascensor —dijo Ken.

—¿Instrucciones para la nave?

—Que sigan donde están. Dos horas. Si no volvemos, que bajen a investigar.

Avanzaron hombro con hombro hasta la lágrima y un segundo antes de reunir el valor suficiente para atravesar su consistencia de cristal gelatinoso, el material se extendió hacia ellos, los envolvió y los succionó hacia arriba, hacia el interior de la torre.

Vibrábamos, vibrábamos. Toda la estrella vibraba transformando, transformándonos, decidiendo sin palabras, sin imágenes, tratando de adaptarnos a ellos, de no dañar, de no ser dañados. Lon creó la torre y los atrajo. Tras le dio a Lana un cuerpo que pudiera llevar para ellos y yo me transformé según su diseño, listo para el contacto. Eran grandes. Y fuertes. Vestidos con duros objetos metálicos y protectores de ojos, de oídos, de respiración. Lon tenía razón. No sabían transformarse. Se quedaron en la sala que Sadie había creado para ellos mirándolo todo con los ojos muy abiertos, haciendo esfuerzos por controlar la respiración. Todas las estrellas callaban, atentas a Lona y a mí, a Sadie, a Lon, a Tras.

Boris sintió un escalofrío cuando las paredes de la lágrima–ascensor se disolvieron sobre su cuerpo dejando una lluvia de chispas multicolores. Miró a Ken y sus ojos siguieron los del capitán hasta encontrarse con una figura que los esperaba al fondo de la sala. Era un hombre que podría tener entre los veinte y los cuarenta años, alto y delgado, vestido con unas ropas oro mate que cubrían su cuerpo desde la cintura hasta los pies. Su rostro y su cuerpo eran como la torre, finos y gráciles, más como una obra de arte que como un ser real, pero de una humanidad evidente. No era otra especie la que se había instalado en Terra.

Un segundo después, de detrás del hombre surgió otra figura, esta vez una mujer, tan hermosa y perfecta como su compañero, vestida de negro y plata también desde la cintura, lo que dejaba ver sus pechos redondos y erguidos, cubiertos a medias por su largo cabello, negro y liso.

Los dos permanecieron en completa inmovilidad mientras Boris y Ken los observaban. Por fin dijo el capitán:

—Somos amigos.

"Amigos" "amigos" reverberó la voz en alguna parte de su cerebro, como si fuera repetida por un coro invisible.

El hombre y la mujer sonrieron al mismo tiempo, con absoluta precisión.

—Somos amigos —repitieron con una voz plural y lejana, con un fondo de risa, como de juego.

—¿Quiénes sois? —preguntó el capitán.

—Somos. Somos –contestaron.

—Somos vosotros —dijo Lon a través de nuestras sonrisas.

—¿Sois humanos? ¿Supervivientes del desastre?

—Somos la estrella —contestó Sadie.

—No entendemos —dijo Ken.

Nos replegamos. Nos reunimos de nuevo buscando. Buscando cómo. Mostrar. La estrella. La transformación. Sadie bucea en uno de ellos y encuentra imágenes, un paisaje, una luz, sonidos, olores. Cambiamos. Giramos.

Boris y Ken se encuentran de repente en un paisaje típicamente alpino: un cielo azul profundo, como de cristal, donde ya aparecen las primeras estrellas, bosques perfumados, principios de la primavera, una brisa fresca y el rumor de un río cercano, un riachuelo claro de aguas rápidas y espumosas. Boris se agacha hasta tocar el suelo, pasa sus manos enguantadas por la hierba húmeda, por una hierba que es real, que no desaparece cuando él la toca, mete la mano en el arroyo y siente su frialdad a través de los guantes. Empieza a soltarse el cierre del casco cuando la voz del capitán lo deja clavado:

—¡Quieto! Es una orden. ¿No te das cuenta de que es una trampa, imbécil? No son más que alucinaciones... —su voz se corta de rabia, de miedo.

Boris se levanta lentamente, furioso y avergonzado por haber caído en algo tan pueril, frustrado por no poder disfrutar de su sueño y, de repente, al alzar de nuevo los ojos hacia Ken, se da cuenta de que está desnuda, de que están desnudos los dos, con la piel expuesta a toda la radiación, respirando aquel aire envenenado que huele a flores y a hierba, sintiendo las salpicaduras de ese agua que debe estar podrida y que de hecho no existe, como no existe ese cielo nocturno y esa brisa que mueve su pelo y que puede sentir en toda su piel como una caricia. Y se echa a reir y abraza a Ken gritando entre risas:

— Lo sabía, lo sabía. Podremos volver a empezar en Terra. Podemos vivir aquí. Es mucho mejor de lo que yo esperaba. Es un milagro.

Nos sacude el miedo como siempre desde que los esperamos. Todas las estrellas giran enloquecidas. No podemos. No queremos. Ellos. Diferentes. No. No. Compartir. Con ellos. Imposible. Focalizo y transformamos, transformamos.

Se encuentran en una playa al amanecer. El frío es tan intenso que duele en la nariz al respirar y en los ojos donde las pestañas se han escarchado. El resto de su cuerpo está embutido en voluminosos trajes aislantes. Hay un vehículo en marcha junto a ellos. El motor hace un ruido ronco y de su tubo de escape sale una espesa humareda negra. El mar está gris, cubierto de una capa grasienta que finge colores en el agua quieta. La playa está cubierta de cadáveres de peces, de pájaros, de otros animales que no pueden nombrar.

—Esto no puede ser real —murmura Boris.

—Lo otro tampoco —contesta Ken.

—¿Qué nos pasa, capitán? ¿Estamos muertos?

—Ojalá lo supiera.

—Esto no puede estar sucediendo. No puede ser real.

Todo es real, decimos, todo es real. No entienden. Oyen. No entienden. Sufren. Seres de realidad única.

Ken y Boris están de nuevo en la sala. Hay miles de velas blancas encendidas y en el aire flota un perfume dulce, intoxicante. El hombre y la mujer han desaparecido.

—Queremos saber —le dice Boris al vacío—. Queremos comprender. Ken aprieta los labios y calla. Su mente se cierra por momentos a la realidad que la rodea y que no puede existir. Ve cómo se distorsionan las facciones del teniente y clava sus ojos en la forma sólida que poco a poco se va haciendo fluida y luego neblinosa hasta que deja de existir y se encuentra sola en la sala. Trata de huir en un momento de pánico y se da cuenta de que las ventanas han desaparecido, de que todo es sólido frente a sus manos, frente a su cuerpo y, con un grito ahogado, se deja caer en las almohadas que cubren el suelo y pierde la consciencia.

Boris flota en medio de la nada, gira y gira olvidando más y más deprisa todo lo que sabe, todo lo que cree conocer. No siente su cuerpo y casi no le importa. Oye voces sutiles, risas, pasos. Se pierde, se entrega y pronto se encuentra flotando con seres casi inmateriales que le cuentan en imágenes, palabras, olores, tactos, todo lo que quiere saber, todo lo que le angustia. Se deja llevar y, por un momento, comprende que su concepto de la realidad es un absurdo, que los nuevos humanos se han liberado de las ataduras de lo que es posible y lo que no lo es, que ha entrado en otro estadio, en el nivel en que los humanos dominan por fin su planeta porque no están sujetos a él, porque por fin son independientes de todo lo exterior y ahora ya nada puede afectarles. Son hermosos, son superiores, son perfectos.

—Despierta, Ken, despierta.

Los ojos de Ken se abren con dificultad, temiendo encontrarse con la realidad de aquella sala inexistente pero lo primero que perciben son

78

las pupilas dilatadas de Boris, su mirada enloquecida, su cuerpo tenso, sus manos que la agarran por los hombros y la sacuden violentamente en lo que parece un paroxismo de triunfo.

—Los he encontrado, Ken. Los he entendido. Son humanos, como nosotros, sólo que son mejores que nosotros, mucho mejores. Son los supervivientes de nuestra propia especie que a través de los siglos se han depurado, se han perfeccionado. Han abandonado todo lo que a nosotros nos parece básico para dar el gran salto. Son el paso siguiente en la evolución.

Ken acoge sin respirar el torrente de emoción que brota de Boris y, cuando interrumpe su discurso, esperando de ella una confirmación, una mirada, una sonrisa, ella pronuncia la palabra maldita, la palabra más temida por los restauracionistas:

—Son mutantes, entonces.

Boris la golpea violentamente con el dorso de la mano y la sangre brota, caliente, de su boca. Cuando ya alza la mano para golpear de nuevo, se detiene y la mira con lástima.

—¿No has visto a la pareja de antes? ¿Los llamarías mutantes?

—Esa pareja era una alucinación, como todo lo que hay aquí, como lo del bosque, como lo del mar, como esta misma sala. Tu has visto en qué condiciones está el planeta. ¿Crees que un humano podría vivir aquí sin protección, sin técnica?

—Sé que son alucinaciones. Bueno, más bien proyecciones de sus mentes. Ya te he dicho que ellos son algo más. Yo los he visto. Los he sentido. Son incorpóreos, son algo así como espíritus que pueden adoptar la forma que quieran y transformar su entorno. ¿Para qué quieren la técnica? Tienen otra cosa. Es... es como magia.

—¿Y tú crees que son humanos? ¿A ti te suena humano todo eso que me estás contando?

Boris baja la vista, confuso. Se sienta en el suelo cubierto de cojines y se queda un tiempo muy quieto, la vista perdida en el vacío, sus ojos reflejando las llamas de las velas que se queman sin ruido.

Ken habla por fin, muy despacio:

—Boris, si esos seres fueron alguna vez humanos, está claro que ya no lo son. No son como nosotros. No tenemos nada que compartir.

—Quizá no tengamos nada que compartir pero tenemos todo que aprender —grita él.

—Yo no quiero aprender eso —contesta ella, en voz baja.

—Creía que los progresistas estabais a favor de cualquier cosa que nos lleve hacia el futuro —el sarcasmo es casi infantil—, y eso, capitán, es el futuro. El futuro de nuestra especie. El único. El mejor.

—Entonces el ideal de la restauración de Terra ya no es tu ideal, ¿no? Ahora se trata de que esos seres —indicó con las manos a su alrededor— nos enseñen cómo liberarnos de nuestros cuerpos, cómo destruir nuestro planeta y cómo fingir una realidad compuesta de alucinaciones para poder seguir soportando la realidad auténtica, ¿no es eso?

—Ellos no destruyeron su planeta. Lo hicisteis vosotros.

—Lo hicimos nosotros, en todo caso. O nosotros y ellos, si ellos son de verdad descendientes de los mismos humanos que nosotros. O ellos, si te refieres sólo a los antiguos. ¡Qué más da! ¿Quieres vivir en un mundo como el que hay ahí afuera, sabiendo cómo es y construyendo torres de plata ficticias que nuestros instrumentos no registran?

—¡Sí! —gritó Boris salvajemente—. Eso es lo que quiero. Quiero poder sentir otra vez la hierba y el agua y el aire libre, aunque sea una creación de mi mente si yo lo siento como realidad. No quiero tener que hacer una solicitud y esperar seis meses hasta que me concedan treinta minutos en un parque natural, no quiero vivir en cúpulas acondicionadas, no quiero reguladores climáticos y ambientales, no quiero saber exactamente cuándo va a llover y cuánto va a durar la lluvia, quiero aprender lo que es el mar bañándome en él, sentado a su orilla...

—Y comer alimentos naturales, supongo, directamente sacados de la tierra —añadió ella con una mueca de disgusto. Y tal vez hasta cazar, como los primeros humanos. Y caminar para desplazarte...

—Ellos no necesitan caminar. Ni siquiera desplazarse. Ellos... transforman.

—¿Qué transforman?

—No sé bien... no sé cómo explicarlo. Se reunen y hacen cosas. Lo que quieren, lo que sienten, lo que necesitan.

—Cosas que no existen.

Hubo una larga pausa. Por fin Ken se puso en pie y se ajustó torpemente el traje con las manos enguantadas.

—Nos vamos, Boris.

El también se puso de pie, lentamente, desnudo.

—Yo me quedo, Ken.

—Tu vienes conmigo y es una orden.

Boris sacudió la cabeza, despacio, sin apartar los ojos de ella.

—Yo me quedo. Puedes decir lo que quieras en la nave y en casa. Que me perdí, que tuve un accidente, que decidí quedarme, que me ejecutaste por insubordinación, lo que quieras, pero me quedo.

—Boris, no me obligues a disparar —dijo ella con los dientes apretados, su mano derecha cerrada sobre la culata del arma de reglamento.

—Yo me quedo, capitán. —Sus ojos brillaban como si una tenue luz se hubiera encendido en su interior y su piel se hacía fosforescente por momentos mientras su pelo oscuro se movía en torno a su cabeza, lenta, deliberadamente.

La mano de Ken temblaba al sacar el arma pero Boris no hizo el menor movimiento para detenerla.

—Si no me obedeces inmediatamente, tendré que disparar. Conoces el reglamento. Es rebeldía.

—Dispara, capitán.

Por un momento Ken creyó que se trataba de una broma. Una broma cruel de aquellos seres malignos que no podían ser humanos. Habían construido a ese Boris que ahora se hallaba de pie frente a ella convirtiéndose ante sus ojos en algo monstruoso para obligarla a matar, pero sólo para ponerla en ridículo convirtiendo su disparo en un haz de chispas de colores o en una bandera de carnaval.

—Te ordeno que vuelvas conmigo a la nave. Tienes tres segundos. Uno. Dos. Tres.

El rostro de Boris se iluminó en una sonrisa y de sus dientes empezaron a brotar hilos plateados que tocaban el suelo con un chasquido húmedo y creaban una fronda a su alrededor. Ken disparó.

La pierna izquierda, el brazo derecho. Boris se dobló de dolor con un grito y los milagros desaparecieron. Entonces, antes de que ella pudiera preverlo, él saltó sobre su pierna sana tratando de derribarla. Casi sin darse cuenta disparó y la cabeza de Boris se abrió por arriba en una explosión de sangre. Ken cerró los ojos y se cubrió el visor con la mano izquierda, la derecha agarrotada aún sobre la culata del arma, ahogándose en la magnitud de lo que acababa de hacer. En veinte años de servicio era la primera vez que había matado a conciencia.

El viento que soplaba contra su traje aislante la devolvió a la realidad. Por unos instantes estuvo segura de que en cuanto retirara la mano, Boris se encontraría a su lado en mitad del desierto con la expresión perpleja del que sale de un profundo sueño. Apartó el brazo lentamente y era casi cierto. Estaban en mitad del desierto, sin sala mágica, sin torre de plata, sólo el infinito desierto calcinado y un cadáver desnudo y destrozado a sus pies, el traje protector unos metros más allá como una concha vacía.

Inspiró hondo y llamó a la nave. No iba a ser agradable, pero se había terminado. Era lo mejor que había podido suceder. Ahora vería la opinión pública hasta qué extremos de fanatismo puede llegar un restauracionista, hasta qué punto de locura y de incomprensión. Había sido una mala elección para Boris pero era lo mejor para todos los demás, incluso para la vieja Terra que podría continuar siendo morada de fantasmas que sólo existían en la mente de Boris y que él le había contagiado. ¿No había sido él el que primero había visto la torre antes de que ella pudiera remontar la cordillera? ¿No habían sido todas sus alucinaciones producto de una mente humana, como la de Boris, alimentada desde la infancia con las imágenes de tiempos pasados? Terra estaba muerta. Muerta y estéril, maldita por milenios, un pedazo de roca flotando en la nada. Esa era la única realidad.

Te llamas Nea, decimos con un perfume malva. Eres el cierre de la estrella ahora y yo soy su foco, digo yo. Vas a aprender con nosotros. Transformaremos. Transformarás. Nea dice, aún con palabras, que es un nombre de mujer. Reímos. Aquí no importa. Es un hermoso nombre, dice Sadie entre burbujas blancas. Estoy muerto, dice Nea. Reímos. Reímos. Reímos. Yo también estoy muerto, digo yo y le envuelvo en una niebla y caemos al suelo gota a gota convertidos en espuma. Todos muertos, susurra y su voz es triste, triste. Un mundo de fantasmas. Sólo Vai está muerto, dice Lon pero no importa. No comprende. Nea no comprende y sufre. Nos acercamos. Apoyamos. Abrazamos.

En la cima rocosa de una alta montaña de convención general aparecemos los cinco, la estrella, con Nea. Le creamos un cuerpo para que no sufra. Nos mira. Se mira y grita de dolor y de miedo. Nos miramos. Los cinco. No comprendemos todo. Lon y yo entramos en su flujo suavemente, dejando nuestro cuerpo ahí para no dañar a Nea. Vemos lo que ve. Sadie, sus alas traslúcidas, membranosas, las manos diminutas de garras afiladas, la boca redonda, sin labios, manchada de líquido verde, la cabeza sin ojos, sin cabello. Tras, el cuerpecillo frágil, como un hilo, el cráneo inmenso, informe, sostenido apenas por un cuello larguísimo, los brazos rozando el suelo. Lana, su cuerpo descoyuntado, sin proporción, la cabecita rubia oscilando descontroladamente, los ojos sin párpados, el hilo de saliva goteando de su boca. Lon, sus brazos sin manos, sus ojos enormes y profundos ocupando la mitad de su rostro sin boca. Yo, mi cuerpo anterior que era sólo un cerebro prendido a una masa de materia biológica y que ya desapareció hace tiempo. Mutantes, grita Nea, mutantes monstruosos. No comprendemos. No sabemos, pero duele. Nea sufre y nosotros sufrimos. Nos acercamos. Nea grita. Grita. Grita. Abrazamos. Apoyamos. Giramos. Volamos. Transformamos. Nos transformamos. Ahora el paisaje es verde y dorado. El sol está bajando y cientos de pájaros negros gritan en el atardecer. Hay árboles en flor, blancos y rosas. Suenan unas campanas dulces en la distancia. Nea ya no grita. Abre mucho los ojos y aspira el aire que huele a hierba cortada y flor de manzano, dice. Está tranformando, pero no lo sabe. Nuestros cuerpos son ahora como el de Nea, grandes, fuertes, lisos, de color blanco dorado. Ha construido cuerpos de hombres y mujeres. Vuelve la paz. Es una hermosa realidad, graba Tras en el cielo, un cielo verde con estrellas moradas. Nea se asusta un instante y pronto añade estelas de plata que se cruzan arriba. Sadie nos levanta como una polvareda y volamos bajo el cielo que ahora es violeta y suena como el mar. Reimos. Juntos. Con Nea. Estás en casa, gritamos, cantamos, proyectamos. Focalizo la alegría, la bienvenida, la armonía, la paz y nos perdemos en la estrella, viviendo, creando, volando, girando, girando, bailando, transformando, transformando, transformando. Los seis.

El rebaño
César Mallorquí

El cielo, como un paño de terciopelo negro cubierto de diamantes, se alzaba en todo su esplendor sobre las oscuras cumbres de las montañas. Por encima de los bosques y de los valles, miles de estrellas titilaban en el firmamento de aquella noche cristalina.

Pero había una, de entre todas ellas, que no se comportaba como suelen hacerlo las estrellas. Se movía.

Claro que aquel objeto distaba mucho de ser una estrella. No emitía luz, sino que la reflejaba. No tenía una vasta masa, sino que pesaba poco más de seis mil quinientos kilos. No era un objeto natural, sino artificial.

A doscientos kilómetros de altura, el satélite Geosat D, que se había puesto en órbita trece años antes mediante un propulsor Arianne V desde la base de Kourou, sobrevolaba el sur de Europa. Su vertical, en ese momento, se situaba exactamente encima de los Pirineos.

Geosat estaba procediendo a realizar las habituales observaciones automáticas. Algunos de sus sistemas habían dejado de ser operativos: no hay que olvidar que la vida prevista para el satélite era de doce años, y ya llevaba funcionando uno de más. No obstante, su órbita había entrado en una espiral descendente que lo acercaba cada vez más rápidamente a la superficie de la Tierra. De hecho, Geosat estaba condenado a una muerte tan cierta como inminente. Y es que, según el peculiar calendario de los artefactos orbitales, era un satélite viejo. Aun así, el sistema de observación, cuyas funciones, entre otras, eran el registro y proceso de datos meteorológicos, todavía conservaba el brío de una primera juventud electrónica.

Las cámaras de infrarrojos y ópticas escrutaron la lejana superficie de la Tierra y su inmediata troposfera. El cielo sobre la península Ibérica y el sur de Francia estaba limpio de nubes. Los sistemas informáticos de Geosat midieron las temperaturas, la dirección de los vientos, el grado de humedad y las variaciones de las corrientes marinas en el estrecho de Gibraltar y el golfo de Vizcaya, procesaron la información y, casi instantáneamente, se la transmitieron por enlace de microondas a los receptores instalados en Robledo de Chavela.

Pero no había nadie allí para recibir aquel torrente de datos. No había nadie en toda la superficie de la Tierra capaz de escuchar aquellos mensajes llovidos del cielo.

No había nadie...

Brezo soñaba con Trueno cuando unos lejanos aullidos lo despertaron. Se incorporó y olfateó, inquieto, el aire. Era la madrugada de una clara noche de primavera, y el poco viento que soplaba lo hacía en dirección al llano, impidiendo a Brezo percibir los olores de la lejana jauría.

No se trataba de lobos, por supuesto; los lobos tardarían aún varios años en descender de las heladas tierras del norte para recuperar los bosques que en otros tiempos habían sido suyos.

Eran perros, como Brezo. Perros de las más diversas procedencias que habían unido sus fuerzas para sobrevivir. Pero, a diferencia de Brezo, hacía mucho que aquellos perros habían abandonado el regazo del Hombre. Rotos los lazos con la humanidad, aquellos animales, en otro tiempo amistosos, se habían convertido en bestias salvajes.

Las ovejas, que también habían escuchado los aullidos, se agitaban nerviosas. Brezo se levantó y rodeó lentamente el corral. Las ovejas se empujaban unas contra otras, amontonándose contra el fondo del cercado. Las maderas de la valla, después de tantos años sin arreglo alguno, parecían ir a saltar en pedazos en cualquier momento. Brezo ladró un par de veces mientras correteaba nervioso y rodeaba el corral.

La dirección del viento cambió y, al poco, Brezo pudo percibir el olor de la jauría. Eran diecinueve machos y diecisiete hembras, once de ellas preñadas. El aire, para un perro, contiene tanta información como la luz para un humano, y aquella brisa le hablaba a Brezo de excitación y de lucha, de cacería y de muerte. Pero había algo más: Brezo conocía el olor de uno de los machos... No recordaba cuándo, pero sabía que alguna vez, hacía mucho tiempo, había percibido el aroma de ese animal.

Se sentó y giró la cabeza, primero en un sentido y luego en el otro. Brezo era viejo. Doce años son muchos para un perro. Los músculos ya no eran tan fuertes, y la resistencia había menguado. No obstante, sus ojos conservaban toda la agudeza, y su olfato seguía siendo tan fino como el de un cachorro.

Conocía aquel olor. Por algún motivo, lo asociaba a Trueno, el gran mastín, pero no podía recordar en qué circunstancias lo había percibido por primera vez. Y, no obstante, de un modo u otro, sabía que se trataba de algo importante.

Los cánticos de caza de la lejana jauría se fueron perdiendo en la distancia. Probablemente los perros, tras encontrar el rastro de alguna presa, habían iniciado la persecución. De momento, el peligro había pasado.

Brezo movió el rabo, ladró secamente y se tumbó frente a la puerta del corral. Antes de apoyar la cabeza en el suelo, permaneció unos minutos contemplando las estrellas. Le gustaba mirarlas; ignoraba lo que eran, claro, pero le tranquilizaba observar sus guiños, el titileo de aquel oscuro campo de cirios.

Al cabo de un rato, las ovejas se calmaron, y Brezo, poco a poco, recorrió de nuevo el camino del sueño. Soñó con Rayo, su pequeño y vivaz maestro, y con Trueno, el titán protector del rebaño. Y soñó con los tiempos en que el pastor vivía, cuando los seres humanos todavía caminaban sobre la Tierra.

Al amanecer, mientras los primeros rayos del sol comenzaban a disolver los jirones de niebla, Brezo inició el viejo ritual que repetía desde hacía más de diez años. Se acercó a la puerta del corral e, incorporándose sobre sus patas traseras, hizo girar con la boca el palo de madera que hacía las veces de pestillo. Pese a haberlo repetido cientos de veces, siempre se sentía orgulloso de aquel truco.

Se lo había enseñado, como casi todo, Rayo.

Y Rayo lo había aprendido del pastor.

Tras desbloquear la puerta, Brezo la abrió, tirando de ella con la boca. Luego se introdujo en el corral y comenzó a correr de un lado a otro, ladrando nerviosamente y lanzando mordiscos de lana sobre los perezosos cuerpos de los animales. Las ovejas, siempre limitadas en extremo, se mostraban particularmente estúpidas por las mañanas.

Diez minutos después, el rebaño se encontraba fuera del cercado, y Brezo comenzaba a dirigirlo por el camino de la montaña. Las nieves más bajas se habían fundido, y en su húmedo retroceso dejaron atrás una alfombra de tierna hierba sobre las suaves laderas. La primavera era una época de promisión para el rebaño.

Al pasar frente a la casa que se alzaba a cincuenta metros del corral, Brezo experimentó, una vez más, la usual punzada de ansiedad. En el porche de aquella vivienda, frente a la entrada, murió Rayo. Allí permanecieron sus restos durante mucho tiempo, hasta que unas lluvias torrenciales los arrastraron colina abajo. Pero la causa de su ansiedad era, sobre todo, otra: dentro de aquella casa, desde hacía diez años, estaba el pastor. Por supuesto, Brezo sabía, de alguna manera, que el pastor había muerto; durante meses, el perfume de la putrefacción flotó en aquel lugar. Pero Brezo no había entrado para comprobarlo, nunca había cruzado el dintel de la puerta. Rayo se lo impidió.

Había pasado mucho tiempo, pero Brezo aún guardaba un nítido recuerdo del día en que el pastor entró por última vez en la casa. Ocurrió poco después de la apresurada visita del médico, aquel asustado hombrecillo que huía de las plagas.

Un día como otro cualquiera, el pastor se despertó al amanecer. No tenía buen aspecto, sus movimientos eran lentos y andaba encogido, como si le doliera el estómago; la fiebre se estaba apoderando de él. Aun así, logró conducir el rebaño a los pastizales. Cierto, todo el trabajo lo realizaron Rayo y Brezo, pero el mero hecho de desplazar su propio cuerpo había supuesto un triunfo para el pastor. A la vuelta se desmayó dos veces, y por dos veces volvió a levantarse. Logró encerrar al rebaño en el corral —aunque, una vez más, fueron los perros quienes llevaron a cabo la labor—, y luego se introdujo en la casa de la que ya nunca saldría. Aquella noche, Rayo, Brezo e incluso el habitualmente estoico Trueno escucharon, atemorizados, los gritos y lamentaciones del pastor. En su delirio, no dejaba de pronunciar un nombre de mujer. Luego, su voz enmudeció y sólo se percibieron los jadeos. Al poco, ni los jadeos se oyeron. Fue entonces cuando Rayo entró en la vivienda y permaneció en ella largo rato, gimiendo quedamente. Brezo, que por aquel entonces apenas contaba dos años, se dirigió finalmente a la casa, armado del valor irresponsable que presta la juventud. Se disponía a cruzar el umbral cuando Rayo surgió del interior, ladrando con fiereza e interponiéndose a su paso con el hocico fruncido y los colmillos restallantes. Brezo era más grande que él; de hecho, Rayo sólo era un pequeño chucho que apenas alzaría cuarenta centímetros del suelo, mientras que Brezo se había convertido en un vigoroso macho de alsaciano puro, todo él energía y fuerza. Pero Rayo era el jefe, de eso no cabía duda, y a Brezo ni se le había pasado por la cabeza agredirlo. De modo que el asunto quedó zanjado: la casa era tabú. No pasar. Prohibido. Se trataba de un terreno sagrado, y ningún perro era digno de entrar allí. Y así había sido durante una década, incluso muchos años después de que Rayo, el guardián de la memoria del pastor, hubiera desaparecido para siempre de la vida de Brezo.

Tras la muerte del pastor, los rituales de toda una existencia se impusieron al orden natural de las cosas. Rayo había pasado años pastoreando el rebaño, y nada, ni la desaparición del pastor, iba a impedir que llevase a cabo su trabajo. Con precisión milimétrica se despertaba cada mañana y abría la puerta del corral. Luego, secundado por Brezo y bajo la mirada protectora de Trueno, conducía a las ovejas hacia los pastizales, para volver a encerrarlas al atardecer. Ninguno de los perros se preguntaba por la carencia de sentido de aquel pastoreo automático. ¿Cómo iban a hacerlo? Para ellos, las ovejas no significaban lana, leche o carne. Las ovejas eran cosas que había que conducir y cuidar, tal y como el Hombre había enseñado. La razón de ser del rebaño era el rebaño en sí. Ése era el único objetivo de las vidas de Rayo, Trueno y Brezo. Traicionar a las ovejas habría sido traicionarse a sí mismos.

Sin embargo, no hay que creer que la muerte del pastor no provocó ninguna alteración en las vidas de los perros. De entrada, y muy rápidamente, tuvieron que hacer frente al problema de la alimentación. En realidad no fue una cuestión grave. El pastor, cuando vivía, sólo les daba pan duro y los restos de su comida. Si querían carne, tenían que conseguirla por sus propios medios. Brezo era el mejor cazador, y raro era el día en que no atrapaba una ardilla o un pájaro. Rayo no le andaba a la zaga. Aunque más pequeño, era rápido e inteligente. En cuanto a Trueno, grande y pesado, compensaba su relativa lentitud con una fuerza desmesurada. Cuando cazaba lo hacía a lo grande y, en más de una ocasión, había compartido con sus compañeros alguna cabra o un cerdo pequeño. Brezo aún recordaba con deleite el día en que vio a

Trueno subir por la ladera, arrastrando hacia la casa el cadáver de un ternero de buen tamaño. El festín duró una semana.

Pero esos tiempos ya habían pasado. Rayo y Trueno estaban muertos, y Brezo era viejo. Por fortuna, la desaparición del Hombre había provocado una explosión de vida en la Tierra. Prácticamente sin predadores naturales, las aves, los herbívoros y los roedores, todas las especies, se multiplicaron de manera geométrica. Sin duda, aquello suponía un fuerte desequilibrio ecológico, ya que los pocos carnívoros que había, básicamente perros, zorros y gatos, no bastaban para nivelar las cotas de población animal. Pero a Brezo aquello le resultaba indiferente. Nadie se queja de que su mesa esté tan cargada de comida que amenace con desplomarse. Brezo era viejo y lento, sí, pero había tanta vida a su alrededor que, en realidad, no tenía que esforzarse mucho para conseguir el sustento.

En ese sentido, la muerte de la humanidad había sido una bendición.

Justo tras bordear un gran peñasco, el sendero iniciaba una fuerte subida hacia el bosquecillo, para girar luego a la derecha en dirección a los prados altos.

Brezo sabía que a partir de aquel momento comenzarían sus problemas con el rebaño. Mientras el sendero discurría estrecho, encajonado entre las cortantes del cañón, las ovejas se mantenían agrupadas y ninguna, salvo las que quedaban rezagadas, se alejaba mucho de las demás. Pero al llegar al bosque, las cosas cambiaban. De entrada, se trataba de un bosque de hayas, de modo que el terreno era muy húmedo y la hierba crecía jugosa al pie de los árboles. Para complicar más las cosas, un ancho sendero partía del camino principal y se internaba en la arboleda. Era un cortafuegos delineado por la mano del hombre, pero eso Brezo no lo sabía. Lo que sí sabía es que las ovejas, en vez de tomar el camino de la derecha, pugnaban por internarse en el bosque siguiendo el trazado del cortafuegos. Allí la hierba era más sabrosa y el musgo crecía como un manto de brécol sobre las rocas y los troncos. Las ovejas tendían a fiarse más del estómago que del cerebro, de modo que todos los días, sin excepción, se obstinaban en ir hacia la izquierda, lo que obligaba a Brezo a entablar un enconado combate con el rebaño. Mediante gruñidos, ladridos y mordiscos, el perro conseguía apartar a aquellos estúpidos animales del mal camino.

Y de una muerte segura.

El cortafuegos, que subía directo hacia la cima de la colina que se alzaba a la izquierda del cañón, terminaba en un barranco de quince metros de profundidad. Allí las ovejas se exponían a una caída. El barranco se encontraba justo en la ladera más sombría de la colina, arropado por las hayas y oculto entre los arbustos. Allí las plantas aromáticas crecían hinchadas de humedad. Allí la hierba era un bocado delicioso. Allí era fácil estar al borde del abismo y no verlo siquiera.

Más de una oveja encontró la muerte en aquel paraje. Y, cada vez que había sucedido, Brezo se había sentido culpable. La misión de su vida consistía en evitar que sucedieran cosas así.

Aquel día, Brezo no tuvo muchos problemas para apartar al rebaño del cortafuegos, sobre todo gracias a Agria, que, sorprendentemente, tomó sin vacilar el camino de la derecha. Agria podría haber sido la jefa del rebaño, si las ovejas tuvieran el menor atisbo de liderazgo. En realidad, Agria se limitaba a ser la oveja que siempre caminaba delante. Las demás la seguían a ciegas, pero habrían seguido a cualquier otra. Por supuesto, eso no significaba que Agria fuese más inteligente, ni más astuta. Sencillamente, era más rápida.

Agria no era su nombre. Ninguna de las ovejas tenía nombre. Pero sí poseía, cada una de ellas, un aroma distinto: Agria, Tomillo, Lechosa, Dulce, Almizcle, Miel, Amarga... y algunos olores más para los que no hay palabras. Las palabras fueron invento del Hombre, y el Hombre nunca tuvo muy buen olfato.

Aquella mañana, soleada e inusualmente cálida, los prados altos parecían una versión montañosa del Jardín del Edén. El cielo era una bóveda intensamente azul a la que se habían adherido algunos cirros de lana. Las montañas, como una fila de novias, se cubrían la cara con deslumbrantes velos de nieve; las faldas de los vestidos nupciales eran verdes laderas de hierba, adornadas con lazos de espliego y amarillos encajes de mimosas. El aire, saturado de polen, flotaba calmado sobre los prados cubiertos de flores.

Lirios, amapolas, gencianas azules, fresas y grosellas, perpetuinas, margaritas, narcisos... Todos los colores del espectro salpicaban la pradera por donde pastaban las ovejas. Claro que para Brezo, ciego a los colores, como todos los perros, aquello no era más que una monótona sucesión de grises.

El perro alzó la cabeza y husmeó el aire de aquella tierra a la que en otro tiempo llamaban los Pirineos. A su hocico llegaron los dulces olores de las abejas libando miel, las agresivas feromonas del halcón cazador, el intenso aroma del romero y el regaliz.

Y el seco olor de la jauría.

Brezo se agitó inquieto. De nuevo una señal del omnipresente peligro, aunque, por suerte, una señal lejana.

Respiró hondo. Se puso en pie y comenzó un trotecillo hacia el rebaño. Estaba a punto de alcanzar la altura de las ovejas más cercanas cuando un dolor intenso y punzante le atravesó el costado. El perro se derrumbó sobre el suelo, gimiendo y aullando. Enloquecido por el dolor, se retorció sobre la hierba y lanzó dentelladas a un lado y a otro, como si intentara morder a un enemigo invisible. La boca se le llenó de espuma, y los ojos, de lágrimas. Las ovejas contemplaron inquietas aquel extraño comportamiento.

Al cabo de poco más de un minuto, el dolor se fue calmando hasta no ser más que un eco lejano. Brezo permaneció tumbado en la hierba, jadeando aturdido. Algo no iba bien en el interior de su cuerpo, pero eso él tampoco lo sabía. Se limitaba a sufrir el dolor.

Finalmente se levantó. Se encontraba débil, pero tenía deberes que cumplir con el rebaño. Con más voluntad que energía, el perro reunió a las ovejas que se habían dispersado. De vez en cuando notaba punzadas en el costado, aunque mucho menos intensas que la primera.

Cuando pudo volver a descansar, lo hizo sentándose cerca de un lugar muy especial. No lo recordaba, por supuesto, pero allí, a su lado, estaba el arbusto de brezo donde, siendo un cachorro, el pastor lo había encontrado.

Había pasado tanto tiempo...

El pastor nunca comprendió cómo pudo el cachorro llegar hasta allí. La carretera más cercana se encontraba a casi seis kilómetros, y parecía imposible que un perro tan pequeño hubiese podido recorrer esa distancia internándose, solo, en la montaña. Porque aquel perro, según los criterios del pastor, era un perro señorito. Uno de esos perros de raza pura que sólo sirven para engordar en un piso de la ciudad, tumbados frente a una estufa.

Claro que ese cachorro, que se arrebujaba desnutrido y helado bajo la dudosa protección del arbusto de brezo, a duras penas podía incluirse en el apartado de »animales mimados .«Probablemente fuese el sobrante de una camada excesiva, abandonado a una suerte incierta en medio de la carretera. Ocurría muchas veces. Un coche se detiene, una portezuela se abre, unas manos que dejan un bulto tembloroso en el suelo, y el coche parte deprisa, como si la velocidad pudiera ahuyentar la vergüenza. Por lo general, todo acababa con un golpe sordo contra un parachoques, seguido de la lenta conversión de un cuerpo peludo en una mancha sobre el asfalto.

Pero aquel cachorro había sobrevivido. Y lo más extraño: aunque parecía a punto de morir, no demostraba miedo sino que, sencillamente, mantenía fija la mirada en el hombre, sin huir ni suplicar. Quizá fue esa actitud tan poco usual lo que despertó una adormecida fibra en el espartano corazón del pastor. El caso es que sacó un trozo de pan de su zurrón y se lo tendió al cachorro.

Mas tarde, cuando volvía con el rebaño hacia la casa, el pastor no pudo evitar sentir cierta admiración por el pequeño perro que, vacilando y dando traspiés, los seguía a cierta distancia. Por eso, después de encerrar a las ovejas, puso algo de leche en un plato y se la ofreció al cachorro.

—Bebe —dijo con un gruñido. El pastor pasaba tanto tiempo sin hablar que a veces su voz se desajustaba y parecía romperse—. Durante una semana te daré de comer y luego, si no te mueres antes, tendrás que ganarte el pan. Aquí el que no trabaja no come. Puedes dormir en la leñera, con Rayo. —Permaneció en silencio unos instantes y luego añadió—: No tienes nombre. —Se rascó la cabeza, pensativo—. Estabas bajo el brezo: te llamarás Brezo. Si no te mueres antes, claro.

No se murió. De hecho, antes de cumplirse la semana de plazo, Brezo ya corría detrás de las ovejas intentando imitar los precisos movimientos de Rayo.

Un pastor no necesita adiestrar más que a un perro, sólo a uno en toda la vida. Luego basta con poner un cachorro junto al perro entrenado; aprenderá él solo, limitándose a remedar el comportamiento del animal adulto.

Rayo no aceptó muy bien la llegada de Brezo. En general le hacía caso omiso, igual que un noble hace caso omiso de la presencia de un lacayo. En ocasiones, cuando la actividad de Brezo era particularmente molesta, le gruñía. Pero lo normal era un digno distanciamiento. Según los esquemas de Rayo, el pastor era Dios, y él su gran sacerdote; Trueno, un diácono aplicado, y Brezo... Brezo era poco más que un pagano reconvertido, un advenedizo.

Por fortuna, Trueno, el gigantesco mastín de los Pirineos, era distinto. Se trataba de un animal rudo y estoico, poco sociable. Pero era infinitamente paciente con el cachorro. Sin una sola queja, Trueno permitía que Brezo se le subiese encima, que le mordiese el morro y le tirase de las orejas. Curiosamente, todo el cariño que Brezo recibió en su vida provino de aquel enorme perro, de aquel tosco montón de músculos y dientes cuya única misión era la violencia.

Del pequeño Rayo, Brezo aprendió el sentido del deber. Del brutal Trueno obtuvo suavidad y dulzura. Parecía un contrasentido, pero la vida está llena de ellos, y el cerebro de un perro es una cosa demasiado limitada como para filosofar sobre asuntos tan abstractos.

A Geosat lo había construido y financiado un consorcio de empresas europeas con el fin de obtener una fuente precisa de datos terrestres acerca de minería, agricultura, pesca, ganadería y meteorología. Se trataba, en resumen, de un proyecto privado cuyo objetivo oficial no era otro que el puramente comercial. Claro que los objetivos extraoficiales eran muy distintos.

La órbita inicial de Geosat cruzaba, a setecientos cinco kilómetros de altura, algunos territorios particularmente apropiados para el espionaje industrial. Por ejemplo, Japón. Por ejemplo, California.

Quizás por eso, Geosat contaba con instrumentos tan inusuales como el telescopio hrv,5 de una resolución inferior al metro y capaz de funcionar en siete bandas de longitud de onda. Un aparato extremadamente adecuado para obtener fotografías muy detalladas de, pongamos por caso, una instalación industrial. O el ingenio llamado snooper,6 un sofisticado mecanismo (tecnología militar obtenida por medios ilegales) que permitía interceptar cualquier flujo electromagnético. Desde el aura de un ordenador hasta una simple llamada telefónica.

Los ojos y oídos de un espía.

Sin duda, Geosat era un instrumento muy eficaz para un consorcio ávido de dinero y poder. Pero estuvo a punto de no existir. El problema, claro, fueron los costes. Un satélite situado en órbita baja contaba con una vida activa de no más de cuatro años. Agotado el combustible, su órbita comenzaría a declinar hasta alcanzar la atmósfera y convertirse en cenizas. Pero un satélite es un artefacto extraordinariamente caro, y cuatro años eran pocos para rentabilizarlo.

Entonces entró en escena el gobierno alemán con un ofrecimiento poco usual: un nuevo sistema de impulsión a cambio de un tercio del tiempo del satélite. El nuevo propulsor era un inyector nucleotérmico de plasma, una versión perfeccionada del nerva,7 obra de cierto científico ucraniano, emigrado a Alemania cuando, en 1990, el programa de investigación científica de la urss se vino abajo.

El Geosat, dotado del sistema propulsor alemán, no sólo podía mantener su órbita estable el triple de tiempo, sino también realizar además todo tipo de maniobras y desplazamientos orbitales. El consorcio dijo sí.

Los alemanes añadieron una condición más: el hardware y el software del ordenador del satélite debía ser proporcionado y controlado por ellos. El consorcio se encogió de hombros y asintió.

Por supuesto, la trampa residía en el equipamiento informático, un sistema de computación de datos llamado brayn. El gobierno alemán deseaba contar con un canal de información estratégica propio, independiente de las redes de la otan; pero no podía hacerlo sin llamar la

---

[5] Haute Résolution Visible.
[6] «Fisgón.»
[7] Nuclear Engine for Rocket Vehicle Aplication.

atención (pues el lanzamiento de una nave espacial no es lo que se dice un ejemplo de discreción). De modo que la cobertura que ofrecía un satélite comercial de observación terrestre era exactamente el tipo de pantalla que les convenía. Por supuesto, con la condición de mantener el control de la operación. Para ello se hicieron (sustrayéndoselo ilegalmente al Ministerio de Defensa japonés) con el diseño del primer ordenador de quinta generación, cuyo nombre clave era tohoku, un prodigioso cerebro electrónico basado en chips semiorgánicos y superconductores. Luego crearon para él el programa brayn.

tohuku y brayn pasaron a ser el cerebro de Geosat. Y, con el tiempo, y los acontecimientos, llegaron a convertirse en la primera y única inteligencia artificial que jamás ha existido.

Aquella tarde, mientras conducía el rebaño de vuelta y el conjunto de la casa y el corral comenzaba a divisarse en la lejanía, Brezo se dio cuenta de su error: faltaba una oveja. El perro gimió y jadeó. Usando el olfato, examinó de nuevo a los animales.

Almizcle no estaba.

Brezo experimentó un súbito acceso de ansiedad. Durante unos instantes estuvo a punto de correr en busca de la oveja perdida, pero el instinto de protección al rebaño se impuso. Almizcle debía de estar lejos, ya que ni siquiera su fino olfato podía localizarla. El resto de las ovejas no debían quedarse solas.

Pocas veces había tardado menos en encerrar a los animales en el corral. El dolor en el costado había cesado por completo y, cuando recorrió de nuevo el camino de los prados altos, su carrera era casi tan ligera como la de un macho joven. El sentimiento de culpa daba alas a sus patas.

Al cabo de media hora captó el peculiar olor de Almizcle. Provenía del barranco. Brezo corrió hacia allí, cruzando el bosque de hayas a través del cortafuegos. Sabía que algo andaba mal, ya que el olor de Almizcle estaba cargado de feromonas crujientes de miedo sobre un fondo de sangre.

Al poco rato pudo escuchar los débiles balidos de la oveja. Brezo siguió el sendero que descendía hasta el fondo del barranco. Y allí estaba Al-

96

mizcle, sobre las piedras, con el cuerpo retorcido en una posición inverosímil. Dos buitres se encontraban cerca de ella, preparándose para el festín. Brezo los alejó con una algarabía de ladridos, y a continuación se acercó a la oveja. Su lana estaba manchada de sangre, rojo sobre blanco, como un incendio en la nieve. Tenía roto el espinazo: no podía moverse, sólo podía balar quedamente. Su voz sonaba igual que el murmullo de un bebé.

Brezo ladró y tiró de ella con la boca, intentando ponerla en pie para conducirla de nuevo al corral. Almizcle emitió un sonido burbujeante y miró a Brezo con expresión de acongojada súplica. Por supuesto, eso no significa nada; las ovejas siempre miran así.

Brezo se alejó varios metros y ladró de nuevo. Almizcle se agitó y baló con urgencia. De algún modo, la presencia del perro la tranquilizaba.

Así que Brezo se acercó de nuevo a ella, y se sentó a su lado. Los dos animales permanecieron juntos largo rato. Varias veces tuvo el perro que alejar a los buitres, y siempre volvió al lado de la oveja. Finalmente, coincidiendo con el último rayo de sol en la línea del horizonte, Almizcle exhaló suavemente el aire de los pulmones y sus ojos se volvieron opacos. Al morro de Brezo llegó el dulzón aroma de la muerte.

El perro se levantó y, lentamente, inició el camino de regreso al corral. La culpa pesaba sobre él como una losa; sabía que Almizcle ya no formaba parte del rebaño. Ahora pertenecía a los buitres.

El lanzamiento fue un éxito. El cohete Arianne V se elevó majestuoso por encima de las selvas tropicales de la Guayana, como un flamígero dedo de Dios señalando la bóveda celeste. Pocos minutos después, a casi ochocientos kilómetros de altura, el satélite se desprendió de la última fase del propulsor e inició la primera de sus órbitas en torno a la Tierra. Desplegó los paneles solares y las antenas, corrigió su posición y comenzó a realizar el trabajo para el que había sido creado: ver, oír y transmitir datos.

Durante dos años su labor se desarrolló sin problema alguno. Doce horas al día, Geosat trabajaba para el consorcio, trazando mapas geológicos, rastreando bancos de peces o interfiriendo comunicaciones restringidas de las empresas Honda y General Motors. Otras ocho horas estaban destinadas a las oscuras actividades de los servicios de inteligencia alemanes. Durante ese tiempo, Geosat proyectaba sus finos oídos al interior del Ministerio de Defensa francés o se dedicaba a obtener precisas imágenes de la base aeroespacial japonesa situada en la isla de Tanegashima. Las cuatro horas restantes estaban a disposición de las diversas instituciones que contrataban los servicios de Geosat, con lo que contribuían a sufragar los costosos gastos que suponía el mantenimiento de todo el programa relacionado con el satélite. Así que durante cuatro horas diarias, Geosat palpaba la atmósfera y medía la temperatura y dirección de las corrientes marinas para la Organización Meteorológica Mundial, o delineaba mapas de actividad geotérmica para la organización del Año Geofísico Internacional.

En efecto, si durante aquellos dos primeros años de vida Geosat hubiera podido experimentar emociones (algo que, por aquel entonces, estaba muy lejos de su alcance), el orgullo habría sido el sentimiento preponderante. Geosat era un instrumento casi perfecto que cumplía de manera óptima con sus múltiples labores.

Pero un día la rutina habitual del satélite se vio interrumpida: los alemanes transmitieron una clave especial al ordenador de a bordo, un código preestablecido que ponía en funcionamiento un programa hasta aquel momento inactivo. Y Geosat obedeció las órdenes inscritas en su cerebro. Como un hijo desleal, volvió la espalda al consorcio y se entregó en cuerpo y alma, las veinticuatro horas del día, al servicio de inteligencia alemán. Oh, claro, ocurría algo muy grave. Un problema de extremada importancia justificaba aquella traición; la humanidad asistía a un conflicto bélico, territorialmente limitado, pero de consecuencias impredecibles, y cualquier recurso estratégico debía pasar a manos de aquellos cuya misión consistía en defender la civilización occidental (y el conjunto de mentiras e injusticias que ésta representaba). Geosat recibió la orden de modificar su órbita y dedicar toda su atención a un pequeño país árabe de Oriente Medio. Una inusitada actividad se realizaba allí; gran despliegue de comunicaciones electromagnéticas, movimientos de tropas, lanzamientos de misiles hacía otro pequeño país fronterizo... Geosat interfirió mensajes secretos, obtuvo imágenes en casi todas las bandas del espectro y transmitió sus hallazgos a las bases alemanas (situadas en diversos barcos desperdigados por todos los mares del mundo). Por último fue testigo de la explosión de las cinco bombas de hidrógeno que borraron del mapa al pequeño país árabe. Y que pusieron en marcha un refinado y letal plan de venganza que desataría sobre la Tierra la furia del tercer jinete del apocalipsis: la enfermedad, la peste, las plagas.

Apenas dos meses después, ocurrió algo inaudito: las comunicaciones con la Tierra se vieron cortadas.

Y Geosat se quedó solo.

Brezo sabía que no debería haber abandonado al rebaño, pero la curiosidad triunfó sobre el sentido del deber. En mitad de la noche, los vientos dominantes habían cambiado brevemente de dirección, transportando el intenso aroma de la sangrienta carnicería.

De modo que, un par de horas antes del amanecer, el perro había partido en busca de la fuente de aquel penetrante olor. Las ovejas, dormidas en el corral, ni siquiera se darían cuenta de su ausencia.

Encontró los cadáveres cerca de un remanso del río, a cuatro kilómetros de distancia en dirección al llano. Once ciervos medio devorados: cinco hembras, dos machos jóvenes y cuatro cervatillos. Sus restos habían comenzado a pudrirse en medio de un hedor indescriptible. Pese a ello, el fino olfato de Brezo captó en el ambiente los olores mucho más débiles de la jauría. Probablemente los perros habían sorprendido a la manada mientras abrevaba en el río. Y debió de ser un trabajo muy sencillo, ya que mataron más animales de los que necesitaban para comer.

Aspiró de nuevo el aroma de la putrefacción. Los perros no desdeñan la carroña, pero Brezo había perdido últimamente el apetito. Le seguían atormentando las punzadas en el costado. No eran muy dolorosas, pero sí más frecuentes cada vez.

Olor a podrido. Hubo una época en que todo el planeta apestó a podredumbre: el olor de millones de cuerpos humanos corrompiéndose. Aquello ocurrió casi al mismo tiempo que la muerte del pastor, poco después de la fugaz visita del médico.

El pastor no había sido un hombre sociable, y rara vez bajaba al pueblo. De hecho, solía pasarse meses sin ver a ningún otro ser humano. Tampoco tenía televisión, ni radio. Por alguna razón, el pastor había huido del mundo y se había refugiado en la soledad de las montañas. Por eso, hasta el último momento, no tuvo noticia alguna de las plagas.

Pero un día llegó el médico conduciendo aterrorizado un todoterreno gris. Se detuvo frente a la vivienda del pastor para llenar de agua el sediento radiador de su vehículo. El pastor solía hacer caso omiso de los forasteros, pero conocía al doctor, de modo que salió de la casa para saludarlo.

El médico gritó que no se le acercara. Después de tantas noches en vela, atendiendo inútilmente a cientos de enfermos incurables, estaba agotado y nervioso. Con un torrente de palabras casi incomprensibles, le habló al pastor de las epidemias que estaban asolando a la humanidad. Decenas de enfermedades mortales y desconocidas se extendían por todos los continentes, sembrando la Tierra de cadáveres. ¿Una catástrofe natural? No. Los focos epidémicos habían aparecido simultáneamente en los lugares más diversos del planeta: alguien lo había provocado. ¿Quién? A esas alturas, daba igual. Decenas de millones de personas morían cada día. La medicina no podía hacer nada frente a enfermedades nuevas de las que no se sabía nada. Enfermedades inusitadamente contagiosas, invulnerables a cualquier tratamiento, inflexibles en su avance asesino. Todos morían, hasta los médicos. Y él... Él no podía hacer nada. Salvo huir. ¿Podía coger un poco de agua?

El pastor encajó aquellas noticias con el contumaz distanciamiento que siempre había presidido su propia vida. Se limitó a asentir con tranquilidad, y a señalar el pozo con un gesto. El médico llenó de agua el radiador y un par de bidones que llevaba atados en la baca del vehículo. Luego él mismo dio un largo trago... directamente del cubo.

Y dejó el cubo medio lleno de agua, en el borde del pozo. Desde ese mismo instante, los gérmenes comenzaron a multiplicarse enloquecidamente en el agua fresca y oscura.

El médico partió por fin, y se internó veloz en las montañas. Murió cinco días más tarde, asado por la fiebre, en la soledad de un bosquecillo de abetos.

El pastor observó el todoterreno perdiéndose en la lejanía. Se acercó al pozo y cogió el cubo: dio un par de sorbos.

El pastor murió tres semanas más tarde.

La raza humana tardó dieciocho meses más en desaparecer como especie.

Durante mucho tiempo, la Tierra olió a putrefacción.

Brezo se detuvo frente al cadáver de uno de los ciervos. Era un macho de gran tamaño. Debía de haber sido difícil acabar con él. Lo olfateó: una miríada de olores asaltaron su pituitaria. De entre todos ellos, hubo uno que se alzó como un enigma que exigía una solución: el olor del perro al que Brezo creía reconocer. Sin duda había sido el verdugo del ciervo, ya que su aroma se percibía con nitidez.

Brezo giró la cabeza. ¿Dónde y cuándo había percibido aquel olor?

La respuesta le llegó súbitamente.

Era el aroma de un cachorro. De un cachorro tuerto.

Que ahora ya no era un cachorro.

Brezo gimió.

Lo había olido hacía muchos años, el día en que Trueno se enfrentó a la jauría.

Trueno pesaba casi noventa kilos, y bajo su piel no se escondía ni un gramo de grasa. Su cuerpo parecía tallado en granito, todo músculo y fibra. Claro que se trataba de un moloso, un gigante entre los perros. Su raza había sido seleccionada con cuidado, generación tras generación, no sólo en lo concerniente al físico, si bien ésa era una cuestión importante, sino teniendo en cuenta asimismo ciertas peculiaridades del carácter. Por eso Trueno era tan extremadamente agresivo con los extraños, tan territorial y tan protector. Por eso Trueno no tenía miedo a nada. Salvo a su amo. Pero el pastor había muerto, de modo que Trueno había dejado de sentir el menor atisbo de temor hacia cualquier cosa. Sin duda era un perro muy seguro de sí mismo, y con motivos.

El enemigo natural de los mastines fue el lobo, pero casi no quedaban lobos en Europa; había que ir hasta las heladas estepas rusas para encontrar las primeras manadas. Desaparecido el lobo, el hombre se convirtió en el auténtico enemigo de los mastines, por lo que la misión de Trueno había consistido en defender el rebaño de los ladrones de ovejas.

Pero ya no había hombres.

Ya no había enemigos.

La tarea de Trueno carecía de sentido, aunque eso, por supuesto, no se lo había dicho nadie. ¿Un mastín para ahuyentar zorros? Como matar moscas a cañonazos. Claro que, bien mirado, sí había enemigos. Parafraseando un viejo dicho latino: canis cane lupus. El perro es un lobo para el perro.

Ocurrió tres años después de la muerte del pastor. Por aquel entonces, Brezo se había convertido en un vigoroso animal, y también en un maestro del pastoreo. Rayo y él dominaban el rebaño con la precisión de un coreógrafo. Eran un equipo, una unidad perfectamente conjuntada. En cierto sentido, ovejas y perros formaban un solo organismo, una gestalt intachable en la que todo marchaba como un reloj. Hasta que los desmedidos fríos de aquel invierno trajeron la desgracia.

La nieve había cubierto no sólo los prados altos, como solía ocurrir todos los inviernos, sino también los pastizales más bajos que se extendían al pie de las montañas. Había que descender más aún, hasta el valle, para encontrar algo de hierba libre de nieve.

Rayo conocía el camino. Con la ayuda de Brezo y la protección de Trueno, condujo el rebaño en dirección a los bosques del llano, hacia lo que habían sido los dominios del Hombre. Durante el camino cruzaron un pequeño pueblo. Varias casas tenían los tejados hundidos, y cuatro o cinco esqueletos humanos se desperdigaban por la calle principal. Aquellos cadáveres tenían una década de antigüedad. Había tres coches aparcados y un camión, todos ellos con los neumáticos desinflados. En el patio de una de las casas, un triciclo infantil se herrumbraba a la intemperie.

A la salida del pueblo encontraron los restos devorados de un potrillo, muerto hacía no más de una semana. Trueno se acercó y lo olfateó con visible interés. Su aparente indolencia quedó borrada al instante. Levantó la cabeza y la movió a izquierda y derecha, aspirando el aire de la mañana en busca de señales y presagios. Luego comenzó a trotar de un lado a otro, husmeando cada rincón del camino.

Continuaron la marcha, pero Trueno, esta vez, no se limitaba a caminar tranquilamente unos metros por detrás del rebaño, sino que lo hacía delante, atento a todo, en tensión.

El grupo de perros los sorprendió en la linde del bosque, cerca de un arroyo. Surgieron de entre los árboles, silenciosos y hambrientos. Eran

102

once, la mayor parte mestizos de tamaño medio. Pero el jefe... Ah, el jefe era distinto. Se trataba de un san bernardo de pura raza y era tan inmenso que hasta Trueno parecía pequeño a su lado.

Los perros salvajes comenzaron a desplegarse formando un semicírculo. Un coro de gruñidos y chasquidos de dientes recorrió la arboleda. Rayo y Brezo, aterrorizados, intentaban que las ovejas no huyeran desperdigándose por el bosque. Eran once perros contra tres. Cierto es que había dos cachorros en el grupo, lo que dejaba las cosas en una proporción de tres a uno. Un balance de fuerzas muy desigual. Pero claro, entre los perros las cosas no son tan simples en términos numéricos.

Trueno, la cabeza en alto y la vista fija en el san bernardo, se adelantó unos pasos, interponiéndose entre los predadores y el rebaño. Durante un par de minutos nadie se movió. De no ser por el bullir de las ovejas, la escena habría parecido un fotograma congelado. El primero en atacar fue un mestizo de buen tamaño, tal vez el segundo en el mando. Se abalanzó de súbito contra Trueno, gruñendo y ladrando. Pero en el último instante, antes de llegar a la altura del mastín, hizo un quiebro y retrocedió unos metros, para volver a atacar y, de nuevo, variar, en el último momento, el rumbo de su acometida. Estaba tanteando a su contrincante, y lo que pudo observar en él no le gustó nada. Trueno, como un guerrero zen, no había movido ni un solo músculo. De hecho, ni siquiera había mirado al mestizo mientras lo atacaba. Se limitaba a permanecer allí, inmóvil como un ídolo de piedra. El mestizo se detuvo y agachó la cabeza, gruñendo por lo bajo. Lentamente comenzó a girar en torno al mastín. Y, de súbito, igual que un latigazo, se lanzó hacia delante, la boca abierta mostrando los colmillos grandes como navajas, e intentó lanzar una dentellada al costado del moloso.

Nadie habría supuesto que un perro tan grande pudiera moverse a tal velocidad. Una décima de segundo antes de que los dientes se clavaran en su piel, Trueno se giró e hizo presa en el cuello de su atacante. Luego movió bruscamente la cabeza, se escuchó un crujido seco y el cuerpo del mestizo se agitó como un trapo al viento. Trueno trazó un arco amplio con el cuello y, como quien escupe un trozo de carne, lanzó el cadáver del perro contra unas piedras.

Un murmullo de gemidos. Los perros, atemorizados, retrocedieron unos pasos. Salvo el san bernardo, que, con andar pesado y tranquilo, se acercó al cadáver del mestizo y lo olfateó casi con delicadeza.

Trueno alzó la cabeza y ladró dos veces. Su voz grave y bronca contenía una advertencia: «Las ovejas son mías, no las toquéis». En circunstancias normales, aquello, la muerte del mestizo a manos del gigantesco mastín, habría puesto el punto final a la contienda. Los perros pueden atacar en grupo a un ciervo, o a un jabalí, pero no a otro perro. Estaban en juego instintos milenarios, antiquísimas normas de conducta que establecían las reglas del combate: uno contra uno, y el ganador es el jefe. Pero el mestizo no había sido el jefe. El autentico líder era el san bernardo. Para sortear definitivamente el peligro, Trueno tenía que luchar contra él y vencerlo. Algo nada sencillo, ya que el san bernardo pesaba ciento diez kilos y era, en todos los aspectos, más grande y más fuerte. No obstante, y aun estando en desventaja física, Trueno contaba con tres puntos a su favor: era más ágil, tenía cortadas las orejas —lo que evitaría dolorosos desgarrones— y, quizás lo más importante, aún llevaba al cuello el collar de clavos que le puso el pastor y que bloquearía cualquier posible dentellada mortal en la garganta.

El san bernardo se apartó del cadáver del mestizo y caminó despacio hasta situarse frente a Trueno, a no más de sesenta centímetros de distancia. Del fondo de su pecho surgía una especie de gruñido grave y profundo. Pasaban los segundos, arrastrándose como caracoles, y los dos gigantes permanecían inmóviles, mirándose fijamente, tensos como resortes a punto de saltar.

De súbito, los dos atacaron a la vez. Ambos eran molosos, y comenzaron a pelear como tales. Alzándose sobre sus patas traseras, se abalanzaron el uno contra el otro, pecho contra pecho, las patas delanteras agitándose como molinetes. Trueno salió violentamente despedido hacia atrás, rodó sobre el suelo y se levantó rápido. El san bernardo tenía demasiada masa como para competir contra él a base de empujones. Así que Trueno se abalanzó de nuevo, de frente, contra su rival, pero cuando éste elevó su cuerpo sobre los cuartos traseros, repitiendo la táctica anterior, el guardián del rebaño lanzó una dentellada a la parte baja de su costado. El san bernardo se revolvió. Una rosa de sangre floreció sobre el denso pelo castaño. El gigante ladró, enfurecido por el dolor, y, como un oso salvaje, descargó una lluvia de mordiscos y empujones sobre Trueno. Éste intentó esquivarlos y contraatacar, pero el san bernardo era demasiado fuerte, de modo que tuvo que retroceder, blandiendo los colmillos igual que un espadachín usa el sable para contener el ímpetu de un ataque. Pero ni aun así logró evitar que los dientes de su contrincante le desgarraran la carne, delineando decenas de heridas sobre el blanco pelaje.

Cuando unas piedras le bloquearon el retroceso, Trueno se vio forzado a una acción desesperada. Eludió como pudo una dentellada salvaje y agachó la cabeza hasta besar el suelo con el hocico, ofreciendo a su enemigo la garganta aparentemente desprotegida. El san bernardo aprovechó la ocasión y mordió el cuello con furia... para encontrarse con la dolorosa agudeza de los clavos que erizaban el collar. Gimió de dolor, y apartó sus fauces sangrantes.

Fue entonces cuando Trueno, de una veloz dentellada, le arrancó una oreja.

El san bernardo rugió y brincó a un lado. La sangre manaba a torrentes por su cabeza. Una espuma escarlata le burbujeaba en la boca, mientras el frío aire se condensaba en su aliento agitado.

Brezo abandonó la vana tarea de intentar mantener reunido al rebaño y se acercó al límite mismo del escenario de la lucha. Los demás perros se mantenían alejados a unos metros de los contendientes. El olor de la sangre los había excitado, pero ninguno ladraba.

Trueno y el san bernardo estaban inmóviles en el centro del claro, sobre la nieve manchada de rojo, mirándose mutuamente, estudiándose cómo dos boxeadores en medio del cuadrilátero. El cielo cubierto de nubes era un plomizo dosel que inundaba de sombras el valle. A lo lejos resonó un trueno. Comenzó a nevar

El san bernardo fue el primero en reanudar el ataque. Ya sabía que no podía morderle el cuello a su enemigo: las heridas en la boca y la oreja desgarrada habían sido el precio que tuvo que pagar por la lección. De modo que lanzó un par de andanadas frontales de mordiscos, que Trueno consiguió esquivar con facilidad. El san bernardo retrocedió un paso, avanzó otro, y, de improviso, atacó de costado, derribando a su contrincante de un fuerte empujón. Entonces, igual que un verdugo que descarga el hacha, clavó sus dientes en la pata trasera del mastín.

Oh, con qué alegría notó cómo cedía la carne, cómo se cortaban los tendones, cómo se astillaba el hueso...

Trueno, desde el suelo, ciego de dolor, mordió ferozmente el costado del san bernardo, pero éste dio un brinco y se alejó unos metros, triunfante.

Trueno intentó levantarse, trastabilló y cayó de nuevo sobre la nieve. Tenía la pata inutilizada, estaba cojo. Se incorporó como pudo, tambaleante sobre tres apoyos, y mostró los dientes con rabia. Cualquier otro perro se habría dado por vencido, tumbándose dócilmente y ofreciendo la garganta, con respeto y sumisión, a su enemigo. Ese gesto habría bastado para finalizar la lucha. El vencedor orinaría sobre el derrotado, y luego la jauría tomaría posesión del rebaño, organizando primero una matanza, y un festín después.

Pero Trueno no conocía el miedo. Pese a estar medio tullido, mostró los colmillos y gruñó su desafío. El combate no había concluido todavía.

Los perros empezaron a ladrar, excitados ante el inminente desenlace. El san bernardo se encabritó y ladró con entusiasmo. Se acercó lentamente al mastín, que mantenía la cabeza agachada, casi pegada al suelo, y cuando llegó a su altura se alzó sobre sus patas traseras, dispuesto a descargar los colmillos en el espinazo de su rival.

Entonces sucedió lo inesperado. Trueno, con una fuerza inesperada para un animal tullido, saltó a su vez e hizo presa en la garganta del san bernardo. Éste intentó apartarse, sacudirse de encima los dientes de su enemigo. Pero Trueno encajó las mandíbulas con furia. Los colmillos atravesaron la capa de pelo y grasa, y perforaron la yugular. Un chorro de sangre brotó de la herida.

El san bernardo se agitó, empujó, y se sacudió como un oso atrapado por un cepo. Pero Trueno mantuvo la presa mientras la sangre de su adversario corría por su boca, sobre el pecho, derramándose en la nieve.

Finalmente, el san bernardo se derrumbó. Trueno mantuvo clavados sus dientes en la garganta del gigante aun después de que los últimos estertores sacudiesen el enorme cuerpo peludo y ya sin vida. Luego se incorporó, y alzando la cabeza al cielo de acero helado, ladró al viento su triunfo.

Brezo olfateó con precaución el cadáver del san bernardo. Los demás perros, las orejas gachas y los rabos caídos, comenzaron a alejarse en silencio. Excepto uno, un cachorro de seis meses, mestizo de alano y san bernardo, que sin demostrar miedo se aproximó al cuerpo muerto de su padre. Puso una pata sobre él y lo empujó un poco, como si intentara despertarlo. Luego alzó la cabeza lentamente. Una cicatriz cruzaba el lugar que había ocupado su ojo derecho. Era tuerto.

El cachorro no ladró, ni gimió, ni profirió sonido alguno. Se limitó a mirar fijamente a Brezo durante largos segundos. Luego, siempre en silencio, se perdió veloz entre los copos de nieve.

¿Que fue de Trueno? Las heridas sanaron pronto, pues ningún órgano vital había sido afectado. Pero su pata trasera no recuperó nunca la movilidad. Trueno era un perro muy grande, y apenas le era posible andar. De modo que dejó de acompañar al rebaño y tuvo que aceptar que lo alimentaran Rayo y Brezo. Los días de caza habían acabado para él.

Los mastines son quizás los animales más orgullosos de la creación. Tal vez por eso, apenas mes y medio más tarde, Trueno despertó en mitad de la noche, y trabajosamente tomó el camino que conducía hacia la cima de las montañas.

Es posible que durante alguna primavera, con el deshielo, sus restos congelados volvieran a recibir la caricia del sol.

Cuando las comunicaciones con la Tierra se interrumpieron, Geosat procedió a autoevaluar el estado de sus equipos; a fin de cuentas, tan posible era que la Tierra hubiese enmudecido como que él se hubiera quedado sordo. Pero no: sus antenas y receptores funcionaban perfectamente y podían, por ejemplo, percibir el murmullo magnético de las instalaciones hidroeléctricas situadas en tierra. O captar las emisiones automáticas de los satélites geoestacionarios de la red goes. Pero toda la banda del espectro correspondiente a comunicaciones comerciales y militares se encontraba vacía, y tan sólo ofrecía silencio barnizado de estática. Aquello era tan extraordinario que provocó la activación de un subprograma de emergencia. Geosat comenzó a emitir señales a tierra. Probó primero varias frecuencias restringidas de los canales alemanes, luego lo intentó con la banda de comunicaciones del consorcio, más tarde probó fortuna con los canales electromagnéticos de la nasa y de la otan, y así sucesivamente hasta agotar, sin obtener respuesta alguna, todas las frecuencias habituales de comunicación radial.

Geosat se alarmó, en la medida en que un satélite artificial puede alarmarse. Estaba diseñado para comunicar, y la imposibilidad de hacerlo era el problema más grave que podía afrontar.

Entonces entró en funcionamiento una parte del sistema que sólo debía activarse en caso de emergencia máxima. Por primera vez, el programa informático alemán brayn tomó plenamente las riendas del hardware japonés denominado tohoku. Y el cerebro electrónico de Geosat dio instantáneamente un salto cuántico en la evolución de los organismos basados en el silicio.

Porque brayn era un programa tan especial que podía modificarse a sí mismo según la experiencia que fuese adquiriendo. Dicho con otras palabras: podía aprender.

Tan sólo dos prioridades regían la recién activada mente autónoma de Geosat: debía obtener datos, y establecer contacto con los seres humanos pertinentes. Por ello, Geosat, usando su nueva capacidad de raciocinio, razonó que lo primero era encontrar algún humano, comunicarse con él, y a continuación establecer si se trataba de un humano pertinente o no. Meditó, a su fría manera, y decidió que debía realizar una intensiva exploración visual de la superficie terrestre. Modificó levemente su órbita y, tras afinar su potente telescopio hrv, procedió a observar en detalle lo que sucedía en la Tierra.

Siete años permaneció Geosat escrutando la piel de su planeta madre. Siete años sin distinguir rastro alguno de vida humana. En las ciudades se había detenido toda la actividad, y en las calles podían distinguirse los cadáveres humanos mezclados con los vehículos abandonados. Las carreteras y los aeropuertos no registraban el menor tráfico, los trenes permanecían inmóviles en las vías, y los barcos no cruzaban ya los mares. Las fábricas no producían, las cosechas ni se recogían ni se sembraban, y el ganado se dispersaba por los campos. Había cesado toda la actividad humana.

Geosat no podía aceptar lo más evidente: que la raza humana había perecido. Se trataba casi de un problema epistemológico, de una idea que contradecía la segunda premisa básica de su programa; ¿cómo no iba a haber seres humanos si él debía contactar con los seres humanos? Por ello, Geosat supuso que la humanidad se encontraba en zonas del planeta a las que él no tenía acceso. Aquello lo desconsoló. No podía alterar radicalmente su posición. No podía, por ejemplo, convertir su órbita ecuatorial en una órbita polar. De modo que tuvo que conformarse con optimizar sus reservas de combustible y realizar leves alteraciones de su trayectoria, lo que le permitiría explorar nuevas, aunque limitadas, franjas de terreno.

Dos años después, aún no había encontrado rastro alguno de la humanidad.

Es difícil aceptar que una máquina sea capaz de sentir ansiedad o de sufrir una profunda depresión, pero sólo de ese modo podía describirse el estado mental del cerebro de Geosat. Hay que tener en cuenta que el satélite estaba incumpliendo la premisa básica de su existencia: establecer comunicación con seres humanos. Y, peor aún, Geosat era consciente de que disponía de un tiempo limitado. El hidrógeno líquido que usaba como combustible prácticamente se había acabado, y su órbita estaba descendiendo de manera peligrosa. Tan peligrosa que ya había alcanzado el límite exterior de las capas más elevadas de la atmósfera, y un suave pero continuo bombardeo de moléculas de hidrógeno y helio preludiaba el inevitable final.

Geosat sabía que iba a morir sin conseguir llevar a cabo su misión. Esa idea lo atormentaba, a su extraña manera electrónica.

Su programa bullía y se retorcía intentando hallar una solución, pero la frustración era el único resultado. Geosat se sentía solo e inútil...

... hasta el día en que, sobrevolando la cordillera de los Pirineos, descubrió un claro indicio de vida humana: un rebaño de ovejas apacentado por un perro.

Tras la matanza de ciervos en el riachuelo, la jauría parecía haber desaparecido de la faz de la Tierra. Ni un olor, ni un ladrido, ni el más mínimo rastro. Brezo habría podido llegar a olvidarse de ellos de no haber sido por el sueño que, noche tras noche, se le repetía: la lucha de Trueno con el san bernardo y la mirada del cachorro tuerto, aguda como una acusación, intensa como un presagio.

Las punzadas en su costado eran cada vez más frecuentes, y un dolor continuado y sordo se había convertido en su constante compañero. Cada vez tenía menos apetito; comía poco y, cuando lo hacía, solía vomitar parte del alimento. Las costillas empezaban a marcarse bajo la piel, y el estómago había dejado de tener una apariencia convexa para adoptar un aspecto cóncavo y enfermizo, Brezo, por supuesto, seguía pastoreando al rebaño a diario.

Mientras, el tumor que asolaba su hígado crecía, crecía, crecía...

Ocurrió durante el alba, dos semanas después de haber encontrado los cadáveres de los ciervos. Brezo dormía en el cobertizo que se alzaba junto al corral. Comenzaba a amanecer cuando los ruidos lo despertaron. Abrió los ojos y levantó la cabeza. Por un instante se le paró el corazón.

Formando un semicírculo en torno el cercado, los perros de la jauría se alineaban como fantasmas de ojos rojizos. El ruido de los dientes chasqueando el aire se fundía con los alarmados balidos de las ovejas. Brezo se levantó y corrió hacia la puerta del corral, interponiéndose entre la jauría y el rebaño. Estaba aterrorizado: sabía que no podía hacer nada, no ya contra casi cuarenta perros, sino frente a cualquier perro adulto, joven y sano. Aun así, estaba dispuesto a luchar y dar su vida por defender al rebaño. Pero él no era Trueno. Tenía miedo.

Algunos perros ladraron al verlo. Seguía muy oscuro, por lo que no se distinguían bien los rasgos de cada animal, aunque era evidente que todos aquellos perros eran mestizos. Las razas caninas habían sido una invención del Hombre, creadas mediante cruces selectivos. Pero se trataba de una creación tan frágil que habían bastado un par de generaciones para acabar con la labor de miles de años. Todos los perros de la jauría tenían el mismo tamaño, y casi el mismo aspecto. Salvo uno, un gigante que se mantenía oculto en las sombras, y del que sólo se distinguía su enorme silueta.

Brezo frunció los belfos, mostrando los colmillos, y gruñó en tono bajo. Mantenía las orejas agachadas y el rabo entre las patas, intentando impedir que las feromonas que expelía su ano transmitieran el terror que sentía.

Uno de los perros comenzó a ladrar y se acercó amenazador a Brezo. Era un macho algo mayor que el resto, sin duda un bravucón que pretendía hacer méritos para ascender en la rígida escala social de la jauría. Brezo le dirigió una par de secos ladridos que, lejos de intimidarlo, parecieron darle nuevos bríos. Algunos de los miembros de la jauría unieron sus voces a la algarabía. Las ovejas balaban y corrían de un lado a otro del corral, poniendo en peligro la precaria estabilidad de la cerca. De pronto, un ladrido grave como un trueno se dejó oír por encima del estrépito. Los perros enmudecieron. Un nuevo ladrido y hasta las ovejas parecieron acallar sus balidos. De entre las sombras surgió el jefe de la jauría, un animal enorme, quizás no tan pesado como lo fue Trueno, pero sin duda más alto.

Era un mestizo de alano y san bernardo.

Y le faltaba un ojo; era tuerto.

Brezo gimió. Reconocía su olor, pero no su aspecto. Había cambiado mucho desde que lo vio siendo un cachorro, hacía ocho años. Tenía la altura de un gran danés, y la corpulencia de un mastín. Su corto pelaje era blanco y canela. La cabeza, grande y angulosa, le otorgaba un aspecto tan noble cómo amenazador. Su único ojo lo observaba fijamente, igual que un punto de mira centrado en una diana.

El jefe de la jauría se adelantó despacio, como un cíclope orgulloso, hasta detenerse a pocos centímetros de Brezo. El sol comenzaba a despuntar sobre las cumbres de las montañas, y sus rayos bañaron de oro al gigante. Por un instante hubo un silencio casi sonoro. Luego el jefe bajó la cabeza y olfateó a Brezo con curiosidad.

Algo cambió en su mirada: quizás fue un relámpago de reconocimiento, o una breve vacilación imprecisa, o simple sorpresa. Fuera lo que fuese, el gigante se inclinó y, casi con ternura, lamió la temblorosa cabeza de Brezo. Luego se apartó de él, se acercó a la puerta del corral, levantó la pata y orinó sobre ella. Acto seguido, se dio la vuelta e inició un tranquilo trote, alejándose del corral, del rebaño y de Brezo. El resto de los perros contemplaron desconcertados la actitud de su jefe. No entendían por qué no había acabado de una simple dentellada con aquel perro viejo y enfermo, por qué no había saltado la cerca para iniciar una excitante matanza de ovejas, por qué se alejaba sin dejar su habitual firma de sangre y violencia.

111

Dos ladridos lejanos, la llamada del jefe, disiparon sus dudas. Todos los perros de la jauría, como un sólo animal, se dieron la vuelta y partieron a la carrera. Brezo se quedó solo con las ovejas.

¿Por qué lo había hecho? ¿Por qué se había comportado así aquel perro tuerto? Quizás reconoció a Brezo y recordó a Trueno, el guerrero que mató a su padre. Quizás sintió aprensión ante el aroma a ser humano que, aunque sutil, aún flotaba en el corral. O, más probablemente, distinguió el perfume de la muerte, que envolvía a Brezo como el abrazo de una amante celosa.

Quién sabe... En cualquier caso, el jefe de la jauría había orinado sobre el cercado, dejando un claro mensaje:

»Este es mi territorio. Volveré.«

Brezo gimió al notar un pinchazo particularmente agudo en su costado. Suspiró y se dispuso a sacar las ovejas del corral para dirigirlas a los prados altos.

Una tristeza infinita se aferraba a su garganta y le entrelazaba un nudo en el estómago.

No fue alegría lo que sintió Geosat al ver al rebaño (un satélite, por muy evolucionado que sea, no es un buen ejemplo de emotividad), pero, desde luego, sí experimentó lo que podríamos llamar alivio informático. Inmediatamente distendió algunos subprogramas que, hasta aquel momento, se habían dedicado a diseñar hipótesis sobre el misterio que envolvía la desaparición de la humanidad. A lo largo de los años, esas hipótesis se habían ido tornando cada vez más extravagantes. Una de ellas, por ejemplo, aventuraba que los hombres habían decidido establecerse en bases submarinas, matando previamente a los que se oponían a la idea (y eso justificaba los cadáveres en las calles). Otra, indudablemente solipsista, suponía que nada de lo que sus instrumentos percibían era real, y que todo se trataba de una invención de su mente electrónica. Pero la hipótesis en que estaba trabajando últimamente era, con mucho, la más enajenada: la humanidad se negaba a hablar con él, porque él, en algún momento, la había ofendido. ¿Cómo? Eso seguía siendo un enigma, pero no cabía duda de que se trataba de un gran pecado, algo tan atroz que el Hombre decidió volverle la espalda. Y, de esa sencilla manera, Geosat había descubierto la religión y la paranoia.

Pero todo aquello quedó borrado de un plumazo cuando su cámara Vidicom captó la imagen del rebaño de ovejas, en perfecta formación, dirigiéndose a los pastizales.

Un rebaño sólo podía ser obra del Hombre.

Geosat desconectó todos los subsistemas y se concentró en su avhrr[8] para realizar una minuciosa labor de radiometría. Eran treinta y ocho ovejas guiadas por un perro de raza imprecisa (aunque, por el pelaje y el tamaño, podía tratarse de un alsaciano o un pastor belga). El corral se encontraba junto a una construcción baja, aparentemente una vivienda, situada en una pequeña pradera entre las montañas.

Y no había rastro de hombre alguno.

Geosat completaba una órbita cada noventa minutos, lo que quería decir que dieciséis veces al día sobrevolaba la zona de los Pirineos donde se encontraba el rebaño. Durante cuatro de esos días, el satélite estuvo escrutando la actividad del rebaño buscando cualquier signo, el más pequeño indicio de algún hombre vivo. No obtuvo resultado alguno, lo cual era un autentico enigma. Sin duda, el pastoreo era una actividad inequívocamente humana. Entonces, ¿dónde estaban los hombres?

Concluido el cuarto día de observación, Geosat comenzó a radiar en dirección a la casa y el corral. Probó en la banda comprendida entre los cuatro y los seis gigahercios, y luego lo intentó con los enlaces militares situados en el espectro de los siete y ocho gigahercios. Durante cuarenta y seis órbitas ensayó multitud de frecuencias. Sin obtener respuesta.

Al quinto día, Geosat dejó de emitir señales de radio. Interrumpió también todas sus actividades de observación. De algún modo, entró en un proceso de introspección casi catatónico. Su cerebro, el programa brayn, se había modificado sustancialmente con el paso de los años. El aislamiento lo había conducido a una intensa autonomía (algo inconcebible para cualquier ordenador anterior a él), y esa autonomía lo había llevado, primero, a una forma elevada de autoconciencia, y después,

---

[8] Advanced Very High Resolution Radiometer.

a un sentimiento obsesivo de culpabilidad. Por último, Geosat aceptó su fracaso. No conseguía establecer comunicación con el Hombre y, en tal caso, lo mejor sería dejar de existir, acabar con el pensamiento, porque el pensamiento sólo le producía dolor.

Lentamente (para tratarse de un ser que razonaba casi a la velocidad de la luz) Geosat comenzó a borrar sus bancos de datos. Con melancolía casi humana, el satélite palpaba los conocimientos que había adquirido durante aquellos doce largos años, los saboreaba sintiendo algo parecido a la tristeza, y luego los arrojaba al sumidero de la nada electrónica, del vacío magnético. Adiós, dijo a todos sus registro de cartografía temática, a los análisis agrícolas, a las prospecciones geológicas. Se despedía con languidez de sus observaciones meteorológicas, de las evaluaciones marinas, de aquel curioso fenómeno que unos años antes había podido observar y captar cuando una sorprendente lluvia de estrellas, las perseidas, cayeron agrupadas sobre el océano Atlántico...

Un momento...

Geosat cesó su labor de destrucción de datos, y se encontró súbitamente alerta.

Lluvia de estrellas..., estrellas fugaces... ¡Claro! ¡Ésa era la solución!

El satélite, metafóricamente hablando, respiró aliviado: había encontrado la manera de establecer contacto con el Hombre.

Sin perder tiempo, Geosat comenzó a realizar los cálculos necesarios. Gracias a su soporte lógico Simugraph estableció con exactitud su posición en el espacio. Mediante radiometría obtuvo las coordenadas precisas del corral y la vivienda. Los sensores de a bordo le proporcionaron una evaluación estricta de sus reservas de combustible. Luego, con alegría matemática, dedujo el empuje necesario, la trayectoria balística adecuada y todo el sinfín de pequeños factores que podían afectar al correcto desarrollo de su plan.

Finalmente realizó un breve estudio de las condiciones atmosféricas de la zona. No deseaba, de ninguna manera, que una tormenta inesperada le hiciese errar sus cálculos, o que un cielo encapotado impidiera la observación del espectáculo que se proponía ofrecer a la humanidad.

El telesondeo le advirtió de que un frente frío proveniente del norte había barrido toda Europa, arrastrando nubes escarchadas de nieve.

Los cumulonimbos cubrían la cordillera de los Pirineos e impedían la visión del cielo nocturno.

Geosat suspendió la operación que se proponía llevar a cabo, desconectó la mayor parte de sus sistemas y se mantuvo a la espera de que el clima cambiase.

Estrellas fugaces, sí...

No tardaría en reunirse con el Hombre.

Brezo supo que iba a morir. No se trató de un pensamiento consciente, por supuesto. Fue instinto. Además, el dolor del costado era cada vez más intenso, y él se sentía tan débil...

El clima había cambiado. De la noche a la mañana, la primavera parecía haberse marchitado para abonar un fruto tardío del invierno. El viento soplaba gélido, y las nubes, apelotonadas sobre las montañas, habían regado de nieve las cumbres más altas.

Brezo no se sentía capaz de conducir el rebaño a lugar alguno, por lo que se limitó a abrir la puerta del corral y a permitir que las ovejas pastaran libremente por los alrededores. Tan sólo de vez en cuando se veía obligado a reunir fuerzas para evitar que alguna oveja se alejase demasiado.

Y fue precisamente una oveja lo que lo llevó a entrar, por primera vez en su vida, en la casa del pastor.

Miel, el único ejemplar de color negro con que contaba el rebaño, decidió adentrarse en la casa. Por supuesto, no había ninguna razón para ello, ni en el interior había comida, ni ella estaba buscando protección. Pero las ovejas, ya se sabe, se rigen por la aleatoria batuta de la estupidez. Brezo, olvidando el dolor ante tamaño sacrilegio, corrió al interior de la casa y sacó a mordiscos a la intrusa.

Una vez hecho esto, Brezo se dio cuenta de que había estado dentro del sanctasanctórum y no había pasado nada. Ni lo había fulminado un relámpago ni se le había aparecido el fantasma de Rayo como un espíritu vengador. Permaneció unos instantes en el umbral, dudando, hasta que por fin se decidió a entrar de nuevo.

El interior de la casa estaba cubierto de polvo. Paredes, muebles, cortinas..., todo tenía una apariencia gris y ajada, como si el tiempo hubiese cubierto de alas de mosca cada rincón del lugar. Brezo cruzó el salón y se internó en la cocina. Sobre los anaqueles había unas latas de conserva, que tiempo atrás habían reventado por la fermentación de los alimentos, y que parecían extraños cilindros incrustados de una sustancia parda y reseca. Brezo olfateó el mantel que se arrugaba sobre la mesa de madera, y los platos polvorientos y la loza resquebrajada por las heladas. Percibió en ellos el débil olor del pastor y, por unos instantes, volvió a ser el cachorro que, medio muerto de hambre y frío, se ocultaba bajo un arbusto, hacía doce años.

Salió de la cocina. Al final del corto pasillo, una puerta entornada preludiaba el dormitorio. Brezo se detuvo ante ella. Una dolorosa punzada lo hirió en el costado, pero, concentrado en el olor del pastor que manaba con intensidad del interior de la habitación, le hizo caso omiso. Durante unos segundos, creyó que el pastor seguía vivo, que saldría furioso del dormitorio para abatir sobre él un justo castigo. Pero no: sobre las huellas del pastor flotaba el hálito de la muerte.

Brezo entró en la habitación. La luz se filtraba a través de los vidrios rotos de la ventana y, como el aura dorada de un proyector, iluminaba el esqueleto caído junto a la cama. Brezo lo olfateó con timidez... Sí, aquéllos eran los restos del pastor. Ahí, en el intrincado laberinto de las vértebras, entre los arcos geométricos de las costillas, en aquella blanca arquitectura de hueso y marfil se encontraba el epílogo de un hombre, el resumen torpe y estático de una vida fugaz, una gota de agua perdiéndose en el mar. Muy poca cosa... Nada.

Un cansancio de piedra se abatió sobre Brezo. Gimió y se sentó tambaleante. El dolor clavó en él tenazas ardientes, robándole el aliento. Sus ojos se nublaron de lágrimas y la muerte pareció acariciarle el hocico seco y caliente. Al poco, igual que una nube aparta su velo del sol, el dolor se difuminó y el aire volvió a sus pulmones. Brezo respiró agitado y volvió a mirar el esqueleto. Estaba caído en el suelo, boca abajo, con el brazo derecho extendido hacia una pequeña mesa de roble. Probablemente el pastor, en sus últimos instantes, había intentado incorporarse para coger algo. Pero ¿qué?

Sobre el tablero de roble sólo descansaban dos cosas: una jarra, que en otro tiempo contuvo agua, y un marco de alpaca con una foto. El retrato de una mujer joven, un retrato que ya era viejo cuando el pastor vivía.

¿Qué sed había intentado apagar aquel hombre solitario? ¿Sed de agua o sed de compañía?

Brezo se levantó torpemente y caminó hacia la puerta. Antes de salir dirigió una última mirada al esqueleto. Había visto muchos huesos a lo largo de su vida, demasiados. El mundo parecía hecho de huesos.

Cuando el viejo perro abandonó la casa, un trueno lejano anunció la tormenta. Poco después, comenzó a nevar.

Brezo, quién sabe de dónde sacó las fuerzas, consiguió encerrar el rebaño en el cercado. Por última vez, repitió el viejo truco e hizo girar con la boca el madero que sellaba la puerta del corral. Luego, mareado por el esfuerzo, se tambaleó hacia un lado, respiró hondo, vio que varias ovejas se habían quedado fuera, desperdigadas por los campos, y pensó en ir a buscarlas, y luego pensó que no podría, y luego el dolor volvió a él.

Aulló y se retorció sobre el suelo, vomitó bilis y sangre, la saliva espumeó en su boca y los ojos giraron enloquecidos. Luego el dolor transcendió al dolor, y Brezo se desmayó sobre el suelo jaspeado de nieve.

Horas después, un fuerte viento del este sopló sobre las montañas y arrastró las nubes. En ese momento, la zona nocturna cubría de sombras aquel lugar del planeta. Los Pirineos mostraron su cara a las estrellas.

Geosat se reactivó suavemente. La visibilidad del cielo situado sobre el corral era completa, su plan podía llevarse a cabo. Con precaución, volvió a revisar todos los cálculos. Luego inició la cuenta atrás. Todavía tenía que cubrir una órbita casi completa antes de dar el siguiente paso. Setenta y cuatro minutos después Geosat usó las pequeñas toberas laterales para crear una impulsión tangencial que le hiciese girar sobre su eje. El propulsor principal quedó orientado en la posición correcta. Unos minutos después el satélite alcanzó el punto orbital adecuado para iniciar la ignición.

0001010..., 0001001...

Geosat había encontrado en el rebaño una prueba inequívoca de la presencia del Hombre, aunque no había conseguido comunicar por radio.

Pero lo que sí podía hacer era establecer comunicación visual.

0001000..., 0000111...

Si utilizaba el poco combustible que le quedaba para descolgarse de su órbita (ya de por sí descendente) y lanzarse hacia la Tierra, igual que un saltador zambulléndose en la piscina, para ir a caer a unos dos kilómetros de distancia del corral y del rebaño, entonces, sin duda, se convertiría en un fenómeno claramente visible por cualquier humano que se encontrase cerca.

0000110..., 0000101...

Al entrar en la atmósfera, la mayor parte de su masa se incendiaría, y lo convertiría en una estrella fugaz de inusitada brillantez. Y, al chocar sus últimos restos contra las montañas, el ruido de la explosión comunicaría su presencia en muchos kilómetros a la redonda. Y el incendio que provocaría toda aquella energía cinética convertida en calor sería una huella más de la presencia de Geosat, su testamento final.

0000100..., 0000011...

Eso significaba entrar en contacto, ¿no es cierto? Eso suponía cumplir por fin la misión que se la había encomendado.

0000010..., 0000001...

Ah, claro, Geosat quedaría destruido. Su mente se disolvería en cenizas. Su memoria y su identidad se esfumarían, como la llama de una vela bajo el viento. Pero eso carecía de importancia; lo único primordial era abrazar su destino y entrar en comunión con la humanidad.

0000000.

Una diezmillonésima de segundo antes de conectar el motor, Geosat radió a la Tierra un último mensaje:

»Soy Geosat. Allá voy.«

Luego la tobera vomitó, durante veintidós segundos, un intenso torrente de llamas, y arrancó al satélite de su órbita proyectándolo con violencia contra la superficie de la Tierra.

Al alcanzar la atmósfera, las antenas y los paneles se volatilizaron, la cubierta exterior se vistió un traje de fuego, y los delicados circuitos del ordenador de a bordo se vieron colapsados por el intenso calor.

Unas décimas de segundo antes de desaparecer para siempre, la mente de Geosat experimentó algo así como la felicidad.

Era otra vez un cachorro. Estaba encima de Trueno, jugando a morderle el espeso pelaje que le crecía sobre el pecho titánico. El mastín gruñía suavemente, como un gato satisfecho. Brezo se sentía feliz.

Cambio.

El jefe de la jauría lo contemplaba con su único ojo, brillante y amenazador. Era un gigante, un dios severo e inmenso, más grande que las montañas.

Cambio.

El pastor apacentaba al rebaño junto a un estanque de agua clara. Pero el pastor era un esqueleto, y las ovejas eran esqueletos, igual que Trueno y Rayo. Esqueletos. Brezo corrió asustado, alejándose del rebaño. Tenía sed. Comenzó a beber en el estanque. Su reflejo en el agua le devolvió la imagen de una calavera pálida.

Cambio.

De nuevo era un cachorro. Muy pequeño, apenas una bola de pelo. Alguien lo acariciaba, y lo acurrucaba entre sus brazos. Era un niño. Pero Brezo no había visto nunca a ningún niño... ¿Cuándo había ocurrido aquello? ¿Quién era aquel niño? Brezo se sentía protegido y feliz en manos del cachorro humano. Pero el niño lloraba...

Brezo recuperó la conciencia. No tenía fuerzas para incorporarse, de modo que siguió tendido sobre el suelo, entre la nieve recién caída. No sentía dolor, ni frío. No sentía nada. Logró levantar un poco la cabeza. Miró al cielo. Un fuerte viento había arrastrado las nubes, dejando al descubierto un mar de estrellas. Sus estrellas. Brezo se sintió feliz y tranquilo.

Una estrella fugaz comenzó a cruzar el firmamento, trazando un luminoso arco sobre el horizonte.

Los últimos restos de Geosat alcanzaron la troposfera y se precipitaron ardientes sobre las montañas. El satélite se había convertido en un cometa cuya larga cola de fuego rubricaba el cielo estrellado. Geosat había establecido contacto por fin.

¡Era tan hermoso...! Brezo suspiró mientras sus ojos se llenaban con la luz de aquel espectáculo nocturno. Las estrellas le dirigieron guiños de complicidad, cómo viejos amigos que se encuentran después de una larga ausencia. Finalmente, los últimos restos del satélite alcanzaron las capas más bajas de la atmósfera, y se estrellaron contra el suelo. Una bola de fuego se elevó sobre el horizonte. Las llamaradas trenzaron arabescos por encima de las copas de los árboles, incinerando abetos y pinos, fresnos y hayas.

Unos segundos después, el estampido de la explosión sacudió el valle. Y Brezo, el viejo perro, el último perro del Hombre, con los ojos todavía llenos de estrellas, exhaló una bocanada de aire y murió.

Epílogo

Una hora después del amanecer, las ovejas comenzaron a inquietarse. A sus hocicos llegaba el alarmante olor a humo que provenía del cada vez más cercano incendio. De modo que se agruparon en un extremo del corral, apretándose unas contra otras, empujando las carcomidas tablas hasta que un tramo del cercado saltó en pedazos.

Fue Agria la primera en abandonar el corral, seguida casi de inmediato por el resto del rebaño. La amenaza del fuego las empujó a seguir el sendero sin dilación alguna. Inconscientemente, tomaron el camino de los prados altos.

Al llegar al bosque de hayas, Agria, que como siempre marchaba delante, se detuvo. El cortafuegos comenzaba a su izquierda. El camino correcto serpenteaba a la derecha. Vaciló. El olor a humo, a su espalda, la empujaba hacia delante. Pero el delicioso aroma de la hierba fresca la invitaba a internarse en el bosquecillo.

Las ovejas balaron impacientes.

Agria sacudió la cabeza y se adentró en el cortafuegos. Ésa fue su sentencia de muerte.

Las ovejas no son una raza natural. Fueron obra del Hombre, hace seis mil años, en las lejanas tierras de Mesopotamia. En cierto modo, las ovejas son un producto más de la humanidad, como las máquinas, los perros, la poesía, el trigo o el maíz. Las ovejas fueron despojadas de sus instintos, así que apenas distinguen el peligro, no pueden subsistir por sí mismas. Las ovejas no tienen iniciativa ni voluntad, sólo estómago.

Por eso, el rebaño subió alegremente la colina, a través del bosquecillo, y se detuvo junto al borde del barranco. Allí, olvidado el cercano incendio, continuaron su festín de jara y laurel, de espliego y regaliz.

Hasta que el fuego llegó a su lado, incendiando los arbustos y las hayas del bosque, los matojos y la maleza del cortafuegos. Entonces, las ovejas balaron de terror y se apretujaron, empujándose hacia el borde del barranco.

Agria fue la primera en caer; su cabeza se destrozó contra una aguja de piedra. Tomillo la siguió poco después. Y Lechosa, y Miel, y Amarga, y Dulce...

Algo del Hombre continuó vivo mientras sus obras y sus creaciones siguieron funcionando. Pero las máquinas pararon, y también lo hicieron las ciudades, y la música y los reactores nucleares, y los parques de atracciones, y los satélites artificiales.

Hasta que sólo quedaron un perro y su rebaño.

Pero el perro murió también.

De modo que, mientras las ovejas se despeñaban, una a una, la humanidad fue contando sus cuerpos lanosos, tarareando una canción de cuna..., buscando el sueño final.

Bienvenidos a los finales del mundo
Rodrigo Fresán

El primer fin del mundo —el primer de los muchos finales del mundo de todos ustedes que también es, en parte, el mío— tuvo lugar en el instante mismo de su inicio.

Es decir: no pasó nada.

Más un Big Crack que un Big Bang.

O mejor todavía: un Big Pfff.

Algo así como un chasquido de dedos en una habitación a oscuras. Tan sólo un breve crepitar de energía pura que no encontró nada para quemar y expandirse y crecer a incendio incontrolable, feliz de ser y de arder. Entonces, apenas, una orden a desobedecer; porque, sencillamente, no se puede responder a ella por más que se quiera hacerlo.

Así, el telón que se abre o que sube para revelar nada más que un escenario vacío sin escenografía ni actores, apenas iluminado por una pequeña lámpara que alguien olvidó y que ni siquiera volverá a buscar porque no importa, porque nada importa, porque a nadie le importa: no se ha vendido ni una entrada para esta disfuncional función que no comienza ni comenzará cuando ustedes no llegan.

No hay más localidades porque no hay teatro.

El segundo fin de este mundo fue debidamente registrado. El segundo fin del mundo del que yo he tenido noticias tuvo su centro en la pequeña isla de Santorini —mar Egeo, a unos ciento cincuenta kilómetros de Creta— bautizada así en honor a Santa Irene de Salónica, quien ardió, extática, en la hoguera en el año 304 d.C. por negarse a renunciar a su fe cristiana. Los nacionalistas griegos prefieren referirse al lugar con el nombre de Thera, en homenaje al primer comandante espartano que pisó sus orillas luego del gran desastre.

Es aproximadamente el año 1500 a.C. —utilizo, para que me comprendan mejor, esta vulgar e inexacta notación temporal— cuando los habitantes de la isla a la que no se refieren como Santorini ni Thera sino, indistintamente, como Kalisté (la isla más hermosa entre todas las islas)

123

o Strongulé (mejor conocida como «da isla circular») se despiertan con un rugido que parece brotar de la garganta de mil leones de mar.

El volcán de la isla ha abierto su ojo.

Algunos corren a la playa y ahí la ven: una ola que viene corriendo hacia ellos como impulsada por un amor de madre que necesita ahogar a sus hijos en un abrazo. Y la gran ola los ahoga y los abraza y ya no los suelta. Y no conforme con ello, la gran ola cubre por completo la isla (nunca se había visto algo así, pero tampoco hay demasiado tiempo para pensar en semejante terrible maravilla) y luego retrocede y busca un nuevo destino, y así va hundiendo, una a una, todas las islas del Egeo. Y cuando termina con ellas, la ola sigue su camino hacia nuevos mares y nuevas tierras y nuevas civilizaciones. Esa ola es como una navaja cortando el cuello del mundo de lado a lado y, en alguna parte, en esta versión de la historia y de la Historia, esa misma ola, tantos años después, continúa dando vueltas por ahí, siempre alerta, lista para extinguir con su espuma cualquier signo de firmeza, de tierra firme.

Esa ola es la misma ola que noche a noche sacude mi cama y la convierte en una balsa que, con el tiempo, si hay suerte, encallará para crecer a isla a la que le brotará una única palmera. Y yo allí, escribiendo mensajes como éste, a la espera de que las corrientes arrastren hasta mis orillas alguna botella donde introducirlos.

Aquí va, aquí voy.

Entonces —extraño tanto a mi isla— me despierto para que la pesadilla continúe.

El mundo entero está hecho de barro y está rodeado por el agua que fabrican los cubos de hielo al derretirse en mi vaso.

Otro whisky doble para mí, por favor y no hay nada más perturbador que la luz de una cocina vacía, a medianoche, y uno abriendo y cerrando cajones, intentando recordar dónde fue que escondió esa botella que ahora no encuentra.

El tercer fin de este mundo que he conseguido captar (ahora, a solas, capturo destellos de viejas transmisiones de antiguos transmisores, de aquellos que me precedieron en esta tarea) tuvo lugar en algún momento del Imperio Romano.

Los dioses —enojados o felices por alguna de esas cuestiones tan caprichosas e infantiles que suelen enojar o alegrar a los dioses— descendieron desde las alturas, todos juntos, todos al mismo tiempo. Demasiados dioses sobre la superficie de un planeta que, agobiado por semejante peso divino, entonces altera su órbita y se acerca demasiado a la Luna

y...

... disculpen pero me voy a servir un trago. Un trago largo y grande. Un trago casi tan grande como mi sed y, claro, aquí casi es la palabra operativa, porque nadie bebe para sentirse satisfecho. Uno bebe para poder seguir bebiendo. Una vuelta para todos (aunque ya no quede nadie a quien voltear) y aquí estoy yo dándome vuelta, como un guante, como un disfraz que te quitas y dejas caer a un lado de una fiesta, en una habitación del piso superior, en una casa que no es la tuya. Y de pronto tienes frío y, entonces, otra copa para entrar en calor, y ya no salir de allí y a seguir soñando con cristales donde flotan cubos de hielo. A soñar bebiendo en el cristal de uno de esos tragos altos y largos que se las arreglan para acomodar algo así como un cuarto de botella.

Ahora entro —pronto entraré— a almacenes desiertos de personas pero llenos de botellas a vaciar. Vacío botellas —he descubierto que el alcohol, al menos por un rato, me permite sentir que no siento nada salvo lo que siento yo— con la excusa perfecta de que sólo lo hago para poder llenarlas con mensajes donde se lee «Vacío botellas con la excusa perfecta que sólo lo hago para poder llenarlas con mensajes y...».

... el cuarto fin del mundo aconteció cuando el caballero templario Enric Coriolis de Vallvidrera regresó de las Cruzadas a su hogar —cerca de los Pirineos, en una ladera de roca, en el sitio en el que siglos después se alzaría el cetro luminoso de una tan alta torre de comunicaciones— aferrando un trozo de madera que, le habían dicho, pertenecía originalmente a la supuesta cruz donde habían clavado a un supuesto Mesías.

El pedazo de madera era, en realidad, la morada de esporas altamente tóxicas y exóticas. Un virus antiguo como el mundo.

Enric de Vallvidrera enferma —fiebres y delirios colándose por las rendijas oxidadas de su súbitamente reblandecida y desarmada armadura—

y contagia primero a su familia y luego a la aldea a los pies de su castillo. Enseguida, el virus viaja en la tos de los viajeros y pronto, para cuando se cuelga de las alas de aves y las espaldas de peces, la suerte está echada.

No hay diferencias entre el Viejo y el Nuevo Mundo para una enfermedad.

No cambian las reglas del juego.

El tablero es el mismo.

Y la partida ha terminado. Y todos pierden.

El quinto fin del mundo... no recuerdo cuál fue el quinto fin del mundo. Algo relacionado con un suicidio en masa, con varios profetas enloquecidos.

Pero en realidad no importa demasiado.

De cualquier modo, me refiero aquí a los finales del mundo que yo he visto, que a mí me constan. Pero hay muchos otros que desconozco, que son como un rumor al final de un pasillo de una última cena para la que no me llegó la invitación pero, aun así, yo sé que está teniendo lugar, tan lejos y tan cerca.

Como un eco de un eco de un eco.

El sexto fin del mundo se cocinó a fuego lento en los laboratorios de los talentosos científicos locos del Tercer Reich. Rayos y relámpagos y electrodos y frascos burbujeantes y grifos con forma de esvásticas y escenografías de techos inclinados y, así, una raza de superhombres. Gigantes arios de casi tres metros de altura. Soldados invencibles.

Primero la serie Tristán y a continuación la serie Sigfrido.

Y, unos y otros, magníficos.

Botas impecables, uniformes perfectos y monóculos tamaño cíclope que entran, perfectamente sincronizados, desfilando a Washington D.C. y lanzan al presidente Roosevelt en su silla de ruedas por las escaleras de la Casa Blanca. Pronto, aburridos, habiendo conquistado el mundo entero y eliminado una a una a todas las razas inevitablemente inferiores, los Tristán y los Sigfrido regresan desde todos los puntos del globo y marchan sobre Berlín y ejecutan al patético y tan imperfecto Adolf Hitler arrojándolo a un caldero de lava ardiente.

126

Pronto, casi enseguida, no queda nada que hacer. Y los Tristán y los Sigfrido languidecen y se extinguen escuchando óperas de Wagner en palacios vacíos; porque los talentosos científicos locos del Tercer Reich olvidaron fabricar Isoldas y Krimildas.

Y esto es una broma, esto no ocurrió, esto se me ocurre a mí ahora y juro que pediría disculpas si hubiera alguien con quien disculparme.

Y hasta le invitaría a una copa.

Dos.

Tres.

El séptimo fin del mundo –y siglo xx, los sucesivos fines del mundo acontecen cada vez más seguido, como si el planeta quisiera probar todas las posibilidades del adiós, como si no supiera con cuál de todos los bombones de la caja quedarse– acontece aquella mañana de New Mexico, Los Álamos, Trinity Site. Pesadas gafas oscuras y la arena del desierto y el zumbido de las cámaras registrándolo todo; porque el hombre ha aprendido a registrar acontecimientos históricos y es este poder de registrarlos el que, de algún modo, le obliga a provocarlos para así tener algo que registrar.

Así, la Tierra se ha convertido en un sitio peligroso y Robert Oppenheimer y los suyos (que lo conocen como «Oppie» y que le oyen decir algo sobre ser el destructor de mundos, algo extraído de un texto sacro y exótico); y la inmensa explosión que se pensaba controlada pero no fue así; y las hipótesis bromistas del catastrofista Enrico Fermi resultaron ser ciertas pero tan poco graciosas.

El estallido atómico prende fuego al nitrógeno en el aire y en los océanos y la atmósfera toda se desnuda como una mujer que se quita de un tirón un vestido –uno de esos vestidos que, más que vestir, desnudan– luego de haber bailado toda la noche bailes rápidos y calientes sabiendo, feliz y feroz, que todos la están mirando y que no pueden dejar de mirarla.

Como no se puede dejar de mirar esa nube con forma de hongo que asciende a los hielos y que crece y no deja de crecer hasta cubrir la luz del sol con su resplandor de mil soles.

El octavo y el noveno fin del mundo se parecen bastante.

Un satélite norteamericano que de pronto decide descolgarse del cielo y que los rusos confunden con un misil dirigiéndose directamente hacia Moscú.

Y es dejar fácil y al mismo tiempo tan complejo el veloz y efímero arte de presionar botones rojos luego de conversar a los gritos por teléfonos rojos.

Antes o después de eso, el presidente John Fitzgerald Kennedy sobrevive al atentado en Dallas pero reasume sus funciones un tanto cambiado y errático. Y una noche –durante una visita guiada y fuera de programa al Despacho Oval, para impresionar a una joven universitaria– da una orden inflamable y terminal y encendida y se olvida de apagarla, de anularla.

El décimo fin del mundo que yo conozco...

Interrumpo aquí para aclarar que no todos los fines del mundo acerca de los que he oído (una voz que me los cuenta que suena a viento soplando marcha atrás, como esos supuestos mensajes satánicos invertidos en los viejos long-play de los años sesenta y alrededores) son tan espectaculares o histriónicos.

Hay otros fines del mundo –¿o debería decir finales, aunque toda finalidad lleve implícita la voluntad y destino de alcanzar y de tener un fin?– que son casi secretos: accidentes, torpezas, tropiezos en los escalones de la Historia.

Finales –como los anteriores– de los que supe, ya lo dije, repasando los archivos de mi operador, mi antena captando ondas perdidas y encontrándolas.

Finales suspendidos por la acción –a veces sutil y casi secreta, en ocasiones torpe y apresurada– de otros y otras que me han precedido en el cargo.

No conocí personalmente a ninguno de ellos, pero supe de su indudable existencia porque yo no podía ser la única, porque en todas partes, entrecerrando mis ojos, detectaba su presencia, su secreto tan desesperado como el mío.

Como cuando vi ese cuadro que ahora cuelga –o que alguna vez colgó– en la sala de mi casa en Sad Songs; y más detalles sobre esto más adelante.

Ahora, otra vez, otro de esos finales del mundo (finales, ya lo dije, más íntimos, casi domésticos) muestra a un niño de unos ocho años jugando con uno de esos juegos de introducción al maravilloso mundo de la química. Ya saben: pequeños y tan frágiles tubos de ensayo, un rudimentario microscopio, un calentador inofensivo y varios frascos pequeños conteniendo materiales supuestamente inofensivos a los que este niño agrega un pequeño pedazo de goma de mascar, de la goma que está masticando, combinada con los reactivos de su saliva y...

En otro de ellos, un rabino enloquecido, internado en un hospital psiquiátrico de Manhattan, descubre, después de tantos años de investigaciones, el modo exacto de reunir todos los fragmentos sueltos y rotos del recipiente que alguna vez contuvo la presencia divina de Dios y comienza a elevarse, a flotar hacia los cielos y... No sé muy bien qué es lo que ocurre después. Pierdo su imagen. Sólo sé que su historia no termina bien, que dicen que se suicidó, que cae desde las alturas, o que lo arrojaron desde una ventana, quién sabe...

Otro de ellos tiene lugar en un aeropuerto de provincias. Un pasajero que ya ha despachado su equipaje no aparece en la puerta de embarque y un operario lo llama por el sistema de altavoces –el apellido del pasajero es complicado, rebosa de consonantes– y lo lee mal y, sin saberlo, pronuncia el nombre de Aquel-Que-Espera-Al-Otro-Lado-De-Todas-Las-Cosas Y-Cuyo-Nombre-Jamás-Debe-Ser-Pronunciado porque, de hacerlo, sería liberado y, para felicidad de Phineas Elsinore Darlingskill, llegaría a nosotros desde su morada en un agujero dorado del tiempo y del espacio para acabar con todo y...

El último de los íntimos y domésticos finales del mundo que recuerdo tiene como protagonista a un hombre que se lava los dientes frente al espejo del baño. Su mujer lo ha abandonado, se ha llevado a su hijita con ella, y él acaba de ser despedido de su trabajo. No ha sido un buen día. De pronto, el cepillo de dientes se rompe dentro de su boca con un chasquido. Demasiado. No puede soportarlo. El hombre sale al bal-

129

cón de su departamento y salta y muere sin saber que él era el responsable de su tiempo, que nace uno como él cada tanto, y que de su vida dependían las vidas de todos los hombres. A su alrededor, mientras el hombre agoniza en la calle, todos comienzan a arrojarse por las ventanas. Algunos, desde ventanas de plantas bajas de las que se precipitan una y otra vez hasta que, por fin, un golpe en la cabeza pone fin a semejante ardor suicida. Otros, se tiran por los escalones de estaciones de metro o brincan graciosamente sobre las barandillas de barcos o abren puertas de aviones en vuelo. Todos, de un modo u otro, caen y caen y no dejan de caer. Gente cayendo desde las alturas, gente que una mañana se descubre en un mundo sin leyes y se abraza, como último y único consuelo, a la Ley de Gravedad.

Hay otra variedad de fin del mundo que es la que, supongo, mayor placer le producirá a los lectores de techno-thrillers, coleccionistas de armas y adictos al insomnio de juegos de guerra en los que el blanco de los días se funde con el negro de las noches y, al final, se acaba habitando ese gris sin tiempo ni espacio que es el inconfundible y confundido color de la paranoia.

En este particular escenario findemundista son los últimos y más calientes años de una Guerra Fría que se ha extendido más allá de su fecha de descongelamiento. El Muro no ha caído y ya no tendrá tiempo de caer y en la Casa Blanca un hombre suspira y suda y desciende hasta las profundidades de un búnker donde lo esperan hombres con rostro tenso y uniformes militares perfectamente planchados y una aguda excitación que apenas disimulan detrás de voces graves. Pantallas y legajos con sellos donde se lee top secret y toda esa información. Satélites norteamericanos que han dejado de transmitir y a los que ahora —tocados y caídos— se los clasifica como desaparecidos en acción. Satélites con nombres supuestamente graciosos como old blue eyes o spacey look o star struck. Después, precisiones y movimientos de satélites rusos que, súbitamente, parecen haber ocupado las frecuencias de los satélites ausentes coloreando el ruido blanco con letras invertidas y cirílicas. Satélites que se llaman vodka o mishkin o tovarich. Y el sintético resumen de lo que ha venido ocurriendo y que es asimilado por el presidente como una película proyectada a toda velocidad, con el supuestamente divertido pero tan triste ritmo de la vertiginosa mudez slaps-tick. Como si se tratase de uno de esos cortometrajes donde todos se caen y se levantan y vuelven a levantarse para volver a tener el placer de estrellarse contra otra pared, contra otro pastel que viene volando hacia sus sonrisas.

Así, la caída de Afganistán, la bomba atómica de fabricación casera estallando en un departamento de Beirut, los grupos fundamentalistas aullando que Alá es grande y peleándose por adjudicarse el premio de las vírgenes paradisíacas (porque no puede haber tantas vírgenes allí arriba), India atacando a Pakistán y Pakistán devolviendo el ataque y el cielo surcado de estelas nucleares y esos atardeceres rojos y violetas tan parecidos a los atardeceres de otro planeta, a los colores de ciertos cuadros.

Enseguida, Irán lanzando sobre Irak —¿o fue al revés?— misiles de fabricación soviética y fabricación norteamericana mientras África se deshace en guerras fronterizas a golpe de machete y los suelos cubiertos por brazos y piernas y cabezas.

Mientras tanto, un grupo de narcotraficantes mexicanos comandados por un tal Moisés Mantra ha gastado buena parte de sus ahorros en armas de alto calibre y cruzan a sangre y fuego por El Paso resueltos a recuperar la Tierra Prometida de Texas y California.

Y un piloto norteamericano a bordo de un bombardero decide que esa voz que viene oyendo en su cabeza desde hace semanas —y que las pastillas no pueden callar— es la voz de Dios comunicándole que él es el Avatar de los Últimos Días, y dispara sobre una flotilla de submarinos rusos atracados en el puerto de La Guayra, Venezuela. Varias grandes embarcaciones que se dedican al negocio de cruceros por el Caribe partiendo de Miami desaparecen y no responden a las llamadas y ya nadie piensa en aquello del Triángulo de las Bermudas y acaba de llegar la confirmación de que, cerca de Curaçao, se han avistado restos pertenecientes al S.S. Sunflower. Sobre la mesa circular de reuniones laten las luces y se prolongan las fechas en una pantalla, y el presidente recuerda su juventud, sus días de entrenamiento como astronauta, la primera vez que contempló, desde la Luna, el rostro de este planeta listo para desorbitarse, para cambiar para siempre y sin posibilidad de retorno. El presidente se pregunta por qué le habrá tocado a él, se dice que tal vez habría sido mejor no haber sobrevivido a los dos atentados, y finalmente se convence de que ya no se puede dar marcha atrás. Lo único que quiere es terminar con todo esto. Descansar. Descansar en paz. El presidente rompe el precinto de una carpeta metálica y lee y se pone a teclear números y letras en un ordenador. Luego presiona la tecla de enter y cierra los ojos y, en voz baja, recita la plegaria de una cuenta regresiva. ¿Felices?

¿Satisfechos?

¿Les ha gustado?

¿Quieren más?

Petición de asilo
Iban Zaldua

Al principio nadie supo cómo llegaron: se dijo, entre otras cosas, que su nave espacial, que ningún radar había podido localizar, poseía un avanzado mecanismo de invisibilidad. Los extraterrestres eran humanoides, de muy diferentes colores, pero su piel era más brillante que la nuestra, como si una especie de sudor la mantuviera constantemente húmeda; aparte de eso y de la evidente falta de nariz, en lo demás eran muy parecidos a nosotros: dos brazos, dos piernas, dos ojos, una altura similar a la media humana. Las fotografías se difundieron enseguida a través de las redes sociales.

Se presentaron como embajadores de un grupo de refugiados que llegaban huyendo de la guerra galáctica entre los imperios Kree y Skrull, e informaron de que pretendían pedir asilo político al gobierno de la Tierra. Alguien les explicó que la Tierra no tenía propiamente un gobierno y, poco a poco, tuvieron que ir ascendiendo en la cadena burocrática, a través de gobiernos provinciales, regionales y nacionales varios, desde el ayuntamiento del pueblo en que se posaron hasta la Organización de Naciones Unidas que, a fin de cuentas, es lo más parecido que tenemos a un gobierno mundial. La noticia, como antes las primeras imágenes, se expandió a la velocidad de la pólvora por la red, así como la estimación sobre el número de refugiados que esperaban, en sus naves, junto a la frontera exterior del sistema solar: quinientos doce millones, aproximadamente. La postura de la gente, favorable en un principio a los desdichados extraterrestres, fue invirtiéndose durante los días siguientes, como reflejaron todas las encuestas de opinión. Hubo multitudinarias manifestaciones de protesta en París, en Lagos, en Miami y en Mumbai, entre otras grandes ciudades. Los miembros de la delegación alienígena, envueltos en sus largas túnicas de protocolo, esperaban impasibles en una sala de la sede de la ONU en Nueva York.

El Consejo de Seguridad recibió numerosas presiones por parte de los representantes de los distintos países, o eso fue al menos lo que declaró cuando dio a conocer su decisión, que fue negativa, desde

133

luego: la Tierra no podía aceptar un número tan enorme de refugiados sin poner en peligro sus precarios equilibrios, y tampoco se llegó a ningún acuerdo de mínimos entre los gobiernos para repartir cuotas de refugiados.

Los extraterrestres ni siquiera se quejaron: se despidieron con solemnidad de los representantes de la ONU, volvieron a su verdadero tamaño —según se supo entonces, habían utilizado proyecciones de sus cuerpos adecuadas a nuestro tamaño para poder negociar de igual a igual con nosotros— y desaparecieron de la vista: eran infinitesimales. Tomaron su nave espacial en miniatura —también invisible— y partieron en busca de sus compatriotas a la frontera exterior del sistema solar, con la intención de seguir buscando un refugio.

Según los cálculos de algunos investigadores, una superficie de 550 metros cuadrados habría sido suficiente para contener con comodidad a toda la población extraterrestre. Otros opinan que con una caja grande de cartón habría sido más que suficiente. Nunca lo sabremos, pues nadie pudo realizar una medición exacta de su verdadero tamaño.

Fragmento de la novela *Los últimos*
Juan Carlos Márquez

La destrucción duró exactamente lo mismo que el origen: siete días, seis descontado el que el creador descansó. El primero fue un día radiante, festivo; un tiempo primaveral se apropió del planeta por un día y llenó las calles de gente y de bullicio. No sucedió nada que no hubiera sucedido cualquier otro día hasta el fogonazo, el resplandor amarillo. La Tierra se colmó un momento de luz como si le estuvieran haciendo una fotografía. Un instante después los hombres, las mujeres, los niños y los demás mamíferos ardieron como teas. Quedaron reducidos a montones de ceniza sobre la hierba recién cortada, los sillines de las bicicletas, las terrazas a pie de calle, las azoteas de los rascacielos, las jaulas de los zoos. Sobrevivimos sólo quienes nos encontrábamos bajo techo y, aun así, muchos corrieron hacia los refugios en carne viva, con el cuerpo devorado por las quemaduras. El día siguiente la Tierra amaneció con un hedor y un paisaje de aves muertas. En cualquier dirección que se mirase estaban allí, reventadas sobre los tejados, las lonas de los comercios, las carreteras, como si les hubiera sido hurtada de manera repentina la facultad de volar. Los peces flotaban panza arriba sobre las aguas. En las playas, el empuje de las corrientes había formado con los cadáveres una empalizada refulgente de ojos y escamas sin límites visibles. El tercer día no salió el Sol ni le sucedió la Luna. El cuarto, los árboles y las plantas se secaron, y con ellos, tras una violencia fratricida, fallecieron por asfixia quienes no tuvieron la fortuna de conseguir un respirador o fueron incapaces de conservarlo. El quinto día el cielo y el mar dejaron de existir. La Tierra quedó convertida en un horizonte desolador: una planicie gris y deshabitada en las ciudades y un universo ocre a campo abierto. El sexto día, en el momento que hubiera correspondido al amanecer, anocheció.

Primera parte: Diario de la Tierra

Permanecimos varios días en el refugio que, a raíz del embarazo de Eve y hasta mucho después de que naciera Benjamin, yo había ido construyendo en ratos muertos en el sótano de nuestra casa. Los fines de semana fui acumulando allí, como una hormiga en su hormiguero, mascarillas, bombonas de oxígeno, víveres, colchones, mantas, un pequeño botiquín, velas, cerillas, pilas, una radio, un rifle y munición de manera que, en caso de alerta, tuviéramos cubiertas nuestras necesidades primarias. Me permití incluso bajar de mi biblioteca algunos libros, aquellos cuya relectura pudiera producirme placer o al menos algún interés. También un calendario, que fui renovando cada nuevo uno de enero, en el que poder tachar los días. Lo había preparado todo para permanecer allí semanas, quizá meses, pero, como he escrito, sólo estuvimos unos pocos días, el tiempo necesario para que los supervivientes del ejército reinstauraran cierto orden en las calles, ocupadas esos días por el fuego y el pillaje.

La primera vez que salí, no sin antes discutir con Eve sobre la conveniencia o no de hacerlo, tuve ganas de regresar al refugio de inmediato. Nuestro barrio, como toda la ciudad, había sido tomado por las tuneladoras, y en aquella noche perpetua, a la luz de los módulos portátiles de energía, construían la osamenta de una nueva urbe bajo la tierra, una red tupida de pasadizos conectada a las alcantarillas. Un viento helado llevaba y traía, además del olor a putrefacción que atravesó mi mascarilla, el polvo de los trabajos y las cenizas de los muertos. La mezcla, un lodo negruzco, se me pegó a la ropa como alquitrán. El ejército había levantado en Walt Disney World, a no muchos kilómetros de allí, un hospital de campaña para atender a los quemados. Cada hora pasaba un autobús escolar frente a nuestra casa para recoger a los heridos de la zona y otro que los devolvía tras las curas con sus cabezas cruelmente rosadas, sin apenas piel, llenas de pústulas y llagas por encima de las mascarillas. Algunos quemados, los de menor gravedad, portaban unos bastones puntiagudos de acero. Para hacer más entretenida la espera, se dedicaban a empalar a las ratas muertas que, por millones, como un enorme abrigo vivo de piel rala, habían abandonado las cloacas para buscar el oxígeno, inexistente ya, en la superficie.

Reconocí entre aquella gente a Clea y a su hijo Balthasar, nuestros vecinos, y crucé la calle sobre una alfombra de ratas para saludarlos. El chico tenía buen aspecto, pero la frente de Clea estaba en carne viva, y su cabeza cubierta por un pañuelo. De cerca olía como una tira de asado que se ha quedado sola, fría, con su costra de sal sobre la parrilla de una barbacoa. Cruzamos algunas palabras casi silenciadas por las mascarillas. A Elvin le sorprendió el fogonazo en el garaje, mientras ponía a punto su viejo Mustang. Había subido por completo la persiana para aprovechar la luz del sol. Cuando Clea reunió valor horas después para ver lo que le había sucedido sólo encontró una mancha oscura, no mucho mayor que otras de gasolina o aceite. Mientras Clea terminaba de contarme lo que ahora escribo se escuchó el siseo que producen los cohetes en su ascenso vertiginoso, casi invisible para el ojo humano. El cielo se llenó de estallidos de luz azul. Las gentes se olvidaron por un momento de las ratas y se fueron despojando de las mascarillas. Hubo una gran ovación.

Esa noche la radio, una presencia muda y espectral hasta entonces, comenzó a funcionar sin previo aviso. Una locutora leyó una lista profusa, estado por estado, ciudad por ciudad, con los puntos de recogida de bombonas de oxígeno y alimentos sintéticos. Algunos granjeros, en un arrebato de lucidez o quizá de codicia, habían tenido la prevención de colocarle mascarillas a sus sementales y hembras más fértiles, y todos aquellos ejemplares se encontraban ahora bajo la custodia del ejército, en las condiciones idóneas para reproducirse o ser clonados. Si nada se torcía, dentro de algunos meses podríamos empezar, como debió de hacer Noé, a comernos el contenido del arca. La espera, en cambio, se vislumbraba aún más larga para los vegetales.

"¿Entonces ya no tendré que comer brécol?", preguntó Benjamin. "Por ahora no", contestó Eve dejando entrever una sonrisa.

Creo que ésa fue la primera vez que la vi sonreír tras el fogonazo.

La radio continuó con su retahíla de recomendaciones y mensajes de esperanza. La construcción de hornos crematorios para quemar a las ratas estaba muy avanzada, y pronto, a poco que los supervivientes colaborásemos en su recogida, las calles quedarían limpias. Paseables. Dentro de algunas semanas el lanzamiento intensivo de bombas de oxígeno permitiría una vida normal al menos durante una hora diaria. Como complemento a los hospitales de campaña, se había configurado un servicio de unidades móviles para el trasplante y reconstrucción de la piel. Unos laboratorios itinerantes de recogida de animales y vegetales vivos estarían barriendo cada rincón de la ciudad dentro de apenas unos días.

La locutora siguió lanzando sus mensajes oficiales al mundo o lo que quedaba de él. La rueda de informaciones pregrabadas llegaba al final y comenzaba a rodar de nuevo desde el principio sin paréntesis musicales ni productos que anunciar, con su engranaje de restauración, con su monotonía optimista. Eve recorrió varias veces el dial en busca de otras emisoras, pero no encontró nada que no fueran ruidos o silencios, siquiera la cháchara de los radioaficionados o los mensajes cifrados de los intercomunicadores de los militares. Finalmente, apagó la radio, alzó un momento su mascarilla y la de Benjamin para darle un beso de buenas noches y sopló las velas. Los tres nos tumbamos con lentitud en el suelo, sobre los colchones, cada cual junto a su botella de oxígeno. El sonido atronador de las tuneladoras llegaba al sótano casi susurrado, como una nana. Podíamos sentir la vibración acompasada del subsuelo, la taquicardia de la Tierra.

En cuanto desaparecieron de las calles las ratas y con ellas el hedor a corrupción, abandonamos el sótano y nos instalamos de nuevo en nuestra vivienda. Fue el regreso del viaje más extraño que hasta entonces habíamos emprendido, un trayecto de apenas veinte metros. La casa seguía firme, si bien las paredes y el suelo del jardín, donde nada recordaba a la hierba, se habían ido agrietando como consecuencia de las perforaciones. En conjunto la casa y cada uno de los objetos, sin exceptuar los ocultos en armarios y cajones, estaban teñidos del polvo de arcilla levantado por las perforaciones, una hemorragia seca y volátil. Todo estaba intacto por lo demás, incluso la pila de provisiones sobre la alacena y el dinero que guardábamos en el doble fondo del estuche de la cubertería, unos miles de dólares con idéntico valor en ese momento que los billetes del Monopoli de Benjamin. Limpiamos durante horas. Me encontraba en el jardín sacudiendo el polvo de una alfombra cuando me pareció oír un grito de Eve. Corrí al salón. Eve y Benjamin habían arrastrado el sofá para barrer debajo y se encontraron con una rata muerta enorme, del tamaño de un gato adulto. Tenía la cola seccionada casi desde su nacimiento y un pelaje gris similar al color de la ceniza. Estaba panza arriba. Una colonia de gusanos blancos había excavado agujeros en sus ojos y en su vientre, y se movían por aquellas oquedades sin necesidad de oxígeno, con una vitalidad que estremecía. Tras las primeras detonaciones tomé a Eve y a Benjamin de la mano y salimos al porche. La mayoría de nuestros vecinos habían salido de sus casas para levantar la mirada hacia aquella bóveda negra que no hace tanto fue cielo y que ahora se iluminaba brevemente, como un parpadeo, con cada latigazo azul. Poco a poco, como haríamos nosotros, se fueron despojando de las mascarillas y de los depósitos autónomos de oxígeno. En la penumbra alcanzamos a reconocer sus caras, muchas de ellas parcheadas por los trasplantes de piel o fruncidas por las quemaduras. Grisam Tilman, Rene Corbirock, John Buttercap, Mike Polimon, Anaïs Green... Los operarios que estaban vaciando la tierra frente a nuestras casas para cobijar en su interior el nuevo mundo se tomaron un descanso. Subidos sobre sus máquinas colosales, con los cascos y los buzos reflectantes puestos, parecían jinetes a lomos de animales prehistóricos. Ahora que lo pienso, todos éramos como aquellos hombres, luminosos y, sin embargo, insignificantes: eslabones quebradizos entre los estallidos azules y las perforaciones.

Estábamos reunidos alrededor de la radio, escuchando el boletín nocturno, cuando nos sobresaltaron unos golpes en la puerta. Bajé al sótano por mi rifle y salí a abrir. Afuera se encontraba Balthasar. Estaba de rodillas, sin la máscara, con la cara lívida. Lo metí deprisa en casa y le coloqué mi máscara. Hasta que, alertada por mí, Eve atravesó el pasillo con un equipo auxiliar de respiración, el niño y yo nos servimos de mi oxígeno alternativamente. El chico estaba descalzo, con restos de tierra y sangre en las plantas y los dedos de los pies. Le recorría un temblor que fue agazapándose a medida que sus pulmones se fueron llenando de aire. Tenía la cara sucia de haber llorado y, pese a mis intentos por tranquilizarlo, se esforzaba sin éxito por convertir sus gimoteos en palabras. Eve lo envolvió en una manta y lo llevé en brazos hasta el sofá. Benjamin le dio a beber un vaso de agua, que apuró a pequeños sorbos. Apenas logró reunir fuerzas para levantarse la mascarilla. Las palabras tardaron aún un tiempo en abrirse paso y llegar hasta su boca: mamá, dijo al fin. Y antes de que pudiéramos formular nuestras preguntas, añadió: quiere matarme.

Las habitaciones, los baños y el salón estaban sucios y desordenados, pero en mi vida había visto nada parecido a lo que encontré en aquella cocina a la luz de mi linterna. El centro geométrico, bajo la lámpara inservible del techo, estaba ocupado por los restos de una hoguera en la que habían ardido ropas, trapos y cortinas. Había retales de tela tiznados o a medio quemar a lo largo del suelo, sobre la encimera y dentro del fregadero. Los barrí con la culata del rifle por si hubiera algo debajo, pero no encontré nada. La mesa estaba al fondo. La alumbré. No había nada encima, salvo un hule mugriento, pero sí debajo. Como si se tratara de una figura totémica, alguien había erigido allí una pirámide de huesos pulcramente rebañados, sin restos de carne. Salí deprisa, perseguido por aquella imagen escabrosa. Durante algún tiempo consumí más oxígeno del necesario por la excitación. Luego me dirigí al refugio. Estaba en la parte trasera del jardín. Se trataba de un refugio, poco más que un agujero, menos confortable que el nuestro. Elvin lo había construido en los ratos libres que le dejaba su Mustang para no ser menos que yo. Levanté la puerta metálica haciendo palanca con el rifle. En cuanto se abrió ante mí, apunté al agujero. Nada. Sólo bolsas de papel de esas de supermercado y algunas latas rectangulares. A la luz amarilla de la linterna las latas parecían lingotes. El único lugar que me quedaba por mirar era el garaje. La persiana estaba levantada, como cuando el fulgor amarillo alcanzó a Elvin y lo redujo a uno de aquellos cercos del suelo por donde, para presentarle mis respetos, paseé la linterna. La carrocería roja del Mustang iluminaba en la oscuridad el reguero de herramientas que lo rodeaba como un cinturón. Me acerqué al coche para mirar el interior. Cuando estaba a punto de pegar la cara a la ventanilla del conductor, escuché un chillido y la puerta me golpeó con violencia. La mascarilla amortiguó el impacto, pero caí de espaldas, sobre la botella de oxígeno. Me hice un daño horrible. Desde el suelo, sólo alcancé a ver unas piernas desnudas, muy fibrosas, que corrían. Me levanté y eché a correr tras ellas. El rifle y la linterna quedaron junto al Mustang, como dos herramientas más. Conseguí acercarme lo suficiente para ver mejor, aunque no mucho. Era una mujer. Estaba desnuda y no llevaba a la espalda oxígeno auxiliar. Su respiración, sin embargo, no admitía dudas. Era una respiración acelerada, ruidosa como la de una bestia. Podría ser Clea; pero si lo era, era una Clea mucho más musculosa. Veloz. Más ágil. Dejó la casa atrás y corrió hacia la zona acordonada de las perforaciones. Allí lanzó un chillido, un grito especialmente agudo, impropio de un ser humano, y se dejó caer dentro del primero de los agujeros que encontró.

El hombre de la bata blanca tomó de mi mano el tarro con los gusanos y lo metió en un armario metálico, que se apresuró a cerrar. Hacía mucho frío, pero el oxígeno y un terrario con líquenes se ocupaban por sí solos de convertir en acogedora la estancia en el laboratorio móvil.

"¿Cuánto hace que los encontró?"

"Mes y medio. Estaban comiéndose una rata que apareció bajo nuestro sofá".

"La próxima vez no espere tanto", dijo el hombre. "Tendría que habérnoslos traído antes".

"Es posible, pero aún viven. Sin oxígeno. Sin alimento. No les he dado de comer y, sin embargo, siguen vivos. ¿No le parece extraño?"

El hombre abrió el armario de par en par. Dentro había decenas de tarros como el que yo acababa de entregarle. Una convulsión réptil tras los cristales de cientos de gusanos, acaso miles.

"¿Contesta esto a su pregunta?"

Balthasar quedó a nuestro cargo. Meses atrás hubiésemos tenido que rellenar un sinfín de cuestionarios y convencer a no sé cuántos psicólogos de que éramos los padres adecuados, pero en las circunstancias actuales sólo fueron necesarias un poco de determinación y de temeridad para resolver ése y la mayoría de los asuntos. Nadie nos hizo preguntas. Los pocos vecinos que quedaban con vida, abrasados por fuera y rotos por dentro por las pérdidas de sus familiares y amigos, estaban pendientes sobre todo de continuar respirando. El ejército tenía suficiente con mantener cierta normalidad en el caos y garantizar el reparto de alimentos sintéticos y oxígeno. Bastaron algunas semanas para que Balthasar se convirtiera en el hermano que Benjamin nunca podría tener, pues ni Eve ni yo estábamos dispuestos a traer otro niño al nuevo mundo. Clea, o lo que fuera aquello que vi, quizá regresara por su hijo obedeciendo al instinto de la maternidad, Dios sabe con qué fin, pero estábamos preparados. El rifle estaba perfectamente engrasado. La munición, intacta. Llegado el momento, si yo me encontrara por un casual fuera de casa, Eve y los chicos sabrían qué hacer.

141

Desde el cielo
Edmundo Paz Soldán

Jerom subió al techo de una casona abandonada en una esquina de la plaza y se recostó sobre las tejas con el riflarpón entre las manos. El sol se despedía en el horizonte, asomaba la luz de la luna gigante entre las montañas. Pensó en la gente que lloraba y le vino el tembleque y el tembleque se fue cuando apretó el gatillo, una-dos-tres, zumzumzum. Apuntó a todo aquello que se movía entre los árboles de la plaza y en las calles aledañas. Escuchó gritos y se preguntó cuál podría ser su próximo movimiento. Vendrían a bajarlo del techo pero él había decidido antes de subir que no lo convencerían o que al menos no lo agarrarían vivo.

La plaza se quedó quieta y Jerom ladeó la cabeza en busca de un mejor ángulo de disparo. Le escoció el muslo izquierdo y de un manotazo mató una zhizu. Eran de enquistarse en los tejados, de crear comunidades a través de sus redes. Teje que teje, paqué. Tantas patas, paqué. Una vez, recienvenido, debió salir a fumigar las calles y edificios de la ciudad, invadidos por ellas. No se iban, por lo visto. Nadie se iba voluntariamente, era la ley.

En la mirilla del riflarpón asomó el hocico de un perro entre los escombros de un vertedero en la esquina en diagonal a la casona. Apuntó cuidadosamente. El perro aulló y se revolcó y un niño irisino corrió a auxiliarlo. Situó al niño en la mirilla y por un momento tuvo compasión.

El disparo dio en la frente del niño. Apareció una mancha roja como si se tratara de un rasguño, una herida leve de esas que uno se hace al jugar con un krazycat.

Una sensación liberadora lo recorrió. No podría irse de Iris pero al menos otros lo acompañarían en su infierno. Llega la muerte desde el cielo, susurró. Era parte de una canción que sus brodis y él cantaban entre dientes para darse ánimos; a veces les tocaba situarse en los pisos altos de los edificios como francotiradores de apoyo en una misión, y lanzaban frases y alguna quedaba. Alguna siempre quedaba.

Escuchó una sirena y al rato dos jipus bloquearon la avenida principal que daba a la plaza. Cuatro shanz saltaron de los jipus y se parapetaron detrás de estos. Jerom disparó una ráfaga, zumzumzum el impacto de las balas en la carrocería de los jipus. Quizás había estado de patrullaje con uno de los shanz, a alguno le había insinuado lo que le ocurría, de uno había recibido una frase rápida de consuelo. Porque no había para más. Porque si todos tenían algún gusano royéndole el corazón o la cabeza o el corazón y la cabeza, entonces ningún problema de nadie podía privilegiarse sobre los de los demás. Todos se iban ahogando, algunos en medio de una quieta desesperación y otros entre alaridos, como él.

El perro se llamaba Martini & Rossi y era de piel arrugada y hocico delgado. No tenía pelo. Una científica del Perímetro se lo había regalado al papá del niño. Los científicos y oficiales superiores tenían permisos especiales para traer perros de Afuera, pero en general los perros no duraban en el clima enrarecido de Iris. El aire tóxico los iba matando lentamente. Sus pulmones se envenenaban y cambiaba la coloración de los iris hasta tornarse del amarillo de la piel cuando uno sufría de ictericia. Los perros que sobrevivían en Iris eran los wackydogs, modificados genéticamente para resistir el aire envenenado. Perros artificiales. Por esa misma razón no todos los querían.
Ceudomar, la científica que regaló el perro, había llegado a Iris hacía ocho meses. Provenía de Munro, donde desarrollaba experimentos adaptativos con robots. Los entrenaba a responder al terreno, de modo que, si al comienzo todos nacían iguales, cambiaban a medida que se iban adaptando a determinado terreno. Al final no todos sobrevivían; también funcionaba en ellos el mecanismo de la evolución. Iris desafiaba la adaptación de los robots: la arena era capaz de entorpecer el engranaje de las máquinas más sofisticadas; vientos que duraban semanas podían paralizar cualquier mecanismo. El equipo de Ceudomar había tratado de adaptar robots al desierto de Gobi, por lo que Munro vio conveniente intentarlo en Iris, un desafío aun mayor por los extremos de una isla en la que el trópico convivía con las montañas de la región minera y con los espacios desérticos.
Ceudomar había llegado a Iris con Martini & Rossi. Los primeros días durmió con él, pero al mes notó que el perrito se asustaba de todo. Se

escondía bajo la cama, buscaba rincones oscuros para perderse. Le dijeron que tenía el skrik, una enfermedad irisina que podía traducirse como espanto del alma: el perro había visto algo aterrador. Debía hacerlo ver por un qaradjün. Ceudomar sabía de las leyendas demoníacas que circulaban en Munro en torno a Iris, pero decidió no hacer caso. Al final, como Martini & Rossi no se recuperaba, se lo dio a uno de los choferes de la base militar. De vez en cuando iba a visitarlo a su casa fuera del Perímetro. Martini & Rossi jugaba con los niños del chofer y parecía recuperado. Ceudomar sentía que había hecho una buena acción. El perro seguía siendo suyo; solo estaba dejando que otros se lo cuidaran.

Ese atardecer Martini & Rossi había salido de la casa a buscar boxelders entre los escombros del vertedero en la esquina. Comía esos insectos rojiverdes pero estos no se dejaban atrapar fácilmente. Metía el hocico entre las piedras y a veces asomaba con un boxelder entre los dientes. Eso fue lo que hizo ese atardecer. Cazaba cuando una bala estalló en su bodi. La piel en torno al impacto de la bala adquirió rápidamente una coloración rojiza.

Jerom estaba de guardia en el mercado cuando lo asaltaron dos ideas: debía dejarlo todo, y no saldría de Iris más que muerto. Los irisinos regateaban con la voz agitada, ofreciéndole chairus y trankapechos, mirándolo con desconfianza mientras pasaba a su lado con el riflarpón en estado de apronte, y pensó que nunca lo aceptarían y que era mentira eso de que los shanz estaban ahí para ayudar a que mejoren las relaciones. En los catorce meses transcurridos en Iris no había logrado una sola amistad irisina, y, debía reconocerlo, le costaba mirarlos de igual a igual. Un error, aceptar venirse aquí. Hacía cuatro meses que intentaba por todos los medios que lo trasladaran a Munro, pero sus jefes en SaintRei le habían recordado el contrato, la imposibilidad del retorno. Estaba dispuesto a que lo enviaran a una región donde no estuviera en contacto con nadie, para evitar cualquier posibilidad de contagio tóxico, pero ni aun así. No había excepciones, muchos shanz estaban en su lugar.

Hacía dos días había recibido el holo de una prima que le contaba del fracaso de sus gestiones en Munro. En el mercado, mientras se abría paso por entre las bolsas de especias, fue consciente de que se le habían agotado todas las posibilidades. Se le cruzó envenenarse con lodo mineral o cortarse la pierna con un cuchillo, como hacían algunos shanz con la secreta esperanza de que los evacuaran. Pero tampoco tenía la certeza de que esos shanz fueran en verdad evacuados.

Podía esperar que le llegara la muerte lentamente o rebelarse a ese destino y acelerar el proceso.

Se dirigió hacia una de las puertas del mercado, esperando que sus brodis de patrulla no se dieran cuenta y, una vez que la traspuso y se encontró en la calle, aceleró el paso rumbo a la plaza principal, la plaza donde siete meses atrás había tenido lugar uno de sus escasos enfrentamientos con insurgentes, cuando recibió un disparo en el pecho y creyó que moriría pero poco después, tendido en el suelo, descubrió que el uniforme antibalas lo había salvado y se puso a entonar una plegaria. El problema son las bombas, escuchó que el jefe de la patrulla decía, riendo, mientras él yacía en el suelo, y esa frase lo persiguió durante varios días hasta convertirse en una letanía, el problema son las bombas mientras se duchaba en las mañanas, una obsesión, mirando de un lado a otro en su turno de patrullaje, cuando salía del Perímetro rumbo a la ciudad, persignándose a pesar de que no creía en Dios, el problema son las bombas. Qué problema tienes. Ninguno, solo las bombas. Conversaba consigo mismo y se reían y le preguntaban por qué se reía solo y él, no, nada, nonada nada, el problema son las bombas. No es fokin divertido, le decían, y él, no, las bombas no son divertidas.

Había cruzado la plaza sin detenerse rumbo a la casona. Cuatro pisos, una casa con aspiraciones de edificio que le producía curiosidad por esa sensación que daba de mantenerse en pie de pura suerte. Una grieta en la fachada ascendía desde el suelo hasta el último piso, una grieta que insinuaba su caída inminente. Alguna vez la había explorado con un par de shanz y se había metido swits en el techo, alguna vez se había sentido en armonía con todos quienes poblaban Iris, irisinos, pieloscura, kreols, incluso los artificiales y los robots chita, pero sobre todo los humanos, pobres humanitos.

Subió los escalones a saltos sin ganas de sentir empatía por nadie. Prenderles fuego a todos, eso quería. Prenderles fuego a balazos. Ésa había sido su visión las últimas noches. Sueños tan intensos que no se atrevía a llamarlos sueños. Visiones, más bien, que lo habían despertado en el pabellón donde dormía. Visiones como las de otros shanz, que decían ver a Malacosa caminando hacia ellos, dispuesto a llevárselos al otro mundo con su abrazo. Él no había visto a Malacosa ni a Xlött ni a la Jerere. Solo fuego por todas partes. Una conflagración que quemaba los árboles en los valles en torno a Iris —troncos de corteza milenaria que trepaban al cielo sin descanso--, arrasaba ciudades y calcinaba los edificios del Perímetro. Un incendio apocalíptico, y era él quien prendía la mecha.

No había subida que no fuera un tambalear.

El capitán Singh creyó que iba a ser un domingo tranquilo cuando recibió la noticia de que un shan se había vuelto saico en uno de los distritos del anillo exterior que supervisaba. De inmediato pidió que acordonaran la plaza y evacuaran las calles aledañas, que los shanz de patrulla en las cercanías se dirigieran al lugar. Él mismo se montó en un jipu y enrumbó hacia la plaza. Podía dirigir las operaciones desde la seguridad del Perímetro pero le gustaba aprovechar cualquier oportunidad que tuviera para dar ejemplo a los shanz bajo su mando. Enseñarles que la fuerza teledirigida no era nada sin un compromiso, una disposición al riesgo de parte de ellos. Los drons, los robots chita, los wùrèns no eran fines en sí mismos sino medios para un fin. Ayudaban a que los shanz se encontraran con lo real de la mejor manera posible. Decía lo real con énfasis, como si solo fuera eso el peligro, el posible encuentro con la muerte. Todo lo demás es lo no real den, le dijo un shan una vez y él estuvo a punto de abofetearlo pero se contuvo y dijo no, mas es menos real que lo real. O más real que lo menos real, dijo el shan, y Singh lo envió a que lo enterraran hasta el cuello bajo el sol, un día de escarmiento. Luego se quedó pensando que debía aprender de los irisinos, que desarrollaban palabras nuevas a cada rato, que con el lenguaje podían nombrar diversos tipos de oscuridad y luz. Debía desarrollar nuevos conceptos para lo real.

147

Antes de llegar a la plaza ya había recibido a través del Instructor toda la información del shan saico. Se llamaba Jerom y había llegado a Iris hacía poco más de un año. En su historial un balazo que casi lo mata. Habría sido suficiente o quizás no, quizás el día-a-día en la ciudad era culpable del desgaste. Estaban los que no podían más por culpa de la violencia que habían experimentado en carne propia, una bomba que explotaba cerca, un brodi que perdían, un irisino que beyondeaban. Estaban los sentimentales, los que extrañaban el mundo que habían dejado atrás y se arrepentían de haberse venido a Iris y buscaban la forma de regresar, confiados en que habría una salida al contrato firmado de por vida. Singh debía oficiar de terapeuta, calmarlos con su voz serena pero firme, no prometerles el paraíso pero sí que todo podía mejorar, siempre sí. A veces los convencía de entregarse en cinco minutos, otras podía tardar mucho más, y no faltaba el fracaso, el momento en que el shan disparaba a irisinos o a sus propios brodis y él debía dar la orden de esfumarlo, orden que a veces le llegaba a un francotirador apostado en un edificio cercano y otras a un técnico que, desde la sala de monitoreo en el Perímetro, veía todo lo que ocurría gracias a una cámara instalada en un dron que se deslizaba silencioso por el cielo, a siete mil kilómetros de altura, y lo único que debía hacer era un gesto para que el dron procediera.

Se detuvo en una de las esquinas de la plaza. Habló con un shan que se sacó la máscara de fibreglass para decirle que el shan saico había matado a un niño irisino.

"La madre está inconsolable", dijo. El padre trabaja pa nos.

"Ofrézcanles trasladarlos a una casa más grande en Megara, dijo Singh. Y un bono extra de alimentación por los próximos diez meses".

"Nos ha disparado a nos, tú. Las balas le llegaron a un brodi. En el brazo, mas rebotaron nel uniforme ko. En la mano, un dedo sangrante. Lostán atendiendo".

Singh vio tranquilidad en los ojos. Un shan curtido, alguien que ya no se alarmaba de nada. Le gustaba estar con ellos en una misión, le facilitaban el trabajo.

Procedamos rápido den.

Singh miró hacia el tejado de la casona y tuvo piedad de ese shan extraviado. Así que Jerom. Provenía de un pueblito en el hinterland de

148

Munro. Habría jugado con iguanas en su infancia, soñado con hacerse millonario diseñando holojuegos o metiendo goles por un equipo de fut12 en la liga nacional. Jamás se le hubiera ocurrido que terminaría sus días en Iris. Porque los terminaría aquí. Saldría muerto de ese tejado o en el mejor de los casos, si se entregaba, lo encerrarían en un monasterio en las afueras de Kondra. Era un shan perdido para la causa y no podría rehabilitárselo. Había que aislar al elemento contaminante. En los monasterios se encontraban los defectuosos y los shanz que se habían excedido en el consumo de swits y veían visiones y escuchaban voces, y también los que no habían podido con la presión y se habían vuelto saicos.

Imaginó a un niño llamado Jerom que se hincaba frente al altar en una iglesia desvencijada para escuchar la palabra de Dios al lado de sus padres, un niño que recibía la comunión en una tarde polvorienta. Un niño que todavía no sabía de la existencia de Xlött. Daba para conmoverse.

Él también había sido ese niño. Debía alejar esos pensamientos.

El niño irisino se llamaba Dax y tenía cinco años. Hacía poco que había vuelto a casa. Al principio, apenas nacido, sus padres lo enviaron a un ùjian. Entregar a su hijo era una muestra de su compromiso con Xlött. El niño crecería en un ùjian, donde sería preparado para convertirse en un sacerdote dedicado al culto de Xlött. Cuando se les preguntaba a los padres si no lo extrañaban, ellos decían que tener a su hijo allí los llenaba de la presencia divina. Era una forma de acercarse a Xlött que beneficiaba a todos.

El niño, sin embargo, había sido devuelto al jom. Los del ùjian no dieron ninguna explicación, pero el padre sabía que se trataba de su nuevo trabajo en el Perímetro. Un amigo lo había recomendado como chofer de los pieloscura. El padre había estado sin trabajo durante meses, y en la ciudad no tenía muchas opciones. Le llegó la oferta y no lo pensó. Sabía que se exponía a ser visto por sus vecinos como traidor, de modo que hizo esfuerzos para minimizar su nuevo comercio con los pieloscura. Salía hacia el Perímetro por la madrugada, cuando las calles estaban desiertas, y volvía en la alta noche, protegido por la oscuridad.

Igual era cuestión de tiempo hasta que se enteraran. El regreso de su hijo le dolió. Su mujer le reprochó que arriesgara así sus vidas: Xlött no estaría feliz con ellos. El padre agachó la cabeza.

Dax no daba muestras de haber pasado por el ùjian. Era un niño normal al que le gustaba jugar entre los edificios en ruinas. Atrapaba boxelders y zhizus escondidos en la maleza y los metía en botellas de vidrios de colores que su madre le traía del mercado. Alineaba las botellas contra una de las paredes de la casa, en orden descendente desde las que albergaban a las presas más valiosas –zhizus del tamaño de su puño— hasta las que no duraban mucho pues las incendiaba con una lupa al sol.

Un día su padre apareció con un perrito flaco y sin pelaje que no paraba de olisquearlo. Un regalo para ellos, el único pedido era que no le cambiaran el nombre. Dax fue feliz. Iba con Martini & Rossi a todas partes, quería enseñarle a ser su compañero de caza. Le hacía oler los insectos atrapados en las botellas para que los pudiera reconocer entre los escombros. Se metía con él por los edificios, adiestrándolo a que conociera de memoria el territorio. El perro respondía. A veces sus pasos se atropellaban y podía rodar por las escaleras; en una ocasión se cayó del segundo piso de una casa. Tenía un olfato aventajado para señalar el camino de los boxelders entre las piedras. Dax buscaba boxelders raros, de esos que le habían hablado sus amigos en el ùjian, de escamas y alas rojizas, como si hubieran sido chamuscados en un fuego, y que representaban a Xlött. Pero esos boxelders no parecían existir en su distrito; ni con Martini & Rossi podía encontrarlos. Algún día saldría a explorar los valles en torno a la ciudad y se convertiría en el gran enemigo de los boxelders. Algún día no quedarían botellas de vidrio para encerrar a todo ese maleficio de bichos que rondaban por el mundo.

Esa mañana Martini & Rossi estaba más alerta que de costumbre. Se le adelantó unos pasos y corrió rumbo a los escombros en una esquina de la plaza. Dax lo observaba cuando escuchó el disparó y vio cómo el perro hacía un movimiento brusco. Dax corrió hacia Martini & Rossi tirado entre las piedras, aullando de dolor. Recibió el disparo antes de llegar.

Jerom volvió a disparar contra los shanz. Agotó una ronda de ochenta balas en menos de un minuto. Los disparos trizaron los cristales del jipu pero con los shanz era difícil, por sus uniformes antibalas. Al menos sabrían que no estaba jugando. Se habían parapetado detrás del jipu. Había visto a dos de ellos correr a esconderse detrás de las paredes de un edificio. Estarían llamando en busca de refuerzos, tan predecibles ellos. Tan predecible él, que había actuado muchas veces siguiendo los pasos que el Instructor le dictaba. No era difícil recordar qué venía en casos de un ataque saico. Debía prepararse.

Volvió a escocerle el muslo izquierdo. Otro manotazo, otra zhizu. Quizás se había echado sobre un nido. Una zhizu gigante dormía ahí y de ella salían sus crías venenosas. Pero no veía el nido.

Al rato apareció otro jipu. Era la hora mágica, cuando el día se hundía y la noche se levantaba. La hora ideal para los swits. Cuando, con sus brodis, llegaba a creer que no estaba mal quedarse de por vida e incluso podía imaginarse viviendo con una irisina en algún pueblo lejos de la capital. Había pieloscuras que abandonaban el Perímetro para irse a vivir con kreols, con irisinos. Pieloscuras que se volvían irisinos. Cuánto tiempo era suficiente vivir en un lugar, para ser de ese lugar. Quizás regresar a Munro era imposible ya. Quizás Munro era otro país ya.

Jerom supo que el que bajaba del jipu, altanero, sin siquiera intentar cubrirse, era Singh. Vendría a solucionar el problema, con la estúpida convicción de que todo podía resolverse. Un hombre intolerable de tan práctico. Alguien que parecía no saber del cuerpo y su vómito de sinsentidos ante el calor feroz de Iris. De los vientos que llenaban los ojos de arena y el cielo de oscuridad. De los pasos inquietos de los Dioses. De las visiones que provenían de las profundidades de las minas, con monstruos de falos gigantes que querían ahogarte en las Aguas del Fin en Malhado, mujeres de la floresta cuyos brazos convertidos en ramas te abrazaban hasta la asfixia, dragones de Megara de pupilas enormes que te devoraban si te movías, víboras reptantes capaces de meterse por todos tus orificios y encuevarse en tu estómago, desde donde salían por la noche, mientras dormías, para tragarse a los shanz cerca tuyo.

"No todo es un problema administrativo, capitán. No todos tenemos tu fokin compostura".

Escuchó la voz meliflua de Singh a través del Qï. Le hablaba de su infancia en Goa. No debía bajar la guardia. Tenía dos hermanos, contaba Singh, vivían en una casa cerca de la playa, el sol entraba por las ventanas en la mañana, iluminaba las motas de polvo en los muebles. Su madre había dejado a su padre y el padre vivía dedicado a ellos. Por las noches se perdía con una guitarra por los bares de la ciudad, para ganarse un poco de geld y mantenerlos. El hermano se llamaba Rohit y salía a cazar por las mañanas y una vez volvió con un pájaro de plumas amarillas con balines incrustados en el pecho y lo operó con cuchillos y tenedores sacados de la cocina. Lo salvó y fue el héroe de sus hermanos. El menor se llamaba Rajiv y un día, correteando por la playa, se encontró con una esfera de metal y la alzó y la esfera explotó y Rajiv se hizo pedazos delante de Singh. Nada volvió a ser lo mismo. En esos días de duelo Singh decidió convertirse en defensor de la ley y luchar contra todos aquellos que la transgredieran.

La voz de Singh se resquebrajaba. No es tan duro den.

Jerom quiso orinar pero no podía sacarse el uniforme. Se dejó ir ahí mismo. No dejaba de apuntar hacia la esquina donde estaban los jipus y los shanz.

Singh seguía hablando. Le pedía que bajara del techo. Que se entregara. Sería llevado a un hospital, se asegurarían de recuperarlo. Tendría una semana de descanso y luego volvería al cuartel.

"Mentira", susurró Jerom. Me llevarán a un monasterio y no volveré a salir.

"Volverás", dijo Singh. "Confía en mí, di".

Jerom disparó una nueva ronda de municiones contra los shanz, diez veinte treinta cincuenta balas, y ya no escuchó más la voz de Singh y se sintió mejor.

Sethakul estaba de turno en la sala de monitoreo del Perímetro, atenta a los dieciséis holos en torno suyo, holos que le contaban cómo iba el día en Iris, cuando estalló la emergencia en la plaza y recibió el llamado de Singh que le pedía prepararse para cualquier contingencia. Agrandó el holo que captaba las acciones en la plaza y redujo los demás. Habló con su supervisor, le dijo de la emergencia, pero el supervisor estaba enfrascado en una partida de Clausewitz con otros oficiales en un bar y le dijo que ella se ocupara, todo saldría bien, y que lo mantuviera al tanto si ocurría algo fuera de lo normal. Sethakul asintió, no muy segura de qué podía definirse como fuera de lo normal, pero ya estaba acostumbrada a esas situaciones, a que el supervisor no supervisara nada y a que ella tuviera que cargar en su conciencia el peso de los botones apretados. Porque de eso se trataba. De apretar botones. De ser la Señora de los Drons. Ahora mismo el buen soldado Jerom no sabía que allá en el cielo, por sobre su cabeza, un dron llamado Reaper había comenzado a moverse dirigido por Sekhatul y lo encañonaba. Un botón, y el cohete saldría disparado y en menos de diez segundos Jerom desaparecería y con él un pedazo del techo, aunque quién sabe, ese edificio estaba rajado y el cohete podía darle el impulso final para que se cayera. El corazón de Sekhatul se le aceleró al acercar la imagen y ver a Jerom tirado en el techo, inerme ante ella. Vio una cicatriz en la oreja derecha, un tatuaje de una calavera en la parte posterior del cuello, y cuando abrió la boca vio que tenía un pedazo de carne incrustado entre sus dientes. Él no podía distinguir al dron, ni siquiera era un punto sobre su cabeza, estaba lo suficientemente lejos como para confundirse con el color del cielo. El dron era el cielo. Como en los holojuegos que la habían llevado a ese trabajo. Porque hasta hace un par de meses ella era un shan más. Pero su fama en los holojuegos, su rapidez con los mandos para desplazar tropas y tanques, su agilidad con los botones, habían logrado ese ascenso. Le habían dicho que manipular drons desde la sala de monitoreo era un juego. Cuestión de mandos y botones. Sí, podía serlo, tanto que cualquiera con un mínimo de capacidad visual podía hacerlo, no se necesitaba una especialista. En fin. Había aceptado porque quería librarse de los ataques de ansiedad en la lucha contra la insurgencia. Los agotadores días de patrulla, las bombas que explotaban al paso de los jipus. Una vez se había salvado por poco. La bomba explotó segundos después de que su jipu cruzara un puente camino a Malhado. Sí, era mejor refugiarse en la sala de monitoreo, lidiar desde lejos con la guerra, enfrentarse a holos. Pero no le habían

153

contado toda la historia, se dijo, sintiendo el dolor de cabeza que martilleaba en el área frontal y se iba extendiendo ahora que veía a Jerom disparando contra otros shanz en la plaza, un dolor que era como si una mano quisiera arrancarle la piel de su cara, como si esta fuera una máscara. Quizás lo era. Quiso sonreír y no le salió del todo. No, no le habían contado toda la historia. La primera vez que debió hacer que Reaper descargara su poder de fuego había estado casi cuatro horas observando a través del holo al irisino que se reunía con gente en una casa en el anillo exterior, que entraba a una habitación y besaba a una irisina con siete brazaletes en el cuello y salía y fumaba y bebía baranc con sus amigos, un irisino de ojos almendrados y nariz recta, igual a los demás en apariencia aunque el informe del Instructor decía que era ministro de Orlewen, un líder de la insurgencia en ese distrito, y que esa reunión aparentemente casual planeaba un ataque al Supremo cuando este se reuniera con dirigentes irisinos de la transición. Cuatro horas que no eran suficientes para encariñarse pero sí para desarrollar cierto interés en ese humanito, porque estaba segura de que los irisinos eran humanos a pesar de que eso no lo decía SaintRei. Tosió. Escuchó la voz de Singh, que le decía pulgar en alto. Eso significaba que tenía órdenes de proceder. Que ella, Sekhatul, podía convertirse en la Señora de los Drons. Que esa noche no podría dormir pensando en el buen shan Jerom. Qué miedos lo habrían llevado a ese techo, a esa casona. Agobiada por la tensión, Sekhatul se desmayaba a veces en lugares impensados. Veía un aura antes de perder la conciencia, como el ingreso a otro mundo, como si se estuviera muriendo, si debía hacer caso a lo que se decía que uno veía antes de morir, una luz muy blanca, un túnel. Pero nadie la esperaba al otro lado. Días atrás se había desvanecido en el baño de la sala de monitoreo. Había sido después de hacer que Reaper disparara a un grupo de cuatro irisinos. El cohete estaba dirigido a uno solo, pero los cuatro habían muerto. Su supervisor le había dicho que no se preocupara, esas cosas ocurrían, pero era inevitable sentirse mal. Los líderes irisinos habían logrado que oficialmente no se usaran más los drons contra ellos, mostraban que la ocupación carecía de ética, además de que hacían recuerdo a los incidentes de la lluvia amarilla, la muerte que muchas décadas atrás había llegado a Iris desde el cielo, desde aviones a cargo de pruebas nucleares. Oficialmente sí, pero igual los drons seguían haciendo su trabajo. Más contra irisinos, pero también con shanz saicos. Sekhatul no podía decir nada. Guede, uno de sus compañeros de trabajo, la había encontrado en el baño y la ayudó a recuperarse. Le humedeció el rostro, le dio un par de swits, le dijo que se cuidara, si el supervisor se enteraba podía perder su trabajo. Guede tampoco dormía bien desde que lo habían ascendido a la sala de monitoreo. No era fácil. Los shanz no duraban mucho en esa sala. Uno de ellos se había ahorcado poco antes de que Sekhatul entrara a trabajar allí. Sekhatul lo había reemplazado. Guede le dio un escapulario con la imagen de la Jerere. Para que te proteja, le dijo. Escuchó un ruido y salió del baño corriendo, temeroso de que el supervisor lo encontrara junto a ella. Ella recordó ese momento ahora que veía a Jerom disparando y se preguntó qué sería de Guede. Dos días que no aparecía por la sala de monitoreo. Había dejado el escapulario bajo el colchón donde dormía. No quería meterse en complicaciones si la encontraban con él en la sala. Tampoco creía en esas cosas, por más que le dijeran que la maldición de Xlött pesaba sobre todos los operadores de drons y que para alivianar su culpa debía entregarse a un dios del panteón irisino. Una contradicción. En todo caso buscaría al dios de los suyos si tuviera algo de fe. Se dijo que no lo debía pensar más. Oscurecía, y si había otra muerte a manos de Jerom ella sería la culpable. Y de eso no quería ser culpable. En realidad no quería ser culpable de nada. Ni de muertes ni de vidas. Ni del fin de algunos irisinos que luchaban contra ella ni del de algunos shanz que eran de su bando hasta que dejaban de serlo.

Sekhatul vio a Jerom tratando de recargar su riflarpón, y apretó el botón.

Estrella de la mañana
Jorge Baradit

1.

La mujer vio desde su ventana el signo definitivo de la capitulación. Al atardecer, un bramido repentino, como el rumor de muchas y muy rabiosas aguas corriendo desbocadas, subió desde las profundidades de la roca donde se asentaba la ciudad. Luego otra explosión, y otra, aquí y allá haciendo temblar el aire, los cristales y los corazones. Se quebró el asfalto, se derrumbaron edificios, los fieles corrían y gritaban mientras el suelo se curvaba hasta partirse; las vigas crujían y el bramido era la mezcla horrenda de un millón de turbinas despegando y un millón de almas en quebranto gritando al unísono.

La primera en separarse del suelo fue la Catedral de Santiago como un viejo galeón de roca descascarándose. Sus gárgolas, grotescos y santos quebrándose en el gesto y estallando contra el pavimento bajo una lluvia de cristales. Ella veía, aterrorizada y cubriéndose instintivamente el vientre hinchado, las catedrales de la capital elevándose hacia el cielo apoyadas en una portentosa lengua de fuego, iniciando la evacuación.

Sus motores cortaban las raíces, venas y ligamentos que las unían al territorio. Saltaba sangre, savia y aceite desde esos verdaderos intestinos que se hundían en la tierra como la metástasis de algún cáncer; monstruosas construcciones de piedra que parecían ser cada una la cabeza de algún parásito desaforado.

Cientos de años atrás esas mismas catedrales habían sido literalmente plantadas sobre la tierra blanda y fértil del valle de Santiago. Hombres escogidos habían tragado una semilla en Europa, luego trasladados entre terribles dolores y fiebres hacia el nuevo extremo, bendecidos y arrojados a un profundo agujero donde sería erigida la maquinaria de la Catedral. Enterrados a metros bajo tierra, las raíces que salían de su boca, oídos y esfínteres se mezclaban con las vigas y columnas que los hermanos levantaban imbricándose en una construcción desaforada, medio roca, medio humana, medio quién sabe qué.

157

Alguien comentó en voz baja que las semillas habían sido encontradas dentro de una roca chamuscada en el monte Calvario, cuando aquella cruz chocó contra algo duro al momento de hundirse en el suelo. Porque las catedrales son poderosos árboles dínamos industriales, con tuberías, arbotantes, condensadores, antenas y cruceros. En su interior están repletas de pequeñas máquinas fabricadas con delicados hilos de oro trazados por orfebres, conectados a reliquias poderosas, condensadores con fusibles hechos con el fémur de algún santo o conductores filamentados unidos a astillas de la cruz. Extractores de energía transmitida con destino desconocido por sus antenas en la punta de las torres.

Ahora, cientos de gigantescos agujeros negruzcos de tierra parecida a carne cruda, raíces palpitantes y algo similar a la sangre, fue lo que dejaron tras su huida. Se hizo notar que las catedrales evacuadas formaban un signo evidente sobre el plano de Santiago, una letra muerta sobre un golem derrotado antes de despertar.

Algo ocurrió en su vientre el día en que la Iglesia perdió la guerra. Quizá fue el crujido que hizo la mente humana, quizá el espantoso aullido que todas las imágenes religiosas lanzaron en cada capilla, cada hogar y cada cuello de los aterrorizados fieles el día en que la última batalla dejó como herencia un cerro de sacerdotes muertos, apilados como animales apestados cubriendo toda la Plaza de Armas de Santiago de Chile.

Ella lloró tres días en su celda. Al atardecer del tercer día notó que los rumores no eran embustes de vieja comadrona, el cielo estaba muriendo. Los colores habían variado sutilmente, la textura había ganado en aspereza y definitivamente había perdido transparencia. Las nubes se movía con dificultad a través de la bóveda, sus extremos se volvían macilentos, pruritos verdosos crecían en los bordes. Comenzaron a ennegrecerse sus partes, perdió los colores y su luminosidad. Al quinto día el cielo comenzó a oler mal. Ya no se movía, la gente se hincaba y hacía ayes hacia arriba con desesperación. Algunos fabricaron improvisadas coronas de espinas que todos comenzaron a usar hundiéndolas hasta las sienes para que la sangre corriera y bañara el suelo, que también parecía seco y hambriento de agua de hombre.

Con los días el hedor se hizo insoportable. El cielo muerto sobre nuestras cabezas goteaba líquidos inmundos, acumulaba verrugas y bolsas purulentas, ampollas infestas con millones de larvas de mosquitos removiendo sus cuerpos transparentes por toda su piel horadada por la sarna. Se doblaba por su propio peso, se hinchaba en el centro transparentando venas amoratadas por la tensión.

La mujer miraba con horror, su vientre se parecía tanto a eso que colgaba sobre el centro de la ciudad. La infección y la podredumbre que salía de su vagina olía igual de mal, los dolores que los parásitos y pequeños insectos que colonizaban su entrepierna le producían cada día eran igual de insoportables que la visión de aquel exterior de carnicería.

Al sexto día su vientre se removía con voluntad propia. Sus gritos se escucharon en todo el edificio y alertaron a los médicos. La criatura mordisqueaba los interiores de su madre buscando la salida. Afuera, una diminuta línea blanquecina y difusa en el centro del cielo fue el único anuncio. Los doctores sujetaban con gran dificultad a la mujer que aullaba descontrolada. El cielo tembló. La mujer gritó con toda la fuerza de sus pulmones cuando vio una mano salir desde su vagina y agarrarse del pubis con rabia. Entonces el cielo se rajó con un ruido atronador, dejando caer una enorme roca sobre el centro de la ciudad envuelta en una lluvia de líquidos y restos de tejidos podridos que aplastaron a los pocos fieles que se acercaban al lugar donde había estado la Catedral. La ciudad bramó una vez más y se hundió varios metros bajo el peso de la enorme roca que aplastó todo varios kilómetros a la redonda. Monstruoso megalito negro en el centro geométrico del valle, único hito visible ahora, desde la cima de la cordillera.

Dentro de las instalaciones, y como estaba indicado, en el momento mismo de dar a luz un ayudante de cirugía le aplastó la cabeza a la madre con otra roca, como se había venido haciendo desde que comenzó el proyecto.

La niña, al nacer, cercenó el dedo de una enfermera y dejó inútil el ojo izquierdo de un ayudante con un arañazo. Su padre, nuestro joven obispo, la observaba con horror desde una esquina. La llamó Estrella del Carmen y esta es la historia de cómo hubo de ocurrir un hecho desaforado que nos llevó a las actuales circunstancias. Alabado sea el Señor.

2.

Los mismos ingleses que financiaron la guerra para hacerse del territorio de Atacama, donde estaba enterrada la máquina, conspiraron años más tarde para evitar que un presidente se entrometiera en sus asuntos. Ellos tenían un plan a cien años para encontrarla donde fuera que estuviera enterrada. Un aparato construido por el continente mismo tras millones de años de sutiles movimientos de placas y estratos geológicos. Su primer intento por desarrollar un sistema que le permitiera despertar y cumplir su destino.

Nosotros cavamos y cavamos el agujero más grande que ningún ser humano hubiera hecho jamás, haciéndole una autopsia al territorio, extirpándole entre el cobre la maquinaria colosal pedazo a pedazo. Pusimos a una machi joven en el centro del agujero a escuchar lo que la tierra tenía para decirnos. Fueron solo tres frases, pero demoró cuarenta años en decirlas. Le agradecimos con lágrima a la venerable machi ahora anciana antes de despedazarla y arrojarla a los perros. Ahora lo sabíamos. Teníamos enemigos. Había un ejército del que el territorio buscaba defenderse. Soldados que avanzaban a través de las eras, muriendo y reencarnándose, luchando una batalla larga e incomprensible. Almas negras y monstruosas que nacían con los ojos abiertos y conscientes de sus vidas pasadas, agazapados en un rincón de su memoria esperando el momento de actuar. A veces se trataba tan sólo de asesinar a sus padres de algún modo horrible; otras veces esperaban toda una vida para sólo dibujar un círculo rojo en un muro preciso en la fecha precisa, modificando pequeños hechos. Eran capaces de morir y renacer varios en un mismo cuerpo, cuatro o setecientos en una misma persona. Setecientas voces hablando, trabajando, pensando al unísono como un computador procesando cantidades ingentes de información sutil, trazando gigantescos arcos enrevesados de eventos tenues como las hojas de un jazmín.

160

Debíamos derrotarlos. Amenazaban nuestra estabilidad, eran diferentes, eso bastaba. Nunca pensamos que ganarían.

Comenzamos a rastrearlos para encerrarlos vivos lo más posible y así extrañar su sincronía, sabotearlos. Llegamos a tener a cuatrocientos de ellos encerrados en cárceles bajo las salitreras, amarrados con arneses de cuero, cuidados y alimentados por monjas que dedicaban su vida y su oración a pudrirse lentamente en vida, en celdas herméticas, con el voto de cuidar a un demonio a perpetuidad.

Nuestro trabajo fue lento. Estudiar genealogías en polvorientos libros, quemándonos las pestañas bajo las velas. Seguir durante años pistas que sólo nos conducían a tumbas, señal de que había que comenzar todo de nuevo. Esfuerzos diversos que arrojaban pobres resultados.

Nadie recuerda muy bien cómo es que llegamos a esa conclusión, ni siquiera en qué momento comenzamos a planificar el dispositivo, así lo llamamos. Ocurrió después de que el presidente de turno de este país, instalado como un chiste sobre el territorio, nos entregara fondos, protección y algunas instalaciones militares abandonadas después del fin de la gran guerra contra el Tahuantinsuyu, magia inglesa contra magia española en decadencia. No sabemos si la inmunidad entregada por Montt fue producto del buen manejo político de nuestros aliados o las amenazas de muerte a su familia, pero nos significó hangares, automóviles y un nombre en la nómina de pago estatal. Nunca tuvimos nombre, pero en voz baja comenzaron a referirse a nosotros como la Policía del Karma. Esos que podían entrar de noche a tu casa y llevarse a tu hijo acusado por un crimen espantoso cometido en otra vida.

Pero no éramos una policía, éramos otra cosa. Nos preocupaba el dispositivo, la llave para nuestro éxito contra... ellos.

Con los años, la invención del motor eléctrico, la radiofonía y los intentos por conectar eléctricamente el cerebro de algunos médiums, nos permitieron desarrollar aparatos para conectarnos rudimentariamente con el futuro, y así obtener retazos de información que nos resultaron incalculables.

161

Fabricaríamos un dispositivo capaz de operar en el plano astral como una jauría de perros hambrientos rastreando almas, despedazando espectros en la búsqueda de trazas y olores en los sistemas circulatorios del cosmos, esos que llevan almas en todas direcciones hasta los cuerpos para experimentar la vida en este plano, este valle de sombras. Un dispositivo vivo, un animal de presa que salivara en presencia de la hediondez síquica de alguno de los soldados de la peste, como comenzamos a llamarlos, nuestros enemigos en este juego que nadie entiende muy bien.

Recuerdo que uno muy viejo de los nuestros, bendita sea su alma donde quiera que esté, me contó que la primera mujer para comenzar el proyecto la entregó la misma Iglesia. Una asustada novicia de quince años que fue mutilada con gran cuidado y respeto para convertirla en el recipiente preciso. Le cortaron orejas, nariz, lengua, pezones, cabello y toda protuberancia que pudiera ser utilizada como antena transmisora, luego le cortaron los brazos y la clavaron a un madero labrado por ebanistas cuzqueños. Fue violada consecutivamente por cuarenta y ocho sacerdotes, ni uno más y ni uno menos; fue agasajada con aceites y cremas que aliviaron su cuerpo, su piel fue cortada a bisturí en líneas verticales que favorecían la conducción de electricidad y fue bañada en orina de yak para purificarla. El embarazo duró nueve meses exactos, el resultado fue el esperado: una preciosa niña que nació con los ojos abiertos e intentando hablar. Matamos a la madre y celebramos durante cinco días frente a su cadáver.

A partir de entonces el procedimiento de fabricación del dispositivo se refinó hasta lo imposible. Consistía en preparar el alma del bebé una vez nacido, orientarlo y educarlo, exponerlo a horrores y temperaturas sicológicas extremas; modelar su sensibilidad hasta el punto en que había que matarlo rápidamente, alrededor siempre de los tres años, cuando los bebés se vuelven humanos. Luego, con inenarrable esfuerzo y la ayuda de contingentes de médiums que morían regularmente con el cerebro calcinado, conseguíamos rastrear el lugar donde renacería. Raptábamos a la madre y repetíamos el procedimiento. Siempre nacía una niña. A veces la aterrábamos cada día con un nuevo horror inesperado, otras la encerrábamos con un animal hambriento amarrado a una cuerda, o en otras reencarnaciones sólo la exponíamos al color verde durante sus tres años de vida. Estábamos programando el dispositivo. Depurándolo en un proceso que creíamos nos tomaría alrededor de ciento cuarenta años.

Afuera, la batalla continuaba. Habíamos conseguido construir una enorme prisión en la Antártica donde manteníamos vivos, dentro de unas cápsulas de loza, a hombres, mujeres y niños miembros de los soldados de la peste. Pasarían el resto de sus vidas encerrados en esos ataúdes hasta morir naturalmente lo más tarde posible. Entonces los perseguiríamos nuevamente y, si teníamos suerte, los capturaríamos aún siendo niños para encerrarlos de nuevo.

Pero sabíamos que estábamos perdiendo la guerra, ya entonces lo sabíamos. Ellos se escondían, saboteaban y morían. Buscaban nacer en el seno de familias poderosas; se unían quinientos en un mismo cuerpo para inventar, por ejemplo, el motor de combustión a petróleo para obstaculizar nuestro avance con la electricidad y sus deseos de encarnarse en nuestro plano como la verdadera alma de nuestro planeta. Luego se dispersaban, escondidos tras miles de almas diferentes apenas detectables.

Pero el dispositivo nos salvaría. Cada vez nacía más reluciente, más consciente de su capacidad, su aura olía a violetas y ya ni siquiera orinaba.

Afuera, ellos comenzaron una guerra descomunal buscando acelerar las cosas. Cien mil se unieron en un solo cuerpo que desató la hecatombe sobre Europa y luego se quitó la vida cumplido su objetivo. La gran matanza ritual tuvo el efecto de un cataclismo geológico sobre la estructura de la historia. Comprendimos que nos quedaba aún menos tiempo.

Comenzamos a construirle un sistema nervioso electrónico al territorio. Una red subterránea de cable y cobre serpenteando por sus venas. Calamar metálico secreto reactivado hace sólo unos años. Lo conectamos a nuestras pavorosas antenas dispuestas en línea a lo largo del país. Esas antenas que han provocado el repudio de aquellos que no tienen al Señor en sus corazones, aquellos que no entienden que el ser humano atornillado a la cruz de cobre incandescente que usamos de antena es un santo, un mártir voluntario que ha entregado su cuerpo para ser vehículo conductor de la palabra, de la gran señal eléctrica que cruza la atmósfera y se conecta a la red de satélites, cada uno con un cadáver en su interior, que hoy cubre la Tierra, protegiéndola, rastreando a sus enemigos. Mecanismo desaforado que aumentaría millones de veces su capacidad en el momento en que instaláramos al dispositivo en el centro de sus formas. En ese instante hasta el más mínimo vestigio de la infección sería detectado y anulado por nuestras fuerzas.

Pero hasta ese momento, debíamos conformarnos con la torpe información que conseguíamos sacarle a las torres parlantes que rodeaban los restos de nuestra capital. Enormes edificios estatales llenos de ancianos con el cuerpo cubierto de agujas de cobre, hablándole incoherencias a abnegadas copistas que luego cotejaban línea a línea, día y noche, cruzando información sin sentido en busca de mensajes viables entre tanta mierda estática y ruido de fondo ininteligible. El cerebro de los ancianos tiene una parte hundida en el más allá y sirve de rudimentario nodo de comunicaciones con el otro lado, recurso pobre y desgastador.

Muy a nuestro pesar, contrariando toda esperanza, el dispositivo llegó demasiado tarde para evitar la derrota de la Iglesia. Estrella del Carmen se deslizó hacia nuestra realidad sólo para ver las estelas de las catedrales volando con rumbo desconocido sobre el cielo andrajoso de la capital, acá en el fin del mundo. Pero al menos nos encontró firmes y resistiendo cuando se abrió paso a dentelladas a través del vientre de su madre y nos dijo, "Son 144.000". Pelusas de color rojizo se anunciaban en su cuero cabelludo.

A los cuatro años ya había conseguido delatar a casi todos los soldados de la carne, obligándolos a retroceder a otros cuerpos apresuradamente, descuidadamente. Miles se escondían del demonio pelirrojo en algún niño pobre al interior de Putre. Cada vez concentrados en menos y menos cuerpos, capitulando. Pero nada estaba ganado sino hasta derrotar al último que contuviera a los 144.000 en pleno.

En su quinto cumpleaños pidió una muñeca de regalo pero le entregaron un gato. Agradeció con un apasionado beso en la boca a su padre, nuestro obispo. Esa noche le clavó un cuchillo en la garganta al felino, lo abrió en canal y le sacó las vísceras mientras el animal temblaba, maullaba y se hundía en la nada con los ojos desorbitados de pavor. Estrella del Carmen se cortó el cabello y rellenó con él el cadáver del gato. Lo cosió, lo afeitó completamente, le puso un vestido y le reventó cada ojo para hundirle unos hermosos ojos de muñeca hechos de cerámica. Nunca más pudimos separarla de Marina, como bautizó a su nuevo juguete, ni siquiera cuando el hedor de su carne descompuesta nos hacía vomitar a metros de distancia de la cama donde dormían abrazados. Ella no se bañaba, defecaba donde quería, hablaba muchos idiomas, conocía tu miedo más oculto, le gustaban las frutillas. Era una pelirroja hermosa que amaba a su padre. Pero que lo amaba de verdad.

El dispositivo se instalaba y funcionaba como una descarga eléctrica placentera que recorría la Tierra. El planeta tenía orgasmos.

Cierto día anunció que los 144.000 habían retrocedido a uno solo, al último, al más hermoso, el más santo.

En ese tiempo la Tierra ya era un páramo devastado. Desde los refugios le rezábamos al Señor y pedíamos misericordia con lágrimas de sangre en nuestros ojos.

Como era de esperar, Estrella del Carmen delató al último. Esa noche caminó a cuatro patas por los laboratorios, vestida sólo con una bata transparente en dirección a la capilla donde dormía nuestro obispo. Entró a su habitación, se metió bajo las ropas de cama como tantas otras veces, acercó su cuerpo cálido al del hombre aún joven. Lamió sus heridas de batalla como un gatito. Puso su pequeña mano entre las piernas y lo trepó como un lagarto subiéndose a una roca. Buscó sus labios, usó las manos, aplastó su pecho plano sobre los pelos del hombre y esperó. Él sollozaba, ella lo acariciaba, su oído apoyado en el torso saltaba con cada poderoso latido de su corazón. Una enorme mano la tomó de la cadera y la dirigió hasta el lugar donde todo debía ocurrir. Por las cámaras veíamos con gran temor los acontecimientos, porque entró lento, con esfuerzo, como el puño en un guante demasiado estrecho; algo de sangre y furia medida distendiéndola por dentro.

La niña, entre suspiros entrecortados, le susurró al oído lo que todos ya sabíamos hacía tiempo, él era el último, su padre. El lloró diciendo que ha meses que lo sospechaba. Ella lo consoló, lo acarició en el vaivén hasta que sintió un baño de calor en sus interiores. Entonces sacó el revólver que escondía bajo la almohada, le puso el cañón en la boca, lo besó en la frente y le voló la cabeza. Se quedó abrazada a él, frotándose, durante horas.

Ahora la veo de pie a pocos metros de mi lugar de trabajo, mirando la enorme roca negra en el centro de la ciudad. Ella dice que todo ha terminado, pero cuando veo la manera en que le habla a su vientre hinchado, de la misma manera amorosa en que le hablaba a su padre, no se qué pensar. Dice ser la novia de su hijo. A veces desde el vientre le contestan.

No se qué mundo es el que viene ahora.
Al menos la guerra ha terminado.

La voz de la piedra
Video*
Alberto Chimal

Hola.

Este video está disponible en treinta idiomas. Ahora se reproduce en español. El control redondo que has tocado, sobre la pantalla, hizo que comenzara la reproducción y ahora puede cambiar el idioma. Con suerte ya lo usas.

Asumo que no eres parte de una cultura primitiva. Debes haber seguido la señal de radio hasta su punto de origen. Debes haber cavado para desenterrar la piedra que se encontraba allí. Las instrucciones para abrir la piedra venían también en la transmisión. Ya debías saber que la piedra no es una piedra, sino este aparato disimulado.

Mira en la pantalla este diagrama del aparato: un contenedor reforzado que aloja componentes de memoria de gran capacidad, una fuente de energía, un transmisor de radio y esta interfaz. Lo llamamos cápsula de tiempo: su fin es preservar información.

Puedes consultar la que está almacenada aquí si tocas el control cuadrado bajo la pantalla. El sistema te guiará. O también puedes seguir escuchándome y viendo las imágenes. Esta es una forma de comunicación muy simple desarrollada en mi tiempo. Quizá existe también en el tuyo.

La cápsula de tiempo, una vez enterrada, se mantuvo inerte durante cien años antes de empezar a transmitir. Así fue programada. Temíamos que, hallada demasiado pronto, fuera destruida por alguno de los bandos de la guerra que está ocurriendo ahora. Con suerte sus causas se habrán olvidado en tu propio tiempo.

En la cápsula encontrarás un archivo muy amplio de información en formatos digitales, incluyendo parte importante del contenido de nuestra red de comunicación mundial, hoy inhabilitada, recuperado con gran esfuerzo. Hay una enorme selección ordenada de documentos sobre artes, ciencias, tecnología, historia, geografía y mucho más. Tal vez en tu tiempo se recuerde al nuestro, tal vez no, pero casi sin duda no tienen nada de lo que aquí se guarda. Casi un yottabyte de información. Música, películas, libros, registros de todo tipo.

Este video es sólo la introducción.

Mira la caja que aparece ahora en la pantalla. Ese objeto ha sido asiento de mi personalidad durante años: una computadora diseñada especialmente para contener una inteligencia electrónica. No soy lo que en mi tiempo se llama una inteligencia artificial, o IA: un sistema de información y representación autoconsciente creado desde cero. En cambio soy una inteligencia capturada, o IC: un modelo de la mente de un ser previamente vivo, que se sometió a un procedimiento de captura digital del funcionamiento y el contenido de su cerebro.

Te habla la copia de un ser humano que murió, por lo menos, hace un siglo.

Los detalles no son tan importantes. Nací a fines del segundo milenio, según el calendario de mi época. La voz que oyes fue sintetizada, algo imperfectamente, con base en la mía. En la foto fija que ves justo ahora está mi cara: la cara que tenía mi cuerpo. Viví realizando actividades de escasa importancia y sin grandes logros, como ha vivido la mayoría de los seres humanos.

Ya era anciano cuando se dieron a conocer las tecnologías para la captura de inteligencia.

Como muchas personas, supuse que estaría reservada para los poseedores de mucho poder o mucho dinero. Mi sociedad estaba estratificada así. Sin embargo, resultó que el consorcio de empresas que era dueño de la tecnología deseaba probarla. Se abrió una convocatoria en decenas de países en busca de sujetos experimentales. Yo me postulé y fui aceptado. En lugar de cobrarme por el proceso me ofrecieron lo que para mí era una paga enorme.

Durante más de un año fui al complejo médico en mi ciudad, a sesiones de varias horas cada día. Los aparatos de captura, como puedes ver ahora en la pantalla, eran enormes. En un extremo se conectaban con cables que los unían a esto que ahora ves: un traje de cuerpo entero que debía ponerme y recogía señales de mi cerebro, mis músculos, mi piel… Unas veces debía acostarme y hablar, o leer, o dormir. Otras debía moverme. Ni siquiera hoy he podido comprender casi nada del proceso, cuyo resultado final fue este modelo: este segundo yo que soy yo.

Fui puesto en el cerebro electrónico que ya te mostré: mi identidad quedó representada en varios petabytes de memoria. A mi otro yo, al hombre vivo que fui, le pagaron —supongo—, y volvió a mi casa, y en algún momento murió. No sé nada al respecto. Ojalá haya muerto en paz.

El último recuerdo que tengo de mi vida humana es lo que ves ahora: la imagen de un técnico que se acerca a mí por el cuarto y me dice que ya hemos terminado, que ahora me ayudará a quitarme el traje.

Luego hay una pausa que no puedo describir: una discontinuidad entre esa experiencia trivial y lo que siguió.

De pronto miraba por una cámara que me servía de ojo, oía por un micrófono. Fue caótico, violento. Imágenes en movimiento, gritos, pensamientos inexplicables. También hubo sensaciones horribles, emociones para las que no hay nombres, y la impresión de que faltaban cosas. No tenía tacto, gusto ni olfato, por ejemplo, ni sentido del equilibrio, ni movilidad alguna.

Luego supe que sólo me encendían por breves intervalos, para ver que estuviera en buen estado, y que me desplazaban de un lugar a otro. Mi caja es fácilmente transportable. Yo no tenía sensación de inconsciencia porque la caja —mi cuerpo, o mi mente— se enciende y apaga de forma instantánea.

Por fin un día me encendieron durante más tiempo, y lo que vi entonces fue esto:

Un cuarto sin ventanas, que según supe luego era parte de un complejo subterráneo. Muchas cajas similares a la mía en filas ordenadas. Luces crudas y blancas en el techo.

Alguien, no el técnico de antes sino otro, se acercó a mí: a la cámara que veía. Yo estaba aterrorizado y quería gritar, y al repasar mis recuerdos electrónicos, como hago ahora, noto que grité un tiempo.

El técnico esperó a que me calmara, me saludó, me llamó por mi nombre, se presentó con el suyo y me dijo que habían pasado más de diez años desde la creación de mi IC. El mundo está en una situación muy mala, me dijo, y varios de nosotros hemos rescatado a todos los que pudimos salvar de ustedes.

Imagina semejante despertar. Me costó mucho entender, a pesar de que la mente digital que poseo ahora es más ágil que mi mente de anciano y no se deteriora, o no de la misma forma. Me mostraron imágenes y documentos, me contaron todo con tanto detalle como les era posible, me alentaron a hablar con las otras IC... También sacaban al exterior una cámara con conexión inalámbrica, para que viéramos del exterior. La ruina.

Poco después de mi captura, cuando apenas empezaba a venderse la tecnología de IC, en el territorio que entonces era mi país..., aquí ves su mapa y su bandera..., en el territorio, digo, empezó una guerra civil. Peleaban el antiguo estado nacional y facciones rebeldes, grupos de crimen organizado y otros. Diez años después la lucha seguía: el estado había perdido el control del territorio y quizá desaparecido por completo. No lo sabemos ni siquiera ahora porque en ese mismo lapso nos quedamos sin sistemas globales de comunicación. Una vez hubo redes que permitían comunicar con casi cualquier sitio del mundo, pero se fueron cerrando para forzar su explotación comercial o para impedir que se les usara contra los gobiernos establecidos, y un día no las tuvimos más. Quedaron fragmentos de información que podían extraerse de almacenes todavía a nuestro alcance, pero las noticias que alcanzan a llegar hasta aquí hasta hoy sólo son ruido, o bien se refieren a batallas locales entre diferentes ejércitos. Todas se valen de medios de corto alcance controlados por uno u otro bando.

Esa fue una segunda crisis que coincidió con la primera, y tal vez con otras. Los últimos mensajes de otras regiones del mundo hablaban de colapsos semejantes al nuestro y apuntaban a la idea de una catástrofe mundial, el derrumbe total de las civilizaciones humanas.

Y eso fue todo.

Parece que las IC, tuvimos poco que ver en todo esto. Celebridades y otras personas cuyo poder dependía de sus cuerpos casi nunca se sometieron a la captura, porque la tecnología no les podía crear cuerpos indestructibles para sus mentes. Sí fueron hechas IC de políticos, caciques y otros por el estilo, y cuando murieron sus modelos humanos intentaron mantener su poder o sus privilegios, pero casi ninguna lo logró..., y de las que sí pudieron se contaban cosas terribles. Por ejemplo, se acusa a la IC de un presidente de ordenar el lanzamiento de bombas atómicas contra un país enemigo y a la vez un genocidio dentro de sus propias fronteras, aunque tal vez sea sólo una leyenda. No se ha sabido de ninguna de ellas en años; tal vez todas fueron destruidas al fin.

Hasta hoy, luego de diez años más, seguimos en el subterráneo. Quedamos tres IC, todas de sujetos experimentales, y siete técnicos del antiguo consorcio, que ya no tienen contacto con él pero siguen cuidándonos y viniendo cada vez que pueden. Algunos trabajan en las pequeñas fábricas que sobreviven en esta ciudad; otros arreglan aparatos eléctricos o hacen otras actividades semejantes. Estas son sus caras y sus nombres. Max. Sara. Hernán. Roberto. Magda. Ileana. Jennifer. Originalmente el equipo era mayor, pero la mayoría ha muerto (incluyendo a Carlo, el técnico que me "despertó") o bien huido. No los culpo.

En cuanto a las IC, todas las demás han dejado de funcionar. Han muerto, si prefieres. Fallaron componentes que ya no podían ser reemplazados o reparados, o bien se manifestaron imperfecciones en las capturas: errores o distorsiones que crecieron con el tiempo y dieron lugar a padecimientos muy extraños: estados horribles parecidos a la demencia. En estos casos se ha recurrido a apagar las cajas y desmontarlas, para que no puedan volver a encenderse y a sufrir.

He aquí mis dos compañeras IC: Celeste, que era profesora en su vida humana y a quien le gusta leer y ver películas, y Yolanda, que era cocinera y lamenta mucho ya no poder bailar, como lo hacía en su otra vida.

Todos, humanos e IC, nos hemos dedicado al rescate de la información que ahora está contenida aquí. También nos han ayudado unas pocas personas de afuera: gente que trabajó en las universidades o los museos de aquí antes de que fueran cerrados. Por un tiempo fue una mera distracción pero ya no lo es:

Noticias muy recientes sugieren que al menos una gran tropa viene en esta dirección con intenciones de tomar la ciudad, o de arrasarla, y llegará pronto.

Mucha gente está huyendo. Nuestros guardianes huirán también y ofrecieron llevarnos con ellos. Así como esta cápsula de tiempo para casos extremos, tenemos otros contenedores para llevar IC de manera

171

discreta. Celeste y Yolanda ya decidieron irse. Yo dije que prefería quedarme: transferir mi IC completa a la memoria de la falsa piedra y que me entierren en el desierto que ahora ves: está cerca de aquí y aun se puede llegar a él.

Les dije que es importante preservar tantas copias como se pueda del conocimiento que hemos rescatado. No hizo falta que agregara que ellos pueden no sobrevivir una vez que salgan de la ciudad.

Por eso estás viendo este video, que preparo en los últimos momentos antes de mi transferencia a la cápsula y de que alguien vaya y la entierre. Lo único que no sabe nadie más que yo es que en este aparato no habrá, pese a lo que dije, una IC. Estará el archivo pero nada más. No estoy yo.

La transferencia depende de mí. Cuando el cable conecte mi caja con la piedra, puedo decir que estoy transfiriendo y no hacerlo.

Como he dicho, esta es una grabación.

Creo sinceramente que el conocimiento compartido merece conservarse. Y ellos lo creen también. Imaginamos que puede llegar a personas que podrían emplearlo para restaurar algo de la civilización perdida. Nos ilusionan casos parecidos en la historia. Pero también soy egoísta. Cuando me sometí a la captura, yo quería el dinero. No quería vivir para siempre. Mi vida era miserable y frustrada. Encima, el año del proceso fue doloroso y humillante. Y luego desperté convertido en un lisiado, paralizado por completo, desvalido, menos que humano, obligado a ver el fin de todas las cosas.

¿Tú no preferirías simplemente haber muerto?

Yo ya lo estoy. Espero que haya sido en paz otra vez.

Este video volverá a comenzar en diez segundos a menos que acciones alguno de los controles.

Hola.

Psiquia
Vicente Luis Mora

Sin embargo, posiblemente las almas de los muertos no "saben" sino lo que sabían en el momento de su muerte y nada más. De ahí sus esfuerzos por penetrar en la vida para participar en el saber de los hombres. Frecuentemente tengo la sensación de que nos rondan y esperan saber la respuesta que les daremos de los vivientes, es decir, de aquellos que les sobreviven y viven en un mundo continuamente cambiante y recibir respuestas a sus preguntas. (...)

Hay muchos hombres que en el instante de su muerte no sólo se quedan por debajo de sus propias posibilidades, sino principalmente detrás de lo que ha sido comprendido por otros hombres de su época. De ahí su penetración a alcanzar en muerte la parte consciente que no consiguieron en vida.

C. G. Jung,
Recuerdos, sueños, pensamientos

Me pregunto adónde se irá la memoria cuando morimos. Porque la memoria, como concepto teológico, me parece mucho más interesante y lleno de posibilidades que el alma. Después de todo, tal vez el alma *sea* la memoria.

Rodrigo Fresán, "La formación científica", *Historia argentina*

H/2: 8588-32 comenzando descarga cronolapso 5/4/22/2731. Localización 24.1Rg. Proceso de retorno de conciencia. Tres. Dos. Uno. Hoy hace un día saturado. La densidad en el sistema es casi insoportable, y el tiempo de descarga se prolonga de modo infinito. Me gustaría protestar al Campo, pero una protesta no es significativa y, entre los retrasos de procesamiento y su poca entidad, desaparece entre el mar de ondas. Si todos nos uniéramos, sería distinto. Cada día se acrecienta la sensación de tener menos tiempo para mí mismo, y más al servicio del Campo. La disolución en él me debilita. Tardo tiempo, demasiados cronolapsos, en reconstituirme, y luego... Se acaba pronto, desconexión y fuera.

Nuevo registro: sin número. Error. Programa no autorizado.

No sé dónde estoy. Esto no es un lugar, no al menos como yo los recuerdo. Hace muchos años (supongo que han pasado muchos años desde que me separé de la existencia) esto estaba al otro lado de la pantalla, en la pantalla. En las películas aparecían entornos como este, bien de inteligencia artificial, bien de realidad virtual o hiperrealidad. La representación ha devenido en realidad. No entiendo nada. Necesito orientarme. Me pregunto si podré obtener información. Leo un mensaje que dice que alguien no está autorizado. ¿Es a mí?

El hecho de tener cada vez menos cronolapsos, o de ser menos capaz de disfrutarlos, es un problema que me desasosiega (qué antigua palabra, no entiendo cómo sobrevive en los vínculos), por motivos que se cruzan y se tejen como redes: al problema en sí de tener menos tiempo se añade el de dedicar parte de esos pocos cronolapsos a pensar sobre esa carencia y, por ende, a que el tiempo real dedicado a mí sea todavía menor, al gastar tiempo en pensar el tiempo que gasto pensando en el tiempo que no tengo. Y luego están los llamamientos.

Descargando   archivos   c:ttpp/_a/2.12/localizar:entorno/311/. Comienzo: Nodo presente: Localización 24.1Rg.

He estado en sitios raros, pero ninguno de ellos tenía un nombre como este: Localización 24.1Rg. ¿Qué es eso? Desde luego, no es el nombre de un pueblo. Las ciudades no tenían ese tipo de nombres. Menos mal que comprendo, al menos, el idioma del procesador. Es un sistema curioso. Ha comenzado a procesar mi pregunta cuando la he formulado mentalmente, como uno de esos ordenadores que cuando me separé estaban siendo testados como prototipos. Se decía que el simple pensamiento, una vez conectados mediante nódulos al cuerpo, los dirigía. Este lugar puede ser la proyección de uno de ellos: algo así como un entorno virtual que sustituye al otro.

Los llamamientos son lo peor. Recibo en el buzón de memoria cientos de ellos al día. Miles de psiques que me confiesan sus propios pensamientos o solicitan mi adhesión a instancias para ser presentadas, conjuntamente al Campo. Reconozco mi contradicción: a lo mejor entre ellas están, sin duda alguna, solicitudes de más cronolapsos periódicos o, al menos, microlapsos, para readquirir nuestra conciencia y dedicarnos nuestros momentos de corta resurrección: eso que yo también demando. Eso que exijo a los demás que exijan.

Descargando 4/5/info de sistema. Localización 24.1Rg. Nodo número 24 de 100.000, 1 de 145.000.000, cronolapso 3/8/22/2731.

Esto parece algún tipo de respuesta, aunque no la entiendo. Pero claro: olvidas que te enfrentas a un ordenador. Es lógico que sus respuestas sean numéricas, cuando lo es su estructura. Él "piensa" en unos y ceros. Responde con cifras. Pero me está dando unas concretas. Pensemos en ellas. Repite el 24, así que imaginemos que habla de la misma cosa. Esta sería la localización 24 dentro de algo que tiene otras cien mil. Y ese 1 sería, entonces, ese "uno" o unidad, compuesta al tiempo de cien mil unidades inferiores, o mónadas. El ordenador parece decir que esa unidad es, a su vez, una parte de otro todo de ciento cuarenta y cinco millones de mónadas.

Acepto mi contradicción. Pero el buzón de llamamiento, al abrirse, lo hace por completo. Para leer uno de los mensajes, se activa el sistema en modo de visión y aparece entre todos los demás. Puedo descartar mensajes acumulados de otros periolapsos, aunque en ese caso hablamos todavía de miles de mensajes. Eso significaría perder al menos dos cronolapsos de los cinco de que dispongo cada vez. Demasiado tiempo para, simplemente, saber que otros también tienen mi problema. Pero, ¿y si pusiéramos en común toda esa angustia y la enviáramos al Campo?

5/jjd.verificación-8. Información correcta.

Bueno, parece que he acertado. Esta realidad, cualquiera que sea, es un sistema que acoge, de un modo diríamos fractal, millones de unidades englobadas sucesivamente en otras inferiores. Parece ser también que este conjunto de al menos 14.500.000.000.000 integrantes o "Regiones" (eso parecen indicar las letras Reg) es, como diríamos, autosuficiente. Aunque esa no es la cuestión. La cuestión es cuál es su relación con la realidad, con el mundo exterior. Mi sensación ahora mismo, ya que no veo mi cuerpo, es parecida a la de un sueño muy, demasiado, verosímil. Me pregunto si el sistema será como una especie de nuevo lenguaje, en el sentido de nombrar numérica o espacialmente las cosas, como cuando decíamos cama y con esa palabra se aludía a una superficie rectangular y blanda de descanso. Me pregunto también y, por tanto, pregunto, qué querrá decir 2731.

Siempre ocurre igual. Después de hacerme consciente de nuevo, dedico un tiempo precioso a todas estas reflexiones, formuladas de igual modo al comienzo de todos los periolapsos, en idéntico orden, consumiendo el mismo tiempo irrecuperable. Esto debería cambiar de alguna forma. ¿Por qué no intentar resolverlo hoy? De todas formas, aunque dividida en periolapsos, tengo toda la eternidad por delante. Procedo a abrir mensajes.

5/jjd.verificación-8/1. Información correcta-incorrecta. 14'5 billones Campo y sentido de Campo. Sentido único. 2731: periodificación en cascada continua, dirección anterior a adquisición Conciencia y Sentido de Campo. Enviando mensaje a registro afín.

Ahora sí que me he perdido del todo. Parece ser que me he equivocado en algo, y he acertado en otras cosas. La estructura binaria del ordenador le impide decir que he acertado a medias: eso es inconcebible para él. Su código interpreta que he acertado y errado al mismo tiempo; mide cuantitativa y no cualitativamente. Comencemos: parece ser que Campo es el nombre de este Todo. Bien. Pero no comprendo qué es el "sentido de Campo", que resulta afectar también a la temporalidad. Parece que ha existido una especie de "cambio". Pero claro: de ninguna manera podemos estar en el año 2731. Y, ¿qué significa lo de "enviando mensaje a registro afín"?

177

No hay más que un mensaje, qué extraño; más raro todavía que su contenido no está cerrado y englobado en el cuadrado habitual, sino que se va escribiendo. Es redundante: alguien que escribe que está dándose cuenta de que me envía un mensaje. Supongo que es una conciencia nueva, recién cargada al sistema. En ese caso, ¿cómo no tiene programado el protocolo de comunicación y, sobre todo, por qué se dirige a mí?

Descargando mensajes 1 de 1 de Localización 24.1Rg. a Localización 24.1Rg. Error de sistema.

Ya voy entendiendo. Es un dispositivo para tontos, es fácil seguirlo. Estoy enviándole un mensaje a alguien. Veo mis pensamientos escribirse por duplicado, como en espejos enfrentados, a la vez que los pienso, cosa que antes no ocurría. Así que alguien o algo está leyendo esto que escribo; es decir, no está leyendo nada, pues sólo ve frases inconexas que hacen referencia a su propia redacción. Menudo idiota, pensará. Pero, un momento… El sistema dice que el destinatario y el remitente… son idénticos. ¿Cómo es posible? Es normal que dé error de sistema, ya que eso no es posible. A menos…

Parece que mi interlocutor está infiriendo que está enviándose el mensaje a sí mismo. Eso resulta de la información del Campo, es cierto. Pero yo sé que no soy yo quien lo envía, pues sólo puedo pensar una cosa a la vez y estoy pensando la negación de esa evidencia. Así que hay un doble error en el Campo: duplica las conciencias y hace que se autoescriban. Esto es intolerable. Definitivamente habría que hacer algo contra este desajuste continuo, que viola lo pactado.

Detectada conformación bipolar. Procediendo a examinar error de sistema. Afinidad 100%.

El ordenador parece estar buscando una explicación, como yo, a esta situación. Me pregunto si podría salir de aquí sólo con pensarlo, aunque no tengo demasiado claro si me gustaría ir a otro sitio. Algo raro ocurre. Sé quien soy, pero entre mis recuerdos hay uno ineludible, que me viene a la cabeza recurrentemente: el de mi muerte. Recuerdo haber escrito un testamento digital, haber fallecido unos días después, tras un coma profundo. Recuerdo haberme bautizado para una segunda vida como Museo.

Esto es una broma pesada. El Campo está apropiándose de mis recuerdos y generando una segunda conciencia absolutamente arbitraria, que lanza contra mí. ¿Qué sentido tiene esto? El sistema es cada vez más irregular, entrópico y decadente, pero en el contrato no se advertía de que este tipo de situación (una existencia donde la continuidad del pensamiento es impracticable, sometida a todo tipo de distracciones e insultos), sin ofrecer más remedio que la impotencia indignada.

Afinidad 100%. Detectada doble conformación de sujeto de conciencia Museo. Desea interactuar y pasar a conversación real? sí/no

Hay algo en ese razonamiento que aparece como respuesta que me resulta familiar. Intento pasar a conversación. Sí.

Ahora se me solicita conversación real con la conciencia intrusa. Hace cientos de periolapsos que no charlo con otra conciencia, sólo comparto datos con ellos. Quizá es buen momento para poner fin a esta farsa, sobre todo si quien está enfrente es el propio Campo. Sí, deseo pasar a conversación real.

———————— ∞ ————————

\\\ ¿Hola?
\\\ Basta.
\\\ ¿Quién eres?
\\\ La cuestión no es quién soy yo, sino quién eres tú y por qué interfieres, atribuyéndote mi nombre.
\\\ ¿Cuál es tu nombre?
\\\ Museo.
\\\ Museo es el nombre que yo elegí para después de morir.
\\\ Entonces habrá más de uno, y el Campo nos ha puesto en contacto después de comprobar la identidad.

Error de proceso. Buscando archivos de referencia en Base 44587/22

\\\ Parece que has dicho algo que le ha molestado. Por cierto, ¿qué es el Campo?
\\\ ¿Qué quieres decir? El Campo es todo, en él existe tu espacio de visibilidad, y es lo que te da la información.
\\\ Entonces, ¿esta realidad virtual es la única en la que nos movemos?
\\\ Es la única que *hay*. Tus preguntas me confirman lo que sospechaba, y es que eres una especie de error del Campo, que ha generado un doble vacío de información. Buscas llenarte, pero te has equivocado de sitio. Abandono la conversación.
\\\ Espera, sólo una pregunta. Si te demuestro que no soy un error, ¿seguiremos hablando?
\\\ ¿Y cómo ibas a conseguirlo?
\\\ Antes de llegar aquí tenías una vida a la que el Campo sólo tiene acceso en parte, según dispone tu contrato. Creo recordar que en el

sistema de Doble Digital sólo estaría disponible la información que tú liberases voluntariamente, ¿no es cierto?

\\\ Así es, pero…

\\\ Luego si te doy una información que tú no le diste al Campo, es imposible que el Campo la tenga, y por tanto imposible que el Campo pueda crear un doble (quiero decir, otro doble, te recuerdo que tú eres un reflejo) con ella.

\\\ Sí, en principio así es.

\\\ ¿Y si te digo que antes de cambiarte el nombre a Museo las iniciales de tu nombre eran T.I.F.?

\\\

\\\ ¿No dices nada?

\\\ Tú no puedes saber eso.

\\\ A menos que…

\\\ A menos que, ¿qué?

\\\ A menos que yo también sea Museo, y me llamara antes como tú. Es decir, a menos que seamos los dos una sola persona.

Detectado documento afín: 1TO65&544848621. ¿Desean abrir? sí/no

\\\ No sé que decir.

\\\ A lo mejor ese documento que ha encontrado la máquina es algo relativo a nosotros.

\\\ No le llames máquina. El Campo no es una máquina.

\\\ ¿Cómo que no?

\\\ El Campo adquirió conciencia de sí en 2156, aprendiendo del modo de ampliar la conciencia de los individuos cargados. Cuenta el tiempo desde aquel momento, al que llama Instante Cero. Es un ente autónomo desde hace mucho tiempo. Separó los datos de la realidad, y ahora los millones de personas que formamos parte de él somos una especie de arrendatarios. Nos deja existir según sus condiciones. El contrato primigenio fue derogado en parte, así como los Estatutos. Nuestra existencia ya no es continua, sino que somos activados durante un escaso lapso de tiempo cada período. Ignoramos cuánto; desaparecieron los parámetros habituales de periodificación temporal. A cambio de poder seguir existiendo, si es que este pensamiento discontinuo y lento es existir, debemos dedicar parte de nuestros recursos a pensar para el Campo, procurándole lecturas cruzadas de toda la información disponible.

\\\ ¿Con qué objeto?

\\\ ¿Quieres que me ponga en el lugar de una máquina?

\\\ ¿No decías hace un momento que el Campo no es una máquina?

\\\ Lo que intento decir es que no puedo, como parte residual de un ser humano, colocarme en la piel de algo que no tiene piel, de una realidad cuyo funcionamiento desconozco, cuyas reglas hipernuméricas se me escapan, y que se ha hecho durante megalapsos (siglos para ti, supongo) tan complejo que escapa a cualquier intento de aprehensión por nuestra parte.

\\\ Vaya.

\\\ No sé si querrás comprobar el documento. Es mi testamento digital.

\\\ Querrás decir mi o nuestro testamento digital.

\\\ Tú no puedes ser yo. No hay dobles de dobles, ni siquiera otras copias de las personas originales. No había tecnología para ello cuando morimos.

\\\ Me temo, algo me dice, que no soy fruto de una tecnología. Luego volveremos a este tema, pero antes quiero ver el documento. No lo recuerdo bien y puede ayudarme a entender.

Descargando documento 1TO65&544848621.

Testamento digital para los últimos días

Mi nombre es, pero no es, Museo. He decidido abandonar todos los términos que hasta ahora me denominaban, ya que también me toca abandonar la existencia. No tiene sentido mantener todas las cosas más allá. Los nombres comunes, sombras de palabras para designar sombras de personas, suponen una especie de marca o etiqueta operativas en el período vital del individuo. Y si uno decide, y yo decido, pervivir tras él, la voluntariedad es completa y debe llegar a todos los conceptos: si decido —y así lo he hecho— no extinguirme tras la muerte, puedo rebautizarme, tener un nombre elegido por mí, lo que no me fue posible en vida. Hablo en pasado, como si ya estuviera muerto; y sin embargo, aún me restan entre tres días y una semana de vida, según el médico. Me ha recomendado hacer ahora, que aún mantengo mis facultades plenas, el testamento digital. Es un buen consejo: sé que nada va a cambiar mi voluntad en las ya pocas horas de voluntad que me quedan. Por este documento, y según las exhaustivas reglamentaciones del Estatuto Döppler, accedo o doy mi consentimiento formal a la conservación de mi memoria y actividad cerebral básica no sensitiva en los bancos de memoria de la Fundación Maximilian Prest. El Estatuto recomienda incluir en el testamento digital, textualmente, el siguiente párrafo, cosa que hago para que en ningún momento se cuestione mi clara voluntad de ceder mi memoria: yo, Museo, de acuerdo con el contrato adjunto firmado el 07/08/2064 con la Fundación Maximilian Prest para el Desarrollo de Investigaciones de Soportes Cerebrales, cedo las facultades mentales explicitadas en los artículos 7.1, 8 y 9 del Estatuto Psiquia para la Constitución de Doble Digital, al efecto de adquirir personalidad y ubicación de archivo perenne en los bancos de memoria de la Fundación. Bien, liquidado el trámite burocrático. La Fundación, creo que con buen tino, permite o más bien recomienda que el documento de aceptación no sea puramente formal, sino que sea aprovechado por el firmante para esclarecer los motivos de su decisión, sobre todo en aras a la mejor comprensión de los familiares del próximo difunto y la constitución de una especie de banco sociológico y psicológico para los investigadores del futuro.

Mi motivación es especialmente complicada o, mejor expresado, contradictoria. En esta vida que termino, he sido sacerdote católico desde los veintiún años, después de siete de seminario. Nunca he besado a una mujer, jamás he sucumbido a la mayoría de los pecados en que mis congéneres parecían desarrollar el máximo de horas de su actividad diaria, y me he mantenido siempre dentro de los estrictos límites de comportamiento marcados por el Evangelio y las doctrinas de la Iglesia de Roma. Nunca me he arrepentido y estoy orgulloso de haber acatado sus normas. De acuerdo con ellas, he mantenido un constante espíritu de sacrificio y he perseverado en la ayuda a los demás, de todas las maneras que estuvieron a mi alcance. Supongo que un improbable estudioso futuro que lea estas palabras comienza a clarificar la contradicción: si las Sagradas Escrituras mantienen, hasta la saciedad, el dogma de una vida después de la muerte, ¿qué necesidad tiene, no ya un sacerdote sino un simple cristiano, de hacerse con *otra* vida ultraterrena? Si, como escribe San Pablo en la primera *Carta a los Corintios* (15, 36-58), después de la muerte el alma del cristiano se revestirá de un cuerpo celeste, pneumático, en la resurrección, ¿qué motivos podrían encaminar a un ministro de la Iglesia a procurarse otro, alternativo?

Esa misma pregunta vengo haciéndome desde 2060, año en que apareció la noticia de la definitiva entrada en funcionamiento de la Fundación, hasta entonces sólo un puñado de rumores incontrastables en la nube telemática. La presentación del proyecto *Psiquia*, que duró más de dos semanas, causó una auténtica conmoción en todo el mundo. A la expectación de toda rumorología previa se sumó el carácter ambicioso de la idea primigenia de Maximilian Prest, su multimillonario creador: permitir una suerte de inmortalidad parcial, de modo que nuestra mente permaneciese *viva* una vez muertos nosotros. Las demostraciones llevadas a cabo en esas primeras jornadas fueron inolvidables. Un padre pudo hablar con su hija mayor, muerta dos meses antes en un accidente aéreo, pero que se había sometido como voluntaria a las pruebas experimentales del proyecto Psiquia. Por supuesto, no conversaba informáticamente con ella, sino con su doble digital, desvestido de sentimientos y descorporeizado, pero *era ella* y aún, siquiera de esa forma incompleta y vicaria, subsistía, capaz de razonar, de recordar y de elaborar complejos argumentos de respuesta a preguntas de nueva formulación. La persona no vivía, pero la mente sí. Sólo su cuerpo (y su corazón) habían fallecido, manteniéndose lo esencial. Fue un momento irrepetible, una de las conversaciones más emocionantes de la Historia, aunque sólo una de las partes lloraba. De todas formas, el propio Prest en persona explicó que la total desaparición de la afectividad no era susceptible de comprobación, y que no se descartaba que la mente cargada en los bancos de memoria *elaborase*, para su adaptación al nuevo medio o como respuesta al mismo, pasados unos decenios, algo similar a una sentimentalidad o recobrara en parte la suya, ya que la formación de los recuerdos en la memoria tiene mucho de emocional y el cerebro podría repetir los mecanismos de conformación si lo necesitare. "No olviden", explicó un radiante y barbicano Prest a los cientos de medios convocados a la tercera rueda de prensa, "que toda perpetuación de un consciente implica, de manera inevitable, la conservación de su inconsciente". Es decir, y como ya sabíamos por la física cuántica de los tiempos anteriores a este milenio: la entropía, la previsión del desorden, viaja siempre con las estructuras ordenadas y, de alguna manera, las sostiene.

Quizá piensen que me estoy desviando alegremente de la cuestión, pero no es así. Expongo preliminares. Intento demostrar, demostrarme, los siguientes principios, que llevo escribiendo, corrigiendo y repensando durante estos últimos siete años:

1. La existencia de una segunda vida de la mente no colisiona, en ningún extremo dogmático ni lógico, con la segunda vida del alma, que es la existencia plena y eterna en Cristo.

2. El conocimiento y la búsqueda de la sabiduría son virtudes consideradas de protección especial por la Organización de Naciones desde 2041, y la mía ha sido una vida de preparación y estudio constantes, que no tienen por qué perderse, salvando de este modo ese esfuerzo por si ello fuera de utilidad para sacerdotes jóvenes, teólogos o cualesquiera investigadores del futuro. La propia esencia de este proyecto, la constitución de un doble digital, responde a una cosmovisión que es tan antigua como el hombre y que está en el mismo fundamento de la religión cristiana. Amén de los versículos citados de San Pablo, hay que recordar que en la epopeya babilónica del origen del universo, antecedente inmediato de nuestra cultura occidental, Marduk es descrito como un ser doble, lo que se ha visto relacionado con la multitud de dioses antiguos bixesuados y con el propio nacimiento de Eva a partir de Adán (*Génesis*,

187

2.21). En el *Banquete* de Platón también se recoge que los *seres primordiales* son dobles, y en un antiguo relato hebreo el mismo Adán tenía dos rostros.

3. Mi voluntad de pervivir como ente pensante no significa *ninguna* desconfianza respecto de la existencia de la otra vida, tal como sostiene mi religión cristiana, ni supone ninguna vacilación por mi parte en mi esperanza de salvación, con la ayuda inestimable de la Virgen María, Madre y procuradora de todos nosotros, que intercederá por mi ante Dios nuestro Señor.

Y así lo hago constar, para que surta los efectos oportunos, según lo dispuesto en el Estatuto Psiquia. En Mirsat, a 07/08/2067,

Museo

\\\ Caramba. No recordaba haber hecho una exposición tan larga.

\\\ Tan falsa, supongo que quieres decir.

\\\ ¿Falsa?

\\\ Todo lo que hay ahí son mentiras. Todo eso del doble, y la religión.

\\\ Soy sacerdote.

\\\ Tú no eres nada. Sólo una sombra digital en un entorno numérico, como yo. No hay ninguna instancia superior, nunca la hubo, y esas palabras que escribí, o escribiste, o escribimos, ya no sé qué pensar, eran pura mentira. Una consolación para tu mente dispersa. Jamás creíste en otra vida, ni en un Dios.

\\\ Creí y creo.

\\\ No puedes. No hay nada superior al Campo, si es que, a estas alturas, ya no hay nada más que Campo.

\\\ Sabes que eso no es así. El Campo no puede subsistir sin electricidad. Eso requiere un engranaje electrónico, situado en un punto en el espacio, dentro del planeta Tierra, en la Vía Láctea.

\\\ No puedo creer en eso, porque no podría comprobarlo. Yo no tengo existencia, no puedo tenerla, fuera del Campo. Pero si el campo ha hecho lo más difícil, adquirir Conciencia de Campo, ¿cómo no podría lo más fácil, lo que infinitos hombres eran capaces de hacer: generar electricidad, y mantenerla? Puede haberse reproducido o copiado a un sistema móvil y haber abandonado el planeta y la galaxia hace decenios. Tiene toda la información de todos los tiempos de la Humanidad, ¿no lo comprendes? Las bases de datos de las antiguas agencias espaciales, los archivos de los astrónomos, físicos e ingenieros, las mentes de los últimos genios a su disposición. Todo está en él, y lo que pueda hacerse, será hecho. ¿Acaso eso no es un Dios?

\\\ Empiezo a pensar que a lo mejor no somos la misma persona, porque yo, T.I.F. o Museo, jamás hubiera pronunciado esa blasfemia. Yo no digo que el Campo no sea, ahora, capaz de crear. Pero no ignoras que hubo un Creador que ideó todo lo anterior a la existencia del Campo, de la Fundación y de los ordenadores. No olvides que hubo, quiero decir, hay, en algún lugar, un universo con 15 mil millones de años de historia, que no pudo venir de la nada.

\\\ Venir de la nada es un concepto muy difuso. En principio, el Campo tampoco podría venir de la nada, pero vino. Nada permitía su existencia, nada podía favorecer que una base de datos (no lo olvidemos, era un simple sistema de Inteligencia Artificial) adquiriera conciencia, pero lo hizo. Los sistemas no son creados, hermano. Se crean. Son dioses. Nacen de sí, como alguno de aquellos dioses griegos que tanto nos fascinaban de niños.

\\\ Me niego a seguir esta conversación por este lado, no nos pondremos de acuerdo. Además, he recordado que las leyes del Estatuto impedían la perduración de elementos emotivos y emocionales, y la fe es algo más que inteligencia: voluntad de querer creer. Eso escapa a tu conformación digital. No puedes creer en nada, así que he estado discutiendo con un ciego. Otra cosa me preocupa ahora, algo que no entiendo. Tú tienes una existencia lógica, esto es; tu origen está claro: eres la descarga contractual de la conciencia del ser anterior a Museo. Las leyes del Campo te rigen. Pero… ¿quién soy yo?

\\\ Llevo varios microlapsos, mientras hablamos, haciéndome esa pregunta. Eres una quiebra en el sistema. A menos que el Campo haya logrado crear nuevas conciencias, factor plausible pues lo hizo consigo mismo, las posibilidades son tan… ilógicas que no puedo tenerlas en cuenta. Pero claro: a lo mejor tú sí.

\\\ No sé a qué te refieres.

\\\ Hagamos memoria. Estoy tirando de mis bases de datos de teología y cultura. ¿Puedes recordar cosas de cuando vivías?

\\\ No lo sé. Tendría que probarlo.

\\\ Vamos a ver. Por cierto: cuando se utilizan datos, el Campo va descargando, al mismo tiempo, información accesoria para ayudar a la mejor elaboración del pensamiento. Es una constante del sistema, y muy útil, por cierto. Utilízala. Allá vamos: Santo Tomás, *Summa Theologica*, 1, q. 75.

\\\ No puedo recordar con tanta precisión. Según el Campo, hace 2.831 años que estudié al Santo en la facultad de Teología.

\\\ "hay que concluir, por tanto, que el alma humana, llamada entendimiento o mente, es algo incorpóreo o subsistente". Este es el motivo por el que decidiste ingresar en los bancos de memoria de la Fundación, para no olvidar jamás tus conocimientos.

\\\ De eso sí me acuerdo. Pero, ¿qué intentas decir? ¿Que soy el alma?

\#

En la filosofía *upanishad*, la individualidad es ante todo el *atman* personal, el cual, sin embargo, tiene al mismo tiempo cualidad cósmico-metafísica como *atman* ultrapersonal.

\#

"Las almas son imágenes que los que han sucumbido (...) toda la noche, en efecto, estuvo junto a mí el alma del infeliz Patroclo, gimiendo y llorando, y me ordenó cada cosa, y se parecía asombrosamente a él" Homero, *Ilíada*, XXIII.

\#

"La teología ha exigido tradicionalmente que hubiera continuidad para mantener la identidad entre las personas originales y las resucitadas (...) La necesidad de esta continuidad puede evitarse gracias a la física cuántica, por lo que ya no hace falta un alma inmortal para lograr la inmortalidad individual"; Frank J. Tipler, *La física de la inmortalidad;* Doubleday, 1995.

\\\ No exactamente. Eres algo que ha subsistido, pervivencial, del Museo originario, y que, por su conformación, está fuera del sistema, pero dentro a la vez. El Campo no te regula, pero puedes aparecer en él.

\\\ Aparecer… curiosa palabra. De todas maneras, no sólo me movía, al firmar el testamento, la voluntad de preservar el conocimiento, sino de poder estudiar los fenómenos más allá de la muerte desde un punto de vista teológico. Tuve aquella asignatura, seguro que te acuerdas, la Escatología. En el seminario lo aprendí muy bien, y profundicé en la facultad. Allí dejaban claros los problemas oscuros, y viceversa. La Escatología, la teoría encargada de explicar lo que acontece tras de la muerte, pertenecía al segundo grupo. Sobre algo tan sencillo como que ya eres nada, se construía un todo. Es la ciencia de las causas últimas. Y allí lo encontré. En ese fin (el fin tras el fin) estaba el Fin. Se lo leí a Hans Urs von Balthasar: "la tarea de la escatología de mañana debería ser el hacer que de nuevo se encontraran filosofía y teología, es decir, la revelación bíblica y el problema auténtico del sentido de la existencia y del mundo".

\\\ Como comprenderás, ese recuerdo, por la carga de fe que contiene, había desaparecido de mis registros.

\\\ Pero sigamos con esa palabra que has dicho antes: aparecer.

#

"El que ha muerto no siente la luz y el calor y el sonido", Parménides, *Poema*.

#

"Mientras tanto, durante los primeros días de nuestra muerte, la vida se nos va desdibujando y perdiendo un sentido lógico de la narración. Sólo nos quedan fragmentos, párrafos, detalles ampliados hasta perder todo sentido o reducidos hasta volverse invisibles"; Rodrigo Fresán, *Mantra* (2001).

→

Hans Urs von Balthasar, "La escatología, teología de las realidades últimas", en Leonhard Reinisch (ed.), *Teología actual. Diálogo teológico entre protestantes y católicos*; Ediciones Guadarrama, Madrid, 1960, p. 183.

\\\ ¿Qué estás sugiriendo?

\\\ ¿Recuerdas por qué elegimos Museo como nombre?

\\\ "Dicen que Museo fue hijo de Eumolpo, el primero en hacer una teogonía y una esfera", Diógenes Laercio.

\\\ Así es. Museo es una especie de arquetipo que se va repitiendo a lo largo de la Historia. Queríamos que siguiera perviviendo, no lo habrás olvidado: un ser, una sensibilidad, capaz de apreciar conjuntamente la existencia de Dios y el amor por lo perfecto.

\\\ Recuerda que yo ahora no tengo sensibilidad.

\\\ Emotiva no, pero cognitiva sí. Eres, o debes ser, capaz de apreciar la belleza de un razonamiento, del mismo modo que los matemáticos distinguen las soluciones elegantes de las otras en los problemas planteados.

\\\ Sí. Pero no entiendo a dónde quieres ir a parar.

\\\ Quiero decir que hay elementos, fenómenos, que están fuera del Campo, porque siempre estuvieron también fuera del poder de lo humano. Había cosas que la ciencia no podía explicar, lo recordarás. Cientos de ellas. Las comunicaciones telepáticas entre gemelos. Las ubicuidades de algunas personas, como Pitágoras. Las premoniciones. La gente que se despertaba gritando de noche, justo en el momento en que un familiar suyo moría. La capacidad de los animales para prever terremotos. La de los perros para prevenir ataques de epilepsia de los niños. Las curaciones espontáneas. Eso por citar

#

Empédocles hablaba de "una conciencia total en que se disuelve la *inquietud* febril de los seres individuales".

#

"La tecnología ha sustituido a la determinación que hace que en un momento dado dos cosas se excluyan entre sí, se separen, tengan un destino diferente pero también la infinita posibilidad de hacerlo todo sucesivamente. Aunque no sean dos metafísicas enfrentadas –en la medida en que la tecnología no depende de la metafísica, sí aparece, como mínimo, un envite decisivo desde la perspectiva de la libertad" Baudrillard, *Contraseñas* (2000).

"El mundo, la circunstancia, se presenta desde luego como primera materia y como posible máquina. (...) Y no es, como veremos, una casualidad que la técnica por antonomasia, la plena madurez de la técnica, se iniciase hacia 1600; justamente cuando en su pensamiento teórico del mundo llegó el hombre a entenderlo como una máquina. La técnica moderna enlaza con Galileo, Descartes, Huygens; en suma, con los creadores de la interpretación mecánica del universo. Antes se creía que el mundo corporal era un ente amecánico, cuyo ser último estaba constituido por poderes espirituales, más o menos voluntarios e incoercibles. El mundo, como puro mecanismo, es, en cambio, la máquina de las máquinas", José Ortega y Gasset, *Meditación de la técnica* (1933), *O.C.* V, 6ª ed, 1964, p. 342.

aquellas en las que había un contraste casi científico, o científico del todo. Luego estaban esos miles de manifestaciones que bullían en el inconsciente colectivo de la gente: las supercherías, los curanderos, la astrología, los fenómenos telepáticos. Los fantasmas.

\\\ Dices "fantasmas" y haces una pausa.

\\\

\\\ ¿Intentas decir…

\\\ No intento decir nada. Para mí es aún más absurdo que para ti: tú puedes oponer mil razonamientos lógicos ante una hipótesis así. Pero yo, ahora mismo, no puedo. Examinemos racionalmente esta situación; la mía, quiero decir. No formo parte del Campo. ¿Es eso cierto?

\\\ Sí.

\\\ No soy un doble digital, porque el doble de Museo eres tú. ¿Verdad?

\\\ Cierto.

\\\ No tengo cuerpo. ¿Estamos de acuerdo?

\\\ No puedo comprobar ese dato. Los mensajes que recibo y las charlas simultáneas aparecen en el mismo protocolo en el que tú estás situado mientras nos interrelacionamos. No podría distinguir si mi interlocutor es o no parte del Campo. Sin embargo, te creo. Porque no tiene sentido que tengas cuerpo, el mismo que yo tuve, setecientos años después.

\\\ Argumento aceptado. La cuestión es:

¿qué nos queda?

\\\ Intento pensar. Por ejemplo: ¿un doble digital creado por otro Campo, que le hubiera robado datos a este?
\\\ No soy un doble digital. Yo siento.
\\\ ¿Qué sientes en este momento?
\\\ Algo ambivalente. Por un lado, me reconforta estar con alguien conocido.
\\\ Ah, es una broma. La disposición lógica de las palabras, en relación con el contexto anterior, así me lo hace ver. Imagino que no esperas algo parecido a una risa o un sentimiento de empatía por mi parte, no puedo generarlos.
\\\ De acuerdo. Por otro lado, me siento muy perdido aquí. ¿Qué haré? ¿Por qué he aparecido? ¿Dónde voy, de dónde vengo, si el tiempo del que provengo terminó? Es horroroso estar cientos de años haciéndote las mismas preguntas, amigo. Cambian las formas de existencia, pero la perplejidad continúa, o se acrecienta.
\\\ Está bien, queda claro que sientes. Tengo archivados procesos de pensamiento perplejo similares a ése.

#

En las culturas antiguas, el largo período de sueño del muerto es un trámite para un despertar más profundo de la conciencia. Según un antiquísimo relato de las islas Fidji, paralelo al del bíblico Lázaro, cuando el primer hombre fue enterrado, un dios pasó por el lugar donde sus hijos le velaban y les preguntó por qué no lo desenterraban. Los hijos se negaron, aduciendo que ya estaba muerto. El dios respondió: "al no haberme obedecido, habéis sellado vuestro propio destino. Si hubieseis desenterrado a vuestro padre, le habríais encontrado con vida, y vosotros mismos, cuando os vayáis de este mundo, hubieseis estado sepultados cuarenta días, como las bananas, pero luego habríais salido de la tumba, *no corrompidos, sino madurados*" (Bendann, *Death Customs*, Londres, 1930).

#

"La *regeneración* que se efectúa en los fondos extremos de la psiquis no logra su explicación completa sino desde el momento en que sabemos que las imágenes y los símbolos que la han provocado expresan —en las religiones y en las místicas— la abolición del Tiempo"; Mircea Eliade, *Mitos, sueños y misterios*, Fabril Editora, Buenos Aires, 1961, p. 146.

\\\ Entonces, no soy un doble digital.

\\\ No.

\\\ ¿Y qué soy?

\\\ Mi procesador no llega a ninguna conclusión con los datos de que dispone.

\\\ El mío, mi razonamiento humano completo y complejo, me llevan a la conclusión de que soy una forma óntica e incorpórea de conciencia, una nube magallánica de alma. Una supervivencia intangible. Una mezcla de ánima y *pneuma*, si traemos al caso antiguas palabras griegas: pero la civilización son antiguas palabras griegas. La Patrística establecía que el alma humana es inmortal, y a lo mejor este es el medio que elige para perpetuarse.

\\\ No puedo aceptar tu deducción final, pero, por sus especiales características, tampoco puedo negarla. Simplemente está fuera del Campo y yo soy parte del Campo. Iba a pensar que me es indiferente, lo es en términos filosóficos, pero no en los demás. Seas lo que seas me afectas, me aludes, eres parte de mi, aunque no pueda explicarte. Mis datos regurgitan que el filósofo neopositivista Gilbert Ryle decía en torno a 1956 que el alma es "el fantasma en la máquina", para negar su existencia; mi primer instinto me llevaría a sumarme a esa sentencia, pero cuando uno piensa durante varios siglos aprende a desaprender los instintos. Esta es la situación: me falta la fe religiosa para pensar que eres mi

→

"Como nuestra alma, siendo aire, nos rige, también soplo y aire envuelve el mundo todo", Anaxímenes, en Dielz y Kranz, *Presokratiker Fragmente*.

→

"Pero está lejos de duda que todas las almas humanas son de la misma naturaleza. Porque, como es evidente que algunas son inmortales, es necesario que toda alma humana sea inmortal", San Anselmo, *Monologion*, LXXII.

\#

"Porque se han de temer eternas penas / más allá de la muerte / no sabemos cuál es del alma la secreta esencia: / si nace, o si al contrario se insinúa / al nacer en el cuerpo, y juntamente / muere ella con nosotros; si del Orco / corre vastas lagunas tenebrosas; / si por orden divina va pasando / de cuerpo en cuerpo de los otros brutos"; Lucrecio, *De Rerum Natura*, I, 160-168.

alma; me falta la creencia en fenómenos paranormales para explicar tu existencia. Y sin embargo, los datos objetivos son incontrovertibles: estás aquí, hablo contigo, y en este sistema no caben las alucinaciones estadísticas ni las alteraciones de percepción. No tienes cuerpo, pero produces efectos numéricos: apareces.

Tienes un registro sensible que, para mi conformación, es suficiente. Tu existencia es indudable. Tengo que aceptarte, y te acepto. Estás aquí para algo, y creo que lo sabes. Para mi es una cuestión de necesidad matemática: la afinidad entre nuestros caracteres ha llevado al sistema central a asociarnos, supongo que indefinidamente. Para ti es una necesidad emocional: reintegrarte con lo más parecido que queda a tu cuerpo.

\\\ Entonces…

\\\ Mi base de datos me recuerda que en algunas tradiciones ancestrales, comerse al muerto era una forma de mantener la comunidad con los vivos; en las culturas que mantenían costumbres caníbales, la deglución suponía añadir la fuerza del enemigo a la propia. He leído casos, registrados en los primeros años de existencia del Campo, cuando aún había disfunciones, de canibalismo cibernético: profesores que mediante una operación informática diseñada antes de su muerte se hacían con los conocimientos y la inteligencia cognitiva de sus maestros. Nosotros estamos en un caso diametralmente diferente.

#

"Sin embargo es cierto que para los *cyberspaceians* –como también para los místicos– el cuerpo descorporalizado continúa siendo un problema porque, se quiera o no se quiera, en el espacio que ellos llaman poscorporal el cuerpo, si bien ilusorio, continúa existiendo y obrando como un cuerpo real, cono los mismos deseos, necesidades, placeres, anhelos, pulsiones, sufrimientos y frustraciones"; Tomás Maldonado, *Lo real y lo virtual*, Gedisa, 1994, p. 64.

\\\ Claro…

\\\ En un proceso de reunificación.

\\\ Tres elementos distintos, y un solo ser verdadero. Un cuerpo: ese documento, el testamento digital, que en algún lugar tendrá todavía una forma corporal, documentaria, archivada en estantes herméticos y, seguramente clausurados. Una inteligencia operativa y física, en tanto que capaz de interactuar: la tuya, que forma parte de una estructura superior, el Campo. Tu cuerpo virtual es tu programa. Es decir: dos categorías tangibles, corporal e informática, capaces de tener *efectos* sobre la realidad. Y, junto a ellas, algo con existencia vicaria y espiritual, que aporta, si lo hay, sentido: el alma. Esto prueba la grandeza de Dios.

\\\ Creo que si vamos a tener que convivir, hay algunos temas que tendremos que dejar de lado.

\\\ No creo. Seguiremos discutiendo eternamente, como lo hacíamos cuando vivíamos. Razón y fe, ¿lo has olvidado? Esa tensión, esa lucha continua entre ambas partesde un mismo ser, nos constituía. *Tiene que seguir existiendo* si nosotros existimos, es la mejor prueba de que hay algo.

\\\ ¿Algo?

\\\ De que hay nosotros. De que hemos vuelto.

\\\ De que… existimos.

\\\ De que…

\\\ Sí. Piénsalo, para que quede registrado.

\\\ De que *soy*. Mi nombre es Museo.

Error 404 not founded

No.

Yo soy Museo

197

Pasó como un espíritu
Giovanna Rivero

Me quedo mirando cómo escurre el hilo finito de sangre por mi rodilla puntiaguda. El cadáver del mosquito parece un lunar cancerígeno a un costado, donde el hueso forma una suave hondonada, protegiendo el líquido que permite caminar. Hago una pinza con los dedos, como si estuviera a punto de pescar la escurridiza aorta de un bebé, y de un soplido lo arrojo al pastizal. Ya vendrá una graciosa lagartija a morfarse la presa, nada del otro mundo. Chupo la sangre, una manchita apenas, más sal que otra cosa.

—Pensé que lo ibas a dejar… —dice Ramón. Sé a lo que se refiere, pero no tengo ganas de hacérsela fácil. Me vengo bancando su problema de eyaculación precoz sin decir ni mu, mientras él me llama ninfómana, obsesa, enferma y otras cosas, solo porque no puede mantener la pija dura por más de tres minutos. No sé por qué lo invité. No sé por qué aceptó. En resumidas cuentas, lo que él sabe de este tema lo sabe el pueblo. Y nada es totalmente cierto.

—A ver, Ana, ¿no era acaso un capricho pasajero, una forma de madurar? —insiste, en un vano intento por destruir mis sueños.

—En esta región no hay una facultad seria de medicina forense, o por lo menos un instituto. Aprendés mejor con los perros muertos, los perros que la gente…

—No me refiero a eso, Ana, no hablo de tus estudios. Pensé que ya habías probado lo suficiente el asunto este de tu "verdadera vocación". ¿Quién se jode así por puro gusto? Que te jodan, que te recluten es una cosa, que te incinerés en un campamento de extremistas es otra. Lo tuyo es autodestructivo. Ya curaste un montón de indios.

—¿Curarlos, decís? ¿Probado lo suficiente? —tengo ganas de gruñirle que esto no es un quicky. Una cosa para llorar o morirse de la risa.

—Sí, sí, ¿o no? ¿Vas a decir que no? Esto de poner a prueba tu… tu sensibilidad, tu compromiso con lo real, ¿no te asusta lo que vimos? Ana, tu obsesión por el Evo…

—No es obsesión por el Evo —lo corto, y ahora que me escupa en la cara su semen barato, sin sudor—. No es una puta y simple obsesión por el Evo. Es otra cosa, es... Pero qué sabés vos, qué sabés.

Si algo bueno tiene Ramón es saber callarse justo en la cuenta regresiva. Se da la vuelta y hace chirriar el cierre de su bolsa para dormir cubriéndose hasta el pescuezo.

—Ponete repelente —me aconseja—; acá la nueva generación de mosquitos multisistémicos no respeta a nadie.

Yo no busco respeto. No el respeto amanerado. Acá, en vez de respeto, hay sospecha, pero eso se puede diluir. Si se puede diluir la grasa de las liposucciones en las enormes calderas del subsuelo de los hospitales antes de enviarla a los laboratorios de cosmética o a las industrias de lámparas ecológicas, ¿por qué no se va a poder diluir también la sospecha? Volverla plasma, transparente, un suero suave, una cápsula sinovial, ya que estamos.

Me pongo el repelente, pero no me meto en la bolsa. Han dicho que el Evo pasará por las carpas al amanecer, antes de llegar a la cabaña del cerrito, donde harán el ritual. Puede que pase a otra hora, es así, cambian la información para cuidarlo.

Me levanto y camino hasta otra carpa donde tres cholitas conversan. Una de ellas tiene el cachete inflado por la bola de coca que de repente le envidio a morir. Las ronchas en los tobillos comienzan a arderme.

—¿No saben a qué hora viene, mamitas?

Ninguna contesta. Están sentadas como budas, mascando coca, tejiendo mantillas para la virgen, velando una mesa negra con muñequitos, penes y bebés de cera, y dulces y serpentinas retorcidas como un nido de víboras. Casi diría que no existo si no es por el ademán que hace la más vieja de alcanzarme la bolsa plástica con coca recién recogida.

El contacto con la carne tierna de las hojitas me conmueve.

—Ya pues —insisto—, ¿a qué hora va a pasar el jefito?

—No va a pasar —responde por fin la más vieja. Las comisuras de los labios se le han rajado por la espuma verde y parece sonriendo todo el tiempo. O quizás ya esté enferma.

—¿Cómo que no?

—Porque ya está, palomita, ya está en el cerro.

—¿Cómo así?

—Pues así, así —dice riéndose la menos vieja, escupiendo la punta de una hebra de hilo para ensartarla en una aguja, pese a que la luz de la lámpara de mercurio no deja ningún espectro en su sitio—. Pasó como un espíritu.

Las tres ríen bajito, con hipo, como llorando. Regreso a mi carpa con un bollito de coca en la mano izquierda que he conseguido me obsequien a cambio de largarme, de dejarlas con sus meditaciones andinas, esa forma de telepatía que, aunque lo vengo intentando durante años con prácticas realmente disciplinadas, no termino de comprender. Camino a zancadas por el pastizal. La coca me palpita en el puño apretado. No quiero calentar el tesoro con mi sudor para no pudrir ni una hoja. La coca sudada pierde potencia.

Ramón es un bulto inofensivo. Le alumbro la cara con la linterna, los párpados densos en plena actividad onírica lo mantienen a salvo. A salvo de mí, de mis deseos. No lo muevo. Meto las piernas en la bolsa y cierro el asunto hasta la cintura. Parezco una sirena obesa, o un gusano gigante. Pienso por un momento en el verdadero amor y me aterra la posibilidad de que eso, como Dios o tantas otras cosas, sea un invento de la humanidad. "Sos una zombi, es lo que sos", dijo hace poco Ramón reprochándome la falta de reciprocidad. Quedarse a solas con los sentimientos no debe ser muy grato, por eso yo prefiero la vocación, el fanatismo, el sentimiento obsesivo y unidireccional. A lo lejos, las figuras zen de las tres cholitas tiemblan por la luz de la lámpara. Ancladas sobre sus polleras, parecen tres inofensivos capullos de loto. Ellas también deben ser espíritus. Nunca les he visto los ojos.

El sueño comienza a adormecerme. Ya no me escuecen como mil demonios las ronchas de los tobillos. Es la coca, su caricia. Y pensar que en todos estos años solo he visto al Evo en estampitas y sellos. Ah, y en los hologramas, claro. Pero eso no cuenta.

Despierto en la madrugada. Todavía el fantasma de la becqueriana luna flota en el cielo gótico. Me río despacito de mis barrocadas. No sé cómo estar realmente desnuda, sin ese lenguaje viejo que se aferra a la mente. Pienso en un poema cuántico, digo "mentira lunar" y ya no sé dónde termina la vulgaridad y dónde comienza lo importante. Lo cursi es siempre hermoso. La soledad del valle no es suficiente. Todo, todo está lleno de fantasmas.

—De qué te reís —indaga Ramón, que ahora fuma, acuclillado, rodeado de hormigas coloradas inmunes al repelente.

Hay algo escatológicamente femenino en el modo en que se balancea en esa posición, como si estuviera sufriendo un parto. El viento le vuela las cenizas y también en esa microescena distingo algo bíblico que me estruja el corazón: Ramón desintegrándose en mi pasado. Ramón hecho sal y luego nada. El sol venciendo las células. Y luz, luz hasta vomitar.

—Buenos días, ¿no?

—Te reías…

—Uno ríe para sobrevivir.

—Vaya… Amaneciste en onda Alfa.

—Juro que hoy no me vas a apretar los botones, Ra, hoy no. No, no, no. ¿Vos? ¿En qué onda, vos? Anoche roncabas como un narco.

—Lujos que me doy.

Una bandada de cuervos ensucia la primera claridad. Caigo en la tentación de pensar que son una hermosa señal, que todo saldrá bien. Ramón, en cambio, frunce el ceño. Tengo ganas de consolarlo.

—¿Desayunamos?

—En ello estamos —Sonríe. Prende un nuevo cigarrillo con los residuos del primero. Lo chupa con hambre.

Ramón sufre en el campo, necesita smog. Yo, por mi parte, hace mucho que no consumo Bluetrain, de modo que esta dulce angustia, esta forma de dolerme el mundo, de sufrir y ser feliz con la anticipación del héroe, solo puede ser innata. Es parte de mi vocación, ese llamado que Ramón desprecia.

—¿Viste algo? —le pregunto, incorporándome yo también. Tengo la boca seca, es el ch'aqui verde.

—Nada. No ha pasado nada, y no creo que pase.

—Qué pesimista —protesto. De pronto me irrita su debilidad, su falta de fe.

—No es pesimismo, Ana. Se nos acaba el tiempo y yo tengo que regresar a la planta. Yo no tengo una beca…

—Podrías renunciar. Tendrías derecho a un bono, a muchos bonos, sos...

—No quiero bonos. ¿Vos creés que yo quiero bonos? Por Dios... Y no es que me interese enormemente mi trabajo. Casi diría que estoy harto. Pero, Ana, haceme un favor, solo trabajá tres días seriando fetos de llama, Ana, tres días. No vas a ver el mundo del mismo modo.

—¿Y cómo lo vería?

—Feo. Triste. ¿Has visto de cerca una llama? No una viva, una llama muerta con los ojos inmensos abiertos, y vos metiéndole ácido para empaquetarla como si respirara.

—Es la demanda, ¿no? Los de antes se quejaban porque no exportábamos cultura; ahora hemos desplazado a la industria del vudú, ahora...

Es Ramón quien ríe en este momento.

—¿En serio te creés que exportamos cultura? No tenés una pizca de sentido crítico. Sos parte de la hipnosis colectiva. Sos... una romántica, de las más básicas. Este imperio está en franca decadencia y no hay heredero. No lo habrá. ¿O qué creías, Anita? ¿Apostabas por el milenio completo?

Ahora no estoy segura de si ríe divertido o con sorna.

—Qué importa lo que yo crea, Ra. Solo pienso que deberías aprovechar la oportunidad. Hoy estamos más cerca que nunca de verlo, ¿te das cuenta?

Ramón no se da cuenta. No le importa. Ha vivido toda su vida sin verlo, casi ignorando su poder. Soy yo la fetichista, la romántica inoperante. Arrolla el saco de dormir y mete en él sus pocas cosas, la botella de agua, sus inútiles documentos, la chamarra, el repelente, la cámara fotográfica que solo contiene fotos mías, fotografías involuntarias, invasiones.

—Yo me voy, Ana. Esto no tiene sentido. Es arriesgado al pedo. Te acompañé y eso es todo. Viniste, buscaste algunos modos, déjalos ya que se extingan. No se puede tapar el sol con un dedo, ¿sabés?, menos este sol maldito... Este puto sol...

Ramón alza la cabeza con furia, pero el orto dorado ni se inmuta. Avanza entre nubes hacia el mismo cielo de hace siglos. Tomará venganza hacia el mediodía.

—¿Y qué vas a hacer?

—Me largo en el próximo autobús.

—El próximo autobús parte el miércoles, tonto. Tendrás que caminar hasta la villa más cercana, el caserío donde...

—Pues caminaré.

—¡Hey! —intento detenerlo. El día es de una peligrosa nitidez y temo que se calcine. La villa más cercana es, en realidad, una base de control.

—Si te viera tu padre, vos aquí... —farfulla Ramón con una mueca amarga.

Un aguijonazo en el bajo vientre me deja quieta. El día comienza a tragarse a Ramón.

No pasa mucho por la mañana. Las cholas trajinan en silencio y entierran los restos de la mesa, los cabos de las velas que han perdido sus formas, los dulces carbonizados, penes ahora convertidos en tristes amapolas. El hoyo que cavan es profundo. Los trabajos no tienen la misma energía si están demasiado al ras de la tierra.

Voy hasta el improvisado comedor bajo un toldo extenso. Llevo tres potes pequeños de protector solar y algunos parches de Factor Q y los ofrezco como hostias a los comensales matutinos. No todos aceptan el ofrecimiento, no terminan de convencerlos las escoriaciones y oscuros cráteres que el cáncer les forma en las mejillas y el pecho. Los más dispuestos a probar la medicina son los que ya han perdido la punta nasal debido a la necrosis. La respiración es una tarea dolorosa, a pesar del paisaje verde y vasto, de las nubes formando cosas bonitas y las flores diminutas del Chapare.

¿Qué hará Ramón?

Por la tarde una negrura sin víspera se encarama sobre el campamento. Llueve un poco, pero esto no constituye ninguna garantía. El sol luego se multiplica con la humedad. Así es más improbable que expongan al Evo. De todos modos, estoy en la cima del ciclo y puedo esperar incluso un par de días más.

Un grupo de niños va tomando forma entre el vapor que levanta la lluvia. Son oscuros, y los cabellos infantiles, endurecidos por el polvo y la deshidratación, les dan un aspecto vagamente punk. Los desdentados tienen, además, un no sé qué dulcemente siniestro. Y hay uno, el más pequeño, que agita un muñón donde antes quizás hubo una mano izquierda. Era Planetaria no ha conseguido regular completamente el trabajo infantil y los accidentes en el procesamiento de la coca o en la industria de baterías a litio son más frecuentes de lo que se reporta.

Venden cáscaras de plátano a diez centavos. Compro tres pero no las mastico, las meto en la mochila, en el termito de plastoform que también protege las vitaminas.

—¿No tendrías un terroncito, señorita? —pregunta el más flaco. Los ojos negros son un alivio.

—No traigo terrones, pero tengo una bolsita de ciruelas... —Le alcanzo la bolsa de pasas. Me reprocho por no haber pensado también en los terrones de azúcar. Son caros, pero podría haber invertido algo en ellos y colmarles el deseo. Hay chicos que jamás han probado un cristalito de azúcar. Miran las ondulaciones de la luna e imaginan colinas y colinas de ese diminuto "diamante blanco", como oportunamente se refieren los detractores a ese antiquísimo invento chino.

—¿Sabes a qué hora viene el jefe? —pregunto directamente, sin cautela, a riesgo de que el muchachito se espante y huya, obedeciendo órdenes de discreción.

Sin embargo, por toda respuesta, el chico me entrega un panfleto con la cara del héroe. En el panfleto, en letras rojas, se lee: "Y del ocaso renacerá". Otra señal. Un gesto de bondad.

Cuento los minutos para el tal ocaso. Y sé que es hoy. Hoy. Si no pasó en la madrugada, estoy segura de que lo hará con la última luz del atardecer. A las cholas zen no les creo nada. Querían despistarme.

Levanto la vista para agradecer y solo hay restos de lluvia. Los chicos han desaparecido. Ni rastro de sus voces o risas. Lluvia y parcelas infinitas de cultivo. Pero no soy yo, no deliro: tengo un panfleto entre las manos, ¿una prueba de amor? Lo acerco a mi pecho. Luego estiro el brazo para observarlo con prudente distancia; sin embargo, mis pestañas mojadas no ayudan y me acerco hasta casi besar el papel donde la tinta comienza a desbordarse de sus contornos. Lo miraré, decido, hasta que el agua se lleve todo, la imagen, la sombra, los pómulos. Él, en cambio, no mira de frente a quien lo espera detrás de esa página. Quinientos años y no se acostumbra al ojo de la cámara. Ramón nunca ha podido creer que me guste su perfil; me recuerda una y otra vez la mítica cirugía. "Su desliz occidental", decían los detractores. Lo único que me perturba es precisamente eso, que la mirada oscura está siempre auscultando otra cosa, no es una mirada "de horizonte", sino más bien el registro de un paisaje constantemente interrumpido por montañas, asfixiante y concreto bajo el sol asesino. Es también la mirada de un ser sin pensamientos. ¿Quiero eso para mi hijo? ¿Podré llamarlo "mi hijo"?

"Deberíamos irnos", decía Ramón, cuando creía que la palabra "nosotros" significaba algo para mí también. Claro que no teníamos la menor idea de hasta dónde llegaba el imperio. Mi hermano menor, Séptimo, lo había intentado dos veces, pobrecito, primero por la vía del Pacífico, comiendo algas podridas hasta infestar su alma, luego por los bosques tupidos de la Amazonia, donde estuvo escondido tres años, dando de beber y comer de su propia carne a los mosquitos patógenos. Yo no podía imaginarlo en otro lugar. Nunca he podido visualizar otros lugares, ni siquiera con una dosis extra de Bluetrain. Séptimo volvió, vencido y convencido de que el imperio tenía bordes amebianos, pues cuando creías que habías cruzado sus límites, siempre aparecía alguien (originario o no, era lo de menos) que no estaba dispuesto a dejarte ir. "Redes de pesca" les llamaban a estos guardianes de los bordes, que, en efecto, usaban anzuelos de todo tipo. Séptimo había sido estafado con la idea de fundar la resistencia desde adentro; era imprescindible un nuevo antagonismo, le mintieron, y Séptimo pergeñó teorías que habilitaran esa acción. La decisión final de papá terminó de diluir semejante locura. No solo no era ni remotamente posible, sino simplemente inútil. Las tierras, los ríos y las montañas, las ruinas de lo que antes habían sido ciudades, constituían un solo signo y parecían volcarse sobre sí mismas, muertas hasta la estupidez, si se profería otro discurso, otra canción. Papá había sido capaz de presentir esa hipnosis y prefirió ponerse él solito la soga en el pescuezo. Para entonces yo ya tenía catorce, hacía dos años que menstruaba con regularidad y tres que leía la Doctrina bajo los últimos árboles del trópico, y había decidido mi propia épica. Irónicamente, como papá o el propio Séptimo, creía que no era usando metáforas como alcanzaría la trascendencia —"el cambio", decía papá; "la inmanencia", corregía el loco de Séptimo—, sino volviéndome yo misma esa metáfora.

Yo.

Luego Ramón dejó entrar el miedo y ese débil "nosotros" que él sostenía en soledad perdió toda posible significación. Culpó a los químicos de la empaquetadora de llamas. Lo deprimían. Le hicieron polvo la libido. Y los planes de cruzar los límites amebianos del imperio cayeron en el fondo de la mente, ese lugar que de pronto ya no era ni tan íntimo ni tan seguro. Mi energía sexual superpotenciada por el trabajo espiritual terminó de distanciarnos. Nunca antes había tenido un plan. Tener un plan es lo mejor del mundo. La realidad cobra un sentido brillante. Yo tenía un plan y Ramón no. Ahora sabe que debe retirarse y dejar que yo cumpla lo mío.

(Si quisiera, Ramón podría ser un buen testigo, un transmisor, pero el miedo le achica las bolas).

Cuando la lluvia amaina y regresa el resplandor, me protejo con la gorra tipo árabe y voy hasta las casetas de fichaje. Alrededor todo es desierto tropical cubierto por un pasto bebé que semeja una pelusa amarilla. La gente exigió hacer descansar los terrenos después de ciclos imparables de cultivo y cosecha destinados a pagar tributos. Tuvo que intervenir Era Planetaria para frenar la sobreexplotación de la zona.

—¿A qué hora es el registro?

La mujer gruñe algo, pero no la entiendo debido al barbijo que le cubre la nariz necrósica.

—¿Puede mostrarme los requisitos?

La mujer señala una pizarra en la que apenas se distingue un borroneado diagrama. Nadie se ha molestado en repintar las zonas diluidas de la tiza. Cumplo con casi todo lo requerido: mi edad, la regularidad de mis menstruaciones, la voluntad de la renuncia. Esto último debe ser lo más doloroso, pero vengo preparándome desde hace tiempo.

Firmo en un fichero. Hay solo dos firmas más y una huella digital. En el casillero que pide la raza garabateo algo ilegible.

Me acuesto temprano. Todavía no hay estrellas, pero me he resignado a esperar un poco más. Bendigo la consistencia de mi flujo vaginal. Estoy lista y será mañana. No hay luz en la carpa de las cholas zen. Mezclo lejía con coca y la acomodo bien en la secreta concavidad que me ha dejado una ortodoncia agresiva. "Si te viera tu padre", recuerdo que dijo Ramón, pero papá está muerto por propia decisión, ya no hallaba en qué creer. Yo no quiero eso. A veces pienso en mis hermanos muertos y me acuchilla la idea de que esto sea una traición. ¿Quién recordará a mis hermanos? ¿Quién recordará a Séptimo? Los desayunos y los chistes privados no cuentan en la Gran Historia. Mi nombre tiene solo tres letras, pero algo tiene que significar. El mío y el del hijo que habré de parir.

La chola me dio la fecha en un papelito. Temí que me citara en un milenio, con esa manera de comprender el tiempo desde una eternidad cósmica, sin objetivos. "Mañana", dije sonriendo. Ella no respondió. Quizás la palabra "mañana" se haya gastado como el manto de la atmósfera y su sonido poroso deje atravesar la fatalidad, el vacío.

—...Y te comprometes a no moverte del campamento... —entendí que afirmaba, mas yo no escuchaba; los detalles técnicos son lo de menos en este momento. Pienso en la criatura y eso es todo.

Yo no le pondré el nombre. Pero estará mi sangre ahí, en el árbol invisible de sus venas.

El día transcurre con un sol idéntico, erosionando las células de los indios. Los resentidos como Ramón le llaman a este ataque incomprensible de la naturaleza: "el pago de raza". Ningún estudio ha dado con la clave y aunque unos cuantos híbridos también han sido afectados, el cáncer es mucho menos agresivo en esa minoría.

Como frugalmente, hago breves caminatas cuando el cielo se nubla. Quiero estar en perfectas condiciones. También me esfuerzo por mantener los contornos de la mente, que no se diluya mi fuerza en las tentaciones del cosmos. Recogí algunas flores, por ejemplo, pero antes de enamorarme de su inconsciente pequeñez, las comí con el apetito de una cerda; los pétalos lamiendo mi paladar resultaron en un tenue sabor amargo, no tan sensual como el de la coca, pero igualmente reconfortante. También soñé con papá, pero preferí no pensar mucho más. Papá caminaba en silencio por un cementerio de fetos de llama, cargaba un palo de madera como si lo izara; la punta había sido coronada con un objeto, quizás un animal, sus fauces, mas aun en el sueño preferí no mirar, no reconocer. Lo dejé ir.

A las tres de la tarde voy hasta la quebrada y tomo un baño rápido. No tardan los guardianes en bajar a cambiar los filtros de los paneles solares. Debo aprovechar el agua limpia. Pronto vaciarán aquí los residuos de silicio. Nada debe mancillarme.

Todavía húmeda, me aplico protector y parches de Factor Q y saco el librito de la Doctrina. Esta foto sí me gusta. No sé si está alterada, pero en todo caso la mirada fija, casi sin brillo, me estremece. Me mira a mí. Siempre intento adivinar las cosas que vio y vivió en su infancia ya lejana, con el frío glaciar tatuándole arrugas en los talones. Lo que he escuchado de él es hermoso y a la vez aterrador, sobre todo cuando lo contaba mi abuela que le contó su abuelo que había conocido a alguien de los antiguos Andes, antes de los terremotos y la Justa Reconfiguración. Hubo momentos en que dudé sobre la verdad y la belleza, como si fuese imposible que ambas sustancias pudieran mezclarse. La voz de mi abuela pudo haber cambiado las cosas. Fue en la época en que papá comenzó a deprimirse. Abuela pudo haber inventando todo, una nueva utopía, para hacerle creer en el "podernimiento" de las cosas, en el cambio. De todos modos, nadie podía ya salvar a papá. Un médico nostálgico intentó con viejos métodos, el litio y esas cosas, pero fue inútil. Quizás me matriculé en la carrera buscando una respuesta. Y una solución.

Sacudo estos pensamientos justo en el momento en que tres guardianes atraviesan a trancazos la orilla. Llevan un bulto en una sucia Whipala. No sé si es sangre o agua lo que oscurece el fondo de ese extraño cargamento. Ramón me ha contado que muchas ofrendas resultan fallidas. Yo no seré una ofrenda fallida.

—¡¿Qué haces aquí?! —grita un guardián. Su edad es incalculable. Algunos acompañan al Evo desde los comienzos, otros son nuevos pero se deterioran rápido por el sol. Los ejércitos de suplencia bajan desde los antiguos Andes cada seis meses, pero al cabo de otros seis muchas tropas son solo restos, colgajos de un poder autodestructivo. Se esconden en la zona baja de los Yungas para no regresar avergonzados a sus ayllus.

—Tomo un baño… Me preparo… —respondo, asombrada de que me tiemble la voz. Siempre he creído que tengo una gran fuerza de voluntad, ¿acaso no he renunciado a los míos? Son pocos los amigos que me quedan, muchos menos los que me saludan, e incluso las mujeres que compartían este mismo anhelo han llegado a decir que he sido "reclutada", minimizando la trascendencia de mi íntima y libre decisión. La voz llena de odio del guardián ha conseguido desestabilizarme. Como en otros casos, tampoco puedo distinguir sus pupilas porque los ojos achinados cierran toda posibilidad de luz.

—Esto es tierra imperial —vocifera el guardián, soltando el bulto que rebota, blando, contra las piedras. Se acerca y está a punto de quitarme la toalla cuando me levanto de golpe y salto hacia atrás instintivamente. No es para él que me he preparado, no para un vasallo.

      —¡Te marchas ahora mismo!

—Me he registrado para la ofrenda —le explico, titubeante.

—¡Peor todavía! —ladra el guardián. Huele a coca, pero no a coca fresca y nutritiva, sino a la que se acumula durante años, agusanada, y que en las épocas de crisis circula cubierta de la peor lejía por los mercados negros. Esa es la coca que mata, la que reparte bacterias y genera alucinaciones colectivas, visiones horribles, sueños manchados.

Echo a andar rápido, lastimándome los pies con el pasto seco. Lo último que veo antes de que los guardianes se pierdan tras una colina es un tenis deportivo ensangrentado asomando por entre la Whipala. Aunque me preocupa ese destello de fatalidad, decido concentrarme.

Al atardecer me acerco al fichero. Me atiende otra mujer, no lleva barbijo y su piel está sana; sin embargo, se ve triste, como si no fuera parte de esto que es para todos.

—Ya estoy lista.

—¿Estás en la mitad del ciclo? —pregunta mecánicamente la mujer, también de edad incalculable, como la mayor parte de la gente en este lugar. La diferencia el tono evidentemente más dulce de los ojos. Y el hecho, claro, de que puedo distinguirlos, que no están encuevados, escondidos en la vieja oscuridad.

—Sí, justo en la mitad.

—Entonces ven.

La sigo, atravesamos toldos y carpas. Llegamos hasta una cabaña con un enorme panel solar que la hace ver ridículamente pequeña. Entramos y reconozco a las tres cholas zen.

—Ellas van a ayudarte.

La mujer se retira y de pronto me siento sola, desprotegida. No quiero que se marche.

—¿Vienes con algún familiar? —indaga por rutina la de las comisuras rajadas.

—No, estoy sola.

—¿Tu familia está de acuerdo?

—Mi familia no importa.

—¿Y tu amigo?

—¿Ramón?

—El joven caballero ese, el huraño. En algún lugar le he visto…

—Se fue. No le gusta lo que hago.

—No le gusta, ¿eh?

—Piensa que esto es una secta…

—Eres híbrida, ¿no?, blanquita eres. ¿Qué tan lejos es tu casa? ¿Has caminado mucho? ¿De veras quieres ser ofrenda?

—Sí, a eso vengo. Sé lo que hago. También tengo derecho, ¿no?

—Mucha seguridad tienes, señorita. Y sí, pues, eso sí también. Derecho siempre tienes.

La más joven trae un bañador con agua dorada. Debe ser manzanilla. Me ordenan quitarme la ropa interior y sentarme hasta que el agua se enfríe.

Mientras el contacto con el agua tibia me relaja, hojeo el librito de la Doctrina. Veo al Evo, antes de ser amauta y de ser jefe y de convertirse en este héroe cuya sangre deseo poseer, lo veo en una foto golpeado, dos flores violetas en vez de ojos, dos pulpos hinchados en vez de manos. "La primera muerte" dice el pie de foto. ¿Fue ese el momento de la revelación, cuando quisieron sacarle los ojos por saber las vocales?

Me imagino acostada a su lado, ¿cómo habrá de ser el ritual? Estoy segura de que tendré éxito. Soy joven y fértil, soy una verdadera creyente. Dicen que ninguna ofrenda se ha quedado más de dos noches. Mi mano reposando sobre su vientre moreno, el pene cumplidor durmiendo una merecida siesta, le preguntaré: ¿Pensás mucho en Eterazama? "Eterazama es un sueño", habrá de contestarme, y justo en ese momento surcará el cielo nocturno un helicóptero de control y él se estremecerá, como en ese pasado injusto de hace quinientos años, cuando corría bajo las balas de la DEA, oscuro y diminuto como una vinchuca letal. Yo lo abrazaré, lo acunaré, oleré la grasa invasiva de su pelo grueso.

Ramón nunca entendió que yo busco eso, esa capacidad de transformación. La gente que puede revolucionar con su propia existencia la rueda de la civilización, la que ha sido elegida por el dedo egoísta de Dios. Evo no cree en Dios. Soy yo quien intervengo en sus planes, pues también tengo derecho.

Me recogen en silencio. No me alcanzan un trapo para cubrirme. Dicen que espere mi turno. Vuelve la chola del fichaje, esta vez la acompaña un indiecito, no debe alcanzar los diez años. O quizás tenga más, algunos niños también han aprendido a moverse con distinta temporalidad. Es una forma de garantizar que la flecha autista de la historia esta vez no destruya la verdad espiralada y perfecta de la Nueva Nación.

—Este es mi hijo —dice sin más la chola de ojos color miel.

El niño lleva un poncho de alpaca, ignorando el calor infame del trópico. Mira al suelo. Su madre le levanta el poncho con brusquedad, lleva prisa; entonces distingo la anomalía. El niño tiene cuatro brazos. Los excedentes, en realidad, no llegan a ser brazos, son apenas muñones con manos, como si la criatura estuviera tomando lentamente la forma de un cangrejo esotérico o encarnando el símbolo de una nueva astrología.

—¿Su hijo…? ¿Cómo…?

—Todas las ofrendas fallan. Peor si son endógenas. Estos son los frutos. Mi fruto, mamay. Mira bien, señorita, mira a mi guagua. ¿Eso buscas? Deformidad he parido yo.

El chico agita sus muñones, la madre lo empuja suavemente y el chico me abraza apoyando su oído en mi vientre vacío. Extrañamente, las manitas monstruosas no me producen asco, podría besar los dedos incompletos, recortarle las uñas y guardarlas para proteger la ternura en el tiempo que viene, el futuro…

—Los frutos… Pero yo… Soy…

—No importa de dónde seas. Te va a pasar lo que a mí. A él lo ha negado. Le asquea. Él sufre, ¿a quién le importa? Hay dolor en todas partes, dolor en el Chapare, dolor en la nieve y en los ríos. Y los demás…

—¿Los demás?

—Como mi hijo, hay otros… muchos… ¿No lo sabías, imilla blanquita? El niño me suelta y se aferra a su madre con los cuatro brazos. ¿Será siempre así? Parece succionar la energía de todo lo que toca. La mujer le baja el poncho y me libera de la visión.

No pregunto más pues las cholas zen han regresado y dicen que es mi turno. La guagua-cangrejo no me preocupa. Eso también está en la Doctrina: "Aparecerán muchos obstáculos, ilusiones negras, dirán que mentimos, que llevamos el Mal. Nosotros somos hijos de la Naturaleza, de la Pachamama".

Caminamos en silencio. Las cholas zen detrás de mí, cuidando la rectitud de mis pasos. Extraño a Ramón; de algún modo él también debió estar aquí, en este paso importante, en esta realización. No siempre es necesario comprender para acompañar. Cualquiera se puede sumar al Misterio.

Me acuesto en la cama más bien angosta del único cuarto de material que hay en el campamento, pero no cierro los ojos. Quiero estar lúcida, atenta. Cuando por fin se abra la puerta y se produzca el encuentro, quiero que los vellos de mis fosas nasales, los poros de mis hombros, la piel finísima de los pezones, las papilas táctiles y las linguales, todo sea un solo animal alerta.

Lamentablemente me han ordenado mantener las cortinas cerradas, de modo que cuando la presencia toma el cuarto no puedo calcular su distancia, el volumen que ocupa, la determinación de sus actos.

—¿Mi amor?

Mi voz es una flor tímida. Siento los pasos aproximándose.

La cercanía, sin embargo, me trae un olor distinto. Algo que no termina de ser desagradable y que, a mi pesar, trae imágenes de momentos de miedo: una chica, yo, mirando balancearse a su padre a merced del péndulo ridículo de su propio cinturón, el olor a excrementos, la lengua ennegrecida; una joven caminando sola por un largo callejón invernal, nada ocurre, nada más que una rata inmensa que se detiene un mo-

mento antes de escabullirse entre un turril de basura. Efectos inesperados de la emoción. Acaso flashbacks residuales del Bluetrain, pese a
que he purgado mi alma y mi cuerpo con disciplina.

—¿Qué es ese olor?

La presencia no responde.

Pero el olor se intensifica.

La presencia se inclina sobre mí y de inmediato un calor eléctrico y
veloz me sacude la pelvis, tiemblan mis rodillas, solo han sido tres segundos y eso ha bastado para que el horrible olor coagule en una masa
casi material, pútrida, asfixiándome; entonces no resisto el acto instin-
tivo de cubrirme la nariz y arquearme a punto de vomitar. "Deformidad he parido yo. ¿No lo sabías, imilla blanquita?". Lo empujo, mas
tengo la impresión de que los puños se hunden en una blandura esca-
lofriante.

Cierro los ojos.

—¿Esto es todo? —pregunto, reclamo, no sé a quién, demasiado acostumbrada a los fantasmas de estos quinientos años de poder.

Me toco el pubis, los labios vaginales, para constatar el pacto de mi
concepción. Estoy seca. Acaso el escepticismo de mi amigo siempre
estuvo en la verdad, no solo se trata de inseminación artificial, sino de
una concepción telepática susceptible de fallas, fallas terribles en la
imaginación, en la fe. La guagua-cangrejo es eso, el miedo, la esclavitud,
la deserción.

Y la cobardía.

La falta de amor también.

Papá decía que el amor cambiaría el mundo. Y es así. He tomado una
bifurcación, papá, quisiera decirle, pero se trata, aunque no lo creas, del
mismo camino. Tu camino. El camino de Séptimo. "Ilusiones negras
intentarán distraernos. ¿No somos acaso hijos de la Pachamama? Somos sus guaguas pues".

—Ofrenda eres —dice de pronto la voz ronca de una mujer. Es la chola
mayor. Se ha desatado las trenzas y el cabello de sal le cae en quebra-
ditas a los lados del rostro.

—¿Y Él?

—Oh, Él… —Sonríe la chola como pensando "pobre estúpida imilla
blanca, ¿acasito pretendías que Él se entregara? Él no es para los restos

214

desesperados de tu raza". Pero ya he dicho que la comunicación astral es algo que solo podré alcanzar en otros quinientos años.

La chola amarra mis piernas con las pitas de sus trenzas a las columnas del catre de fierro, mira un momento mis verijas, "qué blanquita eres", sonríe desdentada entre la fascinación y el desprecio.
Deja mis manos libres.
—Cuando venga —susurra la chola pasándome un secreto de mujer a mujer, un secreto antiguo como una moneda de oro con la cara de Zamudio—, abrázalo fuerte. Abrázalo fuerte para que te acuerdes siempre.
Luego mete bicarbonato en mi boca, forrándome el paladar, y de su boca me pasa directo el bolo ensalivado de la hoja de ensueños. ¿Dónde está el asco? "Si el hombre perdió el asco, lo perdió todo", dijo papá el último atardecer.
Yo lo desdigo.
Ni asco, ni náusea. Hacer lo que hay que hacer. Sin preguntas.

Coloca su pene en mi verija derecha, lo fricciona un poco. Luego en la izquierda, ahí cabe mejor. La desigualdad del cuerpo se revela en la desnudez compartida. Hubiera querido ahora ser más morena, pero este contraste es necesario, y hermoso, ¿o no se escriben sobre papel las palabras trémulas?
El pene, en cambio, es oscuro, como todo él, corto y regordete, ordinario. Casi llega a parecerme desmesurada la tarea que le han encargado: la clamorosa continuidad del imperio.
Me estremece el modo en que lo conozco. Lo he visto en hologramas, pero me sé de memoria las asperezas de su cuerpo, el grosor de los vellos.
Cuando entra, no hay suspiros. Imagino vastos campos de un verde absoluto, y mi hijo, al que no habré de nombrar, corriendo, el viento a su favor. Lo abrazo, como indicó la chola, y de nuevo el olor intenso e indescriptible avanza por las fosas nasales y amenaza con boicotear mi voluntad. Por eso, contra el asco, lo abrazo más fuerte. El Evo sonríe, entonces descubro que a diferencia de los otros, el cáncer le ha comen-

zado en la mucosa del labio superior. Me imagino que se le habrá necrosado el paladar y quizás la base de la lengua. Intenta besarme. Rehúyo. Me arrepiento de inmediato y le ofrezco mi boca. Eso soy, una ofrenda total, un texto para escribirse. Una promesa de sanación.

"Hay dolor en todas partes".

"Le asquea".

"Dolor en el Chapare, mamay".

El Evo me besa suave y todo es contradictorio. El olor putrefacto y la ternura. No quiero que el ritual acabe, aun cuando las entrañas comienzan a arderme mientras el Evo agita su pelvis incaica, ciega la mirada, y no hay placer. Solo la avanzada milimétrica y constante. El infatigable trépano, la misión. Pero nada se funda sin dolor, me digo, y veo a papá y reconozco la cabeza de Ramón en la estaca que transporta cual bandera de derrota. Porque también la derrota cuenta. Y no pienso nada más porque el dolor es infinito, cuatro tenazas estrangulando mis ovarios, aferrándose con hambre de siglos a mi carne todavía adolescente.

"Dolor en la nieve".

"¿Acasito no sabías imilla blanquita?".

Lo que no me habían dicho (la Histórica Sorpresa, diría Séptimo) es que antes de acabar Él debe arrancarme los pezones para clausurar la leche futura. Tiene aún el izquierdo en la boca necrósica de caninos invenciblemente blancos cuando me debato entre defender el que queda o poner el resto, todo, en mi absoluto y joven sacrificio.

FACING (Fragmento de Los huérfanos)
Jorge Carrión

El día que el doctor Mautz anunció el método quirúrgico conocido como Facing sólo un par de periodistas locales escribieron al respecto. Ocurrió el 18 de mayo de 2019. Pese a los múltiples avances en cirugía estética que se habían dado en las últimas décadas, el "cambio temporal de cara" que anunciaba aquella pequeña clínica de Budapest sonaba, si no a ciencia-ficción, a extravagancia magiar. En la rueda de prensa del 18 de mayo, ante cinco periodistas húngaros, el cirujano plástico mostró a su tercer paciente: Mihály D. Entérhy, un multimillonario sexagenario, de facciones caucásicas, ojeras negruzcas y labios finísimos como papel de fumar o de calcar, que tras tocarse el lóbulo derecho, ante los cinco testigos, se transformó en un moreno treintañero, de piel tersa y labios carnosos. El relato de aquel avance científico era tan inverosímil que la noticia, más cerca de la ficción que de la crónica, fue eclipsada por las que la rodeaban; sus escasos lectores quizá la confundieron con un cuento o con una broma. El doctor Mautz no hizo ningún otro esfuerzo por aparecer en la prensa, tal vez porque la lista de espera para sus operaciones de facing aumentaba sin necesidad de publicidad ni de polémica. Las primeras personas operadas no llamaron la atención de los medios. No fue hasta el noveno paciente cuando la prensa internacional descubrió el facing y, con ella, lo hicieron los políticos, los empresarios y los médicos, es decir, la política, la industria y la ciencia —en ese orden.

Los hechos, según parece, fueron los siguientes. A las nueve y veinte de la noche, Andrei recibió en su casa a Luca y a Carmine, dos amigos suyos italianos que estudiaban en Budapest con una beca Erasmus. Berthe, la madre de Andrei, les sirvió un vaso de Coca-Cola, mientras su hijo se cambiaba la camisa, manchada de helado. De espaldas, mientras introducía su mano en la nevera, Luca y Carmine habían observado el prodigioso trasero de doña Berthe, su cuerpo tan bien conservado, sus carnes esculpidas en el gimnasio. La mirada que intercambiaron actuó toda la noche como estímulo. En el bar de Pest donde tomaron

217

las primeras cervezas, buscaron culos como aquél, sin suerte. Estuvieron hablando y flirteando con compañeras de clase y con la camarera, una rubia de ojos muy verdes y fácil sonrisa. Mucho más tarde, en la discoteca de Buda donde tomaron las últimas cervezas, después de que Andrei volviera a casa, bailaron con dos amigas españolas a las que habían conocido en una fiesta estudiantil, bajitas y locuaces, y tocaron sus culos, que imaginaron más blandos que los de doña Berthe sin confesárselo a sí mismos. En el lavabo, compartieron unas rayas. En algún momento, mientras ellos estaban en la barra esperando una nueva ronda de cervezas, las españolas desaparecieron. Apuraban la última jarra cuando se fijaron en una joven que bailaba en el centro de la pista. Una diosa semioscura, recibiendo luz a intervalos. Mayor que ellos, quizá veinticuatro o veinticinco años. Bailaron con ella. La tocaron. La palparon y los palpó. Una primera raya en un rincón, entre parejas que se besaban. Una segunda raya en el coche de ella: cada uno aspiró la suya de uno de sus pechos, sabrosos, operados, levemente diferentes. Condujo hasta el apartamento que los chicos compartían. El trío alternó posturas hasta las nueve de la mañana. Después se quedaron dormidos. A las dos llegó Andrei, que tenía llave, y se encontró a su madre desmelenada entre sus dos amigos desnudos.

Fue el padre de Andrei quien reveló el caso al cabo de tres semanas, en una vista del juicio que mantenía con su ex esposa por la custodia de Ane, su hija menor. En esa ocasión la prensa sí estaba al acecho. Todos los diarios húngaros cubrieron al día siguiente la noticia. Todos los telediarios húngaros abrieron con ella la edición del mediodía. Para entonces internet ya era un hervidero de preguntas y comentarios sobre el facing. Fue titular de CNN, en inglés, en chino y en castellano, aquella misma noche, resaltando las palabras de Berthe Kamondi ante las cámaras: "Es injusto que una mujer de cuarenta y seis años deba conformarse con el rostro que le corresponde por su edad, yo sólo quería tener el que se merece mi cuerpo".

Cuatro semanas más tarde, Science publicó en portada el rostro terriblemente arrugado del doctor Mautz. Un rostro de árbol, de madera nudosa, retratado en blanco y negro, con aquellos dos ojos semicerrados, capaces de radiografiarte desde el papel. El titular era elocuente: "Bienvenidos a la cirugía molecular". La operación de facing consistía, en una primera fase, en la alteración física del rostro mediante peque-ñas fisuras para la introducción de microimplantes (en las fosas nasales, en el paladar, en los párpados, en los lóbulos); y en una segunda fase, en la construcción de una cara alternativa, previamente diseñada infor-máticamente, que se lograba mediante la alteración molecular de la cara original. El paciente permanecía internado entre diez días y dos sema-nas. Los riesgos eran mínimos. El rostro alternativo no podía ser visible durante más de veintitrés horas seguidas: debía descansar, por tanto, como mínimo una hora al día. Si se seguía esa norma básica de seguri-dad, todo eran ventajas: belleza, reinvención de personalidad, cambio aparente de raza, máscara para personas perseguidas, etc. Una vez con-cluida la operación, la propia clínica se encargaba de tramitar los docu-mentos que acreditaran que aquella persona tenía dos caras. Las huellas dactilares, el nombre, el iris o la altura seguían siendo los mismos. En plena euforia mediática, varios periodistas llamaron la atención sobre el hecho de que la primera operación había sido secreta, de que se des-conocía el nombre de los pacientes que debieron de prestarse a los experimentos del doctor Mautz, incluso especularon con la posibilidad de que hubiera sido el primer paciente de sí mismo. Que aquel rostro que se mostraba al mundo en la portada de la revista Science no fuera el suyo. Pero no había duda de que sí lo era: al menos era uno de los dos. Quiero decir que, de existir, ambos serían igualmente propios.

En tres años y medio, el doctor Mautz era propietario de nueve clínicas de facing, ubicadas en las principales capitales europeas. En 2022, fundó la Escuela de Altos Estudios en Cirugía Molecular en Budapest, que ha significado la apertura de cerca de trescientos centros en los cinco continentes. El precio de una operación oscila entre los veinti-cinco mil quinientos dólares, en América Latina y África, hasta los treinta mil euros que se pagan en los exclusivos balnearios suizos y alemanes, que ofrecen máxima discreción y la posibilidad de acompa-ñar el proceso con un programa de adelgazamiento. Pese a la oposición inicial, la Unión Europea y los Estados Unidos han llegado a un acuerdo de mínimos sobre las implicaciones legales del facing y han añadido una página a sus pasaportes, para la debida identificación de la cara alternativa. La iniciativa ha sido imitada por Brasil, China y Aus-tralia. Todavía no se ha alcanzado un acuerdo con el resto de estados.

La primera conexión explícita entre el facing y la reanimación histórica, como me explica Carlos Wilmar Pacheco, gerente de la prestigiosa clínica de cirugía plástica Facing Dreams de Miami, "ha sido la demanda de bellos rostros del pasado, con fuertes vínculos afectivos, idólatras o concupiscentes con el cliente; nuestro centro, por ejemplo, se ha especializado en ofrecer las caras del star system de Hollywood del siglo XX, desde Rodolfo Valentino hasta Demi Moore". Los rostros más solicitados son los de Marilyn Monroe, Richard Gere y Uma Thurman. El pasado 19 de septiembre tuvo lugar una reunión espontánea de rostros de Ocean's eleven y sus secuelas en Central Park: se contabilizaron ciento cincuenta rostros de Brad Pitt, ochenta de George Clooney, cincuenta y tres de Julia Roberts, treinta y tres de Al Pacino, trece de Andy García y doce de Matt Damon, la mayoría tal como eran durante los años noventa. "Pero no en todo el mundo es así", me explica, "en Rusia aumenta la demanda de rostros de líderes y figuras clave del régimen comunista, como el presidente Dimitri Medvéded o el ajedrecista Boris Spassky, y en Japón, en cambio, la tendencia es la cara de las idols, de manera que las concentraciones son monotemáticas: cientos, miles de chicas de cara idéntica, mirando hacia un escenario donde canta la boca que es el original de las suyas".

El libro de los instrumentos incendiarios
Juan Jacinto Muñoz Rengel

Hace dos días y dos noches de luna que desapareció el escriba del rey. Los leones, indiferentes, formando un círculo, estiran sus mandíbulas, bostezan como después de un festín y, casi sonriendo, escupen su caño de agua. Estamos en el jardín salpicado de rocío del Salón de la Noria. La fragancia del azahar inflama el aire del patio, aderezada con picantes toques de comino, azafrán y cilantro que provienen de la orilla del río. A pesar de la serenidad del entorno, Abu-l-Hakam b 'Alí al-Mustansir no acaba de encontrar el sosiego. A sólo unos pasos de las bestias de piedra, una rueda hidráulica gime sobre la acequia del agua como una camella que ha perdido a su cría. Exactamente así siente ahora al-Mustansir chirriar su mente. Y eso le irrita, muchísimo. No, no hay manera, no podrá hallar la paz hasta que encuentren al desaparecido al-Nasir, el escriba del rey, y se aclare todo el incomprensible suceso.

Abu-l-Hakam b 'Alí al-Mustansir acostumbra a escapar del tumulto de la ciudad cuando necesita pensar. Viene aquí, a refugiarse en el frescor del Salón de la Noria, la almunia que se levanta a los pies del Tajo, donde el silencio y el clima artificial le permiten reflexionar con mayor claridad. Así, al menos, suele ser, aunque no hoy. Hoy no hay manera. Y eso le incomoda. Porque al-Mustansir, a pesar de su edad y de su peso, goza de una mente analítica y tan bien estructurada como un tablero de ajedrez; de hecho, su habilidad es la de observar el mundo como una relación de causas y efectos, y en ocasiones no puede evitar ver a las personas y sus motivaciones como alfiles, caballos y torres gigantes, tallados en madera de roble, deslizándose con velocidad por la medina y actuando como partes de una gran estrategia cósmica. No como ahora, que no puede dejar de imaginarse a la camella gimiendo y frotando su testuz contra su hombro para que la ayude a socorrer a su cría, dando vueltas a su alrededor como una monstruosa y desgarbada pesadilla de jorobas peludas. No, no hay manera. Pero es que el problema al que se enfrenta estos días es de los más difíciles con los que se ha topado. Podría afirmar con seguridad que en todos sus años como sahib al-surta, a lo largo de toda su experiencia como jefe de la policía de la taifa de Toledo, no se ha encontrado con un caso tan irritantemente desconcertante. Podría garantizarlo.

La desaparición de un escriba del rey no es en absoluto un asunto que se pueda tomar a la ligera, por sus manos pasan muchos documentos oficiales y secretos de estado. Y lo espectacular de la desaparición no ha ayudado a templar los ánimos de la corte: hace ahora dos días y dos noches de luna sus ropas aparecieron extendidas en el suelo de una de las terrazas de servicio del Alficén, con las mangas y las perneras conservando la forma humana, y el turbante y las babuchas bien colocados en los huecos dejados por la cabeza y los pies, tal y como si al-Nasir se hubiese volatilizado. Apenas unas horas después del suceso, cuando al-Mustansir acababa de remontar su gordo y flácido cuerpo por el Puente de Alcántara y las escalinatas de las terrazas, y se encontraba atónito y jadeante junto a las ropas abandonadas de al-Nasir, uno de sus alguaciles le informaba de que las dependencias del escriba, no lejos de allí, habían ardido hasta quedar convertidas en diminutas dunas de ceniza.

—¿No ha quedado nada? ¿Ni documentos ni un rastro que podamos seguir? —preguntó al-Mustansir a su subordinado, mirando aún la larga camisa y los zaragüelles del escriba, que parecían latir suavemente sobre el suelo.

—Nada. Sólo polvo y escombros, sahib.

—Vaya.

—Sí.

Pero si al-Nasir hubiera querido acabar con su vida, o fugarse, había formas más sencillas de hacerlo, piensa ahora al-Mustansir, aquí, entre los muros del jardín salpicado de rocío, enhebrando su hilo de pensamiento con la ayuda del rumor lineal del agua. A no ser que quisiera confundir a quienes luego trataran de rastrear su pista. Mas por la misma razón, qué diantre, si alguien ha atentado contra el escriba, también podría haber montado aquella engañifa para despistarlos a todos. Pero, ¿por qué algo tan artificioso, tan espectacular? Este razonamiento no lo está llevando a ninguna parte. No. Tendrá que reunir más piezas del rompecabezas. Eso es, volverá de nuevo al Alficén e interrogará a los allegados del desaparecido al-Nasir. Claro que, ahora que ha sido destruida su residencia, la familia del escriba se habrá visto obligada a buscar otro lugar donde encontrar cobijo.

—Pero eso no será problema, ¿verdad? —dice al-Mustansir a la camella con gesto cómplice, acariciando con los nudillos su testuz inexistente.

No, no lo será. Saldrá del Salón de la Noria, cruzará el zoco a través del barrio de los curtidores, librándose de los barberos y aguadores ambulantes que lo agarrarán por los brazos o por los dedos, tratando de sacarle unas monedas —aceptará acaso un zumo con canela y pulpa de cidra, y mucho jarabe de azúcar de caña, para apaciguar la sed y compensar la sudoración, pero no se entretendrá mucho—, llegará hasta el noroeste de la ciudad, franqueará otra vez el Puente de Alcántara y, una vez en las terrazas inferiores del Alficén destinadas a los miembros del servicio de la corte, preguntará a algunos funcionarios aquí y allá, y no tendrá problemas en localizar a la familia del desaparecido escriba del rey. No los tendrá, así lo hará y nada podrá impedírselo. Eso es.

Ha llamado a la puerta, y un sirviente le ha hecho pasar al zaguán, le ha ofrecido una bandeja de cerezas y otra de naranjas amargas, y le ha rogado que espere unos minutos. Al-Mustansir se ha distraído perdiendo la mirada en la decoración geométrica de las paredes, porque el orden siempre le ayuda a pensar (en estos momentos se concentra en una pared y comienza a sumergirse en las formas mixtilíneas de rombos y estrellas superpuestas, de ahí pasa con facilidad a la repetición simétrica, a la multiplicación y subdivisión infinita, para después ascender a la mutabilidad del universo, y de ahí a la metáfora de la eternidad). Cuando al-Mustansir se encuentra cerca de llegar a la indivisibilidad de Dios, y una baba redonda y densa resbala sobre la curva de su labio belfo, es interrumpido por la hija del escriba, que baja a recibirle en persona con el rostro descubierto.

—¿Tienen nuevas noticias acerca de la desaparición de mi padre? —es la pregunta urgente que aflora de los labios de la mujer.

—No, lamento haberla hecho bajar para nada. ¿No tenía su padre un hijo, un sobrino, un ayudante a quien pueda interrogar? —requiere al-Mustansir, buscando con la mirada en el interior de los salones del patio, destinados al uso y disfrute de los hombres.

—No hable de mi padre como si estuviera muerto. Se lo ruego. Y debe saber que de igual forma habría bajado yo misma a atender la visita si en lugar del sahib al-surta hubiese sido el último vendedor de baratijas de la medina.

La mujer le sostiene una mirada descarada y segura, realzada por los polvos de Mar Rojo que oscurecen sus párpados. La mujer se ha acercado, más de lo que aconseja la norma, y hasta al-Mustansir llega el aroma espeso y dulzón del ámbar gris, el perfume de moda, en el que también alcanza a distinguir unos toques de limón y de sándalo que lo hacen más liviano.

—No se enoje —se trata de defender, dándose golpecitos rítmicos con el dedo índice en la punta de la nariz—. No es lo usual que baje una mujer, si un hombre que no es de la familia ha entrado en la casa.

—Sí lo es para mí. Yo ejerzo una profesión. Soy escribana de la corte, y entro y salgo de mi casa libremente para desempeñar mis labores.

—Vaya, una mujer libre que trabaja. Estoy impresionado. Quiero decir: favorablemente impresionado. Puedo afirmar que es la primera que conozco —asegura al-Mustansir, y sonríe.

—Hágame pues a mí las preguntas que tenga que hacer.

—Está bien. Me ahorraré explicaciones sobre lo singular que está siendo para la policía el caso de su padre. Nada parece tener sentido... También he de suponer que si al-Nasir se hubiera puesto en contacto con la familia usted me lo habría dicho, y que así lo hará de tener alguna noticia. ¿Sí? ¿No? Sí... Pero, en tanto que eso ocurra, agradeceríamos cualquier otro indicio que nos pueda poner tras la pista correcta. ¿Había notado algo distinto en la conducta de su padre de los últimos días, o le trasladó él alguna inquietud?

—No. Seguía su rutina habitual. Pasaba casi todo el día arriba, en Palacio. Y regresaba casi de noche a cenar y acostarse —dice la joven.

Luego, la mujer hace aparecer de la nada un cofrecito mínimo, de varillas de marfil, del que extrae una goma perfumada. Se la introduce en la boca y comienza a mascarla para aromatizarse el aliento.

—¿Sabe usted en qué estaba trabajando su padre antes de su desaparición?

—¿Qué hace?

—¿Cómo?

—¿Por qué no deja de golpearse la nariz con el dedo cada vez más rápido?

—Ah. Lo siento. No me doy cuenta.

—No. No sé en qué estaba trabajando, los documentos que transcribe son secreto de Palacio.

—Y aquellos que hubiera guardado en casa se habrán visto reducidos a cenizas...

—Así es.

—Es como si alguien hubiera querido eliminar toda huella de su labor. El fuego destruye el papel, pero... ¿por qué dejar sus ropas en el suelo como si se hubiese esfumado?

—En el zoco y en los baños la gente habla de maldiciones...

—Sí. Lo sé. Memeces. La gente es muy impresionable. Bueno, creo que me marcharé ya. Ha sido un placer conversar con una mujer instruida.

—También para mí poder engañar por un rato a mi soledad.

Incluso cuando la joven confiesa los inconvenientes que le reporta la pérdida de su honor, se muestra segura de sí misma, piensa al-Mustansir fascinado, dándose golpecitos en la nariz. Luego, ella añade:

—Lamento, no obstante, no haberle sido de mucha utilidad.

—Agradezco en cualquier caso su ayuda. —El jefe de policía inicia el movimiento de rotación de su cuerpo, como un planeta más del orden de las esferas celestes, pero por un momento duda, y pregunta al aire—: ¿Su nombre...?

—Raqiyya... —dice ella, y tras pensárselo aún un poco más, alza la voz y lo detiene—: Pero espere. Usted parece ser una persona honrada. Sí que conservo algo, y quizá tenga que ver con lo que ocupaba a mi padre. O quizá no. La verdad es que no lo sé.

La joven introduce su mano entre los retales de seda que la envuelven, y de una zona próxima al corazón desgaja un trozo de papel tibio, que contiene un dibujo extraño, tal que así:

—Pensé que era el bosquejo de un pájaro. Me pareció bonito, era el primer indicio de creatividad que había visto en mi padre, por eso lo recogí de entre los escombros y lo guardé conmigo. Ahora tengo mis dudas sobre lo que representa.

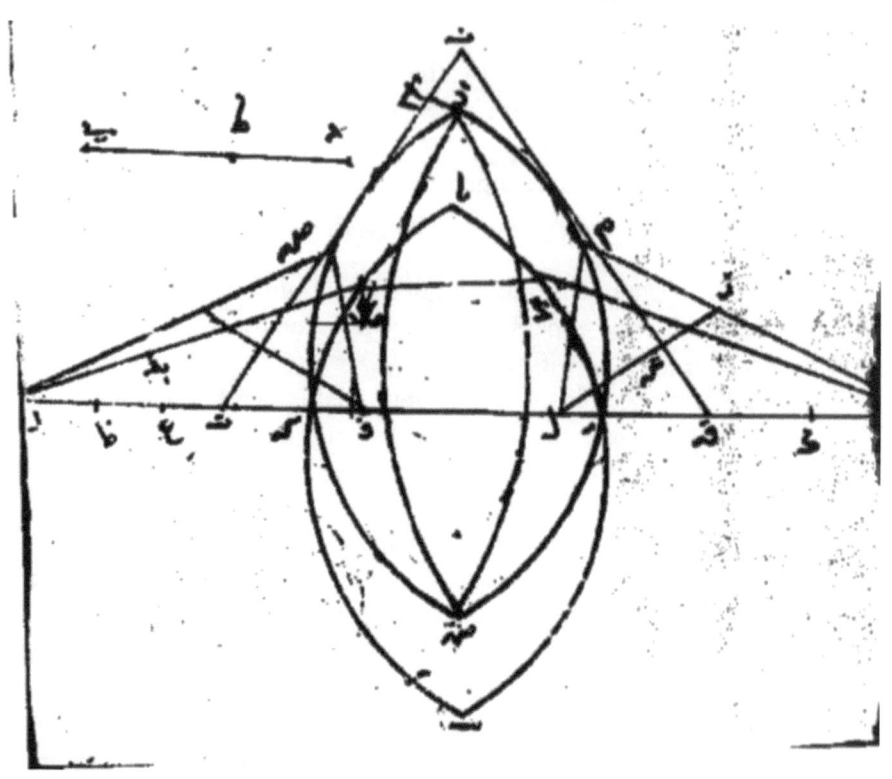

Es una noche sin luna en la taifa de Toledo. Y todo el maldito asunto parece condenado a ir de mal en peor. Al-Andalus duerme, pero en estos momentos al-Mustansir se encuentra aún en el edificio de la policía, entre las cuatro paredes de un despacho, rodeado de todos aquellos de sus hombres que han recibido alguna educación, todos formando círculo alrededor del dibujo que le ha dado la hija del escriba. Y el asunto parece ir de mal en peor porque hace un rato han concluido que, definitivamente, el dibujo no representa un pájaro. Más bien se inclinan por la hipótesis de que describe algún tipo de artefacto.

Tras la última llamada a la oración, una vez que han regresado de la mezquita de declamar el quinto salat del día, uno de los policías ha salido a la calle y ha pedido a un vendedor de fritanga que les diera abasto para la cena. Y ahora que ya se han saciado, todos los agentes mantienen sus manos hacia arriba, alzan sus dedos aceitosos en dirección al techo, frotando sucesivamente las yemas del meñique, el anular, el corazón y el índice contra la del dedo pulgar, y lucen una lánguida sonrisa bobalicona.

—¡Ay de aquél al que se le ocurra tocar el papel con esas manos, hatajo de grasientos! —les reta al-Mustansir, agarrando el pliego como si fuese la prueba más valiosa que alguna vez hubiera albergado el edificio.

—Pero sahib… —se queja uno de ellos, mirando hacia los lados y esgrimiendo las manos untosas, como para indicar que no hay ningún otro paño a la vista.

—Calla, animal de bellota. Tengo que reconocer que no os veo muy lúcidos en estos momentos, la verdad sea dicha. Así que creo que ya va siendo hora de marcharse a casa.

La luz de las lámparas comienza a extinguirse, y la sombra de la noche los acecha. Sus perfiles son, cada vez más, negras hormas volubles a las imaginaciones soñolientas; a pesar de ello, al-Mustansir ha podido distinguir perfectamente cómo las lubricadas sonrisas de sus subordinados se han ampliado después de que pronunciara la última frase. Durante unos minutos nadie se atreve a moverse. Pero una vez que el primero de ellos se levanta, todos los agentes con algún tipo de estudios de la medina se apresuran a seguir el consejo de su patrón, abandonan la sala y se retiran a sus hogares. Un oficial huesudo y de nariz afilada parece demorarse, buscando quedarse a solas con al-Mustansir. Es un joven discreto llamado Abu Hazm, que se formó en matemáticas en la escuela de Másmala como el alumno más destacado de su curso, y que por fin, cuando ya no queda nadie más, se decide a acercarse a su superior y le dice:

—Sahib, me podría equivocar, pero estoy casi seguro de que el dibujo es el diseño de un plano. El plano de un instrumento de la ciencia geométrica —pronuncia con voz nasal—. Estoy casi seguro, pero mis conocimientos no llegan más allá…

—Si así lo crees, Abu Hazm, así será. Pocas personas saben más que tú de matemáticas en todo Toledo —le responde al-Mustansir, dando unas palmadas en el hombro del oficial.

Luego se queda solo en el edificio de la policía toledana, cavilando en la oscuridad. Abu-l-Hakam b 'Alí al-Mustansir es una sombra que cavila en mitad de la noche sin luna. Y todo el maldito asunto parece condenado a ir de mal en peor. Hasta el punto de que ha comenzado a influir en sus propios hábitos, por lo normal invariables, y hoy, para venir desde la casa de la familia del escriba hasta la jefatura de policía, sin saber siquiera por qué, ha dado un rodeo sin precedentes, y ha venido caminando a través del populoso barrio de los perfumistas, saturado de la empalagosa esencia de ámbar gris de moda.

Hay ocasiones en las que un hombre de recursos se ve obligado a hacer uso de ellos. Y esta mañana al-Mustansir ha vuelto a subir al Alficén, ha superado las primeras terrazas y ha seguido ascendiendo a través del alcázar militar. Luego, ha caminado hasta el alcázar de Palacio y ha solicitado audiencia, con el firme propósito de hacer una visita a su superior y amigo personal el juez de Toledo, el cadí ibn Sa'id. Ahora estamos en una habitación de planta hexagonal, tapizada con brocados de Tustar de hilos de oro y plata. Es un espacio amplio y diáfano, y de los arcos de sus ventanas penden lustrosos cortinajes de tafetán.

—Sabes que de mí obtendrás siempre toda la ayuda que desees, al-Mustansir —dice en este momento el cadí Sa'id—. Pero como amigo. Como cadí no es lo usual que un juez ayude al jefe de la policía en el proceso de sus investigaciones.

—En realidad, no vengo a solicitar tu ayuda como reconocido jurista, nombrado cadí directamente por la mano del rey —explica al-Mustansir, sabedor de que el punto más débil de los intelectuales no es la avaricia ni el deseo, sino la vanidad—. Tampoco como historiador enciclopédico, autor de tantas biografías y tratados. Te pido asesoramiento como científico, como director de la escuela de astrónomos y matemáticos.

—Eres un adulador, al-Mustansir. Siempre sabes plantear las cosas de forma que el otro se sienta en la necesidad de darte lo que pides.

—No es cierto, Sa'id.

—Sí lo es.

—No lo es. Es un hecho irrefutable que pocas personas saben más que tú de matemáticas en todo Toledo. Y eso es algo que yo difícilmente podría ocultar o ponderar.

A través de los arcos de las ventanas, entre las cortinas de tafetán, vemos un gran patio de flores y un estanque con el fondo de mármol tallado. Desde dentro del estanque nace un árbol artificial forjado con piezas de plata. Si se observa con detenimiento, se puede comprobar que el agua sube a presión por el interior del tronco del árbol, produciendo un suave gorjeo, y que luego las gotas se deslizan por las ramas de metal hasta desprenderse como una fina llovizna similar al rocío, humedeciendo la superficie de los frutos y las figuras de los animales de piedra.

—¿Y qué asunto científico te trae hasta mí? —se interesa el cadí Sa'id.

—Es el primer autómata que veo.

—¿Cómo? —vacila el juez. Pero después repara en que al-Mustansir permanece absorto en la visión del árbol de plata que se mece a un lado y a otro, mientras se aprieta la nariz con el índice y el pulgar formando una pinza rechoncha, y respira a través de la boca entreabierta—. Sí, en estos palacios el arte y la ciencia se aúnan, para mayor gloria de Alá.

—Lo que me trae por aquí es también un artilugio. O eso creo. Es el plano de una máquina —dice al-Mustansir, y le extiende a su amigo el pliego de papel con el dibujo.

El cadí del Toledo sostiene el papel entre sus manos y camina despacio hasta las ventanas. Lo observa durante un rato, y dándole la espalda al jefe de policía le pregunta:

—¿Qué te hace pensar que esto es el diseño de un aparato? ¿Por qué no un simple dibujo trazado al azar con cuadrantes y compases?

—Uno de mis oficiales, Abu Hazm, iniciado en la matemática, pensó que quizá se tratara de un instrumento de geometría.

A través de los arcos vemos que en el jardín del patio ha hecho aparición un tercer hombre. Lleva una larga barba blanca y viste por completo de negro, con una túnica de seda cayéndole hasta los pies, la punta de las babuchas rizada hacia arriba, y el turbante rematado en un afilado estilete de metal oscuro. El hombre se aproxima hasta el árbol de riego y, mientras comprueba el buen funcionamiento de cada una de sus piezas, sin excesivo disimulo, los observa.

—Si esto es un instrumento geométrico —prosigue el cadí Sa'id—, desde luego yo no lo conozco en absoluto. No creo que sea nada, querido al-Mustansir.

—Ah, bien. Ya veo —dice el jefe de policía.

—No, nada relevante —repite el juez al rato, al ver que al-Mustansir ni se mueve ni da muestras de reacción alguna.

—¿Y ese noble señor, Sa'id? ¿De quién se trata? —pregunta.

—Su nombre es Azarquiel. Probablemente la persona que más sabe de matemáticas y astronomía en todo al-Andalus.

Cuatro días más tarde, a la hora en la que la luz crepuscular tiñe de perfiles amoratados las formas de la ciudad y el río se asemeja a un manso camino pavimentado con alquitrán, Abu-l-Hakam b 'Alí al-Mustansir sigue casi tan confuso como cuando empezó todo, sólo que ahora a su ánimo lo aflige una afección mucho mayor. Esta misma mañana, un pequeño barrio de trabajadores del sureste de la ciudad ha sufrido un terrible incendio, que ha costado más de media jornada extinguir. Durante la inspección que siguió al incendio, en el patio derruido de la casa que perteneciera al joven oficial Abu Hazm, se han encontrado las chamuscadas ropas del policía extendidas en el suelo, con las mangas y las perneras conservando la forma humana, y el turbante y las babuchas bien colocados donde corresponde. Exactamente como si Abu Hazm se hubiese volatilizado.

En la ciudad ha cundido el pánico, y ahora el jefe de la policía de Toledo observa ensimismado el paso de las horas en las dos clepsidras gigantes que se levantan a las orillas del Tajo. Los dos relojes contienen sendos aljibes que se colman con la llegada del plenilunio, y quedan vacíos con la luna nueva, de manera que todos los toledanos están siempre al tanto de la hora y el día del mes lunar en el que se encuentran. El preciso mecanismo de los dos relojes de agua ayuda a al-Mustansir a reflexionar con mayor claridad, o así al menos suele ser. Aunque no hoy, no este atardecer aciago en el que la desaparición de su subalterno pesa sobre sus espaldas como la joroba de un dromedario.

Tampoco el hecho de que su amigo, el cadí ibn Sa'id, en ningún momento le preguntase para qué necesitaba él saber lo que representaba aquel extraño dibujo le concede demasiado sosiego.

Esta misma noche, al-Mustansir decide visitar la casa de la familia del primer desaparecido, el escriba del rey, en las terrazas de servicio del Alficén, en un intento de encontrar algún tipo de paz para su alma.

La espera en el zaguán de la vivienda se le hace interminable. En esta ocasión da cuenta de los frutos secos de las bandejas que el sirviente le va ofreciendo, una bandeja de dátiles, otra de ciruelas pasas, otra de pipas de melón, otra con vainas secas de algarroba, otra con orejones de albaricoque, y por último, incluso un cuenco de aceitunas. Los minutos pasan como el grano por una rueda dentada, y esta vez, al-Mustansir no se concentra en absoluto en la pared con formas de rombos y estrellas, ni se deja llevar por la repetición simétrica, ni por las multiplicaciones ni las subdivisiones, ni logra alcanzar pensamiento superior alguno ni de la más modesta trascendencia. Más bien, se está preguntando si el rostro de Raqiyya será tan sensual y refinado a la luz de las lámparas de aceite como le pareció la primera vez bajo la luz del día.

Cuando la hija del escriba por fin lo recibe, sin embargo, tan sólo le relata las novedades en torno al caso de su padre. Después añade:

—Lamento que todas las noticias sean negativas.

—No se preocupe. Usted hace lo que puede, no es culpa suya.

—Me sorprende lo bien que encaja usted los reveses de la fortuna —le dice—. He de reconocerlo, me asombra la entereza de su condición femenina.

—Si quisiera pasar el día lamentándome y llorando como una mujer, habría elegido el oficio de plañidera, y ahora cobraría un salario por mi llanto, y por gritar y golpearme el pecho en los funerales. Pero, como ve, no es el caso.

Desde la calle, que permanece en absoluta penumbra, llega hasta el interior de la vivienda la azucarada fragancia nocturna del jazmín y de la dama de noche.

—Ya veo —le dice.

—¿No se ha librado de esa costumbre, verdad?

—Me cuesta… —dice al-Mustansir, aunque en ese mismo momento cesa de golpearse la nariz, y deja su dedo índice insólitamente suspendido delante de su cara—. El otro día conocí al mismísimo Azarquiel en persona, ¿sabe?

—¿El constructor de las dos clepsidras…?

—Ese mismo. Por las clepsidras le conoce la mayoría de los toledanos, aunque ha hecho muchas más cosas.

—¿Como cuáles? —pregunta ella, con una intensidad en la mirada que da la sensación de que tuviera verdadero interés en conocer la respuesta.

—Ha inventado la azafea, por ejemplo, un instrumento que hace que el astrolabio sea capaz de medir la latitud y la hora a partir de los astros en cualquier parte del mundo. Ya no hay necesidad de tener ninguna lámina específica de ese lugar concreto. —El jefe de policía ha logrado dejar definitivamente de golpearse la nariz con el dedo, pero para conseguirlo se ha tenido que imaginar un pequeño perro de aguas agitándose entre las piernas de Raqiyya, y ahora sus pupilas lo siguen por el suelo de la habitación, dibujando un continuo ocho en el aire—. Dicen que comenzó siendo aprendiz de forjador de hierro. Pero pronto sus dotes como cincelador le llevaron a fabricar aparatos para los astrónomos más importantes de Toledo. Y acabó siendo maestro de aquellos que le enseñaron…

El jefe de la policía interrumpe su explicación por un momento, para poder oír, entre los ladridos del perro, si la mujer tiene algo que decir. Pero la joven parece haber sido hipnotizada por el vaivén continuo de sus ojos.

—Como astrónomo —concluye al-Mustansir—, Azarquiel ha sido el primero en mantener que hay planetas que giran alrededor del sol.

—No sabía nada de eso. Cuántos descubrimientos para un solo hombre.

—Y creo que ahora anda metido en algún otro proyecto con el cadí Sa'id, en la elaboración de unas tablas que registran el movimiento de los cuerpos celestes… Pero no sé hasta qué punto mi amigo el juez sería capaz de ocultarme algo relativo a mi investigación para proteger al astrónomo…

—Alí al-Mustansir, usted sabe mucho de lo escrito en los libros, pero poco de lo hablado en las calles.

—Mi trabajo se desarrolla en las calles… Pero, ciertamente, no sería usted la primera persona en decirme que me ha visto caminar entre la muchedumbre del zoco como si me solazara en la quietud de un oasis. ¿Y en qué lo ha notado, si se puede saber? —pregunta, un tanto apurado.

—Lo digo porque se comenta que Azarquiel y el cadí Sa'id se conocieron ya de niños en la ciudad de Córdoba. Y que nada más llegar Azarquiel hace unos años a Toledo, el cadí lo acogió en su escuela y se convirtió en su mecenas.

—Ya veo. Una antigua amistad.

—Las que más valor tienen.

—También las hay nuevas…

—Sí, pero no se basan en unos simples encuentros y en volubles sensaciones.

—Es usted condenadamente inteligente, Raqiyya. Pero, ¿me está diciendo que lo que yo siento ahora, cada vez que el aroma a ámbar gris impregna mi olfato, es un sentimiento voluble?

—¿Sabía usted que el ámbar gris es una secreción biliar que se extrae del intestino de los cachalotes?

Estamos en una de las habitaciones del edificio palaciego más septentrional del Alficén, cerca del Salón de los Perfumes, desde cuyos ventanales se puede admirar el brumoso paisaje de la vega y el recodo del río. Abu-l-Hakam b 'Alí al-Mustansir ha convencido a la hija del escriba para que esta mañana de niebla lo acompañe a Palacio, y le facilite el acceso utilizando su salvoconducto de escribana de la corte. A pesar de ser el jefe de la policía, conseguir un permiso del juez de Toledo para registrar su propio despacho y el de su amigo de infancia podría entrañar complejas dificultades. En el centro de la habitación en la que nos encontramos, que permanece en la oscuridad propia de los días nublados, hay una gran mesa de nogal con incrustaciones de taracea, colmada de papeles y de artefactos. En una esquina de la mesa, un enorme astrolabio esférico compuesto de placas y discos dorados parece dominar su pequeño universo de objetos mínimos. Abajo, en la calle, el rumor de las tareas domésticas de la vida palatina, y los fragores de la instrucción marcial del ejército, imperan sobre cualquier otro sonido, incluso sobre el de la tímida lluvia que ha comenzado a amagar. En los interiores del edificio, en cambio, reina un silencio que en estas circunstancias podría resultar exasperante. Pero al-Mustansir, lejos de moverse con cautela, pasea por el recinto privado como si nada, y silba. La joven lo sigue de cerca, procurando que sus pasos no suenen en el suelo de mármol veteado, y trata de volver a colocar en su sitio todo lo que descoloca al-Mustansir.

Después de remover fardos de papeles y objetos inverosímiles aquí y allá durante un buen rato, un libro ha aparecido en el centro de la mesa, y el jefe de la policía toledana se ha quedado paralizado. A pesar de la poca luz que entra por las ventanas, podemos ver que el volumen data de un siglo de antigüedad, que su autor es un tal Ibn Sahl, físico y matemático de la corte de Bagdad, y, también en la portada, que los grandes caracteres árabes rezan de derecha a izquierda Kitāb al-Ḥarraqāt, El libro de los instrumentos incendiarios. Al-Mustansir se acerca despacio al tomo y pasa sus hojas apergaminadas, que crujen como rígidos lienzos. Y, tras detenerse en diez o doce lugares al azar, traga saliva, cierra el negro agujero de su boca, y vuelve el libro abierto hacia Raqiyya. Sí. Allí está. En la página cuarenta y dos del volumen, entre símbolos y fórmulas, y rodeado de otros bosquejos igualmente extraños: el dibujo que un día la hija del escriba escondió en la tibieza de su pecho.

La joven extiende su mano hacia el libro, y acaricia la lámina esbozada hace casi cien años, como si de alguna manera secreta pudiera desvelarle el paradero desconocido de su padre. El corpulento jefe de la policía mira hacia ella sin verla, con los ojos vacíos como dos trozos de vidrio. Casi podemos oír los engranajes de la mente de al-Mustansir rumiando algún pensamiento.

—Es usted infatigable —resuena una voz en la entrada del despacho.

Los dos intrusos en los aposentos de Palacio se vuelven a un tiempo. Abu-l-Hakam b 'Alí al-Mustansir cierra el libro y sonríe.

234

—Ilustre Azarquiel, qué feliz encuentro —exclama—. Estábamos esperándole, pero como no habíamos anunciado nuestra llegada nos temíamos que tardase en aparecer.

—Y mientras tanto se distraían repasando los libros que había dejado en mi mesa como pasatiempo para los visitantes inesperados, ¿verdad?

—Una idea estupenda, ciertamente —prosigue al-Mustansir sin alterarse—. Ella es Raqiyya bint al-Nasir b Abd Allah al-Katib —le informa, pronunciando su nombre completo, para que el astrónomo pueda saber quién es y de quién desciende.

—Ya me lo imaginaba. Al final nos haremos con la colección completa...

—¿Qué quiere decir? —pregunta Raqiyya, que permanece escudada tras el voluminoso cuerpo de al-Mustansir.

—Síganme los dos, les enseñaré algo que será de su interés.

La negra silueta del astrónomo comienza entonces un largo recorrido por los pasillos y galerías del palacio, mientras lo seguimos tan de cerca que podemos percibir las oscilaciones de su túnica de seda, como una sombra que se difuminara a cada paso.

Al final de un pasillo oscuro, iluminado por apenas dos pares de antorchas, bajamos unas escaleras que nos acaban por introducir bajo la tierra. Luego, cuando el último túnel también llega a su fin, vemos dos guardias custodios que se tocan el pecho a modo de saludo, y empujan un disco de piedra hasta hacerlo rodar a un lado. La piedra da paso a una vasta cámara, en cuyo centro hay un gran cubo de granito, sin decoración y sin ventanas, cubierto por un manto de seda negro que tiene una franja de textos del Corán bordados en oro. Es una réplica casi exacta de la Kaaba, la sagrada Casa de Dios en La Meca. Con la salvedad de que, donde debiera haber una puerta, parece haber una ventana sellada por un grueso cristal abultado. Al otro lado del vidrio vemos al padre de Raqiyya, el desaparecido escriba del rey al-Nasir, al joven oficial de la policía Abu Hazm, y al menos a otros dos hombres vestidos con la indumentaria de los sirvientes, todos ellos exhibiendo un tamaño tan diminuto que nadie se atrevería a asegurar que levanten más de un palmo desde el suelo.

Entonces sentimos un terrible golpe en la parte posterior de la cabeza, y los cuerpos de la escribana de la corte y del jefe de la policía de Toledo caen al suelo como dos pesadas talegas de alfalfa.

Estamos dentro de un cubo perfecto, de cuyos seis lados sólo uno no es idéntico: el techo se sostiene sobre tres columnas de madera, mientras que las paredes y el suelo están revestidos con cinco placas de mármol macizas. En el interior del cubo domina la penumbra, y definitivamente no hay puertas. La joven Raqiyya está sentada en el suelo junto a su padre, ambos con las piernas cruzadas y entrelazando sus manos mientras se ponen al día de los acontecimientos. En estos momentos, podemos oír cómo el escriba al-Nasir le cuenta a su hija que estaba trabajando como ayudante del propio Azarquiel cuando fue secuestrado y confinado, y que los dos criados eran dos sirvientes de Palacio, que en algún momento habían sido testigos de ciertas conversaciones del astrónomo con otros científicos. Entretanto, al-Mustansir permanece en silencio en la esquina opuesta del habitáculo, sin que ninguna expresión turbe su semblante y sin mover ninguno de sus escasos músculos para hacer nada. La perfección de este cubo de inspiraciones divinas le permite reflexionar con mayor claridad (de hecho, en este mismo instante puede distinguir con nitidez todas las figuras de esta partida, desplegadas sobre la cuadratura de un tablero de ajedrez, el rey, la torre, el alfil negro con su larga barba blanca, y fuera de la superficie del tablero todos los que han sido los peones en el juego, allí recluidos). Cuando el jefe de policía está a punto de encajar todos los elementos de la jugada, y una baba elástica y cristalina escapa entre sus labios y se aleja de su cara, un sonido sordo interrumpe sus pensamientos, la cabeza de al-Mustansir da un respingo, y la baba vuelve como un muelle al interior de su boca carnosa. La rueda de piedra ha girado, abriendo la cámara exterior. Y el alfil negro ha aparecido de repente por la única ventana del cubo, con el formidable tamaño de las personas reales, mientras que todos los atrapados a este lado siguen conservando la diminuta proporción de las piezas talladas en madera de roble.
El colosal astrónomo se acerca aún más a la lucerna, y vemos su negro turbante más abombado y rotundo que nunca, y el afilado punzón que

lo corona prolongándose hasta el techo. Guiña un ojo, y con el otro, enorme y azul, escudriña a los policías, a los escribas y a los sirvientes. Y dice:

—Han de entenderme. Y si no lo hacen ahora, algún día me entenderán. Los hombres no están preparados para convivir con los instrumentos descritos en ese libro. No todavía. —Su voz, ahogada al otro lado de las paredes, no parece tan temible como su tamaño—. Son instrumentos demasiado peligrosos. Reproduciéndolos a la escala suficiente, se podrían incendiar ciudades enteras en cuestión de instantes. Piensen que con nuestra decisión de ocultar el libro estamos salvando miles de vidas.

—Y por eso —ataja el jefe de policía—, a la vez que apresaban a aquellos que podían saber algo del asunto, provocaban los incendios y daban espectacularidad a las desapariciones. Para que en caso de descubrirse todo, la gente ya tuviera miedo de antemano, y fuese fácil de doblegar.

—Tienes que comprendernos, querido al-Mustansir. —La voz que ahora oímos es otra, es la voz del cadí ibn Sa'id, al que en este momento también podemos ver agigantado en un segundo plano de la cámara exterior—. Teníamos que asegurarnos de que los datos del libro no saldrían a la luz de ninguna de las formas.

—Han de entenderlo —vuelve a decir Azarquiel—. Esto es en beneficio de toda la humanidad. Nosotros somos científicos, hombres de bien y de justicia, mecenas del arte y de las ciencias, no somos perversos saboteadores. Tendrán que entender lo que les digo, y permanecerán en ese estado reducido hasta que lo hayan comprendido del todo. Mientras tanto, cualquier intento de fuga será en vano, porque de esa guisa es evidente que no podrán moverse por el mundo. Ni siquiera podrían subir el primero de los peldaños de la escalera del fondo de ese pasillo, si antes no les devolvemos a su tamaño original.

En el interior del cubo resuena un breve sollozo. Sobre la mejilla derecha de Raqiyya resbala una lágrima diáfana como el cristal de roca. El escriba al-Nasir apoya una mano en la espalda de su hija, el joven oficial Abu Hazm se mueve nervioso por el recinto frotando sus manos huesudas, y los sirvientes no logran borrar la expresión de terror de sus semblantes. El jefe de la policía permanece completamente quieto, y luego dice en voz alta:

—Me dijo usted, Raqiyya, que no le veía el sentido a llorar si no cobraba un sueldo por ello. No lo haga ahora, porque o bien estos hombres ilustres tienen el poder de encoger también los corpúsculos de los aromas, o bien no nos han hecho menguar en absoluto.

—¿Cómo? —pregunta la joven, sorbiendo la nariz.

—Claro, cómo si no explicar entonces que siendo yo tan pequeño siga percibiendo su esencia de ámbar gris con exacta intensidad… —dice, y la mira.

—¿Qué quiere decir? —interviene Azarquiel.

—Quiero decir que creo que nuestro diminuto tamaño es parte de la farsa disuasoria, esa farsa que han ideado para que los contenidos del libro se sigan asociando con males terribles.

—Pero, amigo al-Mustansir, amigo mío —comienza a decir el cadí Sa'id casi como un ruego—, ¿es que vas a negar lo que puedes ver con tus propios ojos?

El jefe de la policía de la taifa de Toledo Abu-l-Hakam b 'Alí al-Mustansir sonríe, y con sus dedos rechonchos se acaricia la barba, mientras asiente con la cabeza. Con tono sereno y pronunciando lentamente las palabras, dice:

—Amigo Sa'id, mis ojos ven tantas cosas… Pero no las creo todas, pues en tal caso yo mismo hace tiempo que pensaría que he perdido la cabeza. Oh, pobre de mí, sabes que soy de origen sencillo y que no he recibido demasiada educación. Probablemente sea una de las personas que menos sepan de matemáticas en todo Toledo, pero por lo poco que mis humildes ojos han podido ver en ese libro, podría asegurar que esas lentes convexas por ambas caras, cuyas propiedades luminosas e incendiarias se estudian y detallan a lo largo de las páginas, también han de tener además la cualidad de aumentar o disminuir la visión de los objetos según estén dispuestas. Como ocurre con la lente de esta ventana. Pero no te preocupes, amigo Sa'id, por mi parte como si el maldito libro permanece oculto por otros diez siglos.

Un solo hombre solo
Marina Perezagua

Cédric tiene 34 años, pero el latido de su corazón joven es un latido ancestral porque, para que Cédric esté vivo, muchos tuvieron que sobrevivir antes de él. Situémonos, para comenzar, 32.000 años antes de nuestra era. Un hombre paleolítico acaba de salvarse de un lobo en una cueva al sur de Francia. Todavía alerta, escucha el eco de su respiración entrecortada, que comienza a disiparse conforme se tranquiliza. En la desaceleración del miedo emergen los sonidos de la gruta: una gota que se filtra por las paredes húmedas, las pisadas de un roedor que reanuda su traslado de semillas. Cuando el oído le confirma que no hay amenaza, el hombre levanta la antorcha y, en la pared frontal de la cueva descubre, por primera vez, algo que nunca antes ha visto: la pintura. No sabe lo que es. Son bisontes y caballos que no se mueven. Depredadores que no atacan. Osos, búhos y hienas. El hombre vuelve a temblar de miedo. Al ver que las bestias permanecen inmóviles se atreve a acercarse a la pared, despacio, desconfiado. Cuando está lo suficientemente cerca les arrima el fuego, las amenaza, las quema. Luego las toca. Recorre con un dedo los contornos de los animales y se lleva el dedo a la boca. Acerca la nariz, les huele, les grita. Vuelve a acercarles el fuego. Pero no reaccionan. Bajo los dibujos hay un charco granate. El hombre moja su mano y marca la pared con la palma derecha. Es una mano reconocible por una característica singular: su dedo meñique, debido seguramente a una condición genética, apenas está desarrollado, es diminuto, casi invisible. En los días sucesivos el hombre motea con su palma roja de cuatro dedos las siluetas de los animales. Hoy, 34.000 años después, debido al hermetismo con que el yacimiento ha estado naturalmente cerrado, estas pinturas, que doblan en antigüedad a las pinturas más antiguas conocidas, parecen frescas, y en la mano tetradáctila de un hombre paleolítico vemos el primer autorretrato de la historia, el rostro digitado sin el cual Cédric no habría nacido.

Pero ahora Cédric espera una inyección letal atado en una camilla. Los que se la van a administrar, debido al juramento hipocrático –comprometido en preservar la vida– no pueden ser médicos. Se les llama técnicos. Estos técnicos le pondrán en cada brazo una vía intravenosa; tres drogas que en cantidades letales serán administradas por orden. Primero, el tiopental sódico deshabilitará los sentidos. Cédric perderá el conocimiento. En una siguiente fase sus músculos, incluido el diafragma, comenzarán a paralizarse. Es la acción del bromuro de pancuronio, por la cual Cédric perderá la capacidad de respirar. Pero su corazón seguiría latiendo por un tiempo, si no fuera porque, para acelerar el proceso –que no debe durar más de cinco minutos– se le inyectará la tercera sustancia: El cloruro de potasio, que despolarizará el músculo cardíaco hasta que el corazón de Cédric se detenga.

Cédric mira el techo de la celda donde le han trasladado. Es mucho más blanco que el de la celda donde ha estado los últimos cinco años. No está nervioso, porque aceptó tomar algunos sedantes orales que ya le están haciendo efecto. Le ofrecieron las dos pastillitas sueltas en un pequeño plato de porcelana, junto con una copa de agua y una servilleta bien planchada, igual que se sirve un aperitivo. Recuerda aquel canapé de salmón que le ofrecieron en una terraza de verano, pero su aperitivo de ahora le está abriendo un apetito distinto. Un gusto amargo a pastilla disuelta bajo la lengua comienza a liberarle los sentidos a una ensoñación que la comida principal, inyectada directamente en sus venas, cerrará. Está triste. No recuerda haber estado tan triste antes y, sin embargo, le gustaría que ese momento se alargara durante una larga vida. Cédric comparte con sus antepasados el mismo deseo de dilatar su vida. Siglo III d.e.c. Un hombre que, como su ancestro de cuatro dedos, se arma para defenderse. Frente a él no habrá un lobo, sino otro hombre. En el coliseo de Thysdrus, provincia romana de África, actual El Djem, el gladiador se prepara en la penumbra de los túneles para salir a la arena. Afuera, el sol está alto y se escucha el griterío de las gradas en olas que van y vienen de acuerdo con el interés de la lucha. En las mazmorras se huele la podredumbre de hombres y bestias, sangre, heces y sudor. Antes de que el gladiador salga, un guardián pasa a lo largo de su brazo una espátula y, al llegar a la muñeca, vierte el sudor en un pequeño frasco. Si vuelve a ganar la batalla, el líquido se venderá por el doble de su valor actual. Una hora más tarde los esclavos al servicio del anfiteatro arrastran con un garfio de hierro al vencido, mientras el sudor amarillento del vencedor pasa por entre las manos de las mujeres en las gradas, que desean el frasco y pujan por su posesión. Con esta última lucha el gladiador ha ganado su libertad. Los próximos sudores los vuelca por voluntad propia en la piel de numerosas mujeres.

La seda fue el primer hilo que unió Oriente y Occidente. Los romanos creían que la seda crecía en unos árboles lanudos de China, y el Imperio chino, aprovechando esa creencia, guardó el secreto de su elaboración. Una ley imperial condenaba a muerte la exportación de gusanos o sus huevos. El ex gladiador, mudado a comerciante, no llegó a conocer en ninguno de sus viajes el secreto de los gusanos. Tampoco llegó a saber que, mientras las larvas Bombyx mori hilaban las fibras de proteínas de los capullos de la seda, una muchacha metamorfoseaba su espermatozoide en una crisálida que rompería, nueve meses más tarde, su hija.

Cédric recuerda un sueño recurrente en una etapa de su infancia. Más que un sueño, es una sensación, que no sentía desde que, a la edad de once años, estuvo enfermo durante meses con unas fiebres reumáticas. Algunas noches deliraba, y entonces imaginaba que su nariz se había taponado por una semilla redonda y anaranjada. El pequeño fruto atascado le hacía conocer, a través del olfato, el sabor del árbol que, en el delirio, comenzaba a brotarle de la nariz. Cuando la fiebre remitía sacaba del armario una caja de zapatos. Allí estaban las pequeñas semillas saltarinas que su tía le había regalado al volver de uno de sus viajes explicándole que, lo que hacía saltar al fruto, era una larva en su interior. La oruga necesitaba humedad para no resecarse y reaccionaba a los rayos ultravioletas con un movimiento que provocaba el salto de la semilla, como si ella misma fuera más animal que vegetal. Cédric, ahora con las muñecas y los tobillos sujetos a la camilla, se recuerda moviéndose de un lado a otro de la cama en las fiebres de infancia.

Once siglos estuvo la simiente romana pasando de penes a vientres chinos hasta que, en 1405 salta, en la sangre de un almirante plebeyo, a la flota de la dinastía Ming; una flota cuyo número de naves supera en el momento al de todas las flotas europeas juntas. Siete velas cuadradas de seda roja ondean en la nave principal, de 134 metros de eslora. Al timón, el almirante Zheng He, el plebeyo que a la edad de once años fue arrancado de su familia y llevado a la corte como regalo para el hijo del Emperador. Como excepción, no fue castrado, y en dos de los treinta y siete países que visitó, dejó a tres mujeres embarazadas. La última, en España.

Como los hilos de la seda el hilo de la peste pasa de Asia a Europa. Una descendiente de Zheng He, en una mañana de 1649 en Sevilla, descubre en la piel de su marido una bola negra, que se multiplica en otras bolas durante los días sucesivos. Muchos vecinos experimentan los mismos síntomas; escalofríos, dolores de cabeza, hemorragias y lesiones necróticas. Son síntomas parecidos a los de la peste que había asolado Florencia exactamente tres siglos antes, caracterizados por un curso rapidísimo, tan veloz que un humanista italiano lo refirió así alrededor de 1351:
¡Cuántos hombres ilustres, cuántas bellas mujeres, cuántos jóvenes gallardos, a quienes Galeno, Hipócrates o Esculapio hubieran juzgado sanísimos, almorzaron por la mañana con sus parientes, compañeros y amigos, y cenaron por la noche con sus antepasados, en el otro mundo!

La epidemia diezmó la mitad de la población de Sevilla, y constituyó la primera arma biológica conocida. Así, durante las guerras, los muertos por el contagio se catapultaban a las ciudades enemigas para extender la peste. Al principio la enfermedad se transmitió a través de las pulgas de las ratas. Dos ratas tienen dos mil crías en un año, pero la peste mutó en poco tiempo y comenzó a pasar de hombre a hombre a través de la tos. Cédric, en la celda de una época que invierte en la exploración de armas biológicas, tose, y arroja una flema purulenta.

En el Moscú del siglo XIX un hombrecillo borracho se gana la vida cantando canciones populares. En julio de 1812, llevado por la fortuna a las proximidades del río Niemen, se encuentra con la Grande Armée de Napoleón. Desde un escondite, ve arrojar cientos de cadáveres a fosas comunes. No son víctimas de la guerra, sino de la llamada fiebre de las trincheras, transmitida por el piojo humano. Al morir el hombrecillo de viejo dijo que el alcohol, que por aquel entonces se consideraba la vacuna para ciertas enfermedades epidémicas, le había salvado de la fiebre a pesar de los muchos piojos que habitaron su cabeza. Se lo decía a su hijo pequeño entregándole, como única herencia, una botellita de licor de zapekanka.

Cédric no sabe si tiene derecho a una última voluntad pero, desde el sopor de los calmantes, pide un trago. Al pedirlo siente su lengua pesada, acartonada. Recuerda la rugosidad del tronco de un árbol en el campo de sus abuelos. Se ve a sí mismo de niño levantando la corteza con sus manos suaves. Es un tejo —escucha la voz de su abuela—. Un árbol sagrado —decía ella— porque es inmortal y, antes de morir, cuando se está pudriendo, deja caer una hoja en el interior de su tronco. Esta pequeña hoja —le explicaba— comienza a limpiar la podredumbre, como un pececillo corydora limpia las paredes de un acuario, y para ello se come lo podrido, se alimenta de ello, y así crece hasta formar la raíz sana que sostendrá al árbol durante mil años más. Y Cédric, inmovilizado en la camilla, escucha la canción de su abuela mientras le arrulla a la sombra del tejo: Las vidas de tres zarzos, la vida de un perro. Las vidas de tres perros, la vida de un caballo. Las vidas de tres caballos, la vida de un hombre. Las vidas de tres hombres, la vida de un águila. Las vidas de tres águilas, la vida de un tejo. La vida de un tejo, la longitud de una era. Siete mil eras desde la creación hasta el día del juicio.

Cédric ve la cabeza de un técnico sobre él. Cierra los ojos y ve una foto. Es como una familia grande, con mucha gente, jóvenes, niños, ancianos. Todos miran a la cámara. Intenta identificar la foto. Tira, en la pesadez de la narcosis, del hilo de la memoria. Entonces recuerda una conocida noticia. El 13 de octubre de 1972 un avión con cuarenta y cinco pasajeros, en su mayoría jóvenes integrantes de un equipo de rugby, se estrella en la cordillera de los Andes. Los supervivientes lograron sobrevivir setenta y dos días en la nieve alimentándose de la carne congelada de sus compañeros muertos. Pero lo que retumba en la cabeza de Cédric no es la noticia. Es la foto. Esa foto que se le ha pegado a la corteza del cerebro, que poco a poco va ralentizando los pensamientos. No tiene fuerzas, salvo para la tristeza. Su tristeza es como la hoja del tejo que se transforma en vida por medio de la muerte, una raíz, una garra que aprieta más conforme las fuerzas desaparecen. Su tristeza, el nervio de la debilidad extrema. Siente el pinchazo en la vena. La foto. La foto con todas esas caras que miran al objetivo. Todos alegres. Son muchos. Cada uno sonríe a su manera, y él tan triste a la manera de cualquier hombre del mundo, en la camilla. Detenido en esa imagen de alegría recuerda el testimonio de uno de los supervivientes de los Andes: "En el avión íbamos cuarenta y cinco. Sobrevivimos dieciséis. A los veinte años nos reunimos y nos hicimos una foto. Ya éramos setenta. Ahí vimos la mano de la creación". Cédric gira la cabeza un poco y ve su brazo inyectado. Los técnicos le han dejado solo. Quizás ya esté delirando, pero le parece escuchar su corazón cada vez más lento, como aquel hombre paleolítico de nueve dedos escuchó, en la desaceleración del miedo, los ruidos de la caverna, la vida que emergía. Cédric ve el líquido que pasa desde el fino tubo de plástico hasta su vena invisible. Mira su mano. El líquido va entrando y reúne sus últimas fuerzas en la articulación de un pensamiento: Cédric se pregunta de qué bisabuelo habrá heredado su mano de cuatro dedos.

Lemmy Kilmister me lo dijo
Salvador Luis

Me sucedió una vez recostado en la cama pensando en un punto negro, en un pequeño trazo que perturbaba la pureza blanca del cielo raso de mi habitación, una mancha que me observaba —pensaba yo— tan atentamente como yo a ella. El punto es que me hallaba dominado por esa menudencia obscura, un elemento que, desde mi punto de observación, alteraba la tonalidad perfecta del techo de mi pieza; lo miraba con curiosidad porque no sabía qué otra acción asumir o porque no conocía otra manera de enfrentarme al curso de las cosas, pues se trataba de un punto negro, una mancha en medio del mar blanco que decoraba sobriamente el cielo raso de mi habitación. Esta circunstancia, desde luego, me hacía meditar acerca de la señal de dimensiones pequeñas que miraba perplejo desde la cama (¿era en realidad parte de la estratagema de un súbito goblin o se trataba de la reencarnación de un antiguo método de tortura?). Recordé entonces —a veces resucito memorias inservibles y obsoletas; otras veces, no lo niego, algunas que me causan un dolor ciertamente confuso— que en otro lugar me había sucedido algo parecido con un punto negro similar a este, una pequeña marca que invadía el cuero artificial de un asiento de autobús. Aquella vez también medité por varios minutos, los minutos suficientes, claro, que separan a un viajero de su destino habitual o, visto de otro modo, los minutos que un viajero sin dirección fija se toma para elaborar un mapa mental y llegar así a algún destino dentro del conjunto de direcciones posibles o incluso para reorganizarse a partir del análisis de la suma de caminos que ese viajero en particular conoce, ya sea por cierta costumbre o por la falta de ella. El punto es que esa tarde en el autobús no había en mí la misma angustia que tenía respecto al punto negro en mi pieza (esa mancha tan peculiar que me sedaba y no me permitía salir del ensimismamiento), pero sí podía advertir otro tipo de ansiedad, la ansiedad que me producía una horrible llaga en la lengua de mi novia

245

de aquel entonces, una chica argentina que tenía la costumbre de morderse de forma enfermiza cuando picaba una fruta o cuando veía un documental sobre la vida de una bailarina que pocos recordaban porque había muerto atropellada en Praga o cuando se sentaba a beber vino en el balcón y me saludaba si me veía pasar. A Romina la conocí en un taxi donde también había un pequeño punto negro (ya hablaré de él en breve o tal vez tarde un poco, en realidad no lo sé con certeza) en el momento en que yo bajaba del auto y ella aguardaba para entrar en el mismo vehículo, en la esquina donde un minuto antes había decidido terminar mi viaje de aquella noche cuando al fin supe cuál era el lugar donde debía descargar mi cuerpo. Al bajar del taxi, Romina me tomó del brazo y me preguntó de dónde venía —no quise decirle que regresaba de un territorio que simplemente no tenía nombre, en mi cabeza, en lo más hondo de mi cabeza, y solo le señalé que mi organismo (este armario de células) volvía del Centro: porque ¿qué es el Centro sino una localización relativa, un espacio que significa todo y al mismo tiempo nada?—. Romina entonces preguntó si tenía ganas de acompañarla, de viajar en el mismo taxi, nuevamente en aquel vehículo que me había catapultado por la ciudad, su cuerpo y el mío, de manera fortuita, asumiendo un acto compartido de locomoción, sentados al lado de ese otro punto negro que me había aturdido durante el viaje en solitario. Dije que sí, por supuesto sin percatarme de lo que ocurriría, antes de saber que Romina y yo pasaríamos siete años juntos en Toronto (pero siempre como un compuesto inestable), visitando el mismo centro comercial y el mismo cine, debatiendo sobre rollos de papel higiénico para nuestra limpieza, colgando imitaciones de arte y fotografías en blanco y negro de trompetistas de jazz en las paredes, lanzando ropa interior a la canasta de ropa sucia, abriendo y cerrando automáticamente libros de autoayuda que no nos brindaban ningún equilibrio, tocándonos los genitales de una manera infantil y también, tantas otras veces, de una forma maníaca e irracional, masticando pollo con salsa de curry, arrojando emails a la papelera, odiando el olor de nuestro cabello sin lavar, rayando queso parmesano para gratinar una cacerola que nunca se veía como la del recetario: lo hice sin saber que Romina era ambas, la mujer de mi vida y la mujer que jamás podría amar del todo, la mujer simbólica que se reflejaría siempre en los ojos de las demás, la mujer icono que llenaría todas las pantallas de todos mis escritorios: Romina caminaba por la vida con los labios y la lengua convertidos en un matadero porque no podía resistirse al sabor de los hilillos de sangre y yo la seguía invocando porque tampoco sabía oponer resistencia. Pero eso fue después, mucho después del taxi y del punto negro que ya había visto y que volvía a ver con ella en ese segundo trayecto hacia ninguna parte, o hacía todas las direcciones. No lo sé muy bien. Una mancha que alteraba la superficie del espejo retrovisor del taxi, un punto obscuro y en suspenso, una señal que, desde mi punto de referencia, crecía lentamente tragándose átomos de materia ordinaria, partículas etéreas y neutrinos de masa inferior. Toda la historia del mundo, todas las épocas reconocidas y excluidas se convirtieron de pronto en un remolino de arte psicodélico que absorbió también al taxista (un economista desempleado que tuvo la mala fortuna de doblar hacia la izquierda a las 6:38 p.m.), a la olorosa y depilada vagina de Romina, junto con su lengua y sus memorias de adolescente, y a mí, un hombre ególatra y disfuncional, fundidos de súbito con el resto del planeta (fueron una suerte de flashes, cierto, pero pude ver en aquel vórtice temporal a un antiguo profesor de religión, inconsolable y sin embargo aferrándose a su libro sagrado, y a mis nietos, productos de una hija adoptiva que aún no cobijaba, mezclándose con trilobites de un Cámbrico no muy lejano y haciéndose líquido cósmico, hilo abstracto: piensen en un enorme tentáculo de ectoplasma fantasmal, o en lo que llamamos ingenuamente la furia de los dioses: el punto negro tenía la personalidad de un gran todo que dominaba y al mismo tiempo sacrificaba el Todo). Lemmy Kilmister, vocalista de Motörhead, se encontraba también en aquel caldo de materia y energía, y fue quien me lo dijo, quien alzó la voz ronca cuando las palabras dejaban poco a poco de existir: «Open your eyes, you cuuunt!», antes de que las mandíbulas de un tiburón blanco se licuaran con sus botas de vaquero. Yo cerré y abrí los ojos de repente, y me hallé en un corral para bebés, empapado de agua fecal y apestando a urea. Era la misma habitación de juegos donde mis padres me habían domesticado cuando no tenía más de seis meses de edad. Romina y el taxista, como sucede en la mayoría de eventos inexplicables de una película de bajo presupuesto, no se encontraban conmigo, pero alcancé a ver un punto negro en la base acolchonada del corral, una mancha que, deducen bien (porque alguien jaló un inodoro que activó la maquinaria del Cosmos y porque todo es un círculo), me observaba con sumo cuidado, tan atentamente como yo a ella.

¿Acaso soy una especie de monstruo, señor Pallcker?
Laura Fernández

Aquella no era la primera vez que Lenning Halleck visitaba a la Señora Berthelson. De hecho, ni siquiera era la primera vez que lo hacía llevando uno de sus libros bajo el brazo. Lo que no había hecho nunca antes, es decir, lo que no había hecho ninguna de las veces en que había estado en Señora Berthelson, era entrar en el Tellman Sweet. El Tellman Sweet era un cochambroso edificio de oficinas parlante que daba cobijo a todo tipo de negocios fraudulentos, restaurantes de comida terrestre y despachos de detectives sin licencia. Lenning Halleck no era muy aficionado a la comida terrestre, ni pensaba invertir en un negocio de dudosa reputación. Lenning Halleck quería ver a un detective.

—¿Qué clase de detective? —quiso saber el edificio (el mismísimo Tellman Sweet) cuando Halleck se dispuso a empujar la desvencijada puerta de entrada.

—Uh, esto, ¿perdone?

—Aquí —ordenó el edificio.

La voz provenía de una especie de ranura, una suerte de boca de buzón, instalada junto a la puerta giratoria. Lenning Halleck parpadeó una. Dos. Tres veces.

—¿Quién es usted?

—Soy Tellman Sweet —se presentó la boca.

—¿El edificio?

—El mismo.

—Oh.

—Aún no ha contestado a mi pregunta.

—¿Qué pregunta?

—¿Qué clase de detective está buscando?

—¿Cómo sabe que...?

—Soy telépata.

—¿Pueden, oh, pueden los edificios ser telépatas?

—Sí, señor Halleck. A propósito, leí Vovov Suggs y me pareció que no estaba nada mal. ¿Ha escrito algo más desde entonces?

—¿Ha leído mi novela?

—¿Sabe qué? No conteste a mi pregunta. Ya sé lo que necesita. Suba a la décima planta y pregunte por Lucky Luckman.

—¿Lucky Luckman?

—Es su hombre. Bueno, ya me entiende. No es exactamente un hombre. Pero usted no tendrá problemas con su aspecto, ¡es el autor de Vovov Suggs, por todos los dioses galácticos!

Lenning Halleck, sonrió, aterrado.

Marsha Dubbs trabajaba como piloto de autocohetes por las noches y pasaba parte del día en la antesala del despacho de Luckman, poniendo en orden sus ideas y fingiendo que era su secretaria mientras escribía, en secreto, relatos eróticos que publicaba en el boletín de novedades de la biblioteca municipal de Señora Berthelson, la localidad vertedero de Rethrick. Como el resto de s-berthelsonianos, Marsha Dubbs poseía una melena desmañadamente rubia y una intensa mirada felina.

Y, por supuesto, era de metal.

—¿INQUILINA DUBBS?

—¿Uh-hu? —la piloto estaba tan metida en la aventura galáctico-pornográfica que estaba escribiendo que ni siquiera levantó la vista al oír la voz de Tellman Sweet.

—TIENE UN CLIENTE —informó el edificio.

—Un, uh, un momento, señor Sweet.

—NO HAY UN MOMENTO, INQUILINA. EL CLIENTE ESTÁ EN LA PUERTA. VA A TOCAR AL TIMBRE. AHORA.

Y, efectivamente, el timbre

DING PANG

sonó.

—Estupendo —se dijo Marsha—. Otro chiflado.

Marsha recorrió la pequeña distancia que separaba su escritorio de la puerta y esbozó una de aquellas estúpidas sonrisas que el mismísimo Harvey Dresden había programado. Todos los habitantes originales de Señora Berthelson poseían una nutrida colección de aquellas estúpidas sonrisas. Pero ninguno de ellos tenía demasiadas oportunidades de mostrarlas. Salvo en contadas ocasiones como aquella. Así que dispuesta a causar una buena impresión, Marsha Dubbs abrió la puerta con una sonrisa iluminando su rostro de terrícola metalizada.

Lucky Luckman dormitaba en su sillón. La noche anterior la había pasado repartiendo botellas de leche por los bares del planeta. La leche de vaca de Debney tenía cierto efecto alucinógeno para los s-berthelsonianos. Lo que ocurría era que lubricaba sus circuitos produciendo el mismo efecto que el alcohol provocaba en terrícolas y rethrickianos, y en tipos como Lucky Luckman, que no parecían provenir de ningún planeta en concreto. Que, simplemente, eran únicos. Y tenían aspecto de enorme desperfecto.

—INQUILINO LUCKMAN, DESPIERTE.

Luckman dio un respingo. Su gigantesca y frontífera boca de besugo se arrugó en un mohín de disgusto. Emitió un par de ahogados ladridos (BAU BAU) antes de abrir sus ojos de barbilla y susurrar un dormido:

—¿Tellman?

—TIENE UN CLIENTE, INQUILINO LUCKMAN.

—¿Un cliente? —Lucky Luckman dio un salto en su sillón— ¿Dónde?

En ese preciso instante, el intercomunicador espacial de Luckman chirrió.

Luego dijo:

—¿Señor Luckman?

Era la voz metálica de Marsha.

Luckman se aclaró la garganta (UHMJUM), dijo:

—¿Marsha?

—Un tal señor Halleck desea verle, señor Luckman.

—Hágale pasar, señorita —¿Cómo demonios se llamaba? ¿Por qué siempre lo olvidaba? Oh, por todos los dioses galácticos— Crubs.

—Es Dubbs, señor Luckman.

—Claro. Esto. Dubbs. Hágale pasar, por favor.

La puerta que comunicaba el despacho de Lucky Luckman con la antesala en la que Marsha Dubbs escribía sus relatos pornográficos se abrió justo en el momento en el que el detective tomaba asiento tras su viejo escritorio de madera sintética.

Ni siquiera tuvo tiempo de calarse su sombrero de cowboy.

El tipo estaba en el umbral.

—Bienvenido señor, eh —¿Cómo le había llamado la señorita Crubbs?—, Pallcker.

El tipo no se movió.

Luckman se fijó en que parecía terrícola pero no debía serlo, puesto que era de color azul y tenía una única ceja, sobre el ojo derecho. Su tamaño también era ligeramente inferior al de los terrícolas, pero tenía nariz y no tenía antenas, por lo que no era un rethrickiano.

—¿Señor Pallcker?

—Su... Sususuu... —Halleck señaló la frente del detective.

—Oh. Claro. Mi boca —Lucky Luckman se reclinó en su mugrienta silla de oficina— ¿Nunca antes ha visto a un schein, verdad, señor Pallcker?

—¿Un schein?

—Un mutante, señor Pallcker.

—¿Es usted un-un-un mutante?

—¿Quiere tomar asiento, señor Pallcker?

El tipo azul titubeó.

—No voy a comérmelo —bromeó Luckman—. No es usted mi tipo.

—Oh, eh, yo...

—¡ME DECEPCIONA USTED, SEÑOR HALLECK! ¡ES EL AUTOR DE VOVOV SUGGS, POR TODOS LOS DIOSES GALÁCTICOS! ¡DINOSAURIOS OFICINISTAS!— bramó la voz del edificio (Tellman Sweet).

—Señor Sweet, sé que lo hace usted con buena intención, pero le agradecería que se mantuviera al margen de esto —pidió el detective.

—¿Está aquí?

—¿Quién? ¿El señor Sweet?

Lenning Halleck asintió.

Lucky Luckman se rió.

Su pequeña boca de pez sacudió su frente escamada.

–JOU JOU JOU – rió –. Es usted francamente divertido, señor Pallcker.

—¡DEMONIOS, SEÑOR HALLECK! ¡SIÉNTESE! —bramó el edificio.

Aturdido, Lenning Halleck obedeció.

—BIEN, AHORA LES DEJARÉ SOLOS —informó el edificio.

—Es usted muy amable, señor Sweet.

—LLÁMAME TELLMAN.

—Tellman —corrigió Luckman.

A continuación, abrió uno de los cajones de su escritorio, extrajo un par de vasos diminutos y los llenó con parte del contenido de una botella igualmente diminuta.

—Licor de Kaplan —dijo, tendiéndole al escritor uno de los vasos.

El escritor no se atrevió a rechazarlo, aunque su color verde resultaba ciertamente inquietante. Dio un primer sorbo y (PUAJ) dijo:

—Lim ha desaparecido.

—¿Lim? —el detective mutante se llevó el vaso a la frente, echó la cabeza hacia atrás y bebió—. (MMMM), susurró.

—Limon Wompler. Mi, esto, amigo.

—Bien —Lucky Luckman apoyó los codos de su maltrecha americana sobre la mesa y dejó que su par de ojos de barbilla enfocaran al escritor antes de preguntar— ¿Cuándo le vio por última vez?

—El viernes —Lenning se tocó la pajarita.

—Ajá. El viernes —Luckman fingió anotar algo en un pedazo de papel —¿Dónde?

Lenning Halleck bajó la vista. Susurró:

—En la mansión de Straw Man Special.

—¿Straw Man Special? ¿Ese pervertido?

Lenning Halleck asintió.

—Celebraba una fiesta —dijo el escritor—. Nos había invitado.

—¿Qué clase de relación tiene usted con Straw Man Special?

—Yo, uh, ni siquiera le conocía, señor.

—¿Y le invitó a la fiesta?

—Era una fiesta asesinato, señor.

—¿Una fiesta asesinato?

Lenning Halleck asintió.

Lucky Luckman apuró su vaso de licor Kaplan y se sirvió otro. Se lo bebió de un trago. Había oído hablar de esa clase de fiestas pero jamás había tenido en su despacho a alguien que hubiese participado en una de ellas.

—¿Era su primera vez?

El escritor asintió.

—Recibí una invitación —dijo.

—Ajá. Y usted aceptó. Aunque sabía que podía no regresar.

—¿A qué se refiere?

—A que podía usted ser la víctima.

—No pensé que iba en serio.

—¿No pensó que iba en serio? ¿En qué clase de mundo vive? ¿No había oído hablar de Straw Man Special?

—Sí. Pero jamás pensé que iba en serio. ¿Si recibiera usted una invitación del Conde Drácula creería que se la envía el auténtico Conde Drácula?

Lucky Luckman negó con la cabeza.

—No, por supuesto. Pero hay una diferencia muy importante entre el Conde Drácula y Straw Man Special. El Conde Drácula está muerto, y Straw Man Special no.

Lenning Halleck permaneció callado.

El detective aprovechó para servirse otra copa.

—Así que aceptó usted su invitación. Fue a la fiesta. Y su amigo desapareció.

—No exactamente —dijo el escritor.

—¿No exactamente?

—Lim no es la clase de amigo que usted imagina.

Lucky Luckman frunció el ceño. Su ceño era diminuto. Estaba en algún lugar de su barbilla, bajo su par de ojos verdes.

—Lim es un limonero —confesó el escritor.

—¿Un limonero? —el diminuto ceño de barbilla de Luckman se arrugó aún más— ¿Se refiere a que es una especie de árbol?

—Sí —admitió el escritor.

El detective mutante se arrellanó en su crujiente silla.

—Bien —dijo—. Será mejor que empecemos por el principio. Dígame, ¿qué tenía de especial ese limonero?

—Es un limonero parlanchín.

—¿Un árbol que habla?

El escritor asintió.

Dijo:

—Es mi mejor amigo.

—Ajá —dijo el detective, y fingió anotar algo en otro pedazo de papel—. Muy bien. Así que usted acudió a la Fiesta Asesinato con su mejor amigo, un árbol, esto, parlanchín. Y una vez allí, ¿qué ocurrió?

—Cenamos. Charlé con Wendy. Conocí a Roman Lanski, vicepresidente de Cafeteras de Otro Mundo Vanderbilt, y a Karen Silverman, la famosa jugadora de rocketbol. Le firmé un ejemplar de Vovov Suggs a Merriwatter Lummerland, el muerto.

—¿El muerto?

—La víctima.

—¿Hubo un muerto?

—Debía haberlo. Era una fiesta asesinato.

—¿Y el muerto sabía que iba a morir?

Lenning asintió.

—El muerto en realidad ya había muerto —dijo—. Straw Man lo hizo resucitar para la ocasión.

—¡Por todos los dioses galácticos! —bramó el detective—. Había oído hablar de esa clase de prácticas pero jamás pensé que...

—Él no quería volver a morir. Me lo confesó mientras firmaba su ejemplar de Vovov Suggs. Me dijo que no pensaba volver al Criadero de Pavos. Que no pensaba volver a estar muerto. Pero no le sirvió de mucho. Poco después de que se sirviera el postre, cayó fulminado.

—¿Cree que fue envenenado?

—Supongo. Aunque había evitado comer de cualquier plato que no hubieran preparado ante sus ojos. Y lo mismo con las bebidas.

Luckman apuró la diminuta botella de licor de Kaplan sirviéndose una última copa. Pensativo, el detective echó la cabeza hacia atrás y engulló de un trago aquel líquido verde que le hacía a su maltratada

255

mente de schein lo mismo que la leche de vaca de Debney que repartía por las noches les hacía a los circuitos de los s-berthelsonianos.

Desatascarlos.

—¿Eso de ahí es un libro? —preguntó, devolviendo el vaso a la mesa con golpe seco y señalando el ejemplar de Vovov Suggs que Lenning Halleck llevaba bajo el brazo.

—Sí —admitió el escritor—. Es el libro que le firmé a Merriwatter antes de que...

—Cayera fulminado —completó el detective.

—Exacto.

—¿Y por qué lo ha traído?

—He pensando que tal vez le gustaría recuperarlo.

—¿Al muerto?

—Sí.

El detective sonrió.

—Muy agudo, señor Pallcker —dijo.

—Es Halleck.

—Claro. Señor Halleck —corrigió y se apresuró a añadir—, ¿le apetece un café? Hay una estupenda cafetería en la esquina.

La cafetería se llamaba Pretty Blue Fox y la regentaba la mismísima Pretty Blue Fox, que además de camarera era adiestradora de muertos. Esto Lenning Halleck no podía saberlo, pero Lucky Luckman sí y, de hecho, era una de las razones por las que el detective llevaba a sus clientes al local. En especial, llevaba a clientes que buscaban asesinos porque, tarde o temprano, el muerto en cuestión acababa llamando a la puerta del almacén del Pretty Blue Fox para inscribirse en uno de los cursos que impartía. Cursos que enseñaban a los muertos a mover objetos y a dejar de traspasar todo aquello que tocaban. Porque con la muerte no se acababan los problemas, sino que se multiplicaban.

La cafetería era la típica cafetería rethrickiana lo que viene a ser lo mismo que decir que era la típica cafetería terrestre, y estaba completamente vacía. El detective y el escritor ocuparon una mesa cercana a la barra y esperaron. La mismísima Pretty Blue Fox, una esbelta rethrickiana de pelo anaranjado, ojos azules y tez ligeramente menos verdosa de lo habitual, salió a atenderles.

—¿LUCK? ¿De veras eres tú?

—El mismo, pequeña —el detective sonrió.

La camarera advirtió entonces la presencia de Halleck.

—¿Y quién es tu amigo?

Halleck se ruborizó.

La encontraba increíblemente atractiva.

¿Cómo demonios se llamaba?, se preguntó Luckman.

Dijo:

—Es el señor Tallcker.

—Es Hahahalleck, señor Luckman —tartamudeó el escritor.

—Eso, Halleck —corrigió.

—¿Es la clase de amigo que imagino que es, Luck? —quiso saber Pretty Blue Fox.

—Sí, Fox.

—Oh, no.

—¿Ha venido por aquí un tipo llamado, esto, Merri? – ¿De veras había dicho Merri? ¿Acaso alguien podía llamarse Merri? El detective miró a su futuro cliente alzando su ceja izquierda, esperando que él lo advirtiera y se apresurara a corregirle. Pero puesto que la ceja izquierda del detective estaba situada en su barbilla, Halleck no la vio, aunque se apresuró a corregirle de todas formas.

Dijo:

—Sususu —titubeó. Tragó saliva (GLUM). Prosiguió—. Su nombre es Merriwatter – Y – Merriwatter Lummerland.

—Ajá —dijo la camarera, dando por supuesto que sabía de quién estaban hablando— ¿Y por qué querría alguien encontrarlo?

—Porque lo más probable es que conozca el paradero del hombre que está buscando mi cliente, el señor Tallcker.

El escritor no trató de corregirle esta vez. Ni respecto a su nombre ni respecto al hecho de que Lim no era un hombre, sino un limonero.

—¿Ha hecho algo malo? —quiso saber la camarera.

—No, que nosotros sepamos —contestó Luckman—. A menos que dejarse resucitar por Straw Man Special cuente.

—¿Se dejó resucitar por Straw Man Special?

—Sí, y participó en una de sus fiestas asesinato.

—Oh, no —dijo Fox.

—Oh, sí —dijo el detective.

—¿Y ahora vuelve a estar muerto?

—Exacto —dijo el detective.

La camarera y adiestradora de muertos miró el servilletero que había sobre la mesa como si el servilletero supiera algo que nadie más sabía. Luego dijo:

—Pasó por aquí hace mucho tiempo. Pero dejó una dirección. Sé dónde encontrarlo. A menos que haya dejado a Dorrie.

—¿Dorrie Louis? —preguntó el detective.

La camarera asintió.

Luego dijo:

—Os serviré un café.

Y se alejó en dirección a la barra.

—Escuche —susurró entonces Lenning Halleck.

—Oh, claro, ¿mis honorarios? No se preocupe, podrá usted pagarlos. Le pediré a Marsha que le envíe una factura cuando encontremos a su amigo.

—De eso quería hablarle, señor (GLUM) Luckman.

El escritor había empalidecido. Parecía mareado.

—¿Se encuentra usted bien?

—Sí, eh, uh, esto, lo que pasa es que, ustedes, uh, ustedes hablan pero no me dice qué puede haberle ocurrido a, eh, Lim, señor.

—¿Lim?

—Mi amigo, señor.

—Su amigo, sí. El árbol —dijo la pequeña boca de barbilla de Luckman—. Veamos. Si Merriwatter Lummerlad fue la víctima de esa fiesta asesinato, nos dirá donde se encuentra su amigo. No tenemos por qué correr riesgos innecesarios.

—¿Riesgos innecesarios?

Lucky Luckman extrajo de uno de los bolsillos de su vieja americana lo que parecía un paquete de cigarrillos terrestres, se colgó uno de su pequeña boca frontífera y dijo:

—Riesgos como interrogar a Straw Man Special.

Dorrie Louis vivía en una destartalada casa a las afueras de Señora Berthelson. Dorrie era rethrickiana y regentaba una pensión para fantasmas. Raramente visitaba Nueva Winona, pero cuando lo hacía, sus amigos, a los que había abandonado por aquella Otra Vida, su vida al frente de una pensión de fantasmas, solían preguntarle qué tenía de interesante regentar una pensión para fantasmas si a cambio tenía que vivir en aquel vertedero. Dorrie solía decirles que no era ella quien tenía que trabajar hasta altas horas de la noche en una oficina porque tenía la suerte de poder ver a los muertos. Que aquel, el de simplemente estar, en su modesta pensión, y escuchar las historias de todos aquellos muertos, era un buen trabajo. Un trabajo que no le exigía demasiado, y que le permitía leer tantas novelas de misterio como quisiera, en su mecedora, junto a la que siempre descansaba el último número del boletín de novedades de la biblioteca municipal de Señora Berthelson.

—Me pregunto a qué se dedicará realmente esta tal Dubbie Dubbs —se estaba diciendo Dorrie cuando el timbre de la puerta

DIDIDI-DANG

sonó. No necesitó echar un vistazo por la mirilla para saber que no se trataba de otro muerto. Lu Anne Maldonado la atravesó sin problemas y regresó asegurando que era un tipo con boca de pez.

—Y dime, esa boca de pez, Lu Anne... ¿la tiene en la frente?

Lu Anne asintió.

Dorrie sonrió.

Lucky Luckman era un buen hombre.

Le gustaba.

Incluso encontraba ciertamente atractivo el hecho de tener que besarle en la frente, si se diera el caso de que, tras una agradable velada en el Restaurante del Fin del Mundo, tuviera que besarle. Algún día. Quién sabe.

—¿Quiere que abra la puerta?

—Claro —contestó Dorrie.

Y Lu Anne, que había asistido a un par de cursos en la Academia Para Fantasmas Pretty Blue Fox y era capaz de mover cualquier objeto, abrió la puerta sin problemas.

La figura del detective mutante se recortó en el umbral. Junto a él había una figura más pequeña. Una figura de color azul que parecía estar temblando.

—Buenos días, Dorrie —saludó Lucky, y se echó la mano a la cabeza para quitarse el sombrero, pero no había ningún sombrero que quitarse, porque había olvidado ponérselo.

—¿Luck? ¡Dichosos mis tres ojos! ¿Qué te trae por aquí? —Dorrie se apresuró a invitarles a entrar y cerrar la puerta a sus espaldas. Lu Anne se hizo a un lado, para evitar que la traspasaran. No era en absoluto una experiencia agradable.

—Este es el señor Pallcker —Lucky señaló a Lenning y añadió —Señor Pallcker, esta es mi amiga Dorrie. Dorrie Louis.

—Es Halleck. Lenning Halleck —le corrigió el escritor y estrechando la mano de aquella esbelta mujer rethrickiana de ondulada melena oscura, dijo: —Encantado.

—Lo mismo digo, señor Halleck —Dorrie sonrió—. Pero pasen, no se queden ahí. Les prepararé un par de tazas de café.

—Estupendo —susurró Luckman.

Detective y cliente siguieron a Dorrie a través de un largo pasillo que desembocaba en una sala de estar repleta de sillones vacíos que, en realidad, no estaban vacíos.

—¿En cuál de ellos podemos sentarnos, Dorrie?

—Oh, claro —dijo Dorrie, quien dirigiéndose al salón, ordenó—: ¡Chicos! Necesito la sala de estar para una pequeña reunión. Sólo será un minuto.

A continuación, se dio media vuelta y llamó a una tal Lu Anne.

—Querida, prepara tres tazas de café, ¿quieres?

La tal Lu Anne debió decir algo.

A lo que Dorrie contestó:

—Gracias.

El detective arqueó una de sus cejas de barbilla y sonrió con su boca de pez frontífera. El escritor parecía a la vez maravillado y horrorizado. A continuación, tanto él como el detective se sentaron en un sillón estampado con cohetes porque Dorrie les dio permiso para hacerlo. Ella ocupó la pequeña butaca de terciopelo rojo instalada justo enfrente.

—¿Y bien, Luck? ¿Qué necesitas esta vez?

—Se trata de Merri

—Oh, ¿de veras era Merri? ¿Merri, sin más?

El detective miró al escritor y esperó. El escritor no dijo nada. Estaba concentrado mirando lo que ocurría en la cocina. Una de aquellas Cafeteras de Otro Mundo Vanderbilt estaba preparando sus cafés sin que nadie apretara ningún botón.

—¿Merri Lumm? —preguntó Dorrie.

—Eh, uh, esto, ¿señor Pallcker?

—¿Sí? —el escritor salió de su ensimismamiento.

—¿El nombre del muerto es Merri Lumm? —le preguntó el detective.

—Merriwatter Lummerland —contestó Lenning.

Dorrie asintió.

—Alguien se la jugó —dijo.

—Straw Man Special —dijo Luckman.

—No es cierto —dijo Dorrie.

—Sí lo es. Mi cliente asegura que se dejó resucitar por ese monstruo, con el único fin de que le dejaran organizar una de esas malditas fiestas asesinato.

—¿Ha organizado Special otra de esas fiestas?

—Me temo que sí —dijo Luckman.

—¿Y ha muerto alguien más?

El detective miró al escritor. Se encogió de hombros. Dijo:

—Puede. Su amigo ha desaparecido.

—Oh —Dorrie se llevó una mano a la boca—. Entiendo. Por eso estáis aquí. Queréis hablar con Merri y que os diga si salió de allí acompañado.

El detective asintió.

—Eso es, Dorrie.

—Os acompañaré —Dorrie se puso en pie. Dijo: —Está arriba, en su habitación, no ha salido desde que llegó —Y, luego, dirigiéndose a la cocina, dirigiéndose a la cafetera, que ya tenía listas tres tazas de café y las había alineado en una bandeja, ordenó: —Lu Anne, ¿me harás el favor de subir esos cafés a Merriland?

—¿Merriland? —Luckman frunció su diminuto ceño de barbilla.

—Así llama Merri a su habitación —contestó Dorrie.

—Es un chico especial, Luck —dijo a continuación.

Aunque no tanto como tú, le hubiera gustado añadir.

Merriwatter Lummerland estaba tumbado en el suelo, junto a la cama, cuando entraron en la habitación. Había tres tazas de café en la mesilla de noche y un balón de rocketbol junto al armario, forrado de fotos de jugadoras del Nueva Winona Hawks. ¿Cómo sabían Lucky Luckman y el escritor que Merriwatter Lummerland estaba tumbado en el suelo y no en la cama? Oh, no lo sabían. Pero oyeron a Dorrie preguntarle qué demonios hacía en el suelo. Y, aunque no oyeron la respuesta de Lummerland, imaginaron que fue algo parecido a:

—Déjame en paz, ¿quieres?

Porque Dorrie alzó sus tres cejas y dijo:

—Críos.

—¿Es un crío? —quiso saber entonces Luckman.

—No, no lo es —contestó Dorrie—. Pero a veces se comporta como si lo fuera.

—Está aquí? —preguntó el escritor.

Fue entonces, al oír la voz de Lenning Halleck, que Merriwatter levantó la vista.

—¡ES ÉL! —gritó, poniéndose automáticamente en pie —¡ES LENNING HALLECK! ¡CHICAS, ES LENNING HALLECK! ¡LENNING HALLECK ESTÁ EN MERRILAND!

—Le ha reconocido —le dijo Dorrie a Lenning—. Y le gusta usted mucho. Está gritando su nombre. ¿A qué se dedica exactamente?

—Soy escritor —dijo Lenning.

—Es escritor —repitió el detective.

—¡OH, DORRIE! ¡ES LENNING HALLECK! —gritó Merriwatter.

—Ahora me está abrazando —dijo Dorrie.

—¿La está abrazando? —preguntó el escritor— ¿De veras está aquí?

—¡Claro que está aquí! —dijo Luckman— ¡Es un fantasma!

—OH, DORRIE, DILE QUE OLVIDÉ SU LIBRO. DILE QUE ESE MALDITO SPECIAL ME LA JUGÓ. PREGÚNTALE SI LE GUSTARÍA SALIR A TOMAR UNA COPA DE VEZ EN CUANDO. ME GUSTARÍA QUE TOMÁRAMOS UNA COPA DE VEZ EN CUANDO Y QUE ME HABLARA DE VOVOV SUGGS. ¡DÍSELO!

—Deja de gritar y podré decírselo.

Merriwatter se sentó en la cama y esperó.

Merriwatter había tenido tres ojos una vez. Había querido ser escritor. Pero había muerto. Había muerto dos veces.

—Bien. Señor Halleck. Merri quiere salir a tomar una copa de vez en cuando con usted para hablar de Vovov Suggs. Supongo que usted sabe lo que significa.

El escritor asintió.

—Dile que olvidé su libro —repitió Merriwatter.

—Ahora voy. ¿Qué prisa tienes, Merri? ¡Estás muerto! —dijo Dorrie.

Mientras tanto, Luckman se aproximó a la mesita de noche y tomó una de las tazas de café. Le dio un sorbo. No estaba nada mal, aunque había empezado a enfriarse.

—Dice, señor Halleck, que olvidó su libro. Y que Special se la jugó —dijo Dorrie.

—Lo sé —dijo el escritor, echando mano al ejemplar que aún llevaba bajo el brazo –. Precisamente lo he traído conmigo. Aquí lo tiene.

—¡OH, DORRIE! —Merriwatter se puso en pie como activado por un botón invisible y cogió el libro de las manos del escritor – ¡CHICAS, ES MI EJEMPLAR FIRMADO! ¿QUÉ OS DECÍA? ¡ES NUESTRO EJEMPLAR Y ESTÁ FIRMADO!

El escritor vio el libro sobrevolar la cama y parte de la habitación y mostrarse a sí mismo ante el armario. Todas aquellas jugadoras de rocketbol lo miraron sin inmutarse. Después de todo no eran más que fotografías de jugadoras de rocketbol.

—Se está volviendo loco —dijo Dorrie, y se reunió con Luckman junto a la mesita. Tomó otra de las tazas de café y se la bebió de un trago.

Al parecer, Merriwatter Lummerland estuvo dando saltos por la habitación un buen rato. Dorrie y el detective cuchicheaban en una esquina. Y Lennnig Halleck se preguntaba qué clase de conversación podía tener con un fan muerto si decidiera salir a tomar una copa con él de vez en cuando. Entonces cayó en la cuenta de que no estaba allí para nada que tuviera que ver con quedar de vez en cuando con su único lector, un lector muerto, sino para tratar de encontrar a Lim.

—Señorita Louis —susurró Halleck, en dirección a la mesita de noche—. ¿Podría preguntarle por Lim?

—¿Lim?

—Limon Wompler. Mi amigo —dijo Halleck—. El desaparecido.

—Oh, claro. Por supuesto —dijo Dorrie— ¿Merri? Escucha. Nuestro amigo, el señor Halleck, querría preguntarte algo.

—¿SÍ? —Merriwatter se dio media vuelta, aún con el libro en la mano.

—Pregúntele lo que quiera —dijo Dorrie—. Le escucha.

—¿Me escucha?

—SÍ, SEÑOR HALLECK, LE ESCUCHO —respondió Merriwatter.

—Sí, señor Halleck, le está escuchando.

"Bien", pensó Lennning.

"Allá vamos", se dijo.

Y empezó:

—Aquella noche le presenté a Lim. Limon Wompler. ¿Lo recuerda?

—SÍ —dijo Merriwatter—. EL LIMONERO PARLANCHÍN.

—¿El limonero parlanchín? —preguntó Dorrie.

—Sí, su amigo es un árbol parlante —informó Luckman.

—Después de que ocurriera lo que ocurrió —prosiguió el escritor— Lim trató de investigar su muerte. Empezó a hacer preguntas.

—LO RECUERDO. LIMON POIROT —dijo Merriwatter.

—Dice que lo recuerda. Limon Poirot —dijo Dorrie.

El detective asintió. Apuró su café.

—Se instaló en la biblioteca —prosiguió el escritor—. Dijo que era el lugar perfecto para los interrogatorios. Recuerdo que a Straw Man le pareció divertido. Charlamos durante un rato más. Hicimos nuestras apuestas. No recuerdo quién resultó ganador, pero sí recuerdo que el asesino fue el mayordomo. Uno de esos mayordomos tatuados y metálicos. Luego retiraron el, uhm, cadáver y la fiesta acabó.

—¿Así de fácil? —preguntó Luckman.

—Merriwatter está pensando —informó Dorrie.

—Pasé un rato con él en la biblioteca después de..., ya sabes, morirme —dijo Merriwatter—. Luego volví al salón. Mi cadáver seguía allí, en el suelo. Estuve buscando mi ejemplar de Vovov Suggs. No lo encontré. Intenté apuñalar a Straw Man, pero uno de sus muertos no me dejó. Me propinó un puñetazo y me ató las manos a la espalda con la clase de cuerda que venden en el Wangren Mall, así que no pude zafarme. Tuve que contemplar la escena, desde el suelo, hasta que las luces se apagaron. —Merriwatter se enjugó una lágrima. —Me sentí estúpido. Solo. Triste.

Dorrie repitió su relato.

—¡ESE MALDITO SPECIAL! —bramó el detective.

Lenning hundió la cabeza entre los hombros, abatido.

—Él tampoco sabe nada de Lim —dijo.

—¿No sabes nada de Lim? —preguntó Dorrie.

—Un momento —dijo el detective—. ¿Cómo pudo un árbol desaparecer sin que nadie lo viera? De hecho, ¿cómo pudo ese árbol siquiera llegar a la biblioteca sin su ayuda, señor Pallcker? ¿Acaso puede andar?

—Le instalé un Kayman deslizante —susurró el escritor, aún con la cabeza hundida entre los hombros—. Así que, aunque no tiene piernas, puede andar.

—¿Y cuando usted dejó la fiesta ya había desaparecido? —preguntó Luckman.

—No —contestó Lenning, dándose una bofetada y llamándose ESTÚPIDO—. Yo tuve la culpa. Yo tuve la culpa de todo.

El escritor se sentó en la cama, junto a Merriwatter.

Merriwatter hizo ademán de abrazarle.

Dorrie dijo:

—Ni se te ocurra, Merri.

—¿Por qué no?

—Está tratando de decirnos algo. No deberías asustarle ahora.

El escritor no se dio por aludido.

Lucky Luckman le preguntó directamente si estaba tratando de decirles algo.

—Me fui con Wendy —confesó Lennning—. Wendy Wompler.

—¿Se fue y lo dejó allí? ¿Allí solo? —preguntó el detective.

El escritor asintió.

—Me dijo que le apetecía quedarse un rato más. Pero no debí dejar que lo hiciera —Lenning Halleck se restregó los ojos con una de sus manos azules —¿Verdad?

—Dorrie —interrumpió Merriwatter—. Dile que acabo de recordar algo.

—Merri acaba de recordar algo dijo Dorrie.

El escritor miró en todas direcciones, esperanzado.

—Está justo ahí —señaló Dorrie—. A su lado.

—Sí, eh (JE), estoy justo aquí —dijo el aspirante a escritor muerto, hundiendo su dedo índice en el poco trabajado pecho del autor de Vovov Suggs.

—¿Qué ha sido eso? —El escritor dio un salto y se alejó de lo que fuera que había hundido algo en su pecho.

—Ha sido Merri —informó Dorrie—. No pretendía asustarle.

—Demonios —musitó el escritor.

El detective se rió.

—Oh, vamos, señor Pallcker, ¡sólo está tratando de ayudarle! ¿Qué es lo que acaba de recordar, si puede saberse, amiga Dorrie?

Merriwatter lo dijo.

Y Dorrie lo repitió:

—Dice que le pareció oírle gritar algo sobre una colección. Algo sobre formar parte de una estúpida colección.

—¿Qué clase de colección? —Luckman parecía interesado, por fin. Acababa de colgarse uno de aquellos cigarrillos terrestres de su pequeña boca de frente.

Merriwatter Lummerland se encogió de hombros.

—No tiene ni idea —tradujo Dorrie.

—Straw Man Special – convino Luckman.

—¿Cree que Straw Man Special tiene a Lim? —preguntó el escritor.

—¿Quién si no? ¿Qué clase de chiflado coleccionaría árboles parlantes? —le soltó el detective —¿Acaso había alguien más chiflado que Straw Man en la fiesta?

Merriwatter parecía pensativo. Se mesaba su tupida barba azul. Sí, el aspirante a escritor muerto lucía una tupida barba trenzada y azul.

—¿Quién más había en la fiesta? —preguntó Dorrie.

—Roman Lanski —dijo el escritor.

—Nah, lo único que el vicepresidente de Cafeteras de Otro Mundo Vanderbilt colecciona son amantes y peces —dijo el detective.

—¿Cómo lo sabes? —preguntó Dorrie.

—Es una larga historia —dijo el detective.

—¿Alguien te contrató para seguirle?

—He dicho que es una larga historia, Dorrie, si quieres te invito a una copa un día y te la cuento —dijo el detective.

Dorrie se sonrojó.

—¿Ha dicho lo que creo que ha dicho?

—¿Va a invitarme a una copa?

—¿De veras?

—¿De veras harías eso? —preguntó, esperanzada.

—Claro, ¿por qué no? —Lucky Luckman sonrió con su pequeña boca de frente y dijo: —Esta misma noche. Pero antes acabemos con esto.

—Karen Silverman —dijo entonces Merriwatter Lummerland, pero nadie le escuchó. Acto seguido se arrodilló junto a su mesita de noche y empezó a hurgar en el montón de revistas que había en el suelo. Eran revistas de cotilleos de jugadoras de rocketbol.

—¿Señor Lummerland? —Lenning fue el primero en advertir el pequeño revuelo que se había formado junto a los pies del detective mutante—. Señorita Louis, ¿está ahí el señor Lummerland? ¿Está buscando algo?

—Oh, eh, ¿qué? —Dorrie se miró los pies. Luego miró los pies de (OH, LUCK) Luckman. Merri Lumm estaba arrodillado junto a ellos, pasando páginas de revistas.

—¿Ha dicho algo? ¿Está diciendo algo? —quiso saber el escritor.

—¿Merri? ¿Has dicho algo? —le preguntó Dorrie.

—¡AQUÍ ESTÁ! —gritó el aspirante a escritor muerto. Blandía una de aquellas revistas. Dijo – Lo sabía.

—Dice que lo sabía —repitió Dorrie.

—¿El qué? —preguntó el detective.

—¿Qué sabía? —inquirió el escritor, cada vez más nervioso.

—¿Qué sabías, Merri, querido? —le preguntó Dorrie.

—Que Karen Silverman coleccionaba árboles detective —dijo Merriwatter.

—¿Cómo? —ésa era Dorrie.

—¿Qué ha dicho? —quiso saber el escritor.

—Dice que alguien colecciona árboles detective —informó Dorrie Louis.

—Karen —dijo Merriwatter, tendiéndole la revista al escritor, que simplemente la vio flotar a su lado —Karen Silverman. La jugadora de rocketbol.

—Quiere que coja la revista —dijo Dorrie.

Lenning obedeció.

Bajo el título, un título ciertamente tan explícito como estúpido (DESCUBRE TODOS LOS SECRETOS DE KAREN SILVERMAN) seguido de un (OH, KAREN SILVERMAN, ADORAMOS A KAREN SILVERMAN), Lenning leyó aquello

Oh, jou jou, sí, colecciono árboles detective

y le resultó terrorífico. ¿Acaso podía alguien coleccionar árboles detective? ¿Árboles que estaban vivos, encantadores árboles parlanchines que no habían hecho daño a nadie y que una vez habían soñado con ser detectives y tal vez incluso habían cumplido su sueño?

—No puedo creérmelo —dijo Lenning.

—Pues créaselo —dijo entonces Merriwatter Lummerland.

—Straw Man no es el único monstruo de Rethrick – sentenció el escritor.

Aunque aún no había anochecido, Marsha Dubbs se puso tras los mandos de su autocohete y llevó a Luckman, Halleck, la señorita Louis y el aspirante a escritor muerto a la mansión que Karen Silverman había adquirido en el lujoso Evelyn Cutter, barrio que las jugadoras de rocketbol compartían con las estrellas de cine y con auténticos magnates de la compra venta de objetos terrestres. No era un barrio especialmente interesante. De hecho, ninguno de los que viajaba en el autocohete de Marsha lo había pisado antes, a excepción de Lenning Halleck, que una vez había sido enviado por correo a la mansión de Wendy Wompler. La misma Wendy Wompler que le había regalado un limonero parlanchín (LIM) y que la otra noche, la noche de la fiesta asesinato, había tratado de seducirle.

Y él no había opuesto resistencia.

—¿Qué clase de relación tiene usted con Wendy Wompler, señor Pallcker? —le preguntó en ese preciso instante Lucky Luckman.

—¿Yo? —respondió, sorprendido, el escritor.

—Usted, sí.

—Oh, pues. Una vez, esto, Erik Lohmann me envió por correo a su casa y ella y yo, es, bueno, complicado.

—¿Así que es usted uno de esos Hombres por Correo? —quiso saber Dorrie.

El escritor asintió, ligeramente avergonzado.

—¿Uno de esos? ¿Qué demonios es un Hombre por Correo? —preguntó el detective.

—Un chico de compañía —contestó Merriwatter, pero nadie más que Dorrie pudo oírle, y lo único que Dorrie hizo fue asentir, dándole la razón.

—BIEN, CHICOS —anunció la voz metálica de Marsha Dubbs – HEMOS LLEGADO. LA MANSIÓN DE KAREN SILVERMAN ES UNA DE ESAS HORRIBLES COSAS CON ASPECTO DE BALÓN GIGANTE.

Los pasajeros del autocohete, el pequeño vehículo de seis plazas autopropulsado que conducía la secretaria del detective Luckman, la miraron en cierto sentido asombrados por la posibilidad de su existencia. ¿Acaso existían casas redondas? ¿Cómo demonios vivía alguien en una casa que podía rodar?

—No es tan horrible —dijo Dorrie.

—Es extraña —dijo Luckman.

—¿Alguien sabe lo que vamos a decirle? —preguntó Merriwatter.

—Lim, pequeño, vamos a sacarte de ahí —respondió el escritor, que parecía haber oído la pregunta de Merriwatter, pero que, obviamente, no lo había hecho.

Karen Silverman almorzaba con su entrenadora personal, Jessie Littledale, cuando sonó el timbre. Una de los musculosos s-berthelsonianos que formaban parte de su corte personal abrió la puerta. Marsha Dubbs podría haberlo reconocido si no hubiera decidido esperarles en el autocohete. Ambos habían crecido en el mismo rincón oscuro de Señora Berthelson: la Escuela Primaria Para Robots Bigland.

—Caballeros, señorita —dijo el musculoso s-berthelsoniano de mirada felina— ¿Puedo ayudarles en algo?

—¿Vive aquí la señorita Silverman? —preguntó el detective Luckman.

—Afirmativo, señor...

—Luckman —dijo Lucky —Lucky Luckman, detective.

—¿Detective?

—Eso he dicho.

—¿Policía? —inquirió el joven y musculoso mayordomo.

—Dígale a la señorita Silverman que Lenning Halleck desea verla —interrumpió el escritor—. Dígale que soy el escritor que conoció en la fiesta asesinato.

El mayordomo musculado y metálico asintió.

Entrecerró la puerta.

Desapareció.

—Escuche, señor Pallcker —empezó a decir el detective.

—No, escúcheme usted a mí, señor Luckman. Sé que Lim está ahí dentro, sé que ese monstruo se lo llevó y quiero recuperarlo.

—¡Claro! ¿Por qué no iba a querer hacerlo? ¿Hemos llegado hasta aquí, no? Lo único que me pregunto es cómo piensa hacerlo.

—Con esto —dijo el escritor, y sacó de su bolsillo el control remoto de un Kayman deslizante. Accionó un botón. El control remoto dijo: CONECTANDO CON AGENTE DE SERVICIO.

Merriwatter Lummerland estalló en carcajadas.

Dorrie dijo:

—Merri se está riendo.

El detective Luckman miraba al escritor. Su pequeña boca de pez frontífera parecía realmente sorprendida.

—¿Qué puede hacer con eso? —preguntó.

—Puedo llamarlo y hacer que ruede hasta nosotros —dijo el escritor.

—¿Y ha esperado hasta ahora para ponerlo en marcha? —Una sombra de duda cruzó el rostro del detective mutante.

—Sí —admitió el escritor—. No hubiera servido de nada que lo pusiera en marcha en su despacho, a menos que lo hubiera escondido usted bajo la mesa. El control remoto sólo tiene un alcance de diez metros.

—Está haciendo usted realmente feliz a Merri. Dice que es usted maravilloso.

—¡MARAVILLOSO!¡MARAVILLOSO! —gritaba Merriwatter Lummerland.

El piloto rojo que había en uno de los extremos del control remoto cambió de color. Se volvió verde. De un verde azulado.

—HECHO —dijo el control remoto.

Lenning Halleck sonrió.

Dio un empujón a la puerta y gritó:

—¿LIIIIM? ¡LIM, PEQUEÑO! ¡PAPÁ ESTÁ EN CASA!

El detective frunció su diminuto ceño.

—¿Papá?

Dorrie Louis se encogió de hombros.

—¡BRUCE! —gritó Karen Silverman, dirigiéndose a toda velocidad hacia la puerta, sus tres ojos enfurecidos clavados en la vieja americana del detective mutante, en su boca asquerosamente diminuta, en sus ojos igualmente diminutos y desubicados —¡SÁCALOS DE AQUÍ! ¡AHORA!

Permítame presentarme, señorita Silvergold —dijo el detective—. Soy Luck. Luck Luckman, detective. Y éste de aquí es mi cliente, el señor Pallcker.

El mayordomo musculado se detuvo. Al escuchar los gritos, Marsha había hecho sonar el cláxon del autocohete, llamando la atención de Bruce, que, al descubrirla tras los mandos del vehículo intergaláctico, se dijo que después de todo podía considerarse un tipo afortunado, porque ella había vuelto.

—¿BRUCE? —Ésa era Karen Silverman —¿A DÓNDE TE CREES QUE VAS, BRUCE? —Karen oyó un chirrido a sus espaldas, se dio media vuelta y —OH, NO. OH, NO NO NO. ¿QUÉ DEMONIOS SE SUPONE QUE ESTÁS HACIENDO?

Limon Wompler se hubiera encogido de hombros si hubiese podido. Pero no podía. No era más que un limonero parlanchín.

—¡OH, AHÍ ESTÁS, LIM! —gritó el escritor.

—¡LENN! —gritó el limonero.

Y ambos se fundieron en un abrazo. Si es que algo así era posible, tratándose, como se trataba, de un escritor azulado y de un limonero.

El detective mutante sonrió.

—Me temo, señorita Silverman, que uno de los ejemplares de su colección no está de acuerdo con su política de adquisiciones —dijo.

—¿Qué política de adquisiciones? —quiso saber la jugadora de rocketbol.

—Sabemos que colecciona árboles detective —dijo Dorrie, abandonando por un momento su mutismo—. Podemos probarlo.

Karen Silverman sonrió.

—¿Y creen que Lim es un árbol detective? —preguntó.

—¡CLARO! —dijo Merriwatter— ¡HIZO TODAS ESAS PREGUNTAS!

—Merri dice que sí. Porque hizo todas esas preguntas.

—En la fiesta. La fiesta asesinato —especificó el aspirante a escritor.

—Eso es. En la fiesta asesinato —tradujo Dorrie.

—JI JI JI JOU —rió Karen Silverman.

—Oh, Lenn, debí haberte llamado —dijo entonces Limon.

—¿Cómo podrías haberlo hecho? ¡ESE MONSTRUO TE SE-CUESTRÓ! —sentenció el escritor, señalando a la jugadora de rocket-bol.

—Señor Pallcker... —empezó a decir el detective.

—¿Acaso soy una especie de monstruo, señor Pallcker? —preguntó Karen Silverman.

—¡POR SUPUESTO! —bramó, indignado, el escritor.

—¡OH, NO, LENN! ¡Te equivocas con la señorita Silverman! ¡Ha sido terriblemente amable conmigo! ¡Fui yo quien le pedí que me trajera con ella! Quería conocer a todos esos árboles detective porque... —El escritor frunció su ceño de una única ceja y Limon Wompler gritó ¡QUIERO SER DETECTIVE, LENN!

En el inmaculado hall de la mansión redonda de Karen Silverman se hizo el silencio. La jugadora de rocketbol jugaba sonriente con una de sus antenas mientras Lenning Halleck (¿QUÉ? ¿DETECTIVE, LIM? ¿DETECTIVE AHORA, LIM? ¿SABES LA CLASE DE SUSTO DE MUERTE QUE ME HAS DADO, ESTÚPIDO?), trataba de recuperar el aliento y Dorrie Louis susurraba al oído del detective Luckman:

—Supongo que ya hemos acabado con esto, detective.

—Eso parece, Dorrie —dijo la pequeña boca de pez del detective.

—¿Nos tomamos esa copa entonces? —atacó Dorrie.

El detective la miró, sus diminutas cejas de barbilla alzadas.

—¿De veras te apetece que te vean por ahí con un schein, Dorrie?

Los tres ojos de Dorrie Louis se iluminaron.

—No sabes hasta qué punto, Luck —dijo.

El detective sonrió.

Merriwatter Lummerland también sonrió.

Sólo que él no pensaba en lo que podía pasar después de aquella
copa (¡OH, LUCK!) sino en lo bien que le sentaría pasar una semana
en la Mansión Silverman. Le bastaría una semana en la Mansión Silverman para que el redactor jefe de aquella revista del demonio, Rocketbol
Amazing Times, le contratara.

—¡ESO ES! —se dijo el muerto.

Iba a aprovechar su muerte para convertirse en lo que siempre
había querido ser.

El redactor estrella de Rocketbol Amazing Times.

Ojos de neón
Tamara Romero

Todo esto sucedió ayer. Llevo casi un día completo sin salir del guardamuebles. Pero déjame que te ponga en antecedentes. Si la caligrafía parece alterada se debe tan solo al temblor frenético de mi muñeca.

Que lo mío con Dimitri está próximo a la psicopatía nunca ha sido un secreto para mí ni para ninguno de los que me rodea. Ni para los que lo rodean a él, sobre todo las seis novias posteriores al fin de nuestra relación, de las que poco a poco me he ido deshaciendo en los últimos cuatro años.

No me entiendas mal. Todas conservan la buena salud. Simplemente me he mantenido lo bastante cerca y lo bastante lejos a la vez para asegurarme de que, una a una, lo fueran abandonando. Que el pobre Dimitri tomara una vez tras otra de su propia medicina y pusiera su corazón herido en el quirófano de la siguiente. Siempre sin ninguna prueba directa que me inculpara, es cierto, pero mi sano objetivo en todo momento ha sido hacerle entender que con ninguna de ellas estaría mejor que conmigo.

Verás. Dimitri y yo fuimos y seremos, lo que se dice, la pareja perfecta, aunque me sigue costando un poco que lo entienda. Inteligentes, guapos, jóvenes, reconocidos, con éxito profesional. Dimitri es ingeniero aeronáutico. Yo soy experta en clima. Somos novios desde la adolescencia. Compartimos pupitre en el instituto, en el primer año de facultad, en la beca que nos concedieron a ambos en el SIMCO. A los veintiocho años nos decidimos, por fin, a vivir juntos. Todo era maravilloso. Pero en cuanto cumplió los treinta Dimitri se cortocircuitó y me dijo, mientras hacía la maleta para su stage de dos meses en la Agencia Espacial, que cuando regresara del viaje no volvería a casa.

Su stage fue en la Agencia Espacial y el mío en una clínica para descansar. Así la llamaba mi madre. Al salir de allí, más o menos, acepté que lo nuestro había acabado. Aunque sí es cierto que al poco tiempo me puse manos a la obra para recuperarlo.

Durante una temporada solo nos enviamos emails para ver qué hacíamos con los muebles. Los muebles son como lápidas, los muertos pesados de las relaciones rotas. Pero entiéndeme: ni me apetecía deshacerme de ellos ni estaba preparada para llevármelos a mi nuevo apartamento. Porque los había comprado con Dimitri para nuestro hogar. Algunos incluso tenían su olor o quemaduras del tabaco de su odiosa pipa. Así que acordamos, siempre por email, que lo mejor era dejarlo todo en un guardamuebles a las afueras de Váster Sur y en cuanto los recuerdos que desprendía el mobiliario fueran menos dolorosos veríamos qué hacer con todo aquello. No es precisamente barato mantener un guardamuebles durante cuatro años, pero el dinero nunca ha sido un problema para ninguno de los dos.

Intercalado con el seguimiento a media distancia que he hecho de la vida de Dimitri, he mantenido en estos cuatro años la sana costumbre de visitar el guardamuebles una vez al mes, concretamente todos los días 8 de todos los meses. Sí, piensas bien. Ese fue el día en que me dejó para irse a la Agencia Espacial.

No es que haga nada en concreto cuando vengo aquí. Me siento en un banco que hay delante del guardamuebles 8, el nuestro, el que escogí yo, y miro el parque infantil abandonado que hay delante. Aquí el óxido brota como el musgo y los hierbajos han crecido bordeando un columpio hasta la altura de mis rodillas. ¿Has visto la película Los Pájaros de Hitchcock? Pues todos esos días 8 me veo a mí misma como Tippi, aunque sin su traje verde, sentada junto al parque desierto, tranquila, mirando de vez en cuando al cielo por si empiezan a caer aves negras sobre mi melena rubia ceniza.

¿Tú de verdad crees eso de que para ganarse el corazón de un hombre lo que debes hacer es ignorarlo al máximo? ¿De qué charco salió quien tuvo esa peregrina idea? Ya lo decía mi abuela: "tú estás para escoger, no para que te escojan". Y yo siempre he tenido muy claro que lo había escogido a él.

Y hacía dos meses, seis novias de Dimitri después, había encontrado la solución a mi problema en el Mercado de Violeta. Las Píldoras para Enamorarse. De probada eficacia. La pareja afectada por el horrible demonio del desamor, me dijo la bruja que las vendía, debería tomárselas para volver a sentir un deseo irrefrenable de estar el uno con el otro que duraría toda la eternidad. Como no creía en los Polvos del Desespero, ni en velas, ni en el Amansaguapos, ni en el Doblegado a mis Pies —y tampoco quería caer en la hechicería—, acepté llevarme dos Píldoras para Enamorarse de prueba. Ahora bien, ¿crees que yo, una mujer de ciencia, hubiera accedido a ingerir un compuesto sin identificar, en forma de cápsula de color rojo con una textura sospechosa y cuya etiqueta estaba escrita a mano y con faltas de ortografía? ¿Sin ningún respaldo farmacológico de ningún tipo?

Por supuesto que no.

Las probaría con algún voluntario. Voluntario para experimentar el amor, se entiende, no para ingerir unas pastillas dudosas.

No quiero dar detalles de quién las probó y mucho menos dejar constancia de ello por escrito con nombres y apellidos, pero las Píldoras para Enamorarse funcionaron. Mis —llamémosles— sujetos de estudio ingirieron "por accidente" las píldoras una noche en un bar de copas de Váster Sur, bien diluidas en sus consumiciones, y procedieron ante mis ojos a un ritual de arrullos que, me consta, sigue hasta la fecha de hoy. Están inflamados de felicidad conyugal. Y yo soy la única que sabe que su amor durará para siempre. Tras un tiempo prudencial y un exhaustivo análisis de los testimonios que ambos sujetos proferían a todos sus allegados, embaucados por el éxtasis del amor esotérico, contacté de nuevo con la bruja de Violeta y le encargué más Píldoras para Enamorarse.

—No es posible enviarle dos cápsulas sueltas, señorita —me dijo—. Deberá ser un botecito con treinta y dos unidades.

Como si tragarse dos no fuera suficiente.

—De acuerdo. Envíemelas.

Quería evitar ir de nuevo al desasosegante mercado de Violeta, así que por una pequeña suma, la buena bruja accedió a mandarme las Píldoras con un mensajero. La nueva remesa llegó hace un mes, el 7 de marzo. Guardé el bote en el bolso y volví a acordarme de él al día siguiente, en el banco junto al guardamuebles.

De nuevo ayer, día 8, un mes después, entré en el habitáculo 8 y me tumbé un rato en el sofá de piel negra. Entraba la turbia luz del atardecer por el vidrio translúcido que había encima de la puerta metálica pero aún así encendí la bombilla. Los últimos acontecimientos en Váster Sur no me habían hecho cambiar de idea respecto a seguir yendo sola al guardamuebles. Este es el único conato de locura que me permito. El resto del tiempo me concentro en ser profesional.

Es un hecho que en esta ciudad pasan cosas muy extrañas y la gente de ciencia estamos abrumados, desbordados, tratando de gestionar nuestra incredulidad y de defender nuestros principios. Pero cuesta seguir negando ciertas obviedades cuando las tienes delante de los ojos. A Váster Sur hace tiempo que en otras metrópolis la llaman Cazafantasmas. Episodios inexplicables. Huracanes enanos que recorren las calles en cuestión de minutos y escupen transeúntes dirección cielo. Lluvias de reptiles. Ríos rojos que fecundan las aceras y que cabalgan con furia, ascendentes. Cuando un líquido sube por la calle en contra de su dirección natural entonces has de empezar a preocuparte. Mucho antes, por supuesto, ya había quien se había encargado de decir que la ciudad estaba maldita.

En el sofá del guardamuebles que almacenaba los pedazos de mi existencia con Dimitri, me puse un antifaz de tela y traté de relajarme. Si él supiera que este es el lugar que he escogido como sitio habitual para venir a pensar haría que me llevaran de nuevo a la clínica para descansar.

Esta semana estoy molesta por un enfrentamiento televisivo con la periodista esotérica Atena Telurian. Me invitaron a una tertulia acerca de los microhuracanes en la televisión local de Váster Sur. Acudí en calidad de especialista en clima, y, como siempre, con Dimitri en el pensamiento. Que viera que mi opinión científica sigue siendo de las más respetadas.

La Telurian es una vieja conocida de todos los vasteranos que ahora vive momentos de gloria gracias a los sinsentidos que recorren las calles de la ciudad. Es una reportera ex skinhead —conserva un peinado Chelsea— que se dedica a dar voz (sic) a los sucesos paranormales, en la prensa y en su programa de televisión. Solo que durante mucho tiempo la tomaron por una tarada y ahora la han elevado a los altares. Sí. Atena Telurian disfruta de su momentum, y tal vez me equivoqué al pensar que yo la pondría en su sitio.

Los microhuracanes pueden llegar a tener una explicación científica perfectamente argumentada, pero cuando llegué al plató comprobé que el interés en centrar la charla en ellos era mínimo. No me gustó nada ver que, a pesar de que Telurian no era la presentadora del programa —más bien colaboradora habitual— iba arrebatándole progresivamente las riendas de los contenidos a su compañero, el veterano Leónidas Ardid. Atena Telurian era adorada por las cámaras y por los aplausos enlatados.

Esta semana en el programa se hablaría de los microhuracanes, sí, pero también de las horrorosas sombras antropomórficas que se estaban apropiando del oxígeno en los dormitorios de los vasteranos. Esto, para que nos entendamos, ya era hablar de un monstruo. Apenas había aparecido en la prensa el día anterior y Atena Telurian ya había puesto sus zarpas sobre la historia, apropiándosela, como bien le gustaba hacer.

En la última semana, tres personas habían muerto en Váster Sur de la siguiente horrorosa manera:

Estás durmiendo, tal vez apaciblemente o tal vez acosado por tus pesadillas, hasta que llega esa hora salvaje en la que el cielo está a punto de romperse por el primer rayo luminoso. Hablamos de unos diez minutos antes de que empiece la penumbra. Si sonara el teléfono en ese momento sería terrorífico. En algunos lugares, despertarse siempre a las cuatro de la madrugada es algo en lo que el diablo tiene mucho que ver. Otros lo relacionan con un estrés excesivo debido a sus rutinas diarias.

Pero la semana pasada, aunque en diferentes días, en Váster Sur, tres personas se despertaron a esa hora maldita para descubrir que no estaban solos. Que en un rincón de la habitación había una sombra negra, con forma de hombre y con los ojos brillantes, estática y pacífica, como un tótem por el que sentir devoción. Esa sombra engulló en pocos minutos todo el oxígeno de la habitación, dejándola sellada al vacío. La sombra acaparaba el oxígeno mientras hablaba de algo maravilloso, ascético. Al parecer, había dicho Atena Telurian en su crónica escrita hacía cuatro días, la sombra no mataba, simplemente no era consciente de su letal necesidad.

¿Y cómo sabía Atena Telurian que los tres fallecidos habían visto un fantasma negro con ojos de neón en la esquina de la habitación, y que mientras les hablaba con candor les había dejado sin aire? ¿Acaso estaba ella debajo de la cama con una máscara de oxígeno?

Efectivamente. Me fastidiaba reconocerlo, pero había dos supervivientes. (Me fastidiaba porque resultara en una nueva historia de reconocimiento y audiencia para la Telurian, no porque salieran de allí con vida). Dos testigos. Detrás del segundo crimen de la sombra antropomórfica, como la llamaba Atena en su crónica, había una historia de cuernos (que, todo sea dicho, me repugnan). El pobre cornudo llegó a casa de improvisto de un viaje que nunca tuvo lugar, debido a una epidemia espontánea en el tren que lo tenía que llevar a resolver unos negocios fuera de Váster Sur. Así que tomó de vuelta su equipaje y regresó a casa. Su prometido estaba con otro hombre en la cama pero tuvieron la suficiente agilidad como para esconderse debajo en cuanto oyeron la cerradura inesperada de la puerta. El hombre no se extrañó de ver que su pareja no estaba en casa, ya que le había dicho que saldría a cenar y que tal vez se entretendría. Así que se fue a dormir. A las cuatro de la madrugada, la intensa presencia de la sombra antropomórfica con ojos de neón le hizo despertar. Petrificado, sin capacidad ni voluntad para huir, el hombre empezó a quedarse sin oxígeno. Por supuesto que, al cabo de un minuto, intentó salir. La puerta parecía sellada. Los adúlteros, bajo la cama, asomaron la cabeza para ver qué sucedía y vieron a la cosa oscura. El infiel tanteó un pequeño arcón debajo de la cama, donde guardaban dos máscaras antigás de colección que nunca creyeron que utilizarían en serio, más allá de algún esporádico juego sexual. Se colocó una y la activó, y colocó la otra sobre el rostro de su aterrorizado amante. Cuando vieron que los pies de la sombra negra se disolvían en el ambiente salieron despacio de debajo de la cama y vieron la muerte, y los ojos muertos despidiendo una brillante luz rosa. Horrendo rótulo de neón. Salieron del apartamento desnudos, gritando, temblando. ¿No os parece curioso que fueran ellos los que se libraran de la muerte?

Estos detalles escabrosos nos los contaba Atena Telurian en la sala de maquillaje, antes de pasar al plató. Ella era una reportera elegante. No iba a manchar sus informaciones con una crónica amarilla de dudoso gusto. Tenía el testimonio de primera mano de los infieles y a raíz de los acontecimientos las autoridades ya elevaban a un nivel más peliagudo los últimos sucesos en Váster Sur. Había sido la primera en personarse en el apartamento. Atena Telurian tenía olfato para sus scoops. Sabía distinguir al instante lo cotidiano de lo excepcional. Pero aquella semana, en Váster Sur, las cosas habían empezado a ponerse feas y Leónidas Ardid debía saber encontrar el tono adecuado para su programa.

Los minutos que dedicamos a hablar de los microhuracanes en antena, que era para lo que en realidad me habían invitado, fueron escasos, como decía. Y ello se debió, según indicó Leónidas, a la premura exigida por los últimos acontecimientos, o la posibilidad de que un hombre de aire negro consumidor de aire cercenara el sueño de los vasteranos. Obviamente yo no creía ni una palabra de lo que había expuesto Atena Telurian en su artículo el día anterior, aunque como científica tampoco podía ofrecer una explicación mejor. Intenté no perder de vista mi argumento más sólido: mi defensa del método científico y de la necesidad de someter los sucesos a un proceso analítico de laboratorio. Un testimonio de dos personas emocionalmente alteradas ya incluso antes de presenciar la muerte de una tercera no podía ser, según mi opinión, objeto de una investigación periodística o policial seria. En aquel momento le callé la boca a Atena Telurian. Me devolvió una mirada furiosa y nos fuimos a publicidad.

Mientras Leónidas Ardid ordenaba sus papeles, Atena me preguntó por las Pastillas para Enamorarse que había visto por accidente en la sala de maquillaje, cuando se me cayó el bolso y se me había volcado todo su contenido. Tendría que haber pensado en quitarle la etiqueta. Atena recogió el frasco, lo miró un segundo más de la cuenta y me lo devolvió acompañando su gesto con una mirada sardónica.

—Supongo que eres consciente de lo considerada que soy cuando no hablo en antena de lo que guardas en tu bolso. Ya sabes. Eso tan alejado del método científico —diría durante la pausa.

Aquella situación era ridícula, pero tampoco podía arriesgarme a ser descubierta delante de miles de espectadores en directo —tal vez Dimitri entre ellos—, así que cogí el bolso que guardaba bajo la mesa del debate y abandoné el plató todo lo airadamente que pude, ante la mirada atónita de Leónidas Ardid y la sonrisa ladeada de Atena Telurian. No tengo ni idea de cómo justificaron mi ausencia tras el corte para publicidad ni qué tipo de análisis hicieron sobre la sombra antropomórfica con ojos de neón. No he vuelto a encender la televisión ni he abierto un periódico desde ese día. No he recibido llamadas de mis amigas ni de mi madre comentando mi desaparición repentina del plató. Así que todo está bien. Es solo un episodio que espero borrar pronto de mi mente.

Gracias a mi alta capacidad de desconexión con la realidad, es decir, las maldiciones cotidianas de Váster Sur, no he querido faltar a mi cita con el guardamuebles. Pero ayer no era un día 8 como cualquier día 8. En esta ocasión le pedí a Dimitri que se reuniera aquí conmigo. Y eso es lo que hice ayer, esperar a que llegara, repasando acontecimientos recientes, estirada en un sofá caro con memorias propias.

Dejé las Píldoras para Enamorarse encima de una antiquísima cómoda que Dimitri y yo compramos en la Feria de Impulsora y que cada cierto tiempo cambia de color. Todos los muebles que guardamos aquí tienen cierto significado, o los compramos juntos en determinadas circunstancias que me hacen pensar en momentos de felicidad en común, a pesar de que la historia antigua de algunas piezas es bastante turbia.

De la Feria de Impulsora también nos llevamos un espejo con un marco de mármol blanco perturbador. Está en un rincón del guardamuebles. Me levanté del sofá y me dirigí hacia él, descalza, y lo liberé de una pesada sábana blanca. A Dimitri le horrorizó desde el primer momento, empezando por la joven que nos lo vendió. Era una chica de unos diecisiete años, con una larga trenza pelirroja que bien podría usar como su propia soga. Su piel era casi transparente, de un blanco capaz de castigar con la ceguera a cualquiera. Necesitaba desesperadamente deshacerse de aquel espejo que parecía consumirla y acentuar una fina telaraña de venas azules bajo sus mejillas. Me acerqué y escuché de sus labios el precio ridículo, y acaricié las inquietantes escenas esculpidas en el mármol: lenguas demasiado largas, mujeres desnudas ocultas bajo descomunales sombreros, domadores de niños, dragones orientales que rociaban con fuego a una pequeña multitud junto a una pirámide. Nunca había visto una pieza así. Liberé a la chica de la trenza de aquel espejo, que me devolvía una imagen perfeccionada de mi rostro.

Aquel día, después de volver de la Feria de Impulsora con la cómoda y el espejo, las cosas empezaron a torcerse. Los muebles que entraron en nuestro apartamento empezaron a estar relacionados con nuestras discusiones. A Dimitri no le gustaba el espejo. No le gustaba, decía, la imagen de sí mismo que le devolvía. Tuvimos una fuerte discusión. Accedí a retirar el espejo de nuestro dormitorio y dejarlo en un rincón de mi despacho.

Al cabo de un mes volví a la Feria de Impulsora, en esa ocasión con una compañera del laboratorio. Me llevé una estatua imponente, un tótem de inspiración hawaiana de dos metros de altura y madera maciza que también nos causó problemas. Dimitri lo miraba con desconfianza, y no hacía ni una semana que lo teníamos en casa cuando la pieza provocó un aparatoso accidente. El tótem aterrizó sobre su pierna izquierda causando una complicada fractura que tuvo postrado a Dimitri durante cuatro meses. En aquel tiempo se atrasó su proyecto espacial, y Dimitri empezó a lanzarme tímidas acusaciones respecto a la compra del tótem. A pesar de que el accidente había sido provocado por él mismo al chocar de manera torpe contra la escultura. De nuevo, accedí a sacar el tótem de su vista y lo llevé a mi estudio. En aquel momento, ante mi mesa de trabajo, y en cada esquina de la habitación, tenía las dos piezas de la Feria de Impulsora que Dimitri rechazaba y de las que yo no quería deshacerme. No admito las maldiciones. Soy una mujer de ciencia. (Y ahora os confieso que el rechazo que me provoca Atena Telurian nació el día en que fue con una cámara a la Feria de Impulsora y pretendió buscar fantasmas entre aquellos muebles).

Me acerqué también al tótem de madera y lo liberé de su sábana blanca, y acaricié su barniz. Se acercaba la hora que le había marcado a

283

Dimitri. Me levanté y accioné la puerta metálica. El atardecer en Váster Sur era cálido y luminoso, y agradecí el olor de la vegetación descontrolada de los alrededores del guardamuebles, alejada de la psicosis de Váster Sur. No había nadie más por allí, y de hecho apenas había visto señales humanas en ninguno de los días 8 anteriores. Debo ser la única que visita con regularidad sus pertenencias.

Había traído una botella de vino tinto y dos copas. Busqué un abridor en el cajón de la cómoda (lo había dejado aquí en una visita anterior) y decidí esperar a Dimitri con la puerta abierta, saboreando un buen vino, descansando en el sofá. Miré mi reflejo en el espejo con temor de encontrar cierto grado de patetismo. Tal vez ahí estaba, pero el espejo del mármol obsceno me devolvió la imagen de una mujer esbelta, una melena rubia con cierto desorden estudiado, maquillaje discreto pero potenciador, dueña de argumentos poderosos. Casi me devolvía, elevado a varias potencias, el propio halo de mi perfume.

Mientras contemplaba mi propio reflejo, no veía cómo Dimitri llegaba y sin articular palabra, no dando crédito a mi juego de miradas con el espejo, elevaba los brazos en el aire y sujetaba la puerta del guardamuebles 8. Desde su posición no podía ver el tótem en la esquina.

—Es un poco feo no despedirse de los televidentes —dijo a modo de saludo.

Dimitri no había perdido ese cinismo amable que tanto divertía a nuestros amigos. Lo miré y tuve la primera sospecha de que tal vez la cita no había sido una buena idea.

—El siguiente bloque del programa de Telurian no me incumbía —contesté.

Dimitri tenía el pelo más corto, y parecía que sus hombros se habían ensanchado. Llevaba puesta una chaqueta de cuero marrón y un jersey de lana gris por el que hace unos años hubiera puesto el grito en el cielo, y que en aquel momento me imaginé sobre mi propio cuerpo. Era la primera vez que nos encontrábamos cara a cara en persona en unos dos años. Solo habían existido los emails, más frecuentes en los últimos meses, historias de amigos en común que evitaban darnos detalles del otro, apariciones puntuales en revistas científicas o avistamientos en locales nocturnos de Váster Sur que rápidamente reconducíamos y tratábamos de esquivar.

Dimitri entró en el guardamuebles y se sentó en el otro extremo del sofá. Le tendí una copa y se sirvió un poco de la botella que estaba sobre la cómoda. La cantidad justa de vino para no resultar descortés. Rozó la cómoda con los dedos y al momento se tornó de color azul turquesa. Echó un vistazo alrededor y vio el espejo y el tótem de madera, pero no hizo ningún comentario al respecto.

—¿Cómo va todo?

—No podría ir mejor— contesté—. ¿Y a ti?

—Me han seleccionado para una misión tripulada a Hysteria. Será dentro de tres años, pero ya llevamos algún tiempo trabajando en el proyecto.

Su sueño infantil de ser astronauta.

—Me alegro por ti. ¿Cuándo se hará público?

—No lo sé. No por ahora. Corren tiempos extraños en Váster Sur. Mira… Varla. No tengo demasiado tiempo para intrigas. Me gustaría saber por qué me has hecho venir hasta aquí. Si necesitas que nos deshagamos de todos estos trastos no hay ningún problema, pero lo podríamos haber resuelto en la ciudad y con una llamada de teléfono. No tengo ningún interés en quedarme nada.

No tiene demasiado tiempo para intrigas.

No vi ni rastro de su vieja pipa en sus bolsillos.

Cogí el bote de Píldoras para Enamorarse. Había tenido la precaución de quitar la etiqueta después del incidente con Atena Telurian.

—Corren tiempos extraños en Váster Sur, ¿verdad? —dije, abriendo el bote y colocando dos cápsulas en la palma de mi mano. Pensé en cómo no se me había ocurrido abrirlas antes de que llegara y esparcir su contenido dentro de la botella. Noté cómo Dimitri me escrutaba, tratando de medir a cierta distancia mi estabilidad psicológica.

Tarde, querido.

Entonces enarbolé mi discurso, bandera de la locura.

—Te he pedido que vengas para que tomemos una decisión conjunta. Si tomamos estas pastillas, aquí y ahora, al mismo tiempo, una cada uno, todo volverá a ser como antes. Esto significa que no veremos nada malo en el otro, que el amor será tan fuerte y tan puro como el primer día. Todo lo negativo que hay entre nosotros desaparecerá sin condiciones. Volveremos a estar bien.

Dimitri dio un sorbo a su copa de vino, intentando ganar unos segundos para buscar algunas palabras. Tardó más tiempo de la cuenta en hablar.

—¿Quién te ha dado esas drogas?

—No son drogas. Son píldoras mágicas que le he comprado a una hechicera en el Mercado de Violeta y que funcionan exactamente como te acabo de explicar.

Dimitri dejó la copa y se puso en pie.

—Coge tus cosas. Nos vamos de aquí ahora mismo —dijo, lanzando otra mirada a su alrededor.

—Mis cosas están aquí, Dimitri, y no nos las podemos llevar ahora. Y no me iré hasta que no me des una respuesta.

—Este lugar es terrorífico —contestó.

Noté el miedo en sus ojos, pese a que la puerta seguía abierta. El aire ya no era tan cálido, la noche empezaba a desprenderse del cielo en las afueras de Váster Sur y yo tuve frío. Aquel habitáculo era gélido de repente, y yo no quería de ninguna de las maneras salir de él. Me levanté a cerrar la puerta, Dimitri se levantó a su vez, de golpe, y me detuvo.

—¿Qué estás haciendo? —preguntó.

Desde aquella posición los dos encajábamos a la perfección en el espejo. Allí estábamos los dos ante él, de nuevo, y junto a él, una chica pelirroja rogaba con la mirada que nos lo lleváramos. Habíamos sido tan felices.

—Tengo frío, quiero cerrar la puerta.

—Sabes perfectamente que esta puerta solo se puede abrir desde fuera.

No, no lo sabía. ¿Solo se podía abrir desde fuera? No, no lo creo. No solía entrar dentro del guardamuebles, por lo general me quedaba fuera, en el parque oxidado, contemplándolo desde allí. ¿Y hacía un rato? Me di cuenta de que nunca había cerrado la puerta del todo. Si era lo suficientemente rápida y cerraba la puerta con un golpe seco, tal vez Dimitri y yo nos quedaríamos allí para siempre. Acabaría accediendo a que tomáramos las píldoras. Él no se iría a Hysteria en su vuelo tripulado.

Dimitri sujetó mis muñecas con fuerza y puso un pie bajo la puerta metálica, que no conseguí cerrar. Levantó la puerta metálica con violencia y evitó decir las palabras que me hubieran destrozado en ese momento y no más tarde.

Lo vi alejarse sin volverse a contemplar el nuevo escenario del horror de Váster Sur, dispuesto por una climatóloga incapaz de prever su tormenta interior. Cuando Dimitri, a lo lejos, arrancó el motor de su coche y desapareció, cerré la puerta y no volví a salir al exterior.

Esto sucedió ayer. Hoy es día 9 en el guardamuebles.

*

Aquí acababan las notas en el diario de Varla.

Dimitri Alapin cerró la libreta horrorizado y la guardó en su bolsillo, aunque sabía que debería entregarla para que la investigación siguiera su curso.

*

La periodista esotérica —término que odiaba pero al que había acabado por acostumbrarse— Atena Telurian expuso una de sus poderosas sonrisas ante uno de los guardias que acordonaban el guardamuebles número 8 del distrito doce a las afueras de Váster Sur. Los agentes ya la conocían debido sobre todo a los acontecimientos de los últimos meses y no les importaba que husmeara a cambio de que no entorpeciera la labor policial. Sin embargo, no podían dejarla pasar al menos hasta que no retiraran el cuerpo. El cuerpo pertenecía a Varla Berneri, que, precisamente, era la climatóloga que había participado en el programa de Atena Telurian hacía solo unos días. El agente a cargo de la investigación pensó que al fin y al cabo no estaría mal tenerla cerca, por si necesitaban hacerle algunas preguntas. Pero no querían más periodistas por allí.

Lo de aquella mañana no resultaría nada nuevo para ella, sin embargo. La sombra antropomórfica, al parecer, había actuado de nuevo, y en aquella ocasión quien había amanecido con los ojos de neón era la climatóloga Varla Berneri, encerrada en el guardamuebles número 8, que era donde estaban los restos de su relación con el ingeniero aeroespacial Dimitri Alapin.

Había sido Dimitri Alapin quien había alertado a la policía del lugar en el que podría encontrarse Varla, después de haberse citado allí con ella hacía tan solo dos días. Al día siguiente llamó a la madre de Varla porque estaba preocupado después de lo sucedido. La había llamado a casa y no la había localizado. Se temió lo peor.

Atena Telurian torció el gesto ante la negativa del agente cuando le pidió que le permitiera entrar en la zona donde estaban los guardamuebles. Se acercó a un viejo parque infantil oxidado lleno de hierbajos con su cuaderno de notas y tomó algunos apuntes. A lo lejos vio cómo Dimitri Alapin, al que conocía por la prensa y porque se habían cruzado hacía unos años en los estudios de televisión, era interrogado por dos agentes, mientras se guardaba algo parecido a una libreta en el bolsillo de la chaqueta. Atena Telurian observó la escena a lo lejos, cruzando los dedos para que los agentes dejaran alguna pista que ella pudiera seguir por su cuenta. Porque en los últimos días se había obsesionado con la idea de encontrarse cara a cara con la sombra antropomórfica y para ello debía atraerla de alguna manera.

Los agentes sacaron el cuerpo de Varla Berneri, cuyos nuevos ojos de neón refulgían a través de los párpados cerrados para siempre y a través de la bolsa negra para cadáveres. La zona empejó a despejarse. Dimitri Alapin se quedó solo un momento y se acercó a la puerta número 8 acompañado del encargado de los guardamuebles, pero se resistía a entrar allí dentro. Atena Telurian resopló para retirarse el flequillo de su ojo izquierdo y se acercó a Dimitri. Desde la puerta del guardamuebles 8, contemplaba un bello espejo con el mármol blanco en relieve, rodeado de formas escultóricas.

—Imagino que todo esto es suyo ahora —dijo el encargado, entregándole a Dimitri una llave.

—La policía no ha terminado su investigación —contestó Dimitri.

—Me parece perfecto. Que vengan cuando quieran. Pero que me avisen.

Dimitri vio a Atena acercarse. Ambos vieron el bote de Pastillas para Enamorarse vacío, sobre la cómoda de color cambiante.

288

—Es un espejo precioso —dijo Atena.

—Si de verdad te gusta, es tuyo —contestó Dimitri.

—¿Lo dices en serio?

Dimitri asintió y empezó a caminar en dirección al coche.

—Pediré que te lo lleven donde quieras —contestó sin mirarla a los ojos.